巡心者

II 風暴

A. J. STEIGER

A. J. 史泰格——著 楊佳蓉——譯

MINDSTORMER

獻給祖母：謝謝妳在我小時候為我說了那麼多故事，引燃我對小說的熱愛。

第一部

奪還

第一章

我緩緩行走，覺得自己在飄浮。

首先浮現的生理感官是太陽穴之間的漲痛。接著是口渴。我嚥嚥口水，舔舔嘴唇，努力撬開眼皮，但它們黏得好緊。在遙遠的過去，人們會在死者眼皮上放錢幣，壓住雙眼。這些瑣碎的情報隨機出現，在腦海的迷霧中閃爍。

我在哪裡？

我是誰？

脈搏加速。為什麼我連自己的名字都記不得了？

停下來。**呼吸**。我執行一趟身分確認練習，名字閃入心頭。**我是蓮恩·費雪。巡心者。十七歲，格林堡高中的學生。棕髮棕眼。我喜歡巧克力跟松鼠跟粉紅色。**胸口的糾結鬆開了。我驅動意志力，打破睡意的蠟封，用力睜開眼睛。

我躺在床上，房間牆壁是柔和的蛋殼白。光線來自天花板上的管子，明亮但不刺眼。我感覺自己經過漫長、複雜、充滿壓力的夢境，卻想不起內容是什麼。只留下一雙模糊的眼眸——淡藍色，像是水銀、褪色的牛仔褲、映在海面上的雲朵——可是下一秒它就消失了。

我揉揉眼睛，打呵欠，伸懶腰。脊椎發出悅耳的劈啪聲，彷彿有什麼零件回到原位似的。然後我皺起眉頭，滿心困惑。我為什麼不在自己的房間裡？

腦袋異常輕盈。我摸摸頭髮，比平時的長度還短。有人趁我睡覺的時候偷剪嗎？

床邊桌上放了一束插在花瓶裡的雛菊，旁邊擱著一張卡片。我拎起卡片——外側印著寧靜的花園景色——翻開來。蓮恩，祝妳早日康復，我們好想念妳。還有幾個簽名，伊安。下面列了幾個名字，都是格林堡高中的同學。

我出意外了嗎？我迅速摸過胸口、雙腿，似乎沒有半點傷，而且這裡不像醫院病房，至少不是傳統的病房。說是IFEN總部還比較接近。我認得照明設備的風格，刷白的牆面與地板，牆上沒有窗戶，沒有任何能定位的指標。

卡片旁是食物托盤，標準的醫院餐：一碗湯、藍莓馬芬、幾顆方形紅色果凍。我其實不餓，但腹部一片空虛，四肢虛軟，這代表我有一陣子沒吃東西了。我應該要努力墊墊胃，於是我抓起藍莓馬芬，咬過幾口，胃口就來了。我撕開湯碗的保鮮膜，蒸氣冒出，我用塑膠湯匙舀起黃色的肉湯，沒什麼味道，不過熱呼呼的口感挺不賴的。

我邊吃邊試著拼湊來龍去脈。在此處醒來之前，我記得的最後一件事是什麼？

麵條在碗裡漂浮，我的視線漸漸失焦，把它們看成黃色斑點。我在心裡追溯自己做了什麼，可是腦海中霧氣太重。我記得結束某位客戶的療程後（他是想要忘記戰爭的退伍老兵），到了學校，坐在格林堡高中的教室裡。我依稀記得收到簡訊，是……某人傳來的。可能是伊安吧，只有他傳過簡訊給我。

然後什麼都沒有，彷彿腦袋裡有一堵牆，擋著我。

我的胃口消失了，放下喝到一半的湯，掀開被子，爬下床。我穿著病人長袍、淺藍色棉褲，光著雙腳，地板冷得像冰塊。床邊有雙藍色拖鞋，我穿上，走向門口。門邊鑲著一片綠色外框的手掌形儀表板，我按上去卻毫無反應。不安在我的皮膚下戳刺。

門往旁滑開，我嚇得往後退去。身穿白衣的女性站在門口——是茱蒂絲，融合實驗室的技術人員，通常是由她監控我的療程。對上我的視線，她愣住了，臉上閃過的表情猶如看見車頭燈的野鹿。「喔，妳醒了！」她迅速擠出笑容，走進房間，門板在她背後闔上。「感覺如何？」

「還……可以，大概吧。」我瞇眼望向她，希望從她臉上看出現下景況的蛛絲馬跡。「我怎麼了？」

她遲疑了下，儘管只是一瞬間，還是漏了餡。我立刻起了疑心。「妳需要治療，不過現在已經沒事了。」

「什麼樣的治療？」

她的雙眼左右漂移。「我只是來看看妳的狀況。史汪醫師下了指示，妳一恢復意識就要馬上向他報告。」

所以我確實是在IFEN總部。我直視她的眼睛，轉換為我認為巡心者該有的語氣——平穩、專業。「告訴我這是怎麼一回事。」

她再次猶豫，回頭瞄了一眼，彷彿內心正在天人交戰，思考要不要逃走。接著她愧疚地看了我一眼。「妳遭遇極大的創傷，自己選擇抹除記憶。史汪醫師親自執行修正治療。」

我張大嘴巴，過了好一會才找回聲音，尖細又顫抖。「我忘了什麼？」

「我沒有獲得告訴妳的授權。」她的嗓音柔軟，帶著歉意。「妳知道程序的。」

我知道。接受過神經修正治療的客戶往往會滿心困惑，暴躁易怒。要是周遭眾人避談療程或是他們刪去的事件，以熟悉、讓他們安心的事物圍繞，他們會復原得順利許多。有時要花上幾天，甚至幾個禮拜才能恢復心理平衡，開始與世界正常互動。

「妳要不要坐下來？別太勉強了。」茱蒂絲說。

我搖搖頭，兩耳之間竄過一股抽痛，逼得我皺起臉。「沒事。」我抖著手指摸摸左邊太陽穴。所以我選擇讓人修正我的回憶。為什麼？

根據統計，同齡女性向巡心者求助的頭號原因是性侵。我的腹部一揪。這就能解釋茱蒂絲為何如此坐立難安了，沒有人想告訴別人她遭到強暴。

不過目前的狀況感覺……不對勁。比如說我怎麼會在這裡，而不是融合實驗室？或者是家裡？客戶通常對修正治療後的一兩個小時毫無印象，他們會直接被送回家，接受親友伴侶照顧，直到暈眩混亂減輕。當然了，我家除了管家，沒有別人。「我想跟史汪醫師談談。」我說。

「他說等到妳充分休息再談。他不想太快給妳太多刺激——」

「茱蒂絲，如果妳不希望我心力交瘁，至少讓我見見監護人吧。把客戶獨自關起來很不合常理。我不敢想像他竟然會同意這麼做。」

她抿起嘴脣，移開視線，過了幾秒鐘，挫折地嘆了口氣。「跟我來。」

她領著我離開房間，沿著狹長的走廊前進，淡藍色的柔和光線照亮四周。儘管在這裡工作了好幾年，我仍沒有踏遍IFEN總部的每一個角落，這裡就是其中一處。詭異的沉默瀰漫在半空中。

我們進入電梯，順暢抵達總部頂樓，她帶我到一扇門前，敲敲門。

「進來。」史汪醫師高聲說。他的嗓音比平時低沉沙啞，好像感冒一樣。

茱蒂絲開門，裡頭是眼熟的辦公室——雪白地毯、看起來冰冰涼涼的光滑牆面、巨大的觀景窗。史汪醫師站在窗邊，背對我們。我們進門時，他轉過身，瞪大雙眼。「茱蒂絲，這是怎麼一回事？」他的語氣尖銳。很不尋常。

「抱歉，主任，她堅持要見你，我不想刺激她。」她橫了他一眼，我察覺到她的眼神別有深意。「或許你應該跟她談幾句？」

他猶豫了，視線從茱蒂絲身上掃向我，然後點頭。

「我在走廊等著。」她離去時悄悄關上門。

史汪醫師跟我面對面，他打量我好一會，表情姿態透出緊繃的情緒，模樣看起來好……蒼老。他瘦了，不過我想不通怎麼會這樣，我前天才見過他的。對吧？他雙眼下方浮現陰影，臉部線條更深，如同刻入木板的凹槽。

我揚手想纏上左邊的馬尾，老習慣了，卻只摸到一片空虛。我尷尬地垂下手臂。「哈囉，史汪醫師。」我只是想打破沉默。我發現自己不斷調整姿勢，豎直背脊，在他面前總是如此。「還好嗎？你看起來有點——累。」

他緊繃的肩膀鬆開，閉上雙眼，輕輕吐了口氣，接著迎上我的視線，微微一笑。「蓮恩，我沒事。謝謝。不好意思，讓妳遇上這麼……不合常規的狀況。妳一定很混亂吧。」

「真的。」我承認。好奇心搔得我心癢難耐，猶如摳掉血痂的衝動。

「坐下吧。」他朝辦公桌前的椅子比劃。

我坐下，發現自己扭來扭去，努力克制。

他坐到我對面，靠上黑皮椅背。「茱蒂絲告訴妳多少？」

「不多。只說我經歷創傷。她沒告訴我發生了什麼事。」

「這樣最好。問太多問題只會破壞治療效果，這點妳也很清楚。對妳、對每個人來說，重新開始是最好的作法。」他笑了笑，眼中卻閃過痛苦。

無論我遭遇了什麼，一定是非常恐怖的事情。我開始猶豫自己是否真的想知道。如果我絕望到想消除記憶——如果我這麼想忘記——我應該要相信這是正確的選擇。然而……

我咬了咬下唇。「今天可以回家嗎？我知道要過幾天才能去學校，可是我想睡在自己的床上。」

他沉默幾秒。「妳的案例有點……特別。沒什麼好擔心的。」他匆忙補上。「不過我想讓妳在這裡多待一個禮拜左右，觀察狀況。以防萬一。」

我一陣天旋地轉。「多待一個禮拜？可是我覺得沒事啊。」

「最好謹慎一點。」

我嘆了口氣，一手爬梳頭髮。我不能缺那麼多課。我的訓練怎麼辦？我的客戶？「那至少讓我帶著電話吧？我想謝謝伊安送我那張卡片。」如果能聯絡上伊安，或許他可以幫我早日脫離此處。我敢說史汪醫師只是保護過了頭。我知道他是在乎我，但我開始厭倦他無所不在的控制。

「抱歉，妳的手機不見了。我們還在找。」

這個藉口一點都不真實。顯然他怕我發現自己的遭遇，觸發心理創傷。我能理解他的顧慮，可是他總不能把我關上一輩子吧。「至少今天讓我回家一趟，收收信，跟伊安說我沒事。」

「我去跟伊安說就好。我會跟他說妳恢復意識，狀況不錯。現在妳還很虛弱，需要休息。」

我用力咬牙，耐性漸漸消失。「史汪醫師，我知道記憶修正治療的機制。通常不是——」

「夠了！」

我安靜下來，張著嘴巴。我記不得史汪醫師曾經怒斥我。他是很嚴格沒錯，但從未失去冷靜。「史汪醫師？你……還好嗎？」

他閉眼幾秒，揉揉眼睛。「抱歉，最近精神太緊繃了。」他僵硬地微笑。「拜託，現在相信我就好了。」

雞皮疙瘩爬滿我雙臂。非常不對勁。

他站起來，一手按住我的肩膀，捏了捏。「茱蒂絲會帶妳回房，妳想要什麼都可以跟她說——除了能連上網路的裝置。我們想要避免過度刺激。我知道這很難，妳還是要盡量休息。明天再多聊一些。」

我垂下目光，無助與挫敗掃過我全身，喉嚨裡凝聚起苦澀的硬塊。「看來我別無選擇。」「蓮恩，這是為了妳好。」他站起來，我跟著起身，走向門外，沒想到他竟然抱住我。

我背脊僵硬。雖然他是我的監護人，我們之間總是保持一定的距離。他原本就不是滿懷溫情的人。他把我抱得更緊，按在胸前，古龍水的氣味刺入我的鼻腔。厭惡竄上心頭，我得要忍住推開他的衝動。過了幾秒，他鬆開手，匆忙低頭，拇指抹過眼角，儘管我沒有看見淚光。「對不起。這陣子我們都不好受，看到妳跟過去沒有兩樣，我鬆了一口氣。」

「沒事的。」我低喃，避開他的視線。這個反應令我困惑。我認識他好多年了，他幾乎就像我的叔叔，讓他擁抱一點都不奇怪，只是不符合他的個性罷了。我為何會如此反感？

我離開辦公室，茱蒂絲帶我回房間。「需要什麼就按下床邊扶手上的呼叫鈕。」她說。「不用擔心，妳現在很安全，正在漸漸康復。」

我不置可否地點頭。她走出去，門咻地關上。

我試著再次開門，門板當然是毫不退讓。我一邊嘆息，一邊重重躺上床，盯著天花板。我好累。爆發的好奇心已經消退，我感受到深入骨髓的疲憊，像是翻山越嶺回來一般。腦袋塞得滿滿的，一碰就會痛。

床邊桌上有個遙控器，我抓過來，按下開啟。投影螢幕瞬間浮現，懸浮在床尾。我滑過選單，根據影片標題旁邊的日期來看，這些都是幾個月前錄下的節目——大多是自然或歷史主題，中間穿插幾則新聞——全都不是直播或當天的東西。我隨機點選頻道，停在一場留有模糊記憶的公開辯論——主題是合法自殺藥物索那多。史汪醫師坐在一名女子對面，她黑色的雙眼目光灼灼。我記得她是反索那多團體「不要傷害」的領導人蘇珊・布利克。

我點開這段影片。

「如果有人遭受折磨，一心求死，他總會找到辦法實現願望。」史汪醫師說：「我們無法阻止，只能提供他們安全又人道的死亡途徑。這個決定必須由本人、家人、醫生做出，絕非輕率的衝動，我們的系統為此設置許多防護措施。因此我們必須等候，進行評估，索那多只會在其他治療都實行後才會開出來。」

「你似乎對那些措施深具信心。」女子回應。「如果第四型的失業人士跟第一型的有錢人都要求醫生開索那多給他，你真的相信醫生對兩人的回應會一樣嗎？就現實狀況而言，你認為有多少第四型擁有資源，尋求一切治療管道？當一個人存活的需求全都遭到拒絕，死亡真的算得上是選擇嗎？我們不該讓死亡成為誘人的選項，而是捫心自問，在這個社會裡，有多少人從一開始就想死？」

「沒有人被治療機關拒於門外。妳最近不是在一篇文章裡抱怨我們其實是在濫用調整？」他的語氣既像是厭倦，又像耐著性子，彷彿在逗小孩開心。「沒錯，記憶修正療法確實受到預算限制，但是IFEN正不斷努力，讓社會大眾都有機會接觸。我們做的還不夠多嗎？」

「首先，你不該限制第四型的就職機會，應該給予他們同等的權利，允許他們投票，分配議會席次，廢除把他們囚禁在貧困中的法條——」

他挑眉。「這就是妳所謂的解決之道？取消這個社會至今的一切努力，讓我們回到過去？精神類型系統的實行是有原因的。」

她眼中燃起怒火，上身湊向前，抓住椅子扶手，似乎是想攔住自己一般。「這套系統是為了箝制——」

畫面突然崩解成彩色小方塊，接著消失無蹤，留下暗綠色的螢幕。我皺著眉，切到自然節目。小水獺在河岸上翻滾玩耍。我再切回辯論，螢幕還是一片綠。或許是沒有錄到剩下的內容吧。還是說他們認為對我太刺激了。這個想法讓我怒火中燒，但我不得不承認那段對談令我深感不安。關於索那多的議題總是如此。

就連奉獻人生幫助世人的史汪醫師也支持合法自殺藥物，我覺得心煩意亂。大部分領取索那多的人都不算病入膏肓，只是心裡打了死結，被人判定無法修復。我總相信這套系統應該要幫助受苦受難的人，而不是賣毒藥給他們。不過，話說回來，我哪有資格為別人做決定？

我關掉電視，在床上翻來覆去一陣子。我一定是睡著了，因為推車輪子的吱嘎聲把我吵醒。我睜開眼睛，一名女子將推車推到我床邊，她不是茱蒂絲。護理師？她很年輕，輪廓透著中性美，深棕色頭髮直直垂到下顎旁。「晚餐。」她笑著說。

「謝謝。」我緩緩坐起。「我想妳應該不會透露我的處境吧？」

「看狀況囉。妳想知道什麼？」

「先從今天的日期開始吧。」

「二月二十八日。」

我最後清晰的回憶還在十月初。至少我能確定這一點。我的生日是十月十七日，也就是說我滿十八歲了。胸口不太舒服，好像有人壓著我的胸骨一般。史汪醫師從我腦中消除了超過三個月的時間。「聽好，我知道妳不能告訴我任何具體的事項，可是我真的什麼都不知道。或許妳可以大略說一些——」

「妳很快就會知道一切。」說不定她只是在搪塞，想讓我閉嘴，然而她說話時的眼神饒富深意。她雙眼清澈，淺灰色虹膜周圍混入點點綠光。「妳要準備好。」

「準備什麼？」

她笑了笑。「有人在找妳。」

我越來越覺得自己被困在荒謬的夢境中。「好吧，就這樣。大概吧。可是——」

「請享用晚餐，全部吃完。充足的營養很重要。」她轉身，推著車子離開。我打量托盤上的菜色。護理師的言行神秘兮兮的，我以為肉湯裡寫著祕密訊息，但是每道菜都很普通：一瓶牛奶，又是馬芬，還有一個雞肉派。或許是我想太多。

我咬了口雞肉派，嘴裡出現奇怪的觸感，某種光滑的圓形物體。挖出來一看，是一顆藥丸——白色橢圓形，表面包著糖衣。其中一面印著**請吃我**。就像《愛麗絲夢遊仙境》。暈眩排山倒海而來，我一手按住額角，突然間覺得曾在哪裡看過這樣的藥丸。

走廊上響起腳步聲，朝我接近。有人來了。我扣著那顆藥丸。不該吃這顆藥的，對吧？如果不知道是什麼藥、有什麼效果，我絕對不會吃下去，可是我也不想失去它。我把手藏在被子下。

門開了，茱蒂絲探頭進來，眨眨眼。「喔，已經有人幫妳送餐了。還可以嗎？」

我擠出微笑。「不錯，謝謝妳。」

「妳在冒汗。有沒有——」

「我只是有點緊繃，在這種狀況下不該看電視的。」她沒有動，我又說。「我要吃了。」

她再次關上門。我掏出藥丸，細細研究，上頭沒有任何關於成分或藥效的線索。簡單的棉質病人服沒有口袋，於是我拿紙巾包起藥丸，塞在拖鞋裡足弓下的位置。鞋子很緊，藥丸不會亂跑。我可以晚點再來決定要如何處置這顆神秘的藥。

我又吃了一點雞肉派，咬了幾小口馬芬，可是食慾已經萎縮了。沒別的事情好做，我拿起桌上的卡片，研究起上頭天真無邪的風景。看起來不像是伊安會選的圖案，他通常會找更有趣的東西。今天的一切都很……脫序。我不斷想著史汪醫師的怪異舉動，當他擁抱我時，那股刺進我心頭的恐懼與噁心。

我把被子拉到頭頂上，閉起雙眼。疲憊比我想像的還要沉重，在半睡半醒之際，悶悶的巨響撼動整個房間，像是打雷。力道強到我的床鋪不斷震動。我猛然坐起，心臟怦怦跳動。雷陣雨嗎？還是……

我跳下床，耳朵貼著門板。又是一陣隆隆巨響，比前一次還要大聲、接近，地板搖搖晃晃。不是打雷。

第二章

我後退幾步，胸腔開出一塊冰冷的空洞。有人設計這場爆炸。是誰幹的？為什麼？

答案隨即浮現：恐怖攻擊。心臟狠狠敲打肋骨。

不對。太荒謬了。恐怖攻擊不可能發生，早就過去了。這正是IFEN與精神類型系統的存在目的——在造成實質傷害前，找出對公眾安全造成威脅的人事物。當然還是有人犯罪，政府無法完全抹除一切錯誤的行為。可是槍擊、爆炸、大屠殺——在這個年代已經絕跡。

然而一定有什麼地方不對勁。我掃視房間，尋找逃生路線，耳中滿是自己嘶啞的呼吸聲。

我聽見有人在走廊上談話，一男一女，不知道在說什麼。聲音越來越近，就在門外，沉默幾秒，接著男子高喊：「如果裡面有人的話，趕快後退，這扇門將在十秒內爆炸！」

沒空多想，我躲到床鋪後方，縮在牆邊，蓋住腦袋。

爆炸彷彿連空氣也震碎了，門猛然打開，火焰如同花瓣綻放，強光與煙霧射向四面八方。金屬和塑膠碎片灑了滿地，高溫灼燙了我的皮膚。火勢漸漸熄滅，湧入的黑煙卻是源源不絕。

我握拳掩嘴悶住咳嗽，搖搖晃晃地站起來，霎時眼前只有翻騰的煙霧。接著我聽見腳步聲，一道剪影從霧氣中浮現。我雙眼刺痛，只能瞇眼瞄向緩緩定形的人影：又高又瘦，頂著灰羽老鷹頭。

投影面具。我曾經看過，雖然大多只是派對上的娛樂。在匕首似的鳥喙上方，明亮的金銅色眼眸直直凝視我。

「別過來！」我大叫，心裡早就知道這樣沒用。

他摸摸脖子，鳥頭消失了，露出頰上有著斜斜疤痕的淺金色頭髮青年。他穿著破舊的黑大衣、靴子、一樣破爛的牛仔褲，手中舉著我見過最巨大的步槍。

他瞪大雙眼看著我，有好幾秒鐘，空氣似乎也跟著屏息。然後，他笑了——獨特的歪斜笑容。「抱歉，我來晚了。」他緩緩走向我。我沒有動。無處可逃。

汗溼的衣服緊緊貼在背上。「你要對我做什麼？」

他走得更近，垂下槍口，像是要摸我的臉似地伸出手，我慌忙閃開，他愣住了。「蓮恩。」他的聲音很低。「是我，史蒂芬。」

我抬頭凝視他的臉。五官消瘦而銳利，淺藍色眼珠彷彿能看透人心。他深深看了我一眼，像是在尋找獵物似的。我在他臉上看到恐懼，但我無法理解。拿槍的人可是他啊。

他丟下步槍，槍身鏗鏘落地。他雙手捧起我的臉，我嚇到無法反應。「少來了，醫生。」他低啞的嗓音微微顫抖。「我是妳的史蒂芬。妳認識我的。妳一定認識我。我知道他們對妳動了手腳，可是那些感覺是帶不走的。看著我。看我的眼睛。」

頸部的脈搏隆隆跳動，像是困在喉嚨裡的小小心臟。他是幻覺。一定是。他的表情是如此真摯，如此痛切，同情油然浮現。接著我想到他才剛炸開房門。我抓住他的手腕，甩開他的手。

「我保證這輩子從來沒有見過你。」我努力穩住嗓音。

他後退一步，活像是被我甩了一巴掌，臉上血色盡失。

「聽好，我不知道這是怎麼一回事，也不知道你在想什麼，可是——」我抖著手指向還在冒煙的門口，「——這樣太過分了。」我心跳加速，汗水沿著背脊流下，但我繼續說下去，要是不說些什麼，我大概會陷入恐慌。「顯然你遇上一些困境，不過闖入醫療機構又引發爆炸無法解決任何事情。」

他垂下頭，悶悶笑了聲，一手按住額頭，肩膀抖了起來。「哎。」他啞聲低語。「妳還是一樣嘮叨。」

腦中有個聲音輕輕響起：說不定妳真的認識他？我拋開這個想法。怎麼可能跟如此不穩定的人扯上關係呢？我一向謹慎過了頭。

視線閃向他腳邊的槍，我心想要不要衝上前，但就在我付諸行動前，他先撿起自己的武器，我覺得自己失去了唯一的逃跑機會。

另一道人影出現在門邊——頂著山貓頭的年輕女性，手中揮舞的槍枝比史蒂芬的還要巨大，身上穿著一模一樣的黑大衣。她翠綠色的雙眼望向我，鬍鬚抽了抽。「已經來不及了。」她的語氣沒有起伏，投影面具的嘴巴隨著聲音開闔，露出尖銳的白牙。「她不知道我們是誰。我不認為她會願意跟我們走。」

「芮伊，不能丟她在這裡。」史蒂芬狠狠回應。

「我可沒這麼說。只是要提醒你，很難——」

「抱歉，你剛才可能沒有聽清楚。」我提高音量。「我不認識你。你也不認識我。」

他下顎一縮，直視我的雙眼。「妳叫蓮恩．費雪，有個叫做納特的松鼠布偶，電腦立體投影是叫做克洛伊的貓。妳父親在妳十三歲的時候自殺，妳對此深深自責。在那之後，妳奉獻自己的人生拯救別人。只要有人說自己失去人生目標，沒有任何希望，妳一定會說他們錯了。妳不相信世界上有註定失敗的事情。」

冰冷的觸手捲住我的心臟。「你是誰？」我輕聲問。

「沒空了。」山貓女——芮伊——說。「我們要離開這裡。」

「如果不說要去哪裡，我絕對不會跟你們走！」

「加拿大。」他答道。

「加拿大？」這個詞勾起一陣令人困惑的情緒以及紛擾的影像——蒼翠的森林，沾滿噴漆和血跡的水泥，盤旋的老鷹，土匪盤據的城鎮廢墟。

「我們要帶妳回要塞。」

思緒旋轉不止。顯然這些人與我腦中遭到消除的創傷事件有某種連結。說不定他們曾經綁架我，現在又要把我抓回去，可是這個猜測感覺不太真實。我記得眼前的青年——史蒂芬——聽到我說不認識他時的表情。靈魂彷彿碎了一地。我搖搖頭。「我——我不能——」

芮伊揚手堵住我的抗議。「妳現在只要知道這些就夠了。過去幾個月妳變了很多。我們是戰友。IFEN是妳的敵人。」

「怎麼可能。」我狠狠反駁。可是我在發抖。

史蒂芬朝我伸手，我往後閃開。痛苦閃過他的臉龐，彷彿胸口被我剖開，心臟挨了一拳。

「蓮恩……拜託。」

我沒有動。

房間外的走廊傳來如雷腳步聲。史蒂芬伸出手，對上我的視線。「相信我。」

世界崩解了，碎成千萬片，這些碎片把我割得遍體鱗傷。頭好痛。史蒂芬沒動，伸著手，眼中湧入沉默的懇求。「我一定是瘋了。」口中喃喃念著，我握住他的手，他粗魯地將我抱住，按在胸口，我驚叫一聲。他壓得好緊，我幾乎無法呼吸。

一排荷槍實彈的IFEN人員衝進房裡，手槍指著我們，跟兩名恐怖分子的步槍相比，他們的裝備跟玩具沒有兩樣。「放開她。」其中一人說。

史蒂芬轉身面向他們，單手持槍瞄準，另一手依舊環在我胸前，把我制住，我這才發現自己成了人質。天啊，我怎麼會蠢到這個地步？

「最後的警告。」那人大喊：「放開她，不然我們就——」

芮伊舉槍朝他們射出一輪子彈，兩名警衛及時躲開，另外兩人倒地不起，其中一人抽搐幾下，然後不動了。鮮血噴了滿地滿牆。

我放聲尖叫。

史蒂芬低聲咒罵，拖著我沿走廊離開。我不斷掙扎，想擺脫他的掌握。「冷靜點。」他說。

「冷靜？你們殺了他們！」

「不然他們會宰了我們。」芮伊說。

我聽見紛雜的腳步聲，繃緊肌肉。一群人在大廳集合，他們不是警衛也不是警察，身穿黑大衣，手持槍枝，每個人都戴著動物造型的投影面具——狼、雪豹、某種滿口尖牙的短耳棕毛囓齒類動物。

這麼多人。無論他們的目的為何，都不是由兩個神經病策動的恐怖行動。這是經過組織的行為。我再次打量他們的裝扮，急促的呼吸再次加速。**黑風衣集團**。原來他們依然存在。IFEN堅稱那股勢力已經在戰爭期間一掃而空。

「我們找到這傢伙。」囓齒類發出尖銳的女性聲音。她把一名男子推向前，那人踉蹌跪倒在地，垂下頭，雙手被綁在背後。他的白袍和白髮都沾上血跡。「他想搭私人直昇機逃走。懦夫。」

男子抬起頭，隔著滿臉鮮血狠瞪這群反叛人士，冰冷的驚恐竄過我全身。他是史汪醫師。

雪豹走上前，用槍托頂了頂史汪醫師。「雀鷹，要如何處置這傢伙？」他望向史蒂芬。「要我們幹掉他嗎？」

「不！」我大叫。繼續試圖掙脫史蒂芬的箝制，但他抓得很緊。我的手肘撞向他的胸腹，他悶哼一聲，把我放開。

芮伊馬上抓住我，把我的手臂扣在後頭。

「放開我！」

囓齒女輕蔑地瞥了我一眼，露出牙齒。「乾脆把她敲昏算了。」

「我們不會做這種事。」史蒂芬斷然回應。「如果你們碰她一根手指頭，我就——」

「好啦，隨便你。我才不會碰你的親愛的。」

親愛的？我望向史蒂芬。他臉一紅，看向別處，接著深深吸了口氣，大步走向史汪醫師。

「跟蓮恩說——跟所有的人說——你對她做了什麼。」

「你早就知道了。」史汪醫師咬牙回答。

「我要聽你親口說出來。」

史汪醫師的視線飄向我，然後飄開。「我們進行了神經修正治療。她已經察覺到了。」

「她知道你消除的內容嗎？」

我屏息聽著。

史汪醫師的嘴脣扯出苦澀的笑容。「你為什麼不告訴她呢？跟她說你是如何引誘她、對她洗腦，你是如何誘拐她進入充滿暴力的世界——」

史蒂芬的槍托砸向史汪醫師的鼻子。啪嚓。我喉中竄出窒息般的慘叫。

史汪醫師倒抽一口氣，喘息不止，抬起頭，微笑不變。「這些面具很適合你們。」他的聲音變得混濁，帶著鼻音。「你們是野獸，徹頭徹尾的野獸。」

「告訴她一切的真相。」史蒂芬說。

「真相究竟是什麼？」

「真相是你違背她的意願消除她的記憶，因為你想把她打造成自己的傀儡。你要她忘記IFEN曾經對孩童——對我跟芮伊——進行違法實驗。還有莉西。」他啞聲吐出這個名字。「你要她忘記是你害她父親自殺，因為你把他逼到最後一步。就算他沒死，你也會消除他的記憶。她逃出國外，想要擺脫你，可是你也讓她忘記這件事了。」

我盯著史汪醫師，訝異得合不攏嘴。他沒有反駁，表情痛苦而緊繃，不知道是因為粉碎的鼻梁還是別的。我憋住呼吸等他回應，他仍舊一言不發。「才怪。」我的嗓音虛浮。「他們說的都是假的，對不對？」

他沒有回答。

「幹嘛浪費時間？」嚙齒女開口？「一槍斃了他不就得了。」

「不！」我想衝向前，可是芮伊把我扣得更緊。

史蒂芬凝視史汪醫師好一會，手指扣在步槍扳機上，下顎肌肉縮緊又放鬆。然後他壓低槍口。「帶他回要塞。到時候再決定要怎麼處置他。」

芮伊瞇起雙眼，輕輕點頭。

史汪醫師在地上扭動身軀，面容扭曲，奮力扯鬆綁住手腕的束縛，手指滑向腰間，我瞄到神經阻斷器——還是手槍？——的槍柄從他的外套下露出來。「小心！」我忍不住開口。

史蒂芬瞪大雙眼，舉起步槍，史汪醫師同時握住他的武器。尖銳的劈啪聲響起，史汪醫師癱倒在地，抽動一下之後就不動了。他的腦袋下積起一灘血，我聽見有人尖叫，接著才意識到那是我的聲音。我盲目地衝刺，想要脫困，芮伊抓得更緊了。「凶手！」我對史蒂芬大喊，被自己的眼淚嗆到。「你殺了他！」

「不對。」芮伊低聲說。「史汪醫師殺了自己。」

我張大嘴巴，冰冷的驚恐襲來，我望向那具僵硬的身軀，發覺她說得沒錯。史汪醫師把槍口對準自己的頭，他的手指還扣在扳機上。我開始顫抖，輕聲問：「為什麼？」

「可能是不想讓我們套出任何情報吧。」她回道。「這傢伙挺帶種的嘛。」

史蒂芬重重喘息，手上還握著步槍，臉色蒼白，眼神迷茫。他轉向其他人。「你們怎麼沒有搜身？」

他們不安地挪動雙腳，垂下腦袋，活像是被老師逮到的蹺課小鬼。沉默籠罩整個大廳。

「好啦，這樣也輕鬆多了。」嚙齒女說：「現在不用煩惱要怎麼帶他回——」

史蒂芬橫了她一眼，她閉上嘴巴。他低頭看著顫抖雙手中的步槍，將它收起，深深吸了口氣。「把他帶出去。」

「帶去哪裡？」雪豹問。

「我才不管。」

狼跟雪豹抓著史汪醫師的雙臂拖行，留下一道血跡。

「如果我放手，妳保證不會亂來？」芮伊問。

我麻木地點點頭。

芮伊鬆手，我癱軟地靠著牆壁，她跟其他人繞過大廳的轉角。

嚙齒女也跟了上去，中途停下腳步，轉向我。我實在猜不出她戴著什麼動物的面具，看起來像是老鼠跟臭鼬的綜合體，再加入一點熊的要素。「醜話說在前面，我會來這裡只是因為欠妳人情。而且啊，如果把妳丟在這裡，那隻愛情鳥——」她瞥了史蒂芬一眼，「——大概會蓬頭垢面一輩子，整天寫亂七八糟的爛詩。我們都不希望有這樣的結果。」她戴著手套的手指向我。「這樣我們就扯平了。」

我完全聽不懂她說的半句話，甚至也沒打算思考，只能喃喃回應：「好吧。」

她跺著腳消失在轉角後，把我跟史蒂芬單獨留在燒得焦黑、沾滿血跡的大廳。

他直視我的雙眼，臉上的線條凹得更深，肩膀垂了下來。「對不起。」他輕聲道歉。

好多血。牆上，地上，到處都是。一塊粉紅色物體黏在旁邊的磁磚上。我突然一陣噁心。

史汪醫師違背我的意願做了治療——他沒有否認。就連要為我父親自殺一事負責的部分，他也沒有否認。想到這，我覺得好不舒服。現在他死了，我不想待在IFEN總部，也不相信這些帶著槍枝的黑風衣。我誰都不信。

史蒂芬對我伸手。「蓮恩……」

「不要管我。」我輕聲說。

史蒂芬楞楞站著，手指握緊槍柄，表情糾結，像是要嘶吼尖叫似的。突然間，他臉上的痛苦消失了，彷彿有隻隱形的手抹去一切情緒。「我們不能待在這裡，警察隨時會來。」

「然後呢？你會殺了他們嗎？」

「如果有必要的話。如果有人拿槍想殺我，我也會開槍。」

現在不該跟他爭辯。目前還沒脫險，但我不知道如果繼續挑釁下去，他會有什麼反應。我還是與他四目相接，說：「是你們闖進這裡，引爆炸彈。」

「我們闖進來是為了救妳。」

所以那些警衛——還有史汪醫師——是被我害死的。一股悶痛瀰漫在我的胸口。「我沒有叫你們救我。」

他沒有回答。

我握拳按住太陽穴。要是待在這裡，會有什麼結果？IFEN會從我的記憶中消除整起事件嗎？我想到警衛癱在地上的身軀，想到史汪醫師不再動彈的瞬間，不知道忘記這些算不算壞事。按下重新開機的按鈕，沖掉這個充滿困惑以及恐懼的夜晚。

這只是自欺欺人，我腦中傳來低語。我的呼吸又急又重，腦袋輕飄飄的，好像要飛走一樣。

「如果伊安在就好了。」低喃沒有經過許可就從我口中飄出。

經過漫長的沉默，史蒂芬以古怪的語氣回應：「他在啊。他在屋頂上待機。」

我猛然抬頭。「怎麼可能。他為什麼會在屋頂上？」

「現在他也是我們的一員。」

伊安，恐怖分子。這個概念太不可思議了，如果不是這麼害怕，我一定會笑出來。「你騙我。」

史蒂芬扯出沒有笑意的緊繃笑容。「我發誓他真的在這裡。換了髮型，人沒變。等下我們上去，他會像興奮的小狗一樣迎接妳。可能會在妳臉上身上流一堆口水。」

「可是他送了卡片——」我閉上嘴，覺得自己像個白痴。應該是史汪醫師偽造了他的簽名。不過是陰謀的一環。

當然了，我無法分辨史蒂芬說的是不是真話，不過都到了這個節骨眼，我得要抓住機會。我要知道人生中消失的幾個月內，究竟發生了什麼事。我在腦中搜尋一閃而逝的靈光，卻只看到一片空白，有如完全用墨水蓋掉的書中段落。

如果伊安真的在這裡，他可以為我解釋一切，替這團混亂帶來曙光。

史蒂芬的視線刺向我。「所以妳打算怎麼做？」

我緩緩吸氣，對上他的視線。他的雙眼。參了點點銀光的淺藍色。我看過這雙眼，我知道。「走吧。」

他再次伸手，我再次握住。他的皮膚暖暖的，掌心佈滿小小的繭，修長有力的手指頭緊緊抓著我，直到我掙扎。「會痛。」

他稍稍鬆手。「抱歉。」

我沒料到他會道歉。

我們搭電梯到頂樓，史汪醫師的辦公室。即使我的掌心開始冒汗，史蒂芬仍然沒有放開我的手。觀景窗破了，一道繩梯垂在半空中搖搖晃晃。我們往上爬向清涼澄澈的夜色。幾顆星星在遠處發出微光，點綴著漆黑的天幕，歐羅拉市區在我們四周閃閃發亮——聳立的摩天大廈、亮晶晶的高樓、玩具似的車輛在腳下方正的街道上飛馳。夜風穿過我的頭髮，屋頂上停著一架灰色直昇機，螺旋槳正在轉動。

一道人影踏出機外，黑色大衣下襬飄了起來。

我的心跳漏了一拍。他頭髮長了，身形消瘦了，到處都是稜角。但絕對就是他。

「伊安！」我放開史蒂芬的手，衝上前，狠狠抱住他。他雙臂環上，緊緊擁抱我。我稍稍後退，凝視他的眼睛。溫暖深邃的柔軟棕色——雖然比我記憶中的印象還要黯淡一些。有那麼半晌，我全心全意感受他的存在，緩緩伸手摸過他的鬍渣。「你要刮鬍子了。」

他發出噎到一般的笑聲。「天啊，妳不知道能見到妳，我有多開心。」

我嚥嚥口水。喉嚨裡彷彿卡了尖銳的物體。「伊安……史汪醫師死了。」

他臉色一沉。「我知道。他們說了。蓮恩，我很遺憾。妳一定很不好受。」

我摀住嘴巴，淚水模糊了我的視線。

他雙手捧起我的臉。「不會有事的。」

「不知道為什麼，我不這麼認為。」我低語。

史蒂芬輕快地走過我們身旁。「該走了。沒空在這裡瞎混。」

我們鑽進直昇機，伊安溜上駕駛座。「你會開這個？」我問。

「我夏天上過課。」他說。「那時候根本沒想到能派上用場。」

好吧，我努力整理一團混亂的思緒，裝出理性的假象。所以說我們要搭直昇機飛走。飛去加拿大——到某個叫做要塞的地方。顯然我之前在那裡待過。然後我們要……幹嘛？

史汪醫師的屍體再次從腦海中浮現，我的喉嚨被隱形的鐵絲纏繞。他真的逼我父親自殺？IFEN真的做過那些恐怖的事情？我不想相信。我**無法**相信。

史蒂芬關上艙門，我扣好安全帶。

我刻意放慢呼吸，執行劃分情緒練習，把情緒關進大木箱裡，蓋好蓋子，緊緊鎖上。史汪醫師自殺、我父親的真相、IFEN的行徑……晚點再來面對這些。除了當下，我腦中沒有任何空間容納別的事物。

響亮的警鈴乘風飄來，在我們腳底下，警車開進停車場，感覺像是電影場景，或者是夢境。是的，我隨時都會在自家床上醒過來。

伊安調整控制桿，直昇機昇到半空中。我的胃部一跳，剛才吃下肚的雞肉派在肚子裡滑動，頂樓離我們越來越遠。我們穿過低垂的雲層，在開闊的天際滑行，四周只有令人頭暈目眩的黑暗。透過雲層的縫隙，我瞥見城市不斷後退。我往後靠上椅背，左眼後方傳來震震悶痛。

史蒂芬的手指迅速敲打座椅，他望向窗外。「他們會追上來。偷走這些直昇機太冒險了。」

「我們也只能靠這個帶她逃出IFEN總部。」伊安說：「如果開車逃走，他們只要堵住出城的要道就行了。」

我閉上眼睛，專心聽引擎的隆隆聲響，感受座椅微微振動。喉嚨乾枯刺痛，我漫不經心地揉揉脖子。

「來。」

我睜眼，看見史蒂芬遞出一瓶水。我接過水瓶，轉開蓋子，喝了一大口。「謝謝。」我偷瞄他一眼。他一動也不動，直視正前方。他的側臉線條很迷人，在這個節骨眼還注意到這種小事，實在是不合常理。這是某種斯德哥爾摩症候群的預兆嗎？我又喝了一口水，以沙啞的嗓子低聲問：「要塞到底是什麼？」

「反抗IFEN的成員的基地。」伊安回答。

喔。看來我不只跟恐怖分子扯上關係，還成為顛覆政府計畫的一分子。世界漂移搖擺，有如隔著一層水幕，黑暗侵蝕我視線的邊緣。我握住剩下一半的水瓶，差點壓扁薄薄的塑膠外殼。

「妳要不要休息一下？」史蒂芬問。

「去你的。」我狠狠回應。「我要答案。」如此粗野的用詞把我嚇了一跳——史蒂芬也是。他的表情活像是我說的是阿拉姆語。「我想知道我是如何在短短幾個月內，從實習巡心者、從好學生變成……這樣。」我擺擺手，象徵整體情勢。「我還要知道你是誰。不只是你們在搞什麼政治陰謀。我要知道你是**我的**誰。那個囓齒女說你是『愛情鳥』。她說我是你的親愛的。那是什麼？我們真的是……」我無法說完這句話。我的耳朵好燙。

史蒂芬在位置上扭了扭，臉頰浮起紅暈。「我們親吻過。幾次。」

太離奇了，才剛見識到他在IFEN總部裡殘忍無情的模樣，現在卻看他像個小男生似地臉紅。我失去了初吻，而我完全記不得。或許我應該要相信那只是幾個吻。

我還失去了什麼？

史蒂芬垂著肩膀，彷彿扛著龐大的負擔。他的眼窩疲憊得凹陷，黑眼圈明顯的像是用筆畫上去。我現在才注意到。「妳還需要知道另一件事。」他說：「會捲入這件事情，是因為妳選擇幫助某個人。那個人早已被全世界遺棄。史汪醫師不希望妳這麼做，但妳沒有任由他阻止。因此IFEN成為妳的敵人。」

我咬咬下唇，思考要相信多少。伊安回頭瞄了我們一眼，什麼都沒說。

直昇機下方的雲層散開，我看見綿延數哩的森林，像是一片深綠色的毯子。遠處有一大片水域——密西根湖嗎？——閃著鋼鐵般的光澤。

疑問在我腦中盤旋，填滿我的喉嚨，可是我不確定自己是否真的想要答案。思緒稍稍偏移，一切感覺好不真實——彷彿正在看自己的紀錄片。超脫現實的感覺大概是使我不致徹底崩潰的安全索。坐在害死我監護人的男子身旁，我不該跟這些人有任何牽扯，然而在他們身旁看到伊安，我不由得懷疑起一切。

我陷入座椅，引擎穩定的嗡嗡聲與螺旋槳的呼嘯融合，把我包在聲音的厚繭裡。史蒂芬不斷偷瞄我，我有點期盼他摸摸我，撫過我的頭髮。不知道為什麼，我幾乎希望他這麼做，但他沒有。他雙手緊緊握拳，擱在膝上，直盯著窗外。

「他們在跟蹤我們。」伊安突然開口。

史蒂芬猛然坐直。「該死。」

我扭頭，沒錯，兩架印著IFEN標誌的白色直昇機跟在我們後頭，速度越來越快。

「坐穩了，我試試看能不能甩掉他們。」伊安拉起圓形拉桿，機身歪向一側，我尖叫出聲。

槍聲在後方炸開，伊安再次拉扯控制桿，直昇機往正下方墜落，再次升起。我的胃部翻江倒海，雞肉派努力爬上喉嚨。我一手摀住嘴巴。

「我們得要撐過國境。」伊安呼吸急促，緊握控制桿。「他們不會跟到加拿大。有國際協約。」

我只看到下方是海洋般的松林。國境在哪裡？離我們多遠？我想問，又怕一開口就會吐出來。

「他們就在後頭。」史蒂芬說。

「抓緊囉。」伊安說。我們正在加速，耳中滿是追兵大黃蜂似的巨響，越來越大聲。如雷的槍響填滿空氣，機身再次劇烈顛簸。

我們像石頭般直直墜落，伊安與控制桿纏鬥，努力減緩落下的速度。煙霧飄進我的肺部，嗆得我難以呼吸。就這樣。我要死在這裡了。我沒有多想，抓住史蒂芬的手，緊緊握著，直昇機轉著圈往下掉，地面高速逼近。傳來一陣衝擊，我發誓身上每一根骨頭在那一瞬間都碎了。

虛無把我攫住，扯入地底下。

第三章

我握著父親的手，夏日豔陽曬得我的後頸暖洋洋的。我舔舔杏桃冰淇淋——清涼又甜美，在我的舌頭上融化——一邊數著人行道上的裂縫，蹦蹦跳跳地避開。**踩到裂縫的話，妳媽媽就會出意外。**我聽其他小孩子唱誦這句話。不過我沒有媽媽。父親解釋說我來自他的細胞，在試管裡面長大，沒有住過女生的肚子。**我看著妳成長**，他說。**直到妳大到可以出來。**

我看見胖嘟嘟的綠色毛蟲爬過人行道，笑著指向它。「你看。」爸爸放慢速度。「他離家很遠很遠喔。」

「我們可以帶他回家嗎？」

前方傳來響亮的哭聲，我愣住了。衣衫襤褸、戴著項圈的女性被兩名身穿IFEN制服的男子抓住手臂，拖向一輛白車，不斷掙扎。「他們搶走我的寶寶！」她尖叫。「我只是想看看我的孩子！求你們放過我！」

其中一人對她低聲說話。她叫得更大聲了——都是髒話，我曾在學校聽年紀比較大的學生說過。然後她渾身一抽，像死魚般癱軟。男子把她塞進車裡，車子揚長而去。

父親溫暖的大手按著我的頭，我緊緊貼向他，抓住他的衣角。「那位女士生病了嗎？」我輕聲問。

「有可能。」他回答。

我們站在人行道上，其他人擠過我們身旁，對著手機說話大笑。好像沒有人在乎那個戴項圈的女性剛被抓進車裡。

「他們會治好她嗎？」我仰頭看他。

他的表情很奇怪，沉默了好一會兒，才低聲說：「世界上有很多種病，很多種痛苦。可是，小恩……有時候我們說別人『生病了』，只是因為他們讓我們害怕、不舒服。即使我們不是真正認識他們。那位女士也可能永遠沒有生過小孩，就算有，說不定孩子是為了某種理由被人帶走。說不定她只是又生氣又害怕。生氣跟害怕不是生病。妳聽得懂嗎？」

我咬住嘴脣，點點頭，儘管不太確定到底懂不懂。「那我們該怎麼做？」

他的嘴巴張了又合。「我跟公司的人談談。或許可以查出發生了什麼事。」

「可是……那位女士怎麼辦？假如她有困難，現在不是該幫她嗎？」

他蹲在我面前，看著我的雙眼。「有時候，妳沒辦法直接幫人。妳要改變體系的運作方式。」

我努力思考。如果我們試著阻止那些人，我們也會惹上麻煩。說不定他們會把我們抓上車，其他人只是看著，認為我們生病了。我的肚子好痛。突然間，我真的糊塗了。「IFEN不是好人嗎？」我小聲說：「你不是幫他們工作嗎？」

他輕輕嘆息，笑了笑，表情卻好傷心。「是的，小恩，他們大部分是好人，把我們的國家變得更安全，幫助有需要的人。可是他們也會犯錯。」

冰淇淋融化了，滴在人行道上。杏桃是最棒的口味，可是我現在一點都不想吃。

我在閃亮的霧氣中往上游，堅硬的東西戳中後腰，細細的刺痛竄過全身，不過跟頭骨內抽痛的地獄相比不算什麼。思緒糾結錯亂，我只記得自己在墜落。從半空中墜落——接著是粉碎宇宙的衝擊。

前一刻我還在作夢，影像卻迅速褪色，只留下些許印象，像是沙灘上模糊的腳印，隨即被海浪沖走。

我費了好大一番工夫才撬開眼皮，同時看見一雙棕色大眼，離我不到幾吋。伊安。一股暈眩湧了上來。

「蓮恩？蓮恩，妳聽得見嗎？」

我有點訝異自己還活著，雖然神智不太清醒，還是努力擠出「可以」的聲音。

他鬆了一口氣，直起背脊。

回憶紛湧而至。IFEN總部。爆炸與恐慌。史汪醫師的死。逃跑。直昇機墜毀，把我們困在這裡，管它是哪裡。陽光穿透枝葉閃爍，雲朵在明亮無邪的藍天飄盪。背上又被小東西戳了一下——松果嗎？我皺眉翻身，散落的頭髮掃過臉頰，我一把撥開。

「妳還好嗎？」伊安問道。

我掃描全身上下。血液砰砰敲打頭顱，身上到處都痛——覺得自己是一大塊瘀青——不過手腳還能動。除了墜機時深入骨髓的衝擊，我想不到有什麼東西斷了。「全身酸痛。」我摸摸頭髮，手指沾上黏膩的鮮血。視野一晃，內臟彷彿被人掏空。

伊安的指尖貼上我的臉頰，十個溫暖的小點。「從十開始倒數。」

我輕鬆完成他的要求。他又問了幾個問題，確認我沒有腦震盪，又坐了起來。「妳沒事。」

假如我失去意識好一陣子，就算現在還算清醒，還是有可能腦震盪，但我也無能為力。我很慢很慢地坐起，大腦像是在頭顱裡晃動。噁。我一手輕輕按住太陽穴，希望可以穩住殘破的灰色腦細胞，抬起頭東張西望。這裡是森林，不過我早就猜到了。松樹往四面八方蔓延，中間穿插幾棵枯瘦的落葉木。空氣冰涼，直昇機側倒在三十呎外，還在冒煙。史蒂芬坐在附近的傾倒樹木上，步槍擱在身旁，視線避開我。

「這裡是哪裡？」我問。

「好消息是我們已經抵達加拿大了。」伊安說。

我打了個寒顫。

我這輩子第一次踏上另一個國家。在這裡，在這片土地上，我們的精神類型沒有意義。我一陣暈眩，彷彿腳下的地面突然晃動。

以前，我們沒有學到多少美利堅聯合共和國以外的知識，他們說加拿大是危險的蠻荒之地，接近無政府狀態的退化文明。我不知道其中有多少真相，多少假話，因為我甚至沒遇過出國旅行的人。少數美國人出過國，但他們幾乎都是富有的菁英分子，有本事僱用保鏢。出國需要各式各樣的特別許可與文件。好吧，這是在合法的前提下。

「壞消息是什麼？」

「壞消息是我們困在荒野中，無法聯絡其他人，設備不夠。」

「你們沒有手機？」

「當然沒。」史蒂芬說。「太容易追蹤了。」

伊安重心移向腳跟，咬咬大拇指。「武器狀況如何？」

「我們有步槍。就這樣。」

「好吧，只能祈禱不會遭到襲擊了。」伊安調整背包的背帶。「至少還有一點食物跟水。雖然不多。」

我的視線不斷飄向史蒂芬的步槍。之前我沒有看過槍枝，至少不是親眼看到。現在大部分的保全跟警察用的都是神經阻斷器。仔細想想，我竟然沒有驚慌失措，還挺了不起的嘛。有伊安陪著，我安心不少，但是想到這一兩天的情勢轉折，我開始懷疑自己究竟認識他多深。他參與這些瘋狂的事情多久了？

我告訴自己一次解決一個問題。「現在怎麼辦？」

史蒂芬站起來。「開始走。運氣好的話可以找到路。」

我只想躺在軟綿綿的苔蘚上，直到腦袋不再漲痛，不過我別無選擇。加拿大八成也有邊境巡警，在這裡待得越久，被人逮到的機率就越高。

那樣不好嗎？腦海中冒出低語。我大概會被送回家，不管怎麼看，這些人都像是綁匪——實情也差不多是如此——所以我不會有事。然後呢？

假如史汪醫師真的違背我的意願消除我的記憶，那我得要知道原因。我要知道自己出了什麼事。也就是說我要待在伊安跟史蒂芬身旁，至少再等一陣子。

我勉力起身，像是醉漢一般搖搖晃晃。史蒂芬扶著我的腰，我僵住了。他觸碰我的方式——非常熟悉——衝擊了我全身上下的神經。「沒事。」我喃喃念著，掙脫他的手。

我看見他眼中閃過痛楚，一瞬間，我真的覺得好內疚。好像踹了路邊小狗一腳似的。渾身傷疤、帶著步槍的暴力小狗。然後他收起表情，再度化為石像，別過身。

他的氣味逗留在我鼻子裡。皮革、火藥，以及鮮血淡淡的金屬味……除此之外，還有一股細微的氣味，在回憶裡勾起餘音。神經彼此推擠，有如風吹過樹葉般低語，他的氣味穿梭在我腦中的迴廊間。鮮明清晰的影像亮起，我隔著水底咖啡的桌子，坐在他對面，他告訴我……告訴我……

不見了。

史蒂芬跟伊安緊盯著我。「怎麼了？」伊安問。

我搖搖頭，望向別處。「不知道。」

伊安暖和溫柔的手按住我的肩膀。「不要勉強。妳的精神還很脆弱。」

我點頭，瞬間逮住史蒂芬的目光，他別開臉。

「妳的穿著真的不適合踏青。」伊安打開背包，掏出厚重的法蘭絨襯衫、運動褲，以及一雙結實的棕色登山靴。

「你準備得真周到。」

他笑了。「我總是做足準備。」他把衣物丟給我。「妳換衣服的時候我們會轉身。」

「謝謝。」我稍微走進樹叢裡，給自己些許隱私，迅速剝掉輕薄的棉質病人服，套上伊安帶來的保暖衣物。對我來說太大件了，我得要捲起褲腳跟袖子。我坐下來脫掉拖鞋，藥丸滾了出來，掉在地上。我緩緩撿起。一切有如快轉，我幾乎忘記它的存在。我把藥丸塞進口袋，走回兩人身旁，他們還是背對著我。「你們可以轉回來了。」

他們轉過來。

我思考要不要讓他們看看藥丸，問他們這是什麼。但我卻說：「那個護理師是誰？她也是黑風衣集團的人嗎？你們的眼線？」

「護理師？」伊安語氣困惑。「什麼護士？」

如果她真的是黑風衣集團的成員，他們應該會認識她。「有個怪怪的護理師，她……」不知道為什麼，我沒有說下去，發現自己不願透露藥丸的事情，即使根本不知道那是什麼。如果他們想拿走藥丸呢？「別在意。應該沒事。」

伊安皺眉，不過沒有回話。

我們動身上路。雙眼後方的血液湧起又退去，形成暗紅色的潮汐。每隔幾分鐘我就得要停下來，靠著樹幹喘息。史蒂芬走在最前面，雙手握槍，帶我們穿過森林迷陣。他似乎知道我們要往哪裡走，伊安背上的巨大背包上下跳動。

橘色的光芒從樹冠滲入，我瞇起眼睛，太陽沉得更低，消失在地平線下，西方天際只剩粉紅色微光。樹枝構成尖銳的背光黑影，森林某處有隻土狼嚎叫，哀悼般的高亢長音。

我又絆了一下，停下來靠著樹幹。

「怎麼了？」伊安問。

世界搖晃失焦，樹葉模糊一片，成了柔軟的綠色點點。「我需要休息。」我滑坐在冰冷的土地上，漲痛的腦袋不肯冷靜，甚至漸漸惡化。說不定我真的摔出腦震盪了。

「不該停留太久。」史蒂芬說。「就算IFEN在加拿大沒辦法對我們出手，還是要擔心這個國家的當局。」

「給她一點時間，我負責站崗。」

我靠向樹幹。史蒂芬坐在幾呎外，伊安四處巡邏，查看附近的樹叢。從他的位置聽不到我們的聲音。史蒂芬數度張嘴想說話，然後又閉上嘴巴。他把膝蓋縮到胸前，雙手緊緊抱住。「妳真的什麼都記不得了。」最後他這麼說。

「對。」

他喉嚨的肌肉收縮起伏，額頭貼上膝蓋，在尷尬的一瞬間，我不知道他是不是哭了。我不清楚要如何面對這個狀況，腦中不斷重播他用槍托擊中史汪醫師鼻梁那一幕，搭配骨頭粉碎的音效。我也記得被我推開時，他臉上的表情。他感覺不像是冷血殺手。

我湊向他。

史蒂芬抬起頭，眉頭擰成一團。「蓮恩？」

我雙手揪住他的外套，往他身上貼，他肌肉一繃。我的心跳得好沉，接下來要做的事情很不合常理，或許有些詭異，但值得一試。「不要動。」我的臉埋進他的頸窩，深深吸氣。他發出噎到似的聲音。

皮革。煙霧。咖啡。再往下還有隱約的雨水、石頭、塵土、海洋。我閉上雙眼，捕捉這些氣味，試著往我內心追蹤它們的源頭。然而無論我方才瞥見什麼，那些都消失了，只剩下一片空白，宛如空蕩蕩的高牆。我往後退開，看著史蒂芬，他又成了陌生人。「抱歉。」我說。「一瞬間，我想到……可是不見了。」

他眼中閃過希望的光彩，漸漸消退。他緩緩吸氣，一手抓過頭髮。「如果妳想起什麼，就算只有一瞬間，那就代表記憶*還在*。」他說得篤定，好像這能讓說出口的話成為現實。

當然了，記憶修正治療不是這樣的。即便殘留微量的感應資料，在黑暗中浮沉，它們已經脫離整體脈絡，沒有任何意義。你手中握著一把彩繪玻璃的碎片，或許能看出一些東西——葉子、花朵、臉頰的曲線。無論我失去了什麼，都是留下來沒有好處的記憶。我無心告訴他這些。

我站了起來。「繼續走吧。」

太陽下山後，我們還是沒找到路，只好在一片空地紮營。伊安從背包裡掏出手提電燈，還有幾塊摺好的毯子。放在地上的燈散出淡淡光圈。

「凍死了。」自從剛才的談話之後，史蒂芬沒有看過我一眼。「有火柴嗎？」

「沒有。」伊安回應。「想生火的話就要學童軍啦，你知道作法吧？」

史蒂芬哼了聲。「你以為我參加過童軍？」他重重坐下，雙臂在膝上交叉。

伊安聳聳肩。「反正生火也太危險了。太亮，太多煙。我們可不想引起任何人的注意。」

我靠上一棵樹，腦袋悶悶作痛。氣溫急速下降，我的牙齒格格作響，伊安坐到我身旁，拿毯子披上我肩頭。我嘴角勾起笑意，伸出手臂。「來吧，我們要用體溫取暖。」

他遲疑一下，隨即跟我一起鑽進毯子裡。

我貼著他的身體。很溫暖，我閉上眼睛，要想的事情太多了，可是我一點都不想思考。我只想存在於此，縮在伊安的臂彎裡。他把水瓶湊到我嘴邊。「喝一點，這樣頭痛會好一些。」

清水嘩啦啦流進喉嚨，舒緩了乾枯腫痛的黏膜。他往自己指尖倒一點水，抹在我的額頭，讓我滾燙的皮膚稍微降溫。「很舒服。」我低喃。抬起頭，我看見一雙淺藍色雙眼隔著空地凝視我，馬上就轉開。

他看起來好孤單，我心底有個角落想向他伸手，可是現在我無法面對他象徵的複雜問題。我累壞了。

我打起瞌睡，伊安肩膀的觸感是我與現實世界的錨。他梳順我的頭髮，手指一次次在髮絲間穿梭。我喜歡他的手，這個想法突然冒出，但我一直都喜歡——修長、優雅、敏捷。藝術家的手，或者是鋼琴家。我呼吸他身上舒服又熟悉的味道，像是我最愛的書，我想到第一次在IFEN總部遇到他的情景，他穿著巡心者的白袍，小狗般的大眼睛和粉紅色的臉頰讓他顯得年紀好小，但他身上從容的自信讓我好羨慕。我記得當時他的頭髮還很長，綁成鬆鬆的馬尾。他的髮型變個不停，我想我最喜歡那時候的長度。

我聽見一道聲響，愣了一下才聽出那是什麼。馬蹄。

伊安渾身僵硬。「怎麼了？」

史蒂芬站起來，握緊步槍。「準備好。」

伊安也起身，我跟著站起，還靠在他肩頭。達達、達達，蹄聲越來越近。樹葉騷動不已，漆黑的巨大形體從樹林裡浮現。那匹馬嘶嘶吐氣，蹄子刨刨地面，耳朵抽動。一名女子跨坐在馬背上，手握韁繩——她穿著短袖黑大衣，髒兮兮的牛仔褲和馬靴。複雜的螺旋黑色刺青從她的雙腕延伸到手肘，她的投影面具……我想是野狗。

她笑了起來，狹窄的吻部露出尖牙。我發覺她臀邊掛著手槍。「很好。」她說：「終於找到你們了。」

第四章

我眨眨眼，努力適應狗頭女騎在黑色駿馬上的超現實畫面。

史蒂芬舉槍。

她鬆開韁繩，舉起雙手，不過神情毫無警戒的意思。「放輕鬆。我不是敵人。」

「妳說終於找到我們，這是什麼意思？」史蒂芬的嗓音低沉冷硬，槍口一直對著她。「妳要幹嘛？」

「讓我猜一猜。」她說：「你們剛跨越國境，正在逃亡？」

他愣住了。伊安一躍而起。

她哈哈大笑，露出尖牙與粉紅色的長舌頭。「我說過了——我是你們的同伴。可以叫我潔卡。騎馬出門的時候看到你們的直昇機墜毀，順著煙霧找到殘骸，一路追蹤你們。我無意冒犯，可是你們的痕跡太明顯了，而且正在兜圈子，所以我猜你們迷路了。」

「我們怎麼知道可以相信妳？」我努力裝出勇敢的語氣。

「是不用啦。隨便你們。我可以帶你們到安全的地方，或者是直接把你們丟在森林裡。」

史蒂芬跟伊安互看一眼，伊安開口：「有多遠？」

跟在騎馬女子後頭，我不知道我們在樹叢荊棘間跋涉多久，不斷拔掉卡在衣服上的樹葉跟尖刺。她一直戴著投影面具，尖耳朵前後轉動，有如小小的衛星接受器。抵達一片空地時，天已經亮了，我的腳又痛又僵，儘管天寒地凍，衣服還是被汗水浸濕。

我們眼前聳立著一棟灰沉沉的舊房子，看起來像是飽經風霜的廢棄房屋。

「到了。」潔卡高聲說。

「所以說，呃、」我清清喉嚨。「這就是要塞？」

伊安笑了。「不是，我保證我們的基地比這裡更壯觀。」

潔卡把一根煙插進面具上的黑色嘴脣間，吸氣，吐出白霧。「所以你們要去要塞？還有好一段路要走呢。」

「這幾天低調一點比較好。」伊安說。「我的意思是……考慮整體情勢，這樣感覺比較安全。」他瞥了史蒂芬一眼，史蒂芬點點頭。

我皺眉。他們似乎有什麼祕密瞞著我。「為什麼？為什麼這樣比較好？」

伊安歪歪腦袋，似乎是在思考用詞。「現在要塞有點混亂。就這樣。」

「嗯，你們在這裡不會有事。」潔卡說。「從地圖完全找不到這個地方。沒有電，什麼都沒有。」

黑漆漆的窗戶用木板封住，如果有人要我想像鬼屋的模樣，大概就是這種感覺吧。

潔卡爬下馬背，把馬兒綁在附近的樹上，拍拍牠光滑的頸子——汗水形成亮晶晶的泡沫——

又吸了口煙，從鼻子呼氣，好像童話裡的惡龍。煙味惹得我眼睛泛淚。

她踏上前門崩塌一半的台階，用髒兮兮的鑰匙開鎖，帶我們穿過陰暗的玄關、狹窄的走廊。木頭地板被我們踩得咿呀抗議，她停下腳步打開櫥櫃，往裡面翻找，挖出兩個煤油燈，拿長長的木頭火柴點燃。「廚房裡有吃的。」她朝一扇門擺擺手。「大多是罐頭，沒辦法加熱——好吧，你們可以試試看火爐。總之可以吃得飽啦。」

我環顧褪色泛灰的牆面、破爛的地板、角落的蜘蛛網。「妳住這裡嗎？」

她笑出聲來。「天啊，怎麼可能。我住在幾哩外的農場。」她吹熄火柴，遞來一盞燈。「前陣子我找到這間空屋，看起來是讓人躲藏的好地方，所以我在這裡放了食物跟補給品。」

「妳真的……很好心。」其實我不知道該有什麼感受。以無私的心態協助恐怖分子是值得敬佩的行為嗎？

她聳聳肩。「我第一次跨越國境時，黑風衣集團的人給我假的證件，幫我在這裡重新開始。我只是把這份恩情傳遞下去。」她把第二盞燈交給史蒂芬。「總之我要走了。」

「妳不留下來嗎？」伊安問。

「我家還有個小女生呢。除了我，沒人照顧她。」

真納悶有小孩的人怎麼能如此冒險。要是潔卡出事的話怎麼辦？如果她被人逮到的話，怎麼辦？

她似乎是從我的表情看穿思緒，微微一笑，白牙一閃。「我來這裡是讓莎拉在沒有精神分類制度的地方長大，沒有人一直監視著我們。我想待在孩子們擁有自由的地方。如果不為她奮鬥，我就太虛偽了。」她將屋子鑰匙扔到我掌中。「臥室在樓上，地下室有逃生地道，警察來了就躲一躲，地道出口是西方半哩外的森林。喔，還有這個。」她遞給伊安一支手機。「預付型。裡面存了我的號碼，有需要的時候用這個聯絡我。真的有需要的時候喔。」

她走出去，關上門，地板被她的靴子踩得吱嘎作響。

「好啦。」史蒂芬開口。「我想今天也只能待在這裡了。」

「是啊。」伊安眼中映著煤油燈的光芒。「真希望有辦法聯絡其他人，他們甚至不知道我們還活著，不過根據蓮恩的狀況——」他瞥了我一眼，「——多等幾天再聯絡可能比較理想。」

根據我的狀況，我不認為他指的是我頭上的腫包。少了過去幾個月的記憶，我要如何在一大批臭脾氣的反政府人士之間自處呢？想到這裡，一陣恐慌竄過我全身。潔卡看來不是壞人，她說過的話在我腦中重播，我換了個姿勢，突然覺得渾身不舒服。「你們真的想打倒IFEN嗎？」疑問脫口而出。

史蒂芬跟伊安訝異地看著我。

「如果不想的話，我們還會在這裡嗎？」伊安問。

「相信我，假如妳還有記憶，妳也會恨透他們的。」史蒂芬說。

「嗯，我沒有記憶。」我的語氣比我想像的還要犀利。「我應該要相信你嗎？相信史汪醫師跟非法人體實驗有關？相信他逼死我父親？」

「我對他說這些事的時候妳也在場。」史蒂芬說。「他沒有否認。」

「他也沒有承認。而且就算那些都是真的，也不代表IFEN本身不好。不能用個人的行為來歸咎整個體系。」

「蓮恩……」伊安柔軟的語氣幾乎帶著歉意。「妳不知道的事情太多了。」

「那就解釋給我聽啊！說真的，我很難理解為什麼我最好的朋友突然變成恐怖分子。」

「我們不是恐怖分子。」史蒂芬答腔。「我們是革命人士。妳也是。妳只是忘了。」

我勉強維持平靜的語氣。「好吧，或許我真的是。我不知道。你們不覺得這樣有點太極端嗎？我知道這套體系不夠完美，但我們也不是生活在極權國家啊。」

「老實說真的是如此。」史蒂芬的語氣變得冷硬。

「太好笑了。我們自己選出民意代表——」

「他們基本上只是傀儡，而且四分之一的人民無法投票。只要你被分到糟糕的類別就失去選舉權了。」

「好吧，是這樣沒錯，我不完全贊同這項作法，可是我相信就連你們也能理解背後的原理……」我越說越小聲，史蒂芬的眼神冷酷又漠然。

「史汪醫師到底對妳的大腦動了什麼手腳？」他問。「我認識的蓮恩才沒有這麼笨。他是不是也毀了妳的人格？」

我臉紅了。「當然沒有。不可能做到這種程度。」最微弱的疑心依舊閃爍逗留。事實上，我完全不知道史汪醫師對我做了什麼，現在也沒辦法問他了。

伊安清清喉嚨。「或許現在不太適合這個話題。」他溫暖的手按在我背上。「妳應該要休息一下。」

「是啊。」史蒂芬喃喃說著，轉身大步離開走廊，爬上盡頭的樓梯。我們跟在後頭，我小心翼翼地邁步，每一道響亮的咿呀聲都把我嚇得皺起臉。我無法擺脫整棟屋子隨時會坍塌的預感。

史蒂芬帶著責難的嗓音在我腦中盤旋。我認識的蓮恩才沒有這麼笨。我咬住嘴裡的軟肉。他的評價為什麼讓我如此困擾？我為什麼要在意？

二樓又是一條長走廊，天花板的隙縫間不斷滴水，積起一小片水窪。提燈在地板上畫出黃色的小光圈，一隻老鼠倉皇逃離火光，消失在牆縫間。史蒂芬打開第一扇門，鉸鍊嘎吱呻吟。

我往裡面偷瞄，房裡幾乎只有光禿禿的四面牆加上狹窄的床鋪。牆上的灰泥處處斑駁，露出中心的磚塊。伊安往前走去，打開另一扇門，接著是第三扇。「兩間臥室跟一間浴室。」他向我們報告。「不過我不敢保證這些設備還能用。蓮蓬頭看起來像是恐怖小說的場景。」

我瞄了一眼。「好吧，至少採光良好。」我指著天花板上的裂縫，一絲灰暗陽光照了進來。

伊安輕笑一聲。「感覺滿有用的。」

「我去找食物。」史蒂芬沒多看我們一眼，又往樓下走去。

我走進第一間臥室，小心翼翼地坐在光禿禿的床墊上，感覺像是一片石板，但至少還撐得住我的體重。床腳有一塊摺起來的破爛薄毯。「總比睡在森林裡舒服。」

伊安微微一笑。「是啊。」

我們靜靜坐了一會，聽走廊上的漏水滴滴答答。兩間臥室，三個人。好吧，我想我們可以輪流睡，反正留一個人站崗也很合理。

伊安細細打量我的臉，濃密的黑色眉毛間擠出凹痕。「你覺得如何？」

「沒事，大概啦。」我頓了下。「好吧，其實不太好。」

他點點頭，穿著黑色大衣的肩膀拱起，修長的手指交疊在大腿上。「妳想聊聊嗎？」

我揉揉額頭。「在這些事情之前，我最後記得的是我去上學。接著就在IFEN醒來，有個技術人員跟我說他們從我腦中抹去了創傷回憶。然後……」淚水刺痛雙眼，我眨眨眼睛。

父親過世後，史汪醫師把我撫養長大。二十四小時前，我還相信他是值得信任的長輩。不到幾分鐘，我發現他對我撒了漫天大謊，然後我失去了他。史蒂芬的臉龐在我腦海裡漂浮。「他殺過很多人嗎？」

「誰？史蒂芬？」

我點頭。

短暫的停頓。「我不太確定，但我不認為他親手殺過人。」

「那個女人──芮伊──在IFEN總部裡射殺一整排警衛的時候，他連眼睛都不眨一下。」

「喔，是啊，我們都得要習慣死亡，無論我們想不想面對。」他的表情痛苦而緊繃。「有時候，為了活下去，你不得不殺人。」

「我無法接受。總有別的方法。」

他露出悲傷的笑容。「希望妳是對的。」

假如我的記憶還在，不知道現在會有什麼感受。我甚至不知道自己是誰，甚至無法想像另一個蓮恩是如何在一連串的事件中成為黑風衣。

另一個蓮恩。這個概念很奇怪，但這就是我的感覺。在相對來說很短暫的時間內，我莫名其妙獲得截然不同的價值觀，放棄自己的夢想、未來、人生。現在我永遠回不去了。喉嚨裡卡著尖銳的小刺，像是金屬碎片般疼痛不已。「伊安……」我吞吞口水。「我好怕。」

「我知道。」他扶著我的背，以前他碰過我好幾次——我們曾經在難熬的療程後彼此擁抱、安慰。可是這回不一樣。他的撫觸更加謹慎，彷彿不太確定自己的處境。我迷糊了。他的手在我背上逗留一會，往旁邊滑開。「妳不用一口氣面對全部，專心撐過今天就好。我們去吃點東西，然後休息一下。」

我想請他再摟著我的肩膀，但不知怎地就是說不出口。

我的指尖在床墊上游移，摸過一塊灰色污漬的邊緣，耳中隱約聽見史蒂芬在樓下廚房裡翻找。在心中，我看見他坐在我身旁，膝蓋抱在胸前，儘管背著步槍，那副模樣卻出奇稚氣、脆弱。「他是什麼樣的人？」

「妳想聽我的意見？」

「我猜我只是想更了解他。顯然我們曾經……很親近。」

「嗯，沒錯。」

永無止境的漏水聲在沉默中迴盪，我舔舔嘴脣。「我跟他是怎麼認識的？你知道嗎？」

「妳把他當成客戶，即使史汪醫師命令妳別這麼做。他們說他毫無希望，但妳不管那麼多。之後，妳跟他在一起的時間變多了。」

「等等。」我慌了。「他是我的客戶？我跟客戶接吻？」

伊安嘴角勾起笑意。

「一點都不好笑！這嚴重違反職業倫理！」

「抱歉。妳說得對，這不是好笑的事情。只是呢，根據發生的種種事件來看，所謂的『職業倫理』感覺也沒什麼了。」

「就算發生更重大的事情，也不代表那不重要。」我喃喃念著，眼角餘光瞄向伊安。「所以你對他有什麼看法？」

伊安扮了個鬼臉，嘴巴歪向一邊，像是咬到什麼味道很怪的東西。「要我說真話嗎？一開始我討厭那傢伙。我真的很擔心妳。他看起來……很不穩定。很危險。當然了，他可是第四型啊，我從小到大都學到我們要憐憫第四型，但絕對不能靠近他們，因為他們的被害妄想可能會傳染。」

我點頭——不是因為同意這個論點，而是這些話我都聽過，不過我總覺得怪怪的。父親教我人人平等的道理，要是有人受苦受難，你不該避開對方，應當要努力幫他。當然了，數據不容質疑，研究結果持續指出人類往往會感染旁人的情緒，與憂鬱、憤怒、害怕的人相處久了，你也會產生同樣的感受。我就是這樣嗎？

「你說『一開始』，所以你改變心意了？」

他聳聳肩。「有很多事情都變了。包括我的精神類型。簡單來說呢，我無法面對身為巡心者的心理壓力，陷入憂鬱。突然間我成了過去自己看不起的可憐蟲，漸漸了解為什麼他們會討厭IFEN。如果這個體系是用來控制妳，讓妳變得軟弱無力，會生氣、覺得自己遭到迫害也是很合理的反應。我們只是想活下去，然而越是抵抗，IFEN就管得更嚴。越是失去自由，我們就更努力還擊。我們在這個龐大迴圈裡不斷變強。」他歪嘴微笑。「抱歉。我不是有意要說教。根本沒有回答到妳的問題。妳想知道史蒂芬的事情。」

「其實這些對我很有幫助。」我想問伊安現在是第幾型，但是這太沒禮貌了。我端詳他的臉龐。「你的眼睛顏色變得更深了。」

他揉揉後頸，長長的睫毛垂下，藏住被我打量的瞳孔。「應該是光線問題吧。」

「不對，我剛才在太陽光下就注意到了。沒關係，我不介意，還滿喜歡這個色調的。感覺很……熱情。」

他輕笑一聲，聽起來更像是嘆息。「熱情嗎？」他收起笑意，抬眼與我互望，我們就這樣對看好半晌。

他還是伊安，我還是蓮恩，但一切都不一樣了。過去幾個月來，他看見了我從未看過的自己，現在我目睹了陌生的他。不知道我們腦袋裡藏了多少個自我。

「妳知道的，我沒有變。」他似乎看透了我的心思。我們認識那麼久，有時候做得到這一步。

「嗯，你這件黑色大衣看起來意外合適。」

「我已經穿慣了。」

我猶豫了下，不太敢提出在我心頭盤旋的疑問。「史蒂芬究竟要我從他腦中消除什麼回憶？」

「呃，這算是個人隱私，應該要讓他告訴妳。不過到最後，他還是留著那些回憶，然後你們一起離開歐羅拉，跑去找他記憶中的地方……很複雜。」

我輕輕嘆息。「真希望我能想起來。」

我們又沉默一會。「是嗎？」他低聲問。「妳真的想？如果說有辦法喚回記憶，妳會嘗試嗎？」

這個問題真怪。我當然想啊。不然呢？我張嘴想回應，卻忍住了。我想到口袋裡的藥丸，隨即否決這個想法。「太抽象了。消除掉的記憶沒辦法復原。」

「嗯，沒錯。」他撥開散在我臉頰上的髮絲，手勢輕巧得像羽毛。「跟妳說，我一直很想念妳。」

我稍稍紅了臉。「我沒有離開那麼久吧？」

「或許沒有，不知道。感覺過了好久。我只是很高興妳回來了。」

我稍稍猶豫，靠上他的肩膀。他呼吸一窒，肌肉瞬間緊繃，接著放鬆下來，緩緩摟住我。

我們以前也這麼做過。有一次，IFEN的訓練日結束後，我為了一名客戶的遭遇啜泣——那名文靜又哀傷到極點的年輕女性想要忘記雙親不斷罵她一無是處，為了一點小事就讓她挨餓。伊安抱著我，拿冰涼的溼手帕擦拭我浮腫的雙眼，他說：「跟我來。」

他帶我到天文台。「我知道這樣聽起來很無趣。」他說，「不過想想人類的問題有多麼渺小，還是能讓妳好過一點。」

我們坐在黑漆漆的階梯劇院裡，看星光和銀河滑過上方的圓頂布幕。真的有用，稍微啦。旁白低沉的嗓音戴著催眠似的魔力，我有點想睡，腦袋靠上伊安的肩膀。過了幾分鐘，他一手摟住我，貼過來輕聲說：「無論地球有多糟糕，天上還有好幾千個世界。好幾百萬個。」

「你覺得那些世界有人嗎？」我昏昏沉沉地低語。「跟我們一樣？」

「或許他們看起來跟我們不太像。可是我想——好啊，我希望——他們跟我們有同樣的感受。」

「比如說善良？」

「對。還有孤單。還有愛。」

當時我沒有多想。伊安跟我了解彼此；我們都很清楚巡心者的痛苦，自然能夠安慰彼此，從對方身上獲得力量。像是刮起風暴的海面上，彼此扶持的落難者。沒有任何曖昧的意思——即便在世人眼中，我們八成像一對情侶。

反正我們總是忙著上學，忙著受訓，沒空孕育友情之外的情感，我猜他也有同感。不過回顧過往，我竟然從來沒有起過疑心，這也挺怪的。

不太確定是什麼徵兆讓我察覺有人正在看著我們。或許是聲響，又或許只是感應到旁人的目光。我一抬頭，發現史蒂芬站在門邊，表情高深莫測。我的臉頰發燙，迅速從伊安身旁退開，就像被人逮到玩不該碰的東西的小孩。史蒂芬毫無反應。

「那是什麼？」伊安問，我這才注意到史蒂芬抱著許多盒子跟罐子。

「餅乾、花生醬、燉牛肉。」他說：「我找不到湯匙，不過抽屜裡有開罐器。直接拿來沾吧。」

我的腸胃咕咕叫著清醒過來。直到剛才，我混亂到沒空關注自己的肚皮，現在飢餓彷彿在我體內開了個洞。距離IFEN總部那頓差強人意的晚餐有多久了？

史蒂芬坐在床腳，打開花生醬的罐子，我拿餅乾當湯匙挖起一大團。食物在我們之間傳來傳去，有時用薄薄的鹹餅乾沾醬料，有時候直接用手指捏起來吃。不到半個小時，我們清空眼前的食物。我舔掉指尖最後幾滴燉牛肉醬汁，滿足地嘆息。填飽肚子後，身體狀況改善的程度令人驚訝。

「有一些瓶裝水。屋後好像有個幫浦。」史蒂芬盯著自己的雙腳。「不知道還能不能用，不過至少可以試試。」

「好啊。」我不確定還能說什麼。「聽起來不錯。」

他起身離開，在我胸口留下詭異的空虛感，儘管我應該要慶幸我們之間保持著安全距離。

伊安默默坐著，我摳摳大拇指指甲，努力思考要說些什麼。

他下顎的肌肉一抽。「可以跟妳說一件不該說的事情嗎？」

我皺起眉頭。「什麼？」

「我不希望妳恢復記憶。因為這樣一來，我就會失去妳。」

這句話讓我脊椎一涼。「你為什麼會失去我？」

他避開我的視線。「只是……人的感情會變。就這樣。」

我握起他的手，摸起來溫暖又光滑。我對上他的雙眼——柔軟又深邃，跟史蒂芬銳利的冰藍色目光截然不同。「伊安。你是我最要好的朋友。對我而言，世界上沒有人比你還重要。」他稍稍瞪大眼睛。我以前沒有向他坦承過這件事——或許我直到現在才清楚意識到——但事實就是如此單純。父親過世後，伊安總是陪著我，他是我唯一真正信任的人。「無論發生什麼，這點都不會變。」

「嗯，或許妳說得對。」他眨眨眼，我看見他眼角閃現水光，不過一瞬間就消失，我也不確定那是不是真的。「我們應該要睡一下。除非……妳要我陪嗎？說說話之類的？」

我遲疑一會。一半的我想要他帶來的熟悉感，令人安心的笑容。但我搖搖頭。「沒事的。」我需要空間來處理至今所知的一切。我需要思考，如果他在身邊，我隨隨便便就會沉溺在那股安全感之中，屏除腦海裡盤旋的疑問。

「好吧。」他靠過來，在我額角輕輕印下親吻。我驚訝地倒抽一口氣，還來不及反應，他已經悄悄溜出房間。

我躺上床鋪，疲憊的身軀萬分沉重，腦袋卻像陀螺一般轉個不停。

他愛上你了。這句話從心底浮出，來自曾經放置記憶的虛無空間。伊安，我的摯友，他愛我？說不定我也愛著他。不知道。情緒是一團糾結的線頭，完全無法理清。他認為要是我恢復過去幾個月的記憶，他就會失去機會，因為這樣我會重新愛上史蒂芬。也就是說我之前愛著史蒂芬。不是普通的喜歡。當然了，這樣才說得通——要不是情感強烈到凌駕在良心和訓練之上，我絕對不會跟客戶接吻。問題在於，我**想要**取回那些情感嗎？我想要愛上那個習慣死亡與殺戮的男人嗎？那個憎恨IFEN，意圖摧毀它的男人？

我清醒地躺了一會，觀察月光在牆壁跟地板上描繪出的圖樣。夜風穿過森林，發出陣陣嘆息，枝葉搖晃，月影閃爍舞動。門邊的煤油燈散發柔光，黃色火焰穩定燃燒。這棟屋子像是巨大的生物，在我四周嘆氣，劈啪作響，牆面傳來小動物磨爪的聲音。頭痛減輕為眼窩後方微弱的膨脹，宛如拍打海岸的浪花。我想到那顆還塞在口袋裡的藥丸。

翻來覆去一個小時後，我掏出藥丸，在大拇指與食指之間翻動，就著幽暗的光線研究。說不定我可以重獲失去的記憶？我為什麼會害怕這個想法？

我不只是怕自己會知道什麼（當然這是部分原因）。還有更深層的理由。我怕她——另一個蓮恩。我覺得自己身體裡關了一個陌生人，她想掌握控制權。

我把藥丸小心地放在床邊搖搖晃晃的桌子上，閉上雙眼。

第五章

我驚醒過來，氣喘吁吁，汗水沿著太陽穴流下。我緩緩起身，記不住剛才做了什麼夢，只剩霧濛濛的糾結影像。然而史汪醫師茫然空虛的雙眼——他腦門的彈孔——始終揮之不去。

一開始我還搞不清身在何處，四周是老舊的深灰色木牆，曙光從窗外潛入。沒有別人。我抖著手按住額頭——前一天的記憶猛然湧回。

藥丸還放在床邊的桌上。我將它翻面。印在上頭的字樣——**請吃我**——是嘲諷也是邀請。

夢境的細節早已模糊，但是那股恐懼依舊存在，我知道暫時無法繼續睡下去。

屋外的光線是挾著霧氣的綠色，詭譎又深刻，彷彿從開天闢地之時便一直保留到現在。鳥兒嘎嘎唱出野性的歌聲。歐羅拉沒有那麼多鳥。

我爬起來，隔著髒兮兮的玻璃往外看，樹梢把粉紅色的黎明天際切成一塊塊，屋外有一道人影，正在操作老舊生鏽的幫浦，裝滿水桶。史蒂芬。

不過是件小事，我卻無法移開目光。感覺很特別，看著一個人，知道他沒察覺到我的視線。或許只能在這種時刻看到人們摘下面具的模樣。他背對著我，看不見他的表情。他停下來用袖子擦擦額頭，在原地站了幾秒，凝視森林，突然間跪倒在地，雙手掩面。

我抽離窗邊，背靠著牆壁，心臟砰砰作響。等到我鼓起勇氣再偷看一眼，史蒂芬已經離開了。

現在的我對他來說，究竟算是什麼？我們曾經對彼此有什麼意義？

我往內心深處的黑暗空間尋找殘留的情感回音，可是什麼都沒有。我撿到好幾塊拼圖，瑣碎的資訊，但資訊無法告訴你這個人的樣貌。只有記憶做得到。

記憶。這是各種人際關係的基礎，各種愛戀憎恨。它們不只是過去，也是現在，是我們心中活生生的靈魂。記憶構成了情緒、我們對世界的理解、我們的選擇。真正的巡心者了解這些。我不由得納悶——不是第一次了——自己是否有資格掌握這份能力，改寫一個人的本質。

視線落到那顆藥丸上，它沒有離開床頭的桌子。我握住藥丸，感受它陷入掌心。

現在伊安大概也醒了，我一定得告訴他這件事。我不能獨自面對，祕密是沉重的負擔。

我拎起煤油燈，悄悄踏上走廊，樓下響起聲音，我僵硬地豎起耳朵，憋住呼吸，踮腳下樓梯。廚房的門關著，我聽見史蒂芬跟伊安在裡頭說話。

「聽好。」伊安的語氣平靜理智，像是跟客戶面談一般。「我知道處境很糟，可是你真的要振作起來。在這個鳥不生蛋的鬼地方，我們要合作求生。我知道你為什麼想離開，但——」

「你最好知道。」史蒂芬狠狠打斷。「你他媽的什麼都不懂。」

「好啊，那你解釋給我聽聽。」

離開？我屏息貼著門板。

踱步聲響起又停止，史蒂芬顫抖著深吸一口氣。「這樣對她比較好。你讓她冷靜，我只會嚇到她。」

「她只是還沒習慣。」

「你沒聽懂嗎？」他的嗓子啞了。「遇到我之後，她的人生變得一團亂。我把她拖進這個地獄，但就算情況不對勁，就算她發現自己犯錯了，她沒辦法離開我。因為她知道我會崩潰。她無法阻止自己幫助別人，就算會因此受傷。這就是我——我是她無法擺脫的壞習慣。或許現在她終於認清我了。」

輕輕的嘆息。「現在她什麼都看不清楚。她甚至不知道自己是誰。」

我沒有動，汗珠沿著脖子蜿蜒而下。

「至少她很在意你。」伊安繼續說。「她第一次見到你的時候，你背著槍闖進IFEN總部，她當然不會馬上信任你。只要你把腦袋從地洞伸出來，摘下自怨自艾的鏡片，兩秒鐘就好，你會發現自己其實沒有那麼糟。」

史蒂芬哼了聲。「對啦。我只是個恐怖分子，才剛擺脫藥癮，得了一堆精神疾病，腦袋裡到處都是空洞跟疤痕。我是貨真價實的神經病。你幹嘛跟我談這個？你不是想跟她在一起嗎？你放我離開，不就可以享受幸福快樂的結局了？」

廚房裡安靜好一會，伊安苦笑一聲。「好問題。」

我努力壓低呼吸聲，淺淺吸氣，雙腳在地板上紮根，耳朵黏住粗糙的門板。

「或許……或許是因為我知道那是謊言。如果她因為不記得你而選擇我，如果我順其自然，那我也不比史汪醫師好到哪裡去，為了自己的好處隱瞞真相。我遲早會恨起自己。」他越說越小聲，幾乎聽不清楚，然後又提高音量。「重點不是我們想要幹嘛。還有更重要的事情。黑風衣集團問題大了，他們不能再失去更多成員，而且我們還有別條路可以走，用巡心門讓她看看我們過去幾個月的記憶，說不定她可以稍微恢復一些。而且她跟你的羈絆沒有消失。」

「不重要了。」史蒂芬語氣空洞。「即使在她失去記憶之前，她已經做出選擇。她選了你。」

「我不太確定。」

「你沒有看到——」

我推開門，他們陷入沉默，緊盯著我，僵硬的像是兩尊雕像。我走到桌邊，坐下來，他們還是站著。「跟你們說，如果想討論我的事情，讓我加入討論是基本禮貌吧。」

兩人突然無法直視我，忙著挪動雙腳。「我以為妳在睡覺。」伊安低喃。

我轉向史蒂芬。「你說要離開，是怎麼一回事？」

他換了個站姿。「我想——」

「這樣對我比較好？」怒氣滲入我的聲音。「這不是你能決定的事情。」

他沒有看我。「妳自己說過了。妳沒有求我們救妳。如果我不是那麼自私，一定會把妳留在原處。」

「我知道自己說過什麼，但那時候我飽受驚嚇，完全搞不清楚狀況。現在還是一樣，但我知道我不想回到那裡。我是IFEN總部的囚犯。」

「至少很安全。」

「我不想要安全。我要答案。史汪醫師想從我身上偷走真相，我想知道為什麼。」我停頓一下，心臟跳得像打鼓。「我也想知道你是誰。」

他銳利清澈的雙眼掃向我，下顎肌肉微微抽動。

「妳拿著什麼？」伊安問。

我低頭看著握起的手掌，猶豫幾秒，鬆開手指，露出嵌在我汗溼掌心的白色小藥丸。

史蒂芬眨眨眼，張大嘴巴。「那是路西德嗎？」

「不知道。IFEN總部裡有個護理師給我的。為什麼？你為什麼覺得這是路西德？」

「看起來很像我之前吃過的藥。」史蒂芬說。

伊安皺眉。「可以讓我看看嗎？」

我遞過藥丸，他就著煤油燈閃爍的火光查看，我們沉默了好一會。「如何？」我問。

「護理師給妳的？真的？」

「對，可是……我不認為她真的是IFEN的人。」

伊安跟史蒂芬互看一眼，神情疑惑。

「我不知道這是什麼。但就是……感覺它可以幫我恢復記憶。」我很清楚這很不合理。記憶修正是不可逆的，這是我們受訓期間學到的第一件事。在巡心技術問世後，一直都有人後悔消除了自己的過去，其中幾個人接受實驗，試圖取回記憶。從來沒有成功過。這些實驗甚至會帶來悲慘的後果。

「我很蠢吧？」我望向伊安。「被摧毀的神經細胞怎麼可能復原呢。」

伊安打量我的臉，視線緩緩跳動。藥丸還在他手中。「神經修正治療無法摧毀所有與記憶相關的細胞，因為整段回憶是儲藏在腦部的好幾個區塊內。海馬迴負責整合，但那也只是其中一個步驟——經過不同的神經網絡合作，記憶才能成形，擁有意義。」

他說得對，所以一部分的資料還在，只是我無法取得。

興奮與好奇在我心底搔抓，伴隨著恐懼的戳刺。「你的意思是只要有辦法刺激神經元增生新的連結——」

「沒錯。或許有辦法恢復一些記憶。」

「但如果腦中的資訊沒有與整體脈絡連結，它們很快就會消失。」我指出重點。「我們能記得很久以前的事件，都是因為大腦不斷喚醒它們，重現模糊的部分，就像是修補舊畫一樣。其實你是想起前一次想起來的內容，而不是記憶本身。」

「對。記憶修正治療後，大腦要花四十八小時左右才能復原，在那段時間內，一切都要從混亂中重新建構。過了那段時間，從舊記憶散出的感應資料就開始淡去。消失就找不回來了。」

「等等。」史蒂芬說。「我的狀況不是這樣的。我指的是之前讓我的記憶恢復那次。」

「恢復你的記憶？」我問。

「說來話長。不過他不太一樣。」伊安轉向史蒂芬。「你的幼年記憶是在聖瑪莉的神經修正療程中刪除——那些記憶消失是好事——可是你待在聖瑪莉期間的記憶本身沒有真正消掉，他們靠著調整來扭曲細節。與其說是神經修正，更像是強力的潛意識暗示。你了解其中差異嗎？」

他皺眉。「應該吧。我還是抓不太到重點。」

「重點是，假如這顆藥真的能恢復記憶，她得要盡快服下。」他迎上我的視線。「妳等得越久，效果就越差。」

第六章

「蓮恩？蓮恩！妳聽得見嗎？」

我舔舔嘴脣，把注意力放在他身上。我躺在地上，清涼的草葉搔過後頸。「怎麼了？」

「我才要問呢。」他扶我起身，瞪大雙眼，露出大片眼白。「妳剛才就……倒下來了。」

我努力回想自己倒下前一刻有什麼感覺，但想不出任何觸發劇烈反應的原因。前一秒我還在走路，下一秒世界就被腦中的烈焰燒成灰。頭痛還在，只是減輕到可以忍受的程度。看來我離開IFEN總部後，頭痛其實從未消失。

當然了，我剛接受神經修正治療，以前每次療程後，我們都會給客戶和家屬一大本手冊，裡頭滿滿印著回家後的建議事項，頭一條就是亮紅色的**好好休息！**就怕驚嘆號還不夠醒目。太多的刺激可能會導致惡化以及長期副作用，跟腦部創傷差不多。

從專業角度來看，我應該要休息幾天，盡量避免一切刺激。但這不在選項之內。

我閉上雙眼，眼皮感覺像砂紙，一股力量壓迫著太陽穴，有如一雙大手按住我的頭。一道道彩虹在黑暗中舞動。

「喂……沒事吧？」

我睜開眼睛，呼吸不穩。史蒂芬站在門邊，影像模糊、震動，然後才慢慢穩下來。

「沒事。」我的聲音聽起來虛弱又混濁。「我只是需要躺一下。伊安，扶我上樓。」我不想讓史蒂芬看到我陷入如此惡劣的狀況。

伊安扶我進臥室，讓我躺到床上，正當他要退開時，我抓住他的手臂。「巡心門，在哪裡？」

他稍稍一頓。「我的背包。」

「應該要趕快準備好。時間不多了。」

伊安小心翼翼地摸摸我的臉，靠過來檢查，我的眼睛一定是充滿血絲，腫脹萬分。「蓮恩……」他咬咬下唇。「或許史蒂芬說得對。我們要重新考量這件事。」

「我已經決定了。」

「妳可能會受到無法治癒的傷害。」他斷然道。「可能會喪命。」

恐懼揪住我的腸胃，不過這句話在我的預料之中。他一點都沒錯。為了恢復記憶，賭上我的安危——我的生命——這是不智之舉嗎？

我的嘴巴乾到發痛，我吞吞口水，喉嚨的刺痛逼得我皺眉。「你之前說現在要塞不安全。」

我低語。「那是什麼意思？」

他吸氣。「妳現在要煩惱的事情已經夠多了。跟妳解釋一切只是——」

「伊安。」

他揉揉臉頰。「現在我們不知道能信任誰。」

我收緊手指。「你的意思是可能有人是另一邊的臥底。」

「對，就是這種狀況。」

「說不定我知道是誰呢？說不定情報就藏在我的記憶裡呢？」

他搖搖頭，一臉不知所措。「妳怎麼可能知道？蓮恩，這件事——這一切都太危險了。我不能——」

我的手指陷入他的手臂。「我必須知道我是誰。」

他的嘴脣抿成一直線，與我四目相對，我看見他眼中的擔憂。恐懼。但他還是點了頭。「我去準備巡心門。」

伊安走出臥室，我躺回原處。一滴滴冷汗凝聚在我額頭，眼皮下浮現彩虹——明亮的線條構成格子。視野扭曲也是神經修正的另一個副作用。等我睜開眼睛，一切變得不一樣了——猶如夢境，卻又更加真實，更有立體感，物體邊緣亮得詭異。假如我不是如此害怕疲憊，或許會欣賞這樣奇特的現象。現在的我只希望一切靜止，讓我好好休息。我想把大腦關機，停止思考，一口氣睡上三天，可是我拒絕選擇這條路。

我在拿自己的腦袋玩俄羅斯輪盤，想到這，我打了個寒顫。

「就是這樣？」史蒂芬問。

「就是這樣。」伊安回答。

三張木椅圍成三角形，彼此相對。三頂頭盔放在椅子上，三角形的中央是巡心門小巧的黑色硬碟。

我停在門口，研究這個水泥牆房間。這裡是屋子的地下室——荒涼的潮濕空間，擠滿裸露的水管和水漬。幾盞煤油燈擱在地上，閃爍的火光在房間各處投下詭譎的陰影。比起醫療行為，這裡的氣氛更適合招魂儀式，不過伊安認為這裡最安全。我們戴著頭盔，陷入路西德的藥效時——前提是那顆神秘藥丸真的是路西德——對周遭環境毫無知覺。脆弱無助。就算是警方找到這間屋子，他們大概也不會想到要查看地下室。

我對上伊安的視線，然後是史蒂芬。他和往常一樣沉著臉，表情費解——至少表面上是如此。但那張臉皮之下藏著如同暴風雨的洶湧暗流。「妳準備好了嗎？」他低聲問。

我張開嘴，聲音卻凍在喉嚨裡。恐慌是冰冷的大手，緊緊握住我的肺。一旦另一個蓮恩從我心中釋放出來，會發生什麼事？她會把我整個吞下去，還是說我們將在同一顆腦袋裡共存，不同的意識形態與觀點攪和成動盪不安的雜燴？或許那跟我現在的感受差不到哪裡去。「好了。」我努力忽視顫抖的雙腿，走向椅子，坐了下來。「所以說……要怎麼進行？」

「我啟動巡心門。」伊安說。「妳吃下藥丸。由妳來引導療程，擔任巡心者，妳會收到史蒂芬跟我的訊息。如果一切照著我們的預期，妳將在腦中統合這些訊息，等到療程結束，妳會變得更像史汪醫師消除妳記憶前的模樣。」

戴上頭盔時，我的手指沾滿溼滑的汗水。伊安走上前，遞給我那顆路西德，然後坐上他自己的位置，戴上頭盔，扣好固定釦。史蒂芬站著沒動，琥珀色的煤油燈在他眼下和臉頰照出陰影。

我對上他的視線，冷不防打了個寒顫。此時此刻，對我而言，他依舊與陌生人無異。像是一道謎題。如果療程奏效，這個謎將會解開，我不只能認識史蒂芬，還有我自己——還有要塞，還有我在IFEN遇到的人。要是沒有用——

我們很有可能會衝進森林裡，跟瘋子一樣大吼大叫，被熊之類的動物吃掉。或許我的腦袋會崩解成一團爛泥，下半輩子與尿布為伍，成天流口水。說不定我們三個都會變成這樣。我想像我們坐在治療機構裡，眼睛如同充滿雜訊的故障螢幕，肉體在沉默中凋零，身穿白色制服的人默然照顧我們。

不對。不會這樣。我不會讓這種事情發生。

史蒂芬緩緩坐下，戴好頭盔。我們看看彼此，三角形裡的空氣緊繃起來。

「好了嗎？」伊安問。我點頭。過了幾秒，史蒂芬也點了頭。

他打開巡心門，低低的嗡鳴填滿地下室，我的頭皮陣陣刺痛。刺激緩緩沿著脊椎緩緩下降，傳遍我全身。我閉上雙眼，感受心跳。接著，我感覺到另一組心跳，第二道鼓動在我體內敲打，像是兩個重疊的影像。我隱約意識到那是伊安的心跳，比我還要穩定一些。第三組心跳來了——**史蒂芬**——在我胸中填滿刺耳的雜音——一瞬間，我們的心跳開始共振。咚咚、咚咚。

「我幾乎忘記這有多噁心了。」史蒂芬低喃。

伊安輕笑一聲。「真的。」

他漫不經心地揉揉胸口。「你們應該習慣了吧？之前不是做過很多次嗎？」

「不一樣。你知道的。那些是醫療行為。這次比較像——」

「玩三人行的毒蟲？」

「嗯，我不會這樣形容。感謝你讓現況更詭異了。」

我什麼都沒說——他們的心跳在我胸中敲擊，佔滿我的腦海。說來奇怪，這樣的節奏能讓人安心下來。假如我不是這麼害怕，就能好好享受了。

「喂。」史蒂芬瞥向伊安。「你沒辦法讀我的心吧？」

「老實說我不太清楚會有什麼效果。說不定我們能接收到些許彼此的思緒。」

「很好。」史蒂芬輕聲回應，他渾身僵硬，手指陷入椅子扶手。「你可要鑽過我的負面情緒。歡迎來到驚奇屋。」

我的嘴巴越來越乾，全身上下異常沉重。汗溼的手掌緊緊握住路西德藥丸，彷彿擔心它會掙扎逃脫。

「蓮恩？」伊安放軟嗓音。

我擠出微笑。「給我一點時間。」

儘管他們努力壓抑思緒，兩人的緊繃依舊陣陣襲來。或許他們跟我一樣怕，接下來他們將要對我敞開自我——我們三個要對彼此開誠布公——開始之後，沒有人能控制結果。

盯著掌心的小藥丸，我的手微微顫抖。在失去勇氣之前，我把藥丸丟進嘴裡，直接吞下，往後靠上椅背，閉起眼睛，專注在自己的呼吸聲上。等待。

一開始毫無反應。我開始懷疑這顆藥是不是沒有任何效果。說不定我的記憶已經沒救了，再也找不回來，我們乾脆忘記這件事，去吃個晚餐什麼的。我張嘴想問伊安路西德的藥效要多久才能生效，然而我發覺自己竟然忘記要怎麼說話了。史蒂芬說了些話，但我只聽見毫無意義的聲響——嚕、嚕、呃、嚕——在我腦中朦朧地舞動。我試著起身，暈眩感如同鐵拳，撞進我的大腦，我被甩出身體，撞破天花板，飛到半空中。感覺像是被綁在雲霄飛車上，車廂突然駛離軌道，衝向虛空。

星星在我的視野裡旋轉，深淵在我面前開啟，吞噬世界，把我吸入，上下左右喪失意義，只剩無盡黑暗。

啪嚓。我用慢動作跑過沙灘。世界異常明亮，所有的事物籠罩著亮晶晶、霧濛濛的光暈。透明的綠波拍打沙地，在尖銳的黑色岩石上破碎，閃閃發光的水珠和奶油色的泡沫飄起。我追著高瘦瘦的紅髮少年跑，他大概十二歲上下。

他朝我揮手，咧嘴而笑，繼續衝向大海。「等等！」我停了下來，高聲呼喚。「來啦，伊——安。」他拉長聲音叫我的名字，像是在說笑話一般，還對我潑水。「不過是水嘛。」

浪花越來越高，怒氣騰騰地吐泡泡，湧起又墜落，男孩毫無畏懼地往外游。

「麥爾坎！」我放聲尖叫。

他離我越來越遠，浪頭蓋過他，把他吞沒，就在一瞬間，他消失了。

我邊哭邊喘，衝入水中，又被海浪打回岸上。海水好冷，我的牙齒格格作響。我站在岸上，腳趾埋入溼溼的沙子。我哥哥消失得無影無蹤。

身體不想移動，恐懼把我黏在海岸上，但我掙脫禁錮，跳進海裡，打水追上。海浪越來越強，從背後攻擊我，如同好幾隻大手把我拍下。我大口吸氣，瘋狂打水，把頭撐到鹹腥的水沫上。已經搞不清楚海岸在哪裡，四面八方都是往霧茫茫地平線延伸的水域。海流揪住我，把我往下扯，冰冷的黑暗將我包圍，壓向我的眼睛和鼻子，濃稠得難以呼吸，拉著我往下、往下。上方的光線越來越黯淡，漸漸消失，只剩下黑暗凝結的海洋。我再也無法憋氣，張開嘴，吐出一團泡泡，海水湧入。我用力喘息……

突然間，我莫名其妙地開始呼吸，把水當成空氣一般吸進呼出，碾壓胸口的力量不見了。我睜開眼睛，沒看到黑暗，海水變了——或者該說是我的眼睛變了。我漂在玻璃般綠幽幽的世界裡，可以看見腳下幾碼外盪出漣漪的沙子，再往前是大陸棚塌陷成為無底海溝的邊緣。麥爾坎不見蹤影，恐慌掃過我全身。

一道聲音在我耳邊迴盪，被海水悶住扭曲。**來吧，醫生，專心點。**

我開始游泳，身體如同刀刃，穿透海水。前方的海底埋著什麼東西——黑色巨大球體的弧度，直徑將近十呎，突出沙地幾呎。我潛得更深，吸入海水，游到球體正上方兜圈。我看見球體表面映出我模糊的身影，我的泳褲一定是在半途中脫落了。我游得更近。

我不再是伊安。我是蓮恩。

雙手貼上球體冰涼光滑的表面，我的倒影盯著我看，瞪大眼睛，我頓時發覺這**不是**倒影，是另一個女孩，看起來跟我一模一樣。她被困在這裡，揮拳敲打球體，張嘴喊叫，可是我讀不懂她的脣語，她的聲音被沉默的海洋吞噬，我撥開球體四周的沙子，想把它挖出來。我雙手貼著球面……突然穿了過去，陷入球體內。女孩抓著我的手腕，將我扯進去，黑暗將我包圍。

讓人目眩的恐懼攫住我。心跳失控狂飆。天啊。我還沒準備好。幫幫我。誰來幫幫我。

但已經來不及回頭了。我飛過充滿破碎影像的隧道，無數的聲音與臉龐掠過，我無能為力，任由浪頭帶我前進。

一個女孩死氣沉沉地躺在我腳邊，她的頭髮沾上鮮血，上方的天空炸開，佈滿火焰與煙霧。

對面是坐在輪椅上的男子，沉靜的灰色雙眼凝視著我，細瘦的手指撫上我的臉頰。*記住，蓮恩。*他急促低語。*妳要記好。人類的靈魂危如累卵。*

第二部

堡壘

三個月前

第七章

鳥叫聲穿透我腦中的層層迷霧，將我拉向遠處的光芒。車輛的嗡嗡引擎聲在我骨頭中迴盪。

車子撞上小土丘，把半睡半醒的我驚起。我直起腰，撥開散在臉上的髮絲，抹掉沾在下唇的口水。

窗外朦朧的金色陽光隔著松樹枝葉撒下，現在已經接近傍晚。史蒂芬的手指一如往常，死死握著方向盤，指節發白，淺藍色的雙眼注視前方道路。「妳作夢了？」

「差不多。」嘴裡充滿乾枯的酸臭味，我皺皺鼻子，拿起杯架上的瓶裝水喝了一大口。「看得出來嗎？」

「妳在說夢話，我不確定該不該叫醒妳。妳看起來很需要休息。」

離開葛瑞西的避難小屋之後，我努力瞇了一下，緊繃到無法多睡。頭痛欲裂，眼睛乾涸得像是被人灑了一把沙子。不到兩天的時間，我卻覺得已經開了一億年。

我們往邊境逃了兩天。我正式成為叛國賊兩天。還是英雄？我不知道。唯一能確定的是——我說了實話。焦慮在腹部騷動，我做了一趟身分確認練習。*蓮恩・費雪。十八歲。巡心者。前任巡心者。*

「通緝要犯」算是職業嗎？

車子輾過狹窄道路上的淺坑，上下彈跳，前方亮橘色的路牌狠狠瞪著我們：越過此處是危險的非法行為。我坐得更直。「快到了。」

這條路沒有通到加拿大邊境，但至少可以帶我們靠近一些，讓我們走完剩下的路途。真正的問題是如何翻過圍牆。

他的視線四處掃射，觀察周遭環境。「是我多想，還是說我們真的太過順利？IFEN現在應該已經派出追緝部隊了吧？」

我咬咬水瓶的塑膠瓶口。「嗯，我們沒有GPS跟手機，所以他們沒辦法追蹤我們。就算靠著衛星攝影機找人，他們也不知道我們開什麼樣的車。」

「也是啦。不過他們有的是辦法。」

他說得對。真的太順利了，我不由得緊張起來，感覺隨時會被陷阱夾住，可是我們也只能繼續往前走。

車道縮減為滿地塵土的小徑，一片片雜草欣欣向榮，輪胎壓過碎石子，樹木聳立在兩旁，擋住大半天幕。

史蒂芬停車，我解開安全帶，打開門。前面沒路了，生鏽的鐵鍊掛在兩根水泥柱之間，擋下我們。鐵鍊另一側還是森林，這裡的松樹細細瘦瘦的，與同伴之間保持禮貌的距離，無法提供太多掩護。「好吧，我猜現在開始要用走的了。」他說。

我們離開車子，微風吹亂我的頭髮，我揚手摸摸鬆脫的髮絲。先前在IFEN總部爆炸中燒焦的頭髮被我剪短了，少了那些重量，腦袋出奇輕盈，有種赤裸裸的感覺。

我知道現在得要丟下車子了。只有幾條路能穿越邊境，全都受到嚴密戒備，因此開車通過是不可能的。徒步也沒有那麼顯眼。還是有機會被巡警逮到，不過他們無法二十四小時監控整條邊境，我們只得期盼能成為漏網之魚。

我不喜歡靠運氣，覺得早就把這輩子的好運用完了，可是也沒太多選擇。

「拿好東西。」史蒂芬說。

後座放了兩個背包，裡頭是幾天份的瓶裝水、核果與水果乾綜合點心、蛋白質點心棒，加上一組急救包，甚至還有一小盒化妝品。我將一個背包甩到背上，拉緊背帶，這時我想到一件事，停下手邊的動作。「我的巡心門。」扁扁的硬碟放在行李箱，跟兩頂頭盔一起包在毯子裡。應該是塞得進背包，只是會增加我們的負荷，拖慢腳步。「可能要留在這裡了。」

「帶著吧。」史蒂芬說。

「可是——」

「那是妳的東西。」他說。「我可以扛食物跟水。妳帶著吧。」

我猶豫了。

這套巡心門是我父親的財產，在他死後由我繼承。這是我和他僅有的牽繫，其他的一切——屋子、我的財產，甚至是我的電腦克洛伊——都沒了，被史汪醫師奪走了。更何況丟下巡心門實在是太無情，伊安可是為了這東西惹上不少麻煩。但是在這個節骨眼，巡心門有什麼用？我已經不是巡心者了。「真的沒有必要留著它。」

「我懂妳，醫生。」他柔聲呼喚我的綽號。「如果放棄它，妳一定會後悔的。」

「好吧，就聽你的。」我暗地裡鬆了口氣，打開行李箱，抱出毯子包著的裝備，塞進我的背包。背帶咬入我的肩膀，我感覺得到巡心門的重量往下拉扯。頭盔太大了，我只得扣上固定的扣環，掛在背包頂上的繩圈。「你扛所有的補給品真的沒問題嗎？會不會太重？」

「對我有信心一點。我知道我是隻弱雞，但也不至於被這點東西壓斷肩膀。」

笑意扯動我的嘴角。「你不是弱雞。你很結實。」

他哼笑了聲。

我們開始往前走，落葉在腳下沙沙作響，頭頂上西斜的陽光透過松枝灑落，整片森林沉浸在幽暗的色調中。「所以說，抵達圍牆的時候，會有個叫山貓的來找我們。」這件事早就討論過了，但我不想冷場，沉默與凝滯的空氣太有壓迫感。「那個人會幫我們越過邊境，帶我們到庇護所。」

「計畫是這樣沒錯。」他瞇眼避開陽光。「只是我不喜歡在這種緊要關頭依賴陌生人。我的意思是，假如她沒有出現呢？」

「會的。伊安說他都安排好了。他不會讓我們失望的。」

史蒂芬不置可否地應了聲。

一隻松鼠盤據上方的枝椏，搖搖尾巴，對我們怒斥。嘎—嘎—嘎。我想到納特，房間裡的松鼠絨毛玩偶，突然間好希望帶著他一起走。*白痴*。我調整背包的背帶，頭盔隨著步伐輕輕搖擺，肩膀開始酸痛了。

「妳沒事吧？」史蒂芬突然飛來一句。

「什麼沒事？」

「這件事。所有的事。」我看不透他的表情。「過了圍牆就回不來了。」

隱形的繩索環上我的喉嚨，漸漸縮緊，讓我難以吞嚥。我繼續往前走，一隻腳放到另一隻腳前面。「想回頭已經太遲了。把記憶傳上網路時我已經下定決心了。我知道後果會是什麼。現在再來捫心自問有什麼用？」

「沒有用。我想只是好奇吧。要是可以倒轉人生，一切重來，妳會做出同樣的決定嗎？」

我望向遠方，專注在呼吸上好一會。要是我的決定使得國家陷入又一場內戰，這樣值得嗎？父親選擇把聖瑪莉的實驗、巡心技術的起源這些黑暗真相託付給我。他一定是相信我能做出正確的決定，從不同的角度來看，或許我真的做到了。至少我希望是如此。或者，其實沒有所謂的正確決定，完全是觀點的問題。

史蒂芬小心翼翼地收起表情，但我從他眼中看見一絲不確定。

「我已經做好決定了，那個決定是現在的我的一部分。已經無法回頭了。」

「是啊。」他的語氣聽不出半點安心。

「史蒂芬……」我停下腳步，一手按住他的肩膀，他沒料到我的舉動，渾身僵硬。「我不打算離開你。永遠不會。好嗎？」

他抬起頭，對上我的視線。他的眼睛會因為光線變色。在陰影下，那雙眼呈現曖昧的藍灰色；現在太陽直射，它們又成了清澈純粹的藍——接近透明，有如從背後打光的彩繪玻璃。「妳保證？」他像是聽到笑話般地微笑，嗓子卻有點啞，彷彿是鉤到荊棘的衣角。

我伸出右手小指，裝出嚴肅的表情，說：「打勾勾。」

他哈哈大笑。「妳真是個怪咖。」但他還是勾住我的手指，肩膀稍稍放鬆。他的目光再次掃過我的臉，在我唇間稍一停留，接著移向別處。

離開避難小屋之後，他沒再吻過我，我想他是在等我主動出擊。他知道我過去這個禮拜經歷許多，失去了為自己規劃的未來，史汪醫師——我信任的法定監護人——竟然是拿小孩子做實驗的冷血怪物，還想對史蒂芬洗腦。談情說愛真的不是現在的首要目標，然而我卻回想起他嘴唇的溫度，以及他的氣息與滋味。

要是現在親了他，我不認為自己有辦法煞車，而且如果我被邊境巡警射殺的原因竟然是忙著親嘴，沒聽到他們逼近，這實在是太白痴了。於是我抱住他，在他頰上親了好一會。他的耳朵紅了。衝動之下，我吻住其中一邊，悄聲說：「我好期待到了加拿大以後的事情。」

他顫抖著緩緩吸氣，閉上雙眼，似乎是在克制什麼。「對。」他的聲音比以往還要低沉嘶啞，我能看見他側頸的脈搏跳動。等他再次睜開眼睛，淺色睫毛下的瞳孔放大，兩個被藍色包圍的深色幽潭。我們之間的距離越來越短。

他的肌肉驟然繃緊，頭轉向一邊，凝視著森林。

我眨眨眼，搞不清楚狀況。「怎麼——」

「噓。」

我憋住呼吸，豎起耳朵，但什麼都沒聽見。

背後傳來樹枝折斷的聲音，我嚇了一跳，跟史蒂芬一起轉身。安靜幾秒後，一隻胖嘟嘟的浣熊從樹後搖搖晃晃地走出來，牠停下來盯著我們看，反射陽光的雙眼成了兩顆光點，接著牠匆忙溜走，消失在灌木叢裡。我們同時鬆了一口氣，我笑了，覺得自己有點蠢。「這隻小動物還挺好笑的。看起來像是戴著派對用的面具。」

「我只覺得牠們很像得了失眠症。」

「真的。」我們最近都長出了黑眼圈，只要長出條紋尾巴，我們跟這些森林居民沒有任何差異。

電光石火般的片刻消逝了，彷彿宇宙戳了我們一把，提醒我們越過國境之前都在危險籠罩下。說不定到了另一邊也不安全，不能降低戒備。我們繼續往前走。

過了幾分鐘，他放下背包，往裡頭翻找。「餓了嗎？」

「超餓。」

他丟來一根蛋白質點心棒，拆開自己手上的包裝。點心棒乾巴巴的，咀嚼之後溶化為毫無味道的泥漿，不過它安撫了我的飢餓。

史蒂芬皺眉吞嚥。「天啊，比辣椒起司熱狗加黑咖啡好吃一百倍。」

「看你吃成這樣，我很驚訝你的心臟還能正常跳動。」話才說出口，我馬上就後悔了，我曾經好幾次差點失去他。

但他只是斜眼瞄我，說：「我也是。」他脫下鞋子，抖出小石塊，突然停下動作，轉頭往後看。

「怎麼了？」

史蒂芬套回鞋子，垂頭繼續走，肩膀整個聳起來。他雙手插進黑色大衣口袋裡。「我一直覺得有人在看我們。」

「別隻浣熊嗎？」

「可能吧。」

太陽沉到地平線上，光線轉成紅色，如鮮血一般從交叉的枝枒間淋到我們頭上。鈍痛佔據我的小腿，往大腿後側蔓延。「我想天黑前我們會不會——」我停下來。「等等。是那個嗎？」

前方的林地間聳立著高大灰暗的物體，我加快腳步，圍牆就在眼前——二十呎高的結實水泥牆，頂端裝設糾結的帶刺鐵絲，往左右蔓延到視野的盡頭。「好吧，看來我們沒辦法自己爬過去。」我說。

「那現在怎麼辦？空等嗎？」

「我猜是這樣。」我靠上樹幹，腳好痛，於是我順勢滑坐在地，長滿青苔的地面冰冰涼涼的，有點潮濕。

史蒂芬沒有坐下，他左右踱步，一手擱在額頭擋住灼灼落日。他停下腳步，低咒一聲。「媽的。」

我心跳加速。

一群烏鴉從樹上衝向藍紫色的天空，嘎嘎亂叫，悶悶的鼓翅聲無法掩蓋機器的嗡嗡運作聲，越來越響亮，越來越近。我跳了起來。

一架直昇機。

第八章

冰冷的汗珠流過後背滾燙的皮膚。我看見遠處有一架直昇機沿著圍牆朝我們逼近——深紫暮色襯著俐落的白色機體。邊境巡警。

「要躲起來。」我氣喘吁吁。要躲去哪裡？四周的樹木太稀疏，沒辦法當成掩護。我瘋狂地東張西望，尋找任何能遮住我們的物體。

史蒂芬抓住我的手臂。「快跑。」

「往哪？」

「跑就對了！」

我們往前衝刺，盲目地撞進森林，枝葉掃過我的臉龐，樹根和石塊彈出來絆住我，害我腳步踉蹌。

低鳴變成嘶吼，最後掀起暴風。直昇機出現在我們正上方，猶如巨大又嚇人的白色惡龍，樹枝搖晃騷動。女性的聲音響起，透過擴音器活像是天神。「你們觸犯了法律，停在原處，不要抵抗。我重複一次，不要抵抗。只要配合，你們不會受到傷害。」

最好是。

我們繼續跑。直昇機緊跟在後，貼著樹頂低飛，我看見有人上身探出窗戶，拿武器瞄準。

啪！

史蒂芬往前倒下，他肩頭嵌著一個小東西——飛鏢，跟鉛筆一樣又長又細。

「史蒂芬！」

他咬牙抓住飛鏢，用力拔出，鮮血從設有倒鉤的尖端滴落。他往旁邊丟開，搖搖晃晃，跪倒在地。「被下藥了。」他大口喘氣。

直昇機在半空中盤旋，艙門滑開，垂下一道繩梯，兩個身穿戰鬥服的人往下爬。

史蒂芬四肢撐地，胸口起伏不定。「蓮恩。」他啞聲低語。「繼續跑。」

「我不會丟下你！」我喘著氣，一手抱住史蒂芬的腰，拉他起身。他倒回原處，手腳癱軟無力。我抓緊他的手腕，用力拉扯。「加油！」

他翻起白眼，努力撐住輕顫的眼皮。

那兩個人鬆手，一前一後以蹲踞的姿勢落地。他們直起身，大步走向我們，步伐穩定而從容，彷彿已經重演過上百次。兩人以流暢的動作抽出腰間槍套裡的神經阻斷器，我再次撐起史蒂芬，拔腿狂奔——或者該說是試圖這麼做，他的體重拖住我，像是抱在懷裡的破爛布偶。他虛弱地往左右移動雙腿，似乎找不到地面在哪裡。「槍。」他低喃。「拿起來。」

我低頭看著插在史蒂芬褲腰的手槍。我真的能對人開槍嗎？這可不是神經阻斷器。只要扣下扳機，被槍口對準的人可能會受重傷或是喪命。我抽出槍，打開保險，口乾舌燥。

腳步聲越來越近，我轉身，舉起手槍，可惜動作不夠快。

一股力量擊中我的後腦杓，耳中充滿噗吱巨響，星星在頭顱裡炸開，我倒在地上，臉頰貼著冰冷的泥土。我命令身體動起來，但它就是不聽話。世界明滅不定。

心底的一個角落很清楚我是受到神經阻斷器的攻擊，之前也遇過一次，但這回我夠清醒，感覺得到被擊中後的種種反應。手指抽動，雙腳顫抖痙攣，一道暖流滑過下巴。意識的邊緣捕捉到聲音，可是聽不出內容，字句崩解成毫無意義的聲響，像是狗吠。我聽到我的名字漂過胡言亂語的汪洋，虛弱的呻吟從我喉中逸出。

一雙黑靴子出現在我面前，手電筒照進我眼中，令我一時之間喪失視力。金色火花有如煙火，在視網膜前綻放，接著融為綠色棕色的詭異漩渦。*快動*，我對雙腿下令。*站起來*。它們無視我，逕自抽搐。

手電筒光束消失，視野一點一點恢復，穿插著一片片黑霧。我努力抬眼，看到兩個人影——滿下巴鬍渣、頭戴黑色遮光罩的男子，頭髮短到接近平頭的女子。直昇機在上空盤旋，發出大黃蜂似的嗡嗡聲。

「喔，看看我們逮到什麼東西。」女子笑著說道，字句在我頭顱內迴盪，我得要費盡心力才能理解。她把我的手槍當成髒抹布似地用兩根手指拎起，隨意遞給同伴，男子扣上保險，將槍收進口袋。

黑霧散去，身體漸漸恢復感覺，每根神經都在熾熱與冰冷中刺痛，肌肉還無法好好反應。我的手臂在地上徒勞地拍動，覺得自己像是學爬的嬰兒。我抖個不停，試著撐起身體。後腰被巨大的力量揪住，痛楚往外飛散，在幾秒鐘內，我相信自己不是死了就是半身不遂。

神經阻斷器的槍口貼住我的後腦杓。「換作是我，我絕對不會亂動。」女子說：「阻斷器已經調到最大值，只要扣下扳機，衝擊會直達妳的延髓，讓妳心跳暫停幾秒。可能會恢復，也可能不會。很多『意外』都是這樣發生的。」

我沒有動彈，只能反胃發抖。光是思考、呼吸都會痛。太恐怖了。神經阻斷器不是人道手段嗎？

史蒂芬。史蒂芬在哪裡？

「給她上銬。」女子說。

粗魯的大手抓住我的雙臂，扭到後頭，拘束帶狠狠綁住我的手腕。我努力稍稍抬頭往後轉，看到我的手掌包在像是廚房隔熱手套的金屬袋子裡，被強烈的磁力吸住，完全無法動搖。我想呼喚史蒂芬，話到了嘴邊卻糊成一團。「嗯啊。」他在哪裡？

那裡。他躺在旁邊地上，一動也不動，雙手已經套上同樣的拘束器。他雙眼緊閉。「史蒂芬。」我擠出聲音，聽起來更像是嘶——嗒。

沒有回應。

女子移開抵著我的神經阻斷器，繞到我面前，蹲下來與我平視。她的雙眼是灰沉沉的藍色，很像被水刷洗過的石塊。「妳真以為有辦法跳過去？用散步的進入加拿大？」

我咬牙。

「史汪醫師傳訊給所有的巡警，要我們留意你們。我們整天用衛星掃描圍牆，甚至加了兩倍人手。老實說我還以為這是在浪費時間。沒想到你們真的會笨到直衝邊境。」

我用力吞嚥，費了好大工夫才擠出字句。「放過我們。拜託。」聽起來更像是放鴿子吧。她的搭檔笑出聲來，她雙眼一瞇。「我們為什麼要這麼做？」

我意識到求她網開一面是最徒勞無功的行為，可是我不知道還能做什麼努力。「妹油商——人。」我的聲音含糊不清。即使陷入恐慌，羞辱感仍舊令我腦袋滾燙。這是神經阻斷器的效果，把人變成小嬰兒，爬在地上流口水，連話都說不清楚。

女子神情一凜。「你們沒有傷害任何人？妳是這麼想的？」她湊上前。「妳把機密情報洩漏到網路上，涉入恐怖炸彈行動，兩個人在那場爆炸中喪命。現在妳正式歸為第五型，也就是說妳對社會造成嚴重危害，必須接受更全面的治療。調整、記憶修正……甚至是洗腦。」

我的呼吸加速。

史蒂芬呻吟掙扎，男子用力踩著他的背，把他固定在原處。

「我們收到的命令是活捉妳，送到史汪醫師手中。」女子說。「只有妳。可是妳的朋友——不包括他。要是給我任何殺他的理由，我絕對不會猶豫，只要寫報告說他激烈抵抗，我們被迫自衛。所以說妳要不要乖一點，為我們省下一堆麻煩？」

怒氣在胸口打結，燃起讓人作嘔的烈焰，燒向我的喉嚨，堵住我的氣管。我用力拉扯拘束器，想好好站穩，女子踹了我側腹一腳，力道足以讓我瘀青。

「我去通知主任。」男子從口袋裡掏出手機。

她按住他的手臂，皺眉說道：「等等。」她凝視森林，現場頓時只剩直昇機的引擎聲──它還在不遠處的樹梢上兜圈──以及我迅速又沉重的心跳。

一聲槍響打破這片沉滯，直昇機劇烈晃動，在半空中瘋狂打轉。兩名邊境巡警睜大嘴巴，楞楞看著機身垂直落下，發出受傷野獸的嘶吼。墜落過程有如慢動作，最後它砸在森林裡，震得地面不斷晃動。黑煙從殘骸飄出。

男性巡警迅速掏出神經阻斷器。咻。他額頭正中央出現一個彈孔，往後倒下，四肢攤平。

女子舉起神經阻斷器，轉了一大圈，口中高喊：「是誰？給我出──」

又是一聲槍響，她跟著倒地，癱軟的身軀壓在我身上，擠出我肺裡的空氣。我就這樣被她壓著，張嘴躺了好幾秒，胸腔空蕩蕩的。我震驚到無法移動，也無法思考。她的身體是一大塊溫暖的重量，熱呼呼的血液從她胸前的傷口汩汩流出，滴在我臉上。一瞬間，空氣湧回我體內，恐懼在我身上爬行，猶如一大群蠕動的蛆蟲。我一邊喘息，一邊鑽出她身下。

地上、我的衣服上、皮膚上都是血，比鮮血還要濃稠的溫暖液體沿著我的臉頰流下。

森林裡頓時陷入不自然的安靜，煙霧刺激我的鼻腔，讓我喉嚨灼痛。

史蒂芬眨眨眼，眼神迷茫。看來藥性開始退了。「嘿。」他的嗓音濁重沙啞。「剛才是怎樣？」

「不知道。」我聽到自己如此回應。一切都太不真實了。我有些期待逮住我們的男女會爬起來，拍掉身上的灰塵，但他們還是沒動，癱在地上。男子睜著空洞的雙眼，凝視正上方。女子蜷縮成胎兒的姿勢，鮮血浸透她的上衣。看起來太明亮，太鮮紅，好像油漆。好像電影，或是夢境。

身旁的森林裡樹葉沙沙作響，高大修長的人影從一棵樹上跳下來，輕盈著地，走進空地。她穿著破舊骯髒的牛仔褲和黑色長大衣，手持黑漆漆的衝鋒槍，在她纖細的雙手中顯得太大又太笨重。她戴著野貓的頭，光滑的灰色毛皮搭配亮晶晶的綠色雙眼。投影面具。月光之下，她宛如不存在於世間的傳奇野生動物。

我吞吞口水，嘴裡發乾。「妳是……山貓？」

她轉向我們，鎖定我的視線，就這樣看了好幾秒。她的尖耳朵往後轉。「看也知道吧。」她回應。

直昇機側躺在地，離我們大約一百呎，如同擱淺的鯨魚，煙還沒散去。即使隔了一段距離，我還是看得見窗戶上的彈孔，蜘蛛網狀的裂縫橫過沾滿血跡的玻璃。

她隔著那扇小窗戶射中駕駛。還是從地面上。真的有人能瞄這麼準嗎？

山貓瞥了那兩具屍體一眼。其中一人微微抽動——是那名女子——潮濕而沙啞的吐息聲打破沉默。她的眼睛睜開一縫，蒙上痛楚。

山貓走上前，冷靜地拿槍抵著女子的太陽穴。女子輕聲嗚咽，虛弱地抬起手，好像是想推開槍口。「拜託。」她的聲音微弱單薄。「別——」

山貓扣下扳機，我不禁瑟縮。女子先是一抽，然後就不動了。森林裡瀰漫著深沉的靜默，就連鳥兒都不唱歌了。

「一定要這麼做嗎？」這句話聽起來出奇平靜，缺乏真實感，像是聽見我自己的錄音似的。

「她快死了。我只是送她一程。」山貓走向我，從口袋裡掏出什麼東西。我渾身僵硬，往旁邊閃開。「別動。」嘶嘶巨響之後，我的雙手竄過炙熱高溫，拘束器應聲落地。我搓揉手腕，看她拿小巧的雷射刀劃過史蒂芬的手銬。刀身散發瓦斯爐火似的淺藍光芒。

我扶史蒂芬起身，他緊緊靠著我。

山貓的視線掃向他。「他受傷了？」

「麻醉槍。」我說。

「他能走嗎？」

他緩緩直起身。「還可以。」他的聲音依舊虛弱，不過多了一點堅定。

她點頭。「跟我來。」她大步走進森林裡。

我的腦袋天旋地轉。

「怎樣？」山貓高聲說。「你們要來嗎？」

我深呼吸，努力集中思緒。還有其他直昇機在邊境巡邏，他們大概會互相通聯，不久就會察覺這個小組毫無回應，前來查看。到時候他們會找到墜機殘骸和屍體，我們不該待在附近。我提醒自己，伊安派這名女子來幫我們。我們應當要信任她。

我對上史蒂芬的視線，他輕輕點頭。

我們跟著山貓進入黑暗的森林，拋下空地裡的屍體。

第九章

山貓規律輕快的步伐有如經驗豐富的登山客，光潔的棕色辮子垂到她背上，隨著腳步微微晃動。一邊走著，我的思緒漸漸從震驚後的空白狀態中浮現，注意到她後頸有一道突出的白色小疤痕。她跟史蒂芬一樣，也帶過項圈，甚至沒有刻意隱藏傷疤。

「妳看起來跟電視上很不一樣。」她說。

我猜她是對我說話。我相信自己已經登上新聞，但是他們貼出的照片大概是IFEN總部爆炸前拍的。短時間內，我完全變了個人。那個綁著馬尾、滿懷希望的小女生已經成為臉頰凹陷、眼神空洞的蒼白生物。

「我覺得妳的髮型很白痴。」她說。「現在看起來好多了。」

「該說謝謝嗎？」我又沉入迷霧中，以局外人的角度來思考自己的事情。案主進入解離狀態，很可能是源自強烈的情緒創傷。症狀包括麻木、喪失方向感、脫離現實。

我一手按住太陽穴，或許這樣能幫我的大腦穩定下來。

史蒂芬被飛鏢射中的肩膀還在流血，在袖子上染出深色斑塊。「是不是應該要處理一下？」

「來。」山貓把一個藍色小瓶子遞給史蒂芬。「用這個。」

史蒂芬捲起染血的袖子，露出參差不齊的刺入傷，用牙齒咬開瓶蓋，將半透明的藍色凝膠擠到傷口上。擠出來的東西像牙膏一樣積成一小團。「這是什麼？」

「藍膠。」她回答。

「是喔。到底是什麼？」

「那是一個牌子，藍膠。止痛消毒的藥膏，會在傷口上硬化形成保護膜，過幾天等傷口癒合再洗掉。」

「喔。」他戳戳凝膠，表面已經變硬了。「真有用。已經不會痛了。」

「我還滿常用的。」

他們的語氣平實到有點超現實。背後有幾具屍體，他們卻討論起消毒藥膏。我突然覺得這是藍膠的廣告錄影現場，詭異的笑意在我胸口鼓動，我連忙一手按住嘴巴。

史蒂芬湊向我。「嘿……妳沒事吧？」

我放下掩嘴的手，看著它顫抖。「完全沒事。我怎麼會有事？」

他皺眉，什麼都沒說。

山貓停下腳步，打量旁邊的一棵樹。我注意到樹幹上畫著綠色的鋸齒狀圖案——如果事先不知情，很可能會當成青苔漏看。她舉起腳，往地上跺了三下，前進幾呎，重複剛才的動作。這回，地下傳來踩到木板般的中空撞擊聲。她蹲下來撥開一扇活門上的落葉，人造草皮和青苔做成的毯子構成巧妙的掩飾。她悶哼一聲，拉開那扇門，裡頭是粗糙的圓洞，周圍鑲著石塊——通往黑暗的深井。一根根鐵桿嵌在弧形牆面的一側，像是梯子的橫杆。山貓把步槍甩到背上，收緊皮帶，對我說：「你們先。」

我楞楞站著，直盯著下方的黑暗。

山貓面具的鬍鬚抽了抽。「下面沒有怪獸啦。我保證。」

掌心沾滿汗水，我往上衣用力擦，可惜效果不彰，因為我的衣服也被汗水浸濕了。我小心翼翼地爬下去，卡在鞋底的泥巴使得每一步都驚險萬分，我努力不要踩空。史蒂芬跟著往下爬。

我踩到地面，他跳到我身旁，輕輕著地，好像已經做過好幾千次似的。山貓往下爬了幾格，關上活門，遮住月光。厚重的黑暗將我們吞噬。幾秒後，我聽見山貓的靴子與地面接觸的聲音。橘色的火光隨著嘶嘶聲響亮起，穿透陰影。山貓舉起發燄筒，照亮周遭環境。

這裡是一條隧道，大約六呎寬，十呎高，牆面和地面都是粗糙的石磚，用粗壯的木梁撐住。

史蒂芬輕輕吹了聲口哨。「通到圍牆另一邊？」

山貓點頭。「而且不是唯一一條。大部分的難民都是這樣逃到加拿大。邊境巡警只要找到密道就會堵死，可是我們會挖更多。」她已經大步往前走，高舉發燄筒。我們跟著走了好一會，除了規律的咚咚腳步聲在滯悶中迴盪，沒有其他聲音。發燄筒照出誇張的黑影，如同惡魔一般在牆上跳躍舞動。山貓的立體投影沒有影子，她真正的輪廓像是鬼魂，隱約映在牆上。

腦海中，我看見她走向重傷的巡警，用槍抵著她的太陽穴，開槍。那幾秒鐘不斷重播，在我眼底無限次上演。

我提醒自己，那些巡警威脅要是惹麻煩就要殺了我們。山貓救了我們的命。她不是敵人，然而深入骨髓的不安不肯消散——感覺像是看著從地平線逼近的漆黑風暴。對她而言，殺人彷彿只是摺衣服之類的日常家務。

在封閉的隧道裡，我的呼吸聲聽起來格外響亮。

「到了。」山貓說。

隧道盡頭是往上的狹窄石階，左右的土牆還混著碎石頭。我往上走，突然停下腳步。一旦從另一邊鑽出去，就再也無法回頭了。

不過呢，現在早就來不及了。

我們通過另一扇活門，踏入冰冷的夜風。我靜靜站著好幾秒，深深吸氣。森林跟邊境另一側沒有兩樣。同樣的樹木，同樣的土地，同樣的星空。

山貓來回踱步，掃視周圍的樹木，尖端毛茸茸的耳朵前後轉動，像是兩組小天線。「看起來沒問題。」

「嘿。」史蒂芬開口。「我們可以看看妳的臉嗎？」

她轉向他，耳朵往後壓。「為什麼？」

「只是好奇而已。現在我們在同一邊對吧？而且我覺得跟巨大的貓頭人說話有點怪。」

她猶豫一會，緩緩揚手，指尖滑過頸子上的厚重毛皮，腦袋往左右歪了歪，操作毛皮下的某種裝置，面具消失了。她小巧的鵝蛋臉介於咖啡跟奶油色之間，雙眼是透明的淺綠色，深棕色睫毛環繞上下。她的表情冷淡，臉頰上有一點顯眼的血跡。

「呃——妳那裡有——」我指了指自己的臉頰。

她用戴著手套的手指擦擦臉，卻在臉上抹出整片血污，活像是戰士的油彩圖騰。

「對了，謝謝妳救了我們。」史蒂芬說。

「嗯，謝謝妳。」我跟著道謝。

她眉毛之間微微皺起。「不用謝我，這只是任務。」她又邁開步伐。「繼續走，現在還不安全。」

月亮高高掛在天際，柴郡貓笑容一般的黃色弧形。山貓帶我們穿過森林，找到停在碎石子路旁的破舊小貨卡。她鑽進駕駛座，插鑰匙發動。車子呻吟著醒過來。「上車。」

「等等。」我還沒踏上路面。「妳要帶我們去哪裡？」

「多倫多。」

我咬咬嘴裡的軟肉。「會不會有點冒險？我是說，到那麼多人的地方？」

「我們只要混入人群幾分鐘，然後就進入地下基地。城裡有許多地方不存在於官方紀錄上。我們可以在那些區域自由活動。」

「然後呢？我們要幹嘛？」

她的視線射向我，虹膜邊緣有一圈圈綠色和深棕色，點綴著神秘的亮銅色。動物般的眼眸。

「然後你們就是我們的人了。」她說。「你們加入黑風衣集團。這不就是你們來這裡的目的嗎？」

我的腳抖了起來。

史蒂芬用手肘戳戳我。

「我——對。」我說。「沒錯。」老實說我沒有想那麼遠。我們的目標只是平安越過邊境。原本是打算到了再來思考。嗯，都已經走到這一步了，當然只能跟她走。不然還有別條路嗎？

山貓打開小貨卡的後座門，我們溜了進去。座椅是處處裂痕的堅硬人造皮，灰塵與霉味刺激我的鼻子。山貓催了油門，車頭燈劃破黑暗，車子沿著沒鋪柏油的狹窄路面顛簸前進。

「會不會有人用GPS追蹤我們？」史蒂芬問。

「這輛車改裝過了。我拆掉車上的電腦。沒有GPS，沒有AI系統。最好在可能範圍內遠離網路。」

「這種車很適合我。」史蒂芬拍拍座椅。「我從來沒有喜歡過那些該死的AI。」

「自己能做的事情就別交給電腦。」她說。

「阿們。」

我在椅子上動了動，一根突出的彈簧戳中我的屁股。口乾舌燥漸漸成為常態。

這條窄路接上高速公路，朝地平線延伸，飽經風霜的柏油路蜿蜒在高聳的松林之間。森林漸漸變成開闊的田野，地上灑著薄薄的雪粉，人類文明的跡象漸漸出現——停在老舊餐館前的卡車，窗上掛著啤酒圖案霓虹燈的酒吧。我們經過一個個有住家和店鋪的小聚落，可能是小鎮，或是市郊，在美利堅聯合共和國不會有的景象。看起來很……沒有效率。屋子太分散了。說來奇怪，我沒看到半個人影。

「這些城鎮真的有人居住嗎？」史蒂芬說出我的疑問。

「不多。幾十年前，加拿大陷入不景氣，很多國家也是如此。小鎮跟鄉村地區特別慘，到現在還沒恢復過來。」

我們在學校學過這些。黑風衣集團與政府的內戰導致美利堅聯合共和國——當時還是美利堅合眾國——經濟崩盤，引發全球性的衰退。每一州都掀起一連串小型戰爭，恐懼一波波爆發。化學武器、基因改造病毒、神經毒素掃蕩了好幾座城市。幾個強權國家聯手禁止一切戰爭用武器，違反協約者將會受到嚴格制裁，悲慘的連鎖終於劃下句點。在那之後，所有的國家照著協約走，只是約束力似乎沒有那麼強。

從此，美利堅聯合共和國採取鎖國政策，關閉大部分與其他國家的聯繫。當時已經有許多難民越過國界，大多是想找地方躲的恐怖分子——至少學校是這麼教的。加拿大不想捲入我們的問題，於是他們提高邊境的安全層級，最後建起這道牆——巨大又無比昂貴的建築物，劃過整個大陸，在兩個社會創造出圍籬。當然了，難民總是有辦法過關。我們就是活生生的案例。

車子行經一處荒廢的農莊，旁邊枯死的大樹枝幹扭曲，像是蒼白的觸角。樹上停滿烏鴉，牠們看車子開過，腦袋緩緩轉動，追蹤我們的動向。我不太相信什麼好壞預兆，但這個景象仍舊令我脊椎一涼。

鴉群突然嘎嘎狂叫，鼓翅飛走。兩名騎著摩托車的男子從農舍後方繞出來，引擎嘶吼。他們穿著厚重的大衣，帽子附上耳罩。其中一人掏出手槍，三聲槍響炸開，我嚇了一跳。「他們在對我們開槍！」

「等等。」山貓搖下車窗，上身探出車外，雙手暫時離開方向盤。她往後扭身，開了兩槍，儘管身體的角度很怪，姿勢依舊優雅流暢。兩輛摩托車在路面上旋轉，前輪炸開，騎士叫嚷著跳車，手腳並用地爬進草叢裡。其中一人站起來對我們揮手。他的反應讓人猜不透——簡直就是在說「別生氣嘛。」

「那是什麼鬼？」史蒂芬問。

「不過是搶匪。大概想要這輛車吧。」她說得像是飛車搶案天天都有。

或許對她而言真是如此吧。從移動的車輛上開槍——而且開車的人還是她——那副輕鬆寫意的模樣，跟吃飯喝水沒有兩樣。她真的是人類嗎？

剩下的車程中，我渾身僵硬，指甲陷入人造皮座椅裡，一直盯著窗外，以為會有其他盜匪出現，但是一直沒有等到。

車子開過一座低矮的橋梁，已經是傍晚了，我看見樹林後有一大片水域——我猜是安大略湖。再過去是俐落的摩天大樓剪影，襯著粉紫色的天幕。

多倫多。

雖說隔了老遠，這座城市與我前半輩子沒有離開過的歐羅拉差得很多。歐羅拉帶著雄偉古典的威嚴；摩天大樓幾乎都是銀白色，陽光打下來，就會散發出天堂般的氣息，那是一種低調的光彩，淡漠而靜謐。多倫多由彩虹似的鮮艷色彩構成，建築物閃著粉紅色與螢光綠的色澤，在湖中的倒影宛如一抹抹夜光油彩。聚光燈從大樓樓頂射出，朝著天空狂野舞動。

路旁一塊電子看板跳出美女的影像。她舉起黑色的小手槍，收進皮包裡，露出充滿暗示的微笑，拋了個媚眼。廣告標題寫著貼身保鏢。我發現自己看得瞠目結舌，連忙閉上嘴。

史蒂芬挑眉。「這裡可以買到槍枝？店裡就有賣？」

「當然。」山貓應道。

「感覺是引狼入室。」我低喃。

「加拿大還是個自由國家。」山貓說：「國情不同，你們最好快點適應。」

我想到對我們咆哮的摩托車騎士。自由的人就是這樣嗎？拿槍射來射去？

山貓的目光閃過照後鏡中的我，那雙玉石般的眼珠裡燃燒著冷酷的奇異光彩，我忸怩不安地覺得她很清楚我在想什麼。「自由不是輕鬆的選擇。」她說。「不是別人恭恭敬敬送上的禮物。那是用鮮血簽署的契約，你必須自願接受那些犧牲——為自由奮鬥，為自由而死，在必要時刻，為自由殺人。假如沒有使盡全力緊緊抓著，很快就會被人奪走，他們會提出極度誘人、聽起來很合理的論點，說服你屈服。要是信念不夠堅定，你一定會動搖，到時候一切都來不及了。」

痛苦竄過我全身，我發現自己的指甲刺入大腿。我逼自己鬆手。

史蒂芬清清喉嚨。「要不要弄點漢堡薯條來慶祝自由？來點咖啡吧？我真的需要補充咖啡因。」

「我們不能停。抵達目的地就可以吃東西了。」

城市越來越近，窗外的燈光一片朦朧。一座纖細的高塔聳立在其他建築物之上，針尖般的塔頂串著幾個圓環，我曾經在照片裡看過——CN大樓。

我們經過另一片看板，我的胃部頓時沉到腳底，忍不住摀著嘴巴。

通緝犯：蓮恩・費雪。標題之下是我的照片，亂七八糟的短髮，疲憊的雙眼直視正前方，面無表情。我看起來就像個神經病。有點想知道他們從哪裡弄來這張照片。一定是監視攝影機的傑作。下面還有聯絡電話跟獎金，金額讓我頭昏眼花。

我整個人往下縮，渾身冒汗。

「天啊，跟我的畢業紀念冊照片差不多爛。」儘管史蒂芬的語氣輕快，我看得出他頸子肌肉緊繃。

看板影像變成某種虛擬實境頭盔的廣告，可是暴露在外的恐懼揮之不去。

史蒂芬一手按住我的背，提醒我：「深呼吸。」

我擠出微笑，看起來大概沒什麼說服力。「或許我該想辦法遮住臉。」

「喔，妳說得對。」山貓將黑色塑膠環遞給我跟史蒂芬。「這是你們的。」

史蒂芬雙手把玩塑膠環。「這是投影面具？」

她點頭。「套在脖子上，按下側邊的按鈕。」

我把黑色圓環套過腦袋，它幾乎緊貼我鎖骨的皮膚。我按下按鈕，望向照後鏡，一隻金絲雀瞪著圓滾滾的大眼睛回看我。

史蒂芬有些猶豫，研究手中的塑膠環。這東西跟他以前戴的項圈尺寸和形狀大同小異。

山貓重新啟動她的面具。「戴上去。」她說。

他深呼吸，套上圓環，按了按鈕。他的面具也是鳥類，不過看起來兇猛多了，光滑的灰色羽毛，匕首般尖銳的短喙，黃色的眼珠。他就著照後鏡打量自己。「這叫什麼來著？」

「雀鷹。」山貓應道。「從現在起，這就是你的代號。」

他舉起雙手，似乎是想摸摸新的面容，手指穿過煙霧似的面具。「雀鷹。」他喃喃重複，鳥喙隨著聲音開闔。

車子開過一座橋，突然間，四面八方都是建築物——商店、高樓、炫目的燈光構成迷宮。到處都是人。有的外表普通，有的身上佈滿刺青或是把頭髮染成鮮艷的顏色，抓成無法形容的形狀。我瞥見一名女子身穿亮晶晶、皺巴巴的服裝，活像是錫箔紙做的太空衣。還有人身上只有豹紋油彩。我的嘴巴又像白痴一樣張開，我用力閉上。

山貓在路旁停好車，離開車子。「待在我身邊。」

我沒有動，有點怕踏出這輛車。「山貓——」我頓了下。「這樣稱呼挺怪的。」

「叫我芮伊。這是我的名字。你們最好知道。」

「好，芮伊。妳確定這裡安全嗎？」

「要安全的話，妳來錯地方了。」

第十章

我們離開卡車，走上人行道。幾個人往我們身上瞄，但我們避開大部分路人的關注。想到這裡有多少種穿著，我猜三個戴動物面具的人不怎麼顯眼。

四周的摩天大樓包裹在閃閃發亮的移動廣告裡，樓頂的巨大投影燈把商標打往雲端，夜間俱樂部傳來陣陣音樂；貝斯沉重參差的低音令我的牙齒和骨頭震動。我開始頭暈了。

史蒂芬牽起我的手，我緊緊握住，這是混亂海洋中的救生圈。芮伊腳步輕快，步槍還掛在背上，感覺沒有人特別注意。

頭頂上有一條跟屋子差不多大的紅色巨龍飄過天邊，口吐火焰。我倒抽一口氣。當然了，它只是立體投影，但設計得出奇真實，每個鱗片的細節都做得無比精緻。巨龍在空中兜圈，展開翅膀，突然化為紅色與銀色的煙火，周圍眾人紛紛喝采鼓掌。我瞄到一架小巧的黑色空拍機，幾乎隱藏在四周斑斕的色彩裡，機身下方的窗口滑開，像下雨般灑落小東西，散在人行道上。藥丸。龍之火——免費試用品！的字樣在空中閃現。

許多人趴在地上，像撈糖果似地狂撿藥丸。有人推開別人，兩人在人行道上扭打。

我們遠遠避開那一區。還聽得到他們的吼叫聲在背後響起，我緊緊貼著史蒂芬，心臟怦怦猛跳。

店家櫥窗映出女子被鍊在床鋪上的黑白影像，她望向窗外，一顆橘色膠囊如同太陽般升起，散發光芒與色彩。鎖鏈消失，女子笑著起床。重獲活力——店內可索取樣品。

另一則廣告是坐在辦公隔間裡的男子，一臉無聊。他往手肘注射某種藥水，突然咧嘴而笑，變身成毛茸茸的大猩猩，扯開西裝，雙手捶胸。猿力覺醒——為你注入生命能量！只收現金。

「這裡瘋了。」我低語。「他們隨便販售那些影響精神的藥物。」

「我們老家也有很多賣藥的廣告。」史蒂芬說。

「是啦，可是……你知道的。不一樣。必須遵守規定程序——」

「喂！喂！鳥人！」有人高喊，意識到他是在對我說話，我不由得渾身緊繃。「小妞，想吃餅乾嗎？送妳一片。」

史蒂芬僵硬地靠過來，用身體擋住我。

一群青少年站在街角訕笑，其中一人手拿瓶子。

史蒂芬抬起頭，隔著面具，我看不到他的表情，但感覺得到他肌肉的張力。他走向那群人，芮伊抓住他的手臂。「繼續走。」她的聲音很低，幾乎聽不清楚。「他們不重要。」

我們快步走過，他們的笑聲迴盪在耳邊。

一間店家裝設投影櫥窗，立體影像在裡頭飄來飄去。一把銀色的神經阻斷器轉個不停，旁邊閃過介紹詞，藏在某處的喇叭傳出舒服的男中音：「不傷害性命、有效、簡單，小巧的尺寸可以藏在皮包裡。藍閃電是您的完美旅伴，也是自衛的最佳選擇。」

閃亮的廣告下方，標注一排小字：可能造成暫時癱瘓、短期記憶障礙、神經損傷。僅用於自衛。

兩名女子談笑風生地走出店家，揮舞手中的神經阻斷器，像是珠寶一般炫耀。本能要我趕快閃開。

我們繼續走。芮伊帶著我們離開光鮮亮麗的商業區，走過越來越狹窄陰暗的小路，兩旁漸漸變成灰褐色和棕色的建築物。

「到了。」

我們站在一間面寬不大的磚房前，兩側被倒閉的餐廳跟名叫VR-SEXXX的可疑店家夾擊。玻璃碎片散在人行道上。

這間屋子毫無裝飾，就只有一組門窗。要是在不知情的狀況下，我會以為它已經廢棄多年。窗戶用報紙貼住，門階看起來隨時都會崩塌。「就是這裡？」我問。

「這裡是避難所。」芮伊回應。「不過我們不會待在這裡。要透過這個地方進入地下。」她的語氣似乎暗示了這個詞別有深意。

木頭台階被我們踩得吱嘎作響，微微下沉。前門旁邊沾著紅色噴漆，可能是隨手畫出的鋸齒圖案，也可能是個Z。在國境另一邊的反叛分子葛瑞西跟我們說，加拿大的庇護所都有這個標誌。

芮伊以複雜的節奏敲門，屋裡安靜幾秒，接著傳來接近前門的緩慢腳步聲。門打開一小縫，雙管霰彈槍的槍口與我面面相覷。我反射性地舉起雙手。佈滿血絲的深棕色雙眼從屋裡瞪著我們。「暗號？」低沉的聲音問道。

「主權。」芮伊回應。

門開了，裡頭是散發霉味的陰暗玄關，以及頂著河貍腦袋的駝背瘦小男子。泛黃的巨大門牙看起來能咬穿骨頭。他抽抽鼻子，那雙佈滿血絲的小眼睛凝視我們。「到底要不要進來？」

我遲疑了下，這才走進屋裡。

「這裡。」男子領著我們通過狹窄昏暗的走廊，走下一段樓梯，來到跟箱子沒兩樣的水泥地下室。他開了燈，地板中央放著碩大的圓形金屬板，如同尺寸太大的人孔蓋。河貍男蹲下，握住板子上的鐵環，悶哼一聲，將它推到旁邊。金屬與水泥摩擦，蓋子緩緩往旁滑開，露出直直往下的圓洞。

又是隧道？

男子伸出手，芮伊在他髒兮兮的無指手套上放了幾張鮮艷的紙，我猜是鈔票。美利堅聯合共和國已經幾十年不用現金了。「路上平安。」男子朝芮伊歪歪腦袋。或許是例行招呼，又或許是他的祝福。

洞裡一側裝設橫桿。我們往下爬，男子蓋回金屬板，遮住所有的光線。

我完全不知道下面會有什麼。應該要更害怕的，但我的腦袋彷彿被繃帶層層包裹。思路已經過載，我無法找出合理的解釋，除了往下爬以外，沒別的事情可以做。

我瞄到下面出現微弱燈光，我們爬向光源，腳終於碰到水泥地。

我們所站之處看起來像是地鐵隧道，不過已經好幾年沒用過了——至少不是發揮原本的用處。牆上滿是塗鴉，垃圾在地上反射光芒——破酒瓶、罐子、用過的針頭等等。黑漆漆的髒水淹沒鐵軌，流動間帶著黏膩感。

光線來自不遠處的小火堆，一群人擠在周圍暖手、聊天、歡笑。我們一接近，他們就閉上嘴，收起表情。幾雙謹慎警覺的眼睛追著我們跑。周圍架設粗糙的木板屋、帳篷，用細碎金屬和木頭搭建的落腳處。一名男子在爐架上烤老鼠，口哨吹出愉悅的調子。一隻蓬頭垢面的狗兒坐在他腳邊，專注地看著。

所以說這裡就是所謂的地下。

「這些人是誰？」我悄聲問。

「有些是難民。有些是遊民。」芮伊跨過捲在毯子裡睡覺的人。

兩個髒兮兮的小孩笑鬧著四處追逐，有人用曬衣繩掛起幾件長版衛生衣跟襯衫——只是我不確定要怎麼在如此潮濕的空間晾乾任何東西。

我看到一名少女坐在毯子和木桿搭起的帳篷外，徒手挖出罐頭裡的絞肉雜燴猛吃。我們走過她面前時，她抱住罐子，保護似地包覆著它。一名婦人坐在她身旁磨刀，以戒備的表情盯著我們。旁邊是窩在牆腳的小女孩，懷裡抱著沾滿污漬的猴子玩偶。她瘦得讓人心疼，手腳跟竹竿沒有兩樣。

女孩對我們微笑，嘴裡缺了幾顆牙。就算她被我們奇怪的動物面具嚇著，也沒有展現出來。

「嗨。」她伸出髒兮兮的手。「你們有錢嗎？」

「萊西。」婦人低聲怒斥。「我跟妳說過不能怎樣？」

「不能討錢。」小女孩咬咬猴子玩偶的腳。「可是——」

「妳現在閉嘴就好，聽到了嗎？」她緊張地瞥向我們。

我停下腳步。儘管身上沒錢，我們還有點心棒跟瓶裝水。我瞄了史蒂芬一眼，甚至不用開口他就懂了。芮伊等在旁邊，看他卸下背包。

婦人起身，緊緊握住刀柄。「別管我們。」她的語氣強硬而清晰。

「等等。我只是想給她一點吃的。」我說。

「她已經吃過晚餐了。我們不需要你們的幫忙。或是你們的憐憫。」

我有些遲疑。「妳是她母親嗎？」

婦人別開臉。「她母親死了。現在是我在照顧。」

拿雜燴罐頭的少女盯著我們，嘴巴微微張開，裡面還有咬到一半的食物。

「貝卡，我不是說過了嗎？」婦人怒吼。「吃東西給我淑女一點。」少女用力閉上嘴搭，吞下食物，舔舔手指。

「拜託。」我說。「妳們比我們還需要吃東西。」

吸著玩具猴子腳的小女孩滿懷希望地望向婦人。

婦人嘆了口氣，放鬆挺起的肩膀，飽經風霜的臉龐線條更深了。她對我擺擺手。「好吧，隨便妳。」

我在背包裡翻找，掏出一把點心棒，遞給女孩，她微微瑟縮。「來。沒關係的，這是蛋白質點心棒，有點乾，不過可以填飽肚子。」我笑著低聲說道，拆開一包讓她看。

女孩抓起點心棒，剝成碎片塞進嘴裡。

「慢慢吃，好嗎？」史蒂芬說。

女孩點頭，臉頰鼓起。

一路往前走，我胸中填滿悶痛。這些人在下面怎麼過活？食物怎麼夠吃？「所有的難民最後只能這樣嗎？」我問。「他們沒有其他機會？」

「沒多少人有管道成為加拿大公民。如果不來這裡，他們通常只能流落第九區。」看到我困惑的眼神，她補充道：「難民收容所。總之是這麼叫的。那裡更像是居留營。」我們的腳步聲在隧道裡敲出回音，黑暗中某處正在漏水。

胸口的痛楚陷得更深。如果人們知道後果，他們還會冒險穿越國境嗎？

一隻大老鼠竄過我腳邊，前方幾碼處有個男孩衝上前，拿削尖的木棒刺穿牠。老鼠吱吱叫著掙扎幾下就不動了。他笑著高舉戰利品，另一個男孩高聲歡呼。

「地下的生活可不輕鬆。」芮伊說：「不過現在已經算好了。在斑馬找到我之前，我在這裡住過兩年。」

「斑馬？」

「我們的首領。很快就是你們的首領了。」

「他是誰？我的意思是，他是什麼樣的人？本名叫什麼？」

「他就是斑馬。他只需要這個名字。」

我皺眉。「所以妳不知道他的真實身分，卻還是相信他？」

「我願意賭上性命。」她答得冷靜。「我欠他一切。要是沒有斑馬，我早就被抓走，送到第九區，或者是運回那間實驗室，讓IFEN的科學家解剖我的腦。」

我的心跳加速，身旁的史蒂芬也停下腳步。看不見他面具下的臉，鳥類的五官能活動的區塊也不多，但他的手突然緊緊握拳，指節發白。「什麼意思？」他問。

她轉向他。「你覺得只有聖瑪莉的孩子是IFEN的實驗品嗎？」

「不知道。」史蒂芬低語。「我——我以為是這樣的。」

「怎麼了？」我問。「他們對妳做了什麼？」她沒有回答，我這才想到這個問題非常私人，非常冒犯。「抱歉，我不該——」

「繼續走吧。」她轉身。我們跟著她走過更多廢棄的地鐵隧道，緊繃的沉默盤據在我們之間。

「想要的話，現在可以關掉面具。」芮伊說。「這裡安全了。」

我按下鎖骨旁的小按鈕，史蒂芬也做了同樣的事。他臉色蒼白，雙眼失焦呆滯。

我湊向他。「史蒂芬？」

他沒有答話，我知道他想到聖瑪莉的事情。他的眼球不由自主地微微抽動，心思飄向過去，落入自己腦中的黑洞。我按住他的手臂，他跳了起來，渾身顫抖。

「我在你身邊。」我握了握他的手臂。

他點頭，一顆顆汗珠在前額發亮。我隨意說了些小事，比如說有一次我想從頭開始烤出布朗尼蛋糕，最後差點燒了廚房。內容不重要，我只是想把他的思緒固定在當下。根據經驗，我了解陷入回憶有多麼容易。如果不夠小心，它們便如同流沙般湧起，將你拉到底部。因此我說個不停，即使知道芮伊一定把我當成徹頭徹尾的神經病。我的手往下滑，扣住他的手指。他感激地輕輕捏了捏我的手，急促的呼吸漸漸放慢。

我意識到她轉頭看著我們——望向我們交扣的手指。她眼中不是一片空白，裡頭藏了些什麼，是我無法猜透的情緒。

我們繼續走了好久好久，芮伊似乎很清楚要往哪裡走，毫不猶豫地轉了幾個彎，帶我們走過分岔的隧道，我很快就忘記原路是哪一條。現在我們任憑她宰割。

她從外套摸出手電筒，打開開關，踏入另一調更狹窄的磚砌隧道。她往牆上掃動光束，直到她找到一個小凹穴。「待在這裡，我馬上回來。」

「妳要走了？」

「不會跑太遠。我還有事情要處理。」她把手電筒丟過來，又掏出另一把。接著她遞來那把步槍。

「等等。」我說。「我不會——」

她轉身沿著原路小跑步離開，陰影張嘴將她吞噬。

史蒂芬跟我擠在凹穴裡發抖。這裡的空氣又溼又悶。我小心地抓著步槍，槍托擱在地上，槍口指向天花板。槍身冰冷而沉重，黑暗中水聲滴滴答答。

「嗯，妳對她有什麼看法？」史蒂芬問。

「她很……」我停了幾秒，尋找得體的字眼。「厲害。」

他輕笑一聲。「是啊，真的。哇塞，我沒想到會在一天內看到那麼多人葛屁。如果黑風衣集團的人都像她一樣，IFEN的麻煩就大了。」

我的腦海中第一百次重播芮伊走向負傷的女巡警，開槍打穿她的腦袋。我打了個寒顫。芮伊說自由是用鮮血簽署的契約，顯然她指的是別人的血。

我是怎麼了？她救了我們。要不是她，我跟史蒂芬早就坐在蒼白的監牢裡，等著讓巡心者消除我們的人格。她有些冷酷，有些嚴苛，那又如何？她扛著巨大的槍械，可能背了一大堆人命，那又如何？我們有必要為了這些事情怕她嗎？

沒錯，這些都是合理的要素，但我有什麼好期待的？她可是黑風衣啊。或許我只是大驚小怪。

史蒂芬皺眉。「嘿，妳沒事吧？」

「嗯。」我無法直視他。「好吧，才怪。我猜我只是……沒辦法承受那麼多。」我咬咬下脣，最近常常這麼做，嘴脣的皮都要被吃光了。「你確定可以加入這些人？」我來不及阻止疑問脫口而出。

「這不是我們來這裡的目的嗎？」

他說得對。更重要的是我們還有其他選擇嗎？看到自己的照片登上通緝看板，我很清楚在外頭亂晃很危險。我把膝蓋抱在胸前，輕聲說：「我在想……說不定我們可以找個地方躲起來，等到決定下一步再說？像是某個庇護小屋。這裡有很多吧？一定還有其他的辦法，即使現在我們還想不出來。」

他板起臉。「我不是躲來這裡的。我想要反擊。」

「所以我們接下來就要放炸彈了？開槍殺人？那有什麼用？」我壓低嗓音，生怕有人偷聽。

「妳什麼時候會想這麼多了？我以為妳站在我們這邊。」

「不是站哪邊的問題。」

「我覺得是。」他的語氣好冷，裡頭還有其他的東西。痛苦。背叛。

現在不該吵這個，我不想跟史蒂芬鬧得不愉快。他是我的朋友。不只如此。我需要他：我們需要彼此。要是我們吵起來，就失去了穩固的立足之地，我們將會落入一切事物喪失意義的深淵。「我只是……她的語氣跟行為……好像她把暴力與殺戮當成自然的事情。伊安說這個行動應該要以希望為目標，而不是恐懼。說不定他錯了。說不定他們**都是**恐怖分子。如果真是如此，我看不出會有什麼好結果。」

「天啊，真不敢相信——我們都走過那麼多——」

「之前就說過了，我不認同黑風衣集團的行徑。」我的語氣比想像的還要尖銳。「有什麼好驚訝的？」

「妳知道我怎麼想嗎？」他低聲說。「我覺得妳是在害怕。」

我努力忽視卡在喉嚨裡的硬塊。「對，我是在怕。你也應該要怕。有時候恐懼可以阻止人犯錯。」

他凝視正前方，沉默不語。一隻老鼠坐在幾碼外，小口小口咬著發霉的麵包皮。

芮伊在哪？她捨棄我們了？不對——假如她想這麼做，她不會留下步槍。如果她出事了呢？我呼吸加速，握緊槍身。

扭打聲與呻吟一路傳過來。「怎麼了？」我悄聲問。

史蒂芬往前靠。「不知道。聽起來有人在打架。」他咬牙。「準備好。」

一聲響亮的碰撞讓水泥地微微震動，接著又是一聲。沉默降臨。史蒂芬低聲咒罵。「我去看她有沒有事。」他起身。「槍妳拿著。」

「史蒂芬，等等！」但他已經跑進黑影裡，留我一個人縮在原處。我坐著，手指纏住槍柄，甚至不知道要怎麼開槍。心臟在胸中一抽一抽，不規則地劇烈鼓動。我試著數了一下心跳，卻只發現自己的脈搏有多快。

感覺已經等了一個小時——雖然大概才過了幾分鐘——芮伊跟史蒂芬回到隧道口。芮伊拿著手電筒。兩人靠近時，我起身詢問：「發生了什麼事？」

「幾個人在跟蹤我們，帶著球棒木棍。大概是想偷襲，把我們打昏，偷走食物。」

「我到的時候她已經解決他們了。」史蒂芬要笑不笑的。「根本不用我幫忙。」

芮伊用袖子抹掉手電筒上的血跡。

「妳殺了他們？」疑問脫口而出。

「當然沒有。他們算不上威脅。」停頓一會，她又補充：「不過其中一個從現在開始吃飯沒有門牙啦。」

我吐出憋住的一口氣，緊繃從身上飛散。或許是我太過武斷。然而，當她走過我身旁時，我的後頸還是不由得寒毛豎立。

第十一章

我們繼續走下去，地上淺淺的積水滲入我的鞋子，浸濕襪子，腳掌漸漸麻木。空氣聞起來像是垃圾加上什麼更臭的東西。我想問目的地在哪裡、我們還要走多久，但是問了好像也沒用。到的時候就會到。

狹窄的走道接上另一條更寬的隧道，水泥牆帶著弧度，兩扇生鏽的金屬門聳立在盡頭。芮伊脫下手套，大拇指貼上牆面的指紋掃描器。綠色燈光一閃，門板咻地滑開，夾雜著些許低沉的摩擦聲。

門後是洞穴般的房間，牆壁以金屬板和鉚釘拼成，鏽成黯淡的紅銅色。平板ＬＥＤ燈貼在天花板上，一條條走道連接一排排門板。我們正對面的牆上掛著巨大的銀牌，上頭刻著：**心智是我唯一的主人。理性是我唯一的指標。即使受到束縛，我的思維依舊自由。**

我們踏入房間，門鏗鏘一聲關起。

我瞪大雙眼，茫然無措。「這裡是哪裡？」

「要塞。」芮伊的語氣還是一樣理所當然，彷彿這是最明顯不過的事實。她沒有停下腳步，橫過房間，穿過其中一扇門。走廊的結構一樣，牆面也是以鉚釘固定的金屬板。

史蒂芬伸長脖子，似乎是想一口氣看到每一個角度。「是你們蓋的嗎？」

「不是。很久以前就蓋好了，是加拿大政府用來躲避炸彈化學武器的避難所。大戰結束後，這裡遭到廢棄，然後被黑風衣集團找到，照著自己的需求改造。這裡大概有四百名成員，當然了，我們不是加拿大境內唯一的黑風衣，不過我們是兩個國家裡頭最龐大的團體。」她突然停下，歪歪腦袋，一副側耳傾聽的模樣。我注意到她耳朵上掛著小巧的銀色耳機。她點點頭，說：「是的，他們來了。」停頓一下。「好，我帶他們過去。」

她雙眼的焦點恢復，繼續往前走。

「帶我們去哪裡？」史蒂芬問。

「集會再過幾分鐘就要開始。強制出席。」看到我們茫然的眼神，芮伊補充道：「透過每日集會，我們報告美利堅聯合共和國的最新情勢。結束後，我再帶你們去房間。」

此時此刻，我最不想做的就是待在擠滿火力強大的黑風衣成員的地方。我只想吃點東西，洗個熱水澡，最後癱在床上。但我們還是得撐過去。

我的背包還在地上，我把它甩回背上，繫緊背帶。「那就走吧。」

芮伊領著我們穿過另一條走道，我們的腳步聲在金屬牆面間敲出回音。地板下傳來另一種聲音，很難定義究竟是什麼——低沉的隆隆聲，類似遠處有機器在運轉，加上穩定的碰撞聲。砰、砰、砰。聲音很小，要非常專心才能聽見，但我全身的神經都不由自主地發冷。我們好像進了金屬巨獸的腸胃，聽著它的心跳。

芮伊停在一對高聳的門扉前，用力一推，門板緩緩盪開。

裡頭是類似音樂廳的陰暗大房間，已經擠滿了人。幾十雙眼珠子轉向我們。房間前方設置高大的木頭講台，後頭大概佔據大半牆面的空白螢幕。

我們踏入房間，頸子上的脈搏突突狂跳。我緊握史蒂芬的手，不想跟他分開。我們走進人群中，耳語往四面八方擴散，猶如池塘裡的漣漪。眾人瞪大眼睛，口中念著我的名字。

我的視線閃過一張張臉，大部分都是青少年，就算是走在格林堡高中的走廊上也毫不突兀——好吧，只差他們背著步槍。沒有槍的人腰上或是手臂上繫著刀子。「好多小孩子。」我悄聲說。

芮伊瞥了我一眼。「這裡的平均年齡是十八歲。跟妳一樣。」

說得好。不過我心裡還是有點忐忑，這個反抗團體裡大部分的人都不到美利堅聯合共和國的合法飲酒年紀。

一名男子踏上講台，聚光燈追著他跑。他又高又瘦，穿著長長的黑風衣——似乎是這裡的標準配備，挺合理的。他看起來二十幾歲，然而頭髮卻是蒼白似雪。他的五官帶著雌雄莫辨的美感，彷彿出自雕刻家之手。他面向眾人，展開雙手，耳語在瞬間消失，每雙眼都鎖在他身上。

史蒂芬靠向芮伊，低聲問：「那是斑馬？」

「不，這個人是尼可拉斯．克萊伯，斑馬的左右手。他很少親自出席集會，不過他全都看在眼裡。」

從暗處觀察一切，不喜歡露面的首領。我已經無法信任他了。

「各位兄弟姊妹。」尼可拉斯的嗓音低沉而圓潤，被夾在他領子上的麥克風擴大好幾十倍。「戰爭一觸即發。開戰時刻越來越近——我們將會揭開掩護，讓全世界見識到我們不會繼續忍受不公不義。」他的手揮向螢幕。「各位看到的是IFEN的宣傳攻勢，被他們的謊言玷污扭曲……但這其實是重大進展，因為他們終於公開承認我們的存在，無法繼續假裝下去。我們已經成長得太過強大。」

一幅影像出現在他背後的螢幕上——根據底下的跑馬燈，看起來是新聞節目。那是IFEN總部的空拍鏡頭，建築物受到明顯損傷。門被炸開，瓦礫散在停車場上，到處都是警察跟建築工人。「上週突如其來的恐怖攻擊震撼全國，至今仍未平復。」主播的語氣嚴肅。「四名IFEN員工在爆炸中受傷，另外兩人死亡。他們的親人與朋友悲痛萬分。」

螢幕上映出兩具蓋上的棺材，周圍以白玫瑰和百合花裝飾。我嚐到血味，發現自己咬破了頰內的軟肉。

伊安跟他的朋友裝設炸彈，營救史蒂芬和我。

鏡頭切到一名女性，她臉色蒼白，滿臉淚痕，空洞的眼神飄向遠處。我認得這個表情，因為父親過世後我也曾經陷入其中——麻木，心裡不願意接受痛失親人的事實。她身旁有個金髮幼兒抓著她的手，不安的大眼睛看著四周。這孩子小到無法理解死亡的概念。真想知道要過多久才會進入她心底。要過多久她才不會問，**爸爸什麼時候回家**？

史蒂芬扭了扭，我這才發覺把他的手握得太緊了。我逼自己放鬆。

主播繼續說：「在籠罩全國的悲劇之後，明天將會舉行公開追思儀式，讓大家緬懷死者。進行攻擊的犯人身分尚未確認，這代表隨時隨地會有下一次攻擊。IFEN的董事會正在討論是否要暫時強化安全措施，直到恐怖分子落網。前巡心者受訓員蓮恩．費雪在爆炸後行蹤不明，有人猜測她可能涉入本起事件，但目前尚未有任何確切消息。」

我的胃好痛，忍不住按住腹部。

鏡頭切回由啜泣的哀悼民眾包圍的棺木，定格不動。尼可拉斯站在講台中央，剪影打在螢幕上。「兩名IFEN員工死於爆炸，他們被當成英雄看待，舉國哀悼。」他的語氣冰冷。「我問問各位——過去一年來，索納多殺死多少第四型？有人知道嗎？」

沉默。

「暗地裡遭到洗腦的政治異議分子呢？有多少？各位認為他們的家人能獲得國家級的喪禮來彌補他們的損失嗎？」他微微一笑，露出一口白牙。「當然沒有。甚至不會有人提到那些事。為什麼？因為對IFEN和政府而言，人並非生而平等。全國上下為了那兩個死掉的警衛假哭，醫生卻悄悄開出幾百顆自殺藥丸，他們的行為還被視為仁慈。同情。因為他們認為我們無藥可救了，好死不如賴活。」他雙手一揮。「我問問各位兄弟姊妹——你們無藥可救嗎？」

「不是！」眾人嘶吼回應。

「你們會受到這些宣傳影響嗎？你們會任由他們將罪惡感的鐵鎚砸向頭上，把你們打得乖乖就範嗎？」

「不會！」

他笑得更燦爛。「是的，當然不會。自由沒有妥協的餘地。自由就是生命——是我們血管裡的鮮血，肺裡的空氣。那是地球上每一個人，不分男女老幼，都該享有的基本權利，我們不會讓**他們奪走自由！**你們願意跟我一起奮戰嗎？」

「**願意！**」

房裡充滿黑暗的能量，宛如火焰與陰影。尼可拉斯光靠一張嘴就能掌控全局，每一雙眼都定在他身上，連史蒂芬也不例外。

「喔，不只是如此。」尼可拉斯說：「你們看。」

螢幕上的影像又動了起來，主播繼續道：「現在為各位訪問IFEN主任史汪醫師。」

突然間，他來了——史汪醫師坐在扶手椅上，擺出專業人士不帶批判的表情。一看到他，剛才像是被挖空的腹部凝聚起冰冷的重量。鏡頭拉遠，他坐在身穿套裝的女性對面。「主任，感謝您抽空與我對談。」女子說：「希望您能為我們釐清一些疑點。」

「沒問題。」他順耳的男中音響起。

「首先，您提到即將帶著最新的門生出訪，真有此事嗎？」

新的門生？已經找到了？他沒浪費半點時間就找到人來替代我。這個事實帶來意料之外的痛楚。

「沒錯。」史汪醫師回應。「弗里德先生將與我一同造訪多倫多。」

我聽見史蒂芬咬牙吐氣，與我交握的手陣陣抽動。史汪醫師很快就會來到我們所在的城市，這個想法讓人百般不安。

「本趟出訪的目的是什麼呢？」女子又問。

「很單純，只是要加深我國與加拿大的友誼，替未來的貿易合作鋪路。畢竟，美利堅聯合共和國總不能永遠鎖國下去。加拿大是我們的鄰居，為了國家安全，維持嚴密的邊境控管是必要措施，但這並不代表我們不能展開對談。」

「一定有鬼。」史蒂芬低喃，我點頭同意。史汪這番話不帶半點惡意，可是我不相信他說出全盤事實。既然都忽視加拿大這麼多年了，幹嘛特地挑現在出訪？我才剛揭開聖瑪莉的真相，他馬上決定來加拿大，這絕對不是巧合。

訪問主持人再次開口，把我從思緒中拉回現實。「關於另一件更嚴肅的話題，史汪醫師，與蓮恩・費雪相關的謠言四起，那位年輕的巡心者最近將她的部分記憶放到網路上。可以與我們聊聊這起事件嗎？」

「首先，我必須聲明記憶帶有主觀的性質，而且有其缺陷——特別是精神類型越高的人——因此不該把它們當成事實。」

女子抿抿唇，往前靠了一些。「您是說網路上那些影片都是謊言？是騙局？」

「那並不是一般定義中的騙局，但確實是謊言。蓮恩處於幻想狀態，在她失蹤之前，她行為怪異，神秘兮兮，疑神疑鬼，與她平時的性格相差甚遠。不時有人目擊她與一名第四型人士來往，儘管她的精神狀況漸漸走下坡，她不斷拒絕治療。多年以來，我看過很多次這樣的行為模式……在任何人身上都可能發生。罹患精神疾病者慢慢與現實脫節，病情使得他們看不清自己有多需要幫助。他們陷入偏執自戀，導致被害妄想，進一步引發暴力與犯罪行為。蓮恩她或許相信自己擴散的關於IFEN和我的不實謠言，因此這次的事件才會如此悲慘。」

我聽見類似石頭摩擦的怪聲，接著才意識到我正緊咬牙關。

訪問主持人拿筆抵住下脣。「那麼，您的意思是IFEN從未拿小孩來做實驗嗎？」

「當然沒有。」

他說得如此篤定，如此直接。要是我沒有親眼見識到真相，或許就會相信他了。

現在輪到史蒂芬把我的手握得太緊。他低聲咒罵：「那個混帳。他還在否認。」

史汪醫師繼續以令人中毒的理性、平穩嗓音說道：「我必須強調這不是蓮恩的錯，她正處於容易受到陰謀論影響的青春期。不幸的是，她的疾病令我們的社會陷入動盪危險，所以我們必須將她視為威脅。太多人願意相信IFEN的黑暗面，這個組織的存在全是為了保護他們。恐懼是很容易就落入的陷阱。」他表情凝重——他在訪談中首度展現的情緒，只是我相信那也是精心設計的環節。「我認為這是我的失敗，畢竟我是她的法定監護人。我應該要提早行動。」

「蓮恩呢？您想跟她說幾句話嗎？」

「是的。」他直視鏡頭。「我的訊息如下。回家吧。現在回到正途還不遲。讓我——讓我們——幫助妳。」

螢幕再次定格，史汪醫師持續凝視著我們。我站在沉默凝滯的泡泡裡，耳中滿是自己的呼吸聲。胸口好熱，額頭內側悶燒起來。我在發抖。不是害怕。我很憤怒。

他怎麼能這麼做？怎麼能坐在那裡對全國漫天扯謊，毫不猶豫？

尼可拉斯的目光落在我身上，伸手對我勾勾手指。「蓮恩．費雪，可以請妳上來嗎？」

恐懼像閃電般穿過我全身，芮伊不發一語。他要我上台演說嗎？

尼可拉斯對通往講台的階梯點點頭，我驚慌地看了史蒂芬一眼，他鼓勵似地捏捏我的手臂。我鼓起勇氣，逼自己上前，穿過人群。踏上台階，站在講台中央，面對眾人，我的腳抖個不停。舞台燈光照得我眼花，看不見聽眾的臉。或許這是好事。我已經緊張到不行了，開始覺得反胃。幸好肚子裡什麼都沒有，吃下那條蛋白質點心棒感覺像是一百萬年前發生的事。

尼可拉斯一手按住我的肩膀，修長骨感的手指有如鳥爪，緊緊箝住，讓我想要瑟縮。「不需要為大家介紹她的身分。這個女孩冒著生命危險，揭露IFEN的祕密。而現在，她是我們的一員。」

我站在台上，汗水流過我的後腰，灼熱的聚光燈把我固定在原處，雙腿軟得像果凍。

尼可拉斯對我微微一笑，露出大顆大顆的雪白牙齒。「史汪醫師要妳回家。」他靠得更近，那雙藍眼刺入我眼中。「妳想如何回應？」

恐慌在我胸中撲騰，我腦海中一片空白。

尼可拉斯撥開他的一縷頭髮，偷偷關掉麥克風，在我耳邊悄聲說：「向黑風衣集團效忠。跟他們說妳打算扳倒IFEN，無論要付出多少代價。」

脈搏在我腦中狂響，我背上流了更多汗。我想下台，離開他箝住我的手指，以及他噴在我頸側的吐息。

尼可拉斯捏捏我的肩膀，讓我縮了下。「快說。」

我內心深處藏著一小塊鋼鐵般的輕蔑。

尼可拉斯打開他的麥克風。「蓮恩，如何？妳剛才聽見史汪醫師說妳滿腦子幻覺與恐懼。妳一定想跟大家說幾句話。」

我直視史蒂芬的雙眼。換作是他，他會說什麼？我鼓起勇氣，深呼吸，提高音量：「史汪醫師去──去他媽的。」說出粗話時，我的嗓子有點啞。「叫他拿燒紅的仙人掌肛自己。」

集會廳裡一片沉寂。

我的雙手在背後交握。「我只想說這句話。」我笨拙地微微鞠躬。「謝謝。」

沉默持續一秒，接著，聽眾同聲大笑。凝聚的黑暗能量散去，屋裡歡聲雷動，掌聲夾雜著歡呼與口哨。幾個人高聲說：

「對！史汪醫師，去肛你自己吧！」

「用發瘋的豪豬肛你自己！」

「用電鋸肛你自己！」

尼可拉斯齜牙咧嘴，對我緊繃地笑了笑，他放開我，我快步下台，鬆了口氣，頭昏眼花。肩膀被他抓得陣陣抽痛，我揉揉肩頭，不知道會不會瘀青。

第十二章

集會結束，眾人離開房間，說笑擊掌的模樣與一般的青少年無異。一個女生跳到男生背上，雙腿夾住他的腰，他就這樣背著她走出門外。

芮伊帶著史蒂芬跟我穿過一條空蕩蕩的漫長走道，寂靜震耳欲聾。

「醫生，說得不錯嘛。」史蒂芬咧嘴一笑。「我深受感召。」

「謝謝。」我臉紅了。想到尼可拉斯的冰冷笑容，他不像是喜歡受到挑釁的個性。我已經踏入危機之中。

「嘿。」史蒂芬的嗓音放軟了些。「妳還好吧？」

我不信任尼可拉斯。我完全不相信這一切。我想這樣回答，但芮伊就在旁邊。「沒事，只是……有點招架不住。」

芮伊指著兩扇相鄰的門。「這是你們的房間，大拇指按住感應器，你們的生物資料就會登錄進去，之後只有你們可以進出。」

我把大拇指指腹貼在門邊的黑色小方塊上，史蒂芬也操作起他的裝置。感應器亮起綠燈。

「配給品都放在裡面。休息一下，明天開始你們要接受模擬訓練。」

「模擬……？」

「就是字面上的意思。」芮伊說。「如果你們想待在這裡，就要參加任務。」

「什麼樣的任務？」我有些不安。

「目前大多是幫難民穿過國境。」

「喔。」我稍稍放鬆。幫助別人。沒錯，這事我做得來。不過呢，即使是救援任務也能造成傷亡，我前些天才親身體驗過。

芮伊以讓人不安的眼神盯著我，彷彿我的思緒都赤裸裸地攤在她眼前。「訓練很不簡單。妳得要準備好迎戰。學會用槍。模擬訓練能幫妳做好準備。課程結束後，我們在大廳吃午餐，如果妳想的話，也可以自己在房間吃，但是我們鼓勵大家一起吃，能夠增進妳與同志之間的情誼。」

我一定是累壞了，不然怎麼會覺得這番話如此逗趣？根本就是實習殺手夏令營嘛。「然後呢？我們能用通心麵跟亮粉做出炸彈嗎？」

史蒂芬哼笑一聲。芮伊茫然看著我。

「別在意。」

她轉身。「起床號是七點。準備好。」她把我們丟在走廊，逕自離開。

「好啦，終於到了這一步。」史蒂芬說。

「大概吧。」我低下頭。好累，感覺有好多重要的事情必須好好討論，可是這一整天把我的腦袋攪成爛泥，幾乎找不出頭緒。

他撫過我的臉頰，力道輕如羽毛。「妳還好嗎？」

我要怎麼回答？我盯著自己的鞋子，在下水道走了一圈，鞋子還沒乾，沾滿污泥。「吃過睡過以後一定會好很多。」我擠出微笑，又按了一下感應器。門咻地打開，裡頭是相當樸素的房間，牆壁跟天花板用的是跟其他地方一樣的金屬板。「我要梳洗一下，幾分鐘後見？」

「沒問題。」

我踏入房裡，門自動關上。為了測試系統，我摸摸牆上的感應板，門又開了。所以說我們不是被鎖在房裡。幸好。他們對我們如此信任，實在是說不通。我猜組織反抗游擊軍的時候，不能對招募來的新人太嚴苛，可是呢……逃到這裡之前，我在IFEN待了好幾年，他們怎麼知道我不會反悔？

我把疑問丟到一邊去，卸下背包，放到角落。我拉開一個抽屜，裡面是放得整整齊齊的衣褲，我選了白上衣跟深藍色牛仔褲，與房間相連的浴室跟衣櫃差不多大，我在裡頭脫掉髒兮兮的染血衣物，塞進牆上標示洗衣處的活門。淋浴間雖小，但至少堪用，我鬆了一口氣。我迅速沖完澡，開始翻找芮伊提到的配給品。金屬製小冰箱裡有一堆冷凍食品，旁邊的流理台上設置了微波爐，還有一小堆碗盤跟廉價錫餐具。

很好，這裡的飲食跟老家沒有兩樣。

我熱了一份牛肉丁跟馬鈴薯，回到走廊，敲敲史蒂芬的門。「我是蓮恩。」

門板滑開，我進了他的房間。「我想我們可以一起吃。」

史蒂芬換上乾淨的牛仔褲跟T恤，只是他還披著沾滿泥污的大衣。他似乎察覺我不想談，所以沒有多問，逕自熱了一盤雞肉跟青豆，跟我並肩坐在他的床緣。

我用叉子戳弄切成圓形的馬鈴薯，上頭點綴著加水還原的乾燥香料。餐具帶著讓人不舒服的金屬味，所以我捏起牛肉丁，丟進嘴裡，嘗起來又硬又鹹。「訓練結束後，你覺得我們會變成像芮伊那樣嗎？」我半開玩笑地問道：「比如說，我們是不是能在高樓大廈之間跳來跳去，打倒十多個武裝壯漢，手中還拉著小提琴？」

他勾起嘴角。「她是特例。」

「怎麼說？」

史蒂芬收起笑容。「呃。嗯，這個算是個人隱私。」

「個人隱私。」我重複。

他的嘴巴開了又合。「或許我不該提起。我想這應該不是祕密啦，可是她跟我說——」

「你什麼時候跟她私下說話了？」

「在地下。就是她回頭打倒那些小混混，我跑去看她是否需要幫忙的時候。回去跟妳會合的路上，我跟她說了聖瑪莉的事情，她也透露了一些她的過去。妳知道她是如何描述身為實驗內容的感受嗎？」他把玩磨到綻線的大衣袖口。「基本上，IFEN想要創造完美的士兵，在戰鬥中不會怕得無法動彈，不會罹患創傷後壓力症候群，需要大量昂貴的後續治療。於是他們開始擾亂人們的大腦，降低實驗對象對恐懼與罪惡感的敏感度，甚至對肉體的痛苦麻木。他們利用慈善機構裡的孤兒。跟聖瑪莉的實驗一樣。」

「好恐怖。」可惜我沒感受到半點震撼，連驚訝都沒有。如果是一個月前，我一定會強烈否認IFEN曾做出那種事情。再也不會了。

「是啊。總之，他們放棄了那個計畫。或許是因為結果太過扭曲，連IFEN都無法接受。參加實驗的孩子——只有少數幾人倖存——被關在治療機構裡，幾乎都瘋了。只有芮伊逃出來，那是好幾年前的事情了。」

「所以說……她不會害怕？完全不會？」

「她是這麼說的。或許妳以為這是好事，可是她失去恐懼的同時，也失去了其他事物。她說感覺像是一直待在水底，一切都朦朦朧朧的。」他咬牙。「我想這就是拿雷射烤焦某人大腦部位的結果。」

我想到芮伊——她空白的表情，她解決邊境巡警的冷酷手段。把她變成這樣的不是黑風衣集團，是IFEN。她會向史蒂芬吐露過去，我還挺驚訝的。感覺她不像會表露自己的祕密的人，特別是面對剛見面不久的陌生人。

不過呢，她跟史蒂芬都受過同樣的傷，他們腦中都有疤痕，那是IFEN暴行的痕跡。我看過史蒂芬的記憶——甚至體驗過——然而我沒有親自度過那段生活。她能從我無法觸及的角度理解他。隔在我跟史蒂芬之間短短幾吋的床鋪突然寬闊得如同無法橫越的汪洋。「她……還好嗎？我是說——」其實我不太清楚自己想說什麼。

「她沒事。算是吧。現在她有人生目標。目標能讓人活下去。」

「確實是如此。」長久以來，成為巡心者是我的目標，使我能夠振作起來。現在……
現在，我不知道。
「抱歉。」我低聲說。「之前在隧道裡說了那些話。」
「我也要道歉。」他盯著自己的腳。「我知道妳不喜歡殺人。這不是軟弱或是害怕什麼的，只是代表妳沒有麻木。」他緊握叉子。「我認為我可以像芮伊那樣行動。要是讓我開槍殺掉那些巡警，說不定我不會有半點罪惡感。或許這不是值得吹噓的事情。或許我腦袋真的哪裡有問題。」
「不對。」我輕聲回應。「你之前說得沒錯。我知道加入反抗勢力是怎麼一回事，只是我不想思考罷了。」喉嚨突然好緊。我想吞口水，可是卡在喉嚨裡的硬塊漸漸膨脹，連吸氣都有困難。
「我不想殺任何人。即使是為了保護自己。希望永遠不用這麼做。」
「妳不會殺人。」他說。
「你怎麼可以這麼確定？」
「因為我會保護妳。」
我凝視他的雙眼。眼周發黑，眼白佈滿血絲，但他的眼神清澈而堅定。
看得出他是認真的。可是我也不想讓他為我殺人。我不希望任何人為了我背負如此重擔。視野突然模糊，我別開臉，想偷偷擦掉眼淚，但是太遲了。他看到了。
「是我把妳惹哭了嗎？」他有些緊張。「我只是想讓妳笑。」他嘆了口氣，一手梳過頭髮。
「我想我不太擅長這種事。」

「不是你害的。」我按住他的手，輕輕捏了下。「我睡一下就沒事了。」

他垂眼點點頭。

我把空盤推進牆上標注餐具回收的窗口，回到房裡，套上掛在牆上的白色睡袍，鑽進被窩，關燈。然而睡意遲遲不來，一連串的死亡鏡頭閃過我的腦海，反覆播放。我看到芮伊扣下扳機，吹熄巡警的生命之火。我也看見IFEN的警衛——看著他們融化在眩目的爆炸火光中。

我雙手按住太陽穴，彷彿這樣就能將影像擠出去。

最後，疲憊將我擊潰，這一整天的風風雨雨耗盡我的體力，意識漸漸飄離。

敲門聲把我驚醒。我坐起來，揉去眼中睡意。

門板滑開，高大消瘦的人影站在門口，走廊的燈光照出他的輪廓，五官卻籠罩在陰影中。

我抓住毯子邊緣。「史蒂芬？」

「穿好衣服，跟我來。」低沉的嗓音響起。不是史蒂芬。尼可拉斯嗎？

「為什麼？你——」

「給妳兩分鐘。」門關了起來。

顯然尼可拉斯有辦法打開要塞裡的任何一扇門，無論登錄了誰的指紋。真是注重個人隱私。

我緩緩起身，不顧差點撞破肋骨的心臟。我換好衣服，走出門外，尼可拉斯默默轉身，邁開腳步，黑色長風衣在背後翻飛。

我跟了上去，還沒完全清醒，不斷揉眼睛。「你要帶我去哪裡？」

沒有回應。

「拜託說句話吧。」

他轉過頭，以深藏不露的神情打量我。我也收起情緒，擺上過去面對客戶的冷靜、專業外表，心臟卻跳得好沉。

他似乎是在試探我。尼可拉斯那雙藍眼跟史蒂芬不同，呈現藍寶石一般不太自然的過度飽和色澤。看起來不像真的，但我也沒找到角膜變色片的痕跡。「老實說，我們第一次允許巡心者加入。」他開口：「不久以前，妳還是敵人的爪牙，而且妳拒絕效忠，我們也沒理由信任妳。我們需要一些預防措施，斑馬決定給妳安排測試。」

我感覺到這不是選擇題。「什麼測試？」

「我不能透露更多了，反正就算是說了也沒用，妳根本無從準備。」他迅速又輕鬆地繼續前進。

我想，這個地方就像是巨大的鋼鐵蟻穴，許許多多的彎曲走道，看起來全都一樣。要是跟丟了，我不確定能在這個迷宮裡找到原路。我們的腳步聲伴隨著持續不斷的低沉機械運轉聲。

「斑馬是誰？」我問。

「我們的領袖。」

「我的意思是除了這個身分以外。如果說他有辦法弄到這樣一個給黑風衣集團佔據的基地，他一定很有辦法。」

沒有回應。

我嘆了口氣。過了一會，我嘗試另一個問題。「為什麼他自稱斑馬？」

「因為他跟條紋很搭。」尼可拉斯火大了。他猛然迴身。「妳問太多了。我的耐性快要被妳磨光。再一次我就把妳送進倒數間。」

「那是什麼？」

「妳想親自體驗嗎？」他語氣愉悅。「我很樂意幫妳安排。」

我咬住舌頭。看來這群反叛分子無法容忍叛逆行為。

來到另一扇門前——很普通的小門，灰色的金屬板上鏽斑點點。他打開門，這個房間跟箱子沒兩樣，只有一顆昏暗的燈泡，中央擺著一張黑皮躺椅。椅子的頭墊上，一小段黑色電線接著白色頭盔。

是巡心門。

第十三章

「這是什麼？」我的聲音顫抖。

「就是妳看到的東西。這套機器的功能相信妳一定很熟悉。」

我的胃直直往下沉。要是坐上那張椅子，巡心門另一端的任何人都能讀取我的思緒、記憶。不只是如此，還可以改變它們。這等於是把腦袋放在陌生人手上。「如果我拒絕的話呢？」

「那你們就得要離開要塞。假如妳選擇離開，我們就給你們吃藥，讓過去二十四個小時的記憶變得模糊，不會完全忘記發生了什麼事，但絕對想不起通往這裡的路。要怎樣都隨便妳。」

怒氣填滿我的胸膛，從內側讓我的身體升溫。「我們沒別的地方可以去。」

「不關我的事。」

我又感覺到繩索套緊我的喉嚨，如同絞刑台一般勒住。

要是我離開要塞，史蒂芬一定會跟我一起走。這點我很確定。但我們就要在這個充滿敵意的陌生國家獨自生活。在被人逮到、關進第九區之前，我們能撐多久？什麼時候會落入IFEN手中，送回史汪醫師身邊？

史蒂芬說得對。我們為了反抗IFEN而來到這裡，無論如何，這些人都能幫我們。也就是說要照著他們的規矩來，至少目前是如此。

我看著巡心門，深吸一口氣，膝蓋好像融化一般。我心想，如果說他們想傷害我，機會多的是。我只能任他們宰割了。「好吧。」

「給妳一個建議。」他說。「無論發生什麼事，不要抵抗，不然只會更難看。」他對房裡歪歪腦袋。「去吧。妳知道要怎麼做。」

我走進房裡，門在我背後關上，這裡只剩我一個人。

燈泡在我頭頂上嗡嗡作響，我緩緩上前，伸手撫過頭盔熟悉的光滑輪廓。

這組巡心門跟我的型號一樣——第一代的舊機型，已經停產了。可是只有一頂頭盔，另一頂不會離這裡太遠。巡心門的感應範圍不大，操作者一定就在附近。

椅子旁的木頭小桌上放著銀色的小盒子。我掀開盒蓋，看到一支裝滿黃色清澈液體的皮下注射器。可能是鎮靜劑？讓我分不清東南西北，無法抗拒接下來的一切？還有一包密封的酒精棉片，暗示非常明顯。我要往自己身上注射未知藥物，戴上頭盔，對某個陌生人敞開腦袋。我是不是瘋了？

好吧，只能走一步算一步了。

我坐上躺椅，戴上頭盔，扣好扣環。接著撕開酒精棉片的包裝，擦拭肘窩，拎起針筒，憋住呼吸，將針尖插入皮膚，把藥水注入體內。在短暫的刺痛中，我看著針管裡的黃色液體漸漸消失，流入我的血管。

空針筒從我指尖滑落，啪嚓落地。視野開始模糊，呼吸聲在耳邊迴盪，彷彿來自隧道另一頭。我低頭看著自己的手臂，發現它周圍散發金色光暈。我閉上眼幾秒鐘，頭昏眼花。熟悉的刺痛擴散開來，房間扭曲凹折。直覺像警鈴一般發出巨響，不過呢，已經來不及回頭了。我甚至不認為自己站得起來。

無論發生什麼事，不要抵抗。尼可拉斯這麼說。我閉上眼睛，聽從他的建議，棄械投降。才剛決定不要抵抗，恐懼頓時消失，取而代之的是飄浮在虛空的感覺。椅子、房間、頭盔，全都消失了。我再也感受不到自己的身體。

這裡只有我。突然間，我清楚意識到旁邊有人。我的思緒朝黑暗延伸，往外伸出觸手，尋找同伴。

哈囉？我在心裡說。

「睜開眼睛。」輕柔的男性嗓音說道。聲音在我腦內響起，聽起來卻像是他就站在我身旁。

我試著聽他的指示，可是很難，我感覺不到身體。甚至無法分辨眼睛究竟是睜開還是閉上。

「不是肉體的眼睛。睜開你心裡的眼睛。」

我想像自己睜眼，一瞬間，我站在以前那個家的客廳裡，陽光從窗外灑落，照亮溫暖的木頭地板。肩膀寬闊的高大男子站在一扇窗邊往外看，雙手在背後交握。我認得那雙手，就跟我自己的手一樣印象鮮明。

父親轉向我，看起來跟他精神出問題前一模一樣——眼神明亮，臉頰豐潤，頭髮和鬍鬚修剪得整整齊齊。「哈囉，小恩。」他說。

聽到熟悉的暱稱，我眼中充滿淚水，一手摀住嘴巴，往後退了一步。

他露出悲傷又複雜的笑容。「妳能原諒我嗎？」

我用力閉眼。不知道是什麼東西，總之剛才的藥讓我起了幻覺。這都是我自己創造出的影像。這是唯一合理的解釋。即使知道這一點，我還是想跑過去緊緊抱住他，感受他厚實溫暖的懷抱，用臉頰磨蹭他那件有些粗糙的斜紋外套。

「妳長大好多。」他說。我睜開眼睛，他走向我。「讓我看看妳。」他緩緩揚手捧起我的臉。他的掌心好溫暖，我聞到一絲咖啡和舊書的氣味，他生前總之帶著這股味道。讓我安心，讓我想到家。

我搖搖頭，顫抖著吸了口氣，逼自己後退。「你已經死了。」

「不。或許我失去肉體，可是我仍然存在於此。從某些角度來看，現在的我甚至更加真實。」

「我——我不懂——」

「沒關係，妳不需要懂。只要接受眼前的事實就好。」

世界一片朦朧，牆面傾斜，我緊緊閉上眼睛。思考。我要思考。

「小恩，我真的是以妳為榮。」他的嗓音溫暖輕柔。「妳做出正確的決定。我知道妳一定會的。」

我緩緩深呼吸。這感覺不像夢境或是幻覺——太鮮明，太清晰。理智告訴我這不是真的……

如果是的話呢？如果說，他以某種方式活著，是這個夢中世界的一抹意識？

他伸出雙手。「沒關係的。」他低聲說：「妳不用再害怕了。現在我就在這裡。」

我幾乎是違反了意志，抖著腳往前跨出一小步，然後停住。我用力握拳，指甲陷入皮膚，逼自己專心。「那個女人。」我說：「你愛的那個女人。她死了。你總是不想提起她。她叫什麼名字？」

他皺起眉頭。「妳為什麼想知道？」

「告訴我就對了。」

他遲疑片刻，眉頭皺得更緊。當然了，他不可能知道，因為我也不知道。「你不是我父親。」怒氣在我心中悶燒，一陣陣高溫擴散到整片胸口。「我父親不只是我的回憶。他有自己的想法與感受。他在我存在前就已經擁有完整的人生。他死了，死人無法復活。」

「小恩，我說過了。死亡只是幻覺——」

我重重甩了他一巴掌。他眨眨眼，被我打中的臉頰變成粉紅色。「住手。」我嗓音顫抖。

他揉揉臉頰上的掌印，瞇起眼睛。「妳不是想見他嗎？那是妳長久以來的願望。」

「不是以這種方式！」

他嘴角勾起笑意，雙眼從棕色轉為淡漠的淺灰色。「喔。」他的聲音跟我父親完全不像。「妳及格了。」

「你是誰？」接著，我靈光一閃。「斑馬。你是斑馬。」

他笑得更開了。

我往後退。「放我出去，離開這個模擬訓練什麼的。」

「別急。」他往我靠近一步，雙手在背後交扣。「還沒完呢。」

我一路退到牆邊。房間彎曲扭轉，他透過某種手法影響我看到、聽到的事物。巡心門通常不會這樣運作。「放我出去。」我不能陪他玩下去。看到父親的臉，聽到他的聲音，這就像撕開尚未痊癒的傷口，再拿蕁麻摩擦血淋淋的皮肉。「**放我出去！**」

他停下腳步，歪歪腦袋，身軀扭曲變形，四肢變粗，面容拉長，變身成動物，彷彿來自惡夢的黑色巨獸，長著鮮紅爪牙，眼珠子閃閃發亮。他朝我衝來，嘴巴狠狠嘶咬咆哮。我還來不及動彈或是反應，他已經壓在我身上，利齒陷入我的肩膀。我張嘴尖叫——

客廳消失了。我被綁在某個純白房間的桌子上，冰冷的空氣貼著我光裸的皮膚。炫目的白光照得我看不見四周。史汪醫師聳立在我身旁，醫療口罩遮住半張臉。「妳這個壞傢伙。」他手持生鏽的鋸子。「生產線一定有問題。會不會是少了零件？還是多了？我們得要撬開妳的腦袋，看看是什麼狀況。」

我掙扎喘息，恐慌使得我腦中一片空白。**這不是真的**，我想。

鋸子切入我的皮肉，劃過肚子上柔軟的皮膚，刺進我體內。我驚訝得無法動彈。不會痛，沒有流血，只是一股讓人不舒服的壓力。他抽出鋸子，留下俐落的隙縫，好像我是個玩偶，全身都是橡膠皮膚。

不對。不是的。我不是玩偶。這——

突然間，身旁的人從史汪醫師變成史蒂芬。「醫生，感覺如何？」是我聽習慣的沙啞嗓音。「妳已經看過我裡面的模樣了。要不要讓我看看妳的？」他整個手掌滑入我肚子上的切口，不會痛，但我感覺得到他的手在我體內移動，指尖按住肚皮內側。隔著皮膚，我能看見他手指的輪廓。愛撫。我打了個寒顫。

不是真的不是真的不是——

他的手插得更深，幾乎連手肘都進來了。「妳想告訴我，對吧？」他在我耳邊呢喃。

我顫抖的呼吸聲在房裡迴盪。已經不會冷了。身體暖洋洋的，腦袋朦朦朧朧軟綿綿，我突然想不起為什麼自己會在這裡、發生了什麼事，但我一點都不在乎。「什麼事？」我半夢半醒地反問。

「妳的祕密。」他的手繼續往深處移動，往上碰到我的肋骨。「沒關係的。妳可以讓我進去。」

我倒抽一口氣。「不行。」

「為什麼？」

「如果我說了，你會討厭我。」我在說什麼？告訴他**什麼**？

「蓮恩，我絕對不會討厭妳。」他壓低聲音。「對妳自己小聲說就好，在妳內心的暗處。小聲說出來。」

我緩緩閉上眼睛。**別怕**。這聲音是我的還是他的？根本分不出來。我輕輕吐氣，攀附在我心中的某樣事物頓時鬆開。他的手指碰到我不斷跳動的心臟，包覆著它，輕輕擠壓。「喔……原來在這裡。」他啞聲輕笑。「真有意思。」

惡寒在我身上泛開，那不是史蒂芬的聲音。「斑馬。」

「我讓妳上鉤一分鐘了？」他的笑容冰冷又刻薄。「當然了，這次我逼得更緊。只要壓抑內側前額頁皮質的活動，任誰都會相信眼前的人說的一切。不過妳的反抗相當有力。」他的語氣中帶著逗弄。「就像是虛張聲勢的小狗。」

「你的手給我收回去。」我咬牙說道。

他的手滑出我的胸口，上頭沾著的不是血，而是透明的液體。他甩甩手。「抱歉冒犯妳了，不過這是必需措施。」他笑了笑，淺灰色的雙眼鑲在史蒂芬臉上看起來好奇怪，讓人心裡發毛。

「我們繼續吧？」

黑暗向我襲來，下一刻，我站在大型戶外競技場上，炎熱的藍天沒有半朵雲，四周是模糊的群眾以及歡呼聲。芮伊站在我面前，身穿金紅相間的戰士服裝，手持巨斧。她丟給我一把寬刃劍，我笨手笨腳地差點沒接住。陽光影響我的視線，我忍不住瞇起眼。「這裡是哪裡？」她大吼一聲衝向我，手中揮舞她的斧頭。我驚叫著跳開，斧刃陷入地面。她拔起武器，面向我，胸口上下起伏。「想活下去就跟我打。」

「芮伊！」我喘息。「妳在幹嘛？」

她再次朝我衝刺，我揮出長劍，與斧頭鏗鏘交鋒。「住手！」我大喊。

「如果妳不反擊，我會殺了妳。」棕色髮絲從她的辮子裡散出，貼上她汗溼的臉頰。她那雙老虎似的眼眸狠狠瞪著我。「聽懂了嗎？」她再次攻了過來。

斧頭又一次被我的長劍彈開，衝擊力道竄進我的骨頭。「太荒謬了！我甚至不知道為什麼要跟妳打！」

她瞇起眼睛。「那不重要。」她的靴子撞進我腹部。我嘶嘶喘氣，癱倒在地。她聳立在我面前，陰影將我淹沒，斧頭舉到頭頂上。「蓮恩，妳要怎麼辦呢？」她的鞋跟壓住我的胸骨，我成了標本台上的蟲子。「妳要活還是要死？隨便妳。不管怎樣都跟我無關。」她的表情冷淡。「要聽我的想法嗎？我認為妳會讓我殺了妳。」

群眾如雷的鼓譟聲填滿我的耳朵。紅色旗幟在風中翻飛，世界嘗起來像灰塵與金屬。「芮伊。」我努力吸氣。「聽我說。拜託。我們不用這麼做。放下妳的武器吧。」

她盯著我，眼神一片荒蕪。「有時候，只有兩條路能選，不管哪一條都不好看。」她雙手高舉斧頭。

我沒有多餘的反應時間，發出刺耳的叫聲，刺出我的劍。劍刃戳進她的喉嚨，鮮血從她嘴裡湧出。她的雙眼變得混濁。我嚇得連忙抽出劍身，後退幾步。芮伊跪倒在地，劍柄從我麻木的指尖滑出。她身下積起一灘血，怵目驚心。

我殺了她。

不是真的。不是真的。可是感覺好真實。我無法轉頭。

芮伊跟群眾突然消失，天空與地面，全世界都溶化了，我漂浮在虛空之中，只聽到自己的喘息在耳中迴盪。

「哈囉？」我高聲呼喚，聲音落入虛空。沒有回音，什麼都沒有。無邊無際的徹底黑暗。我甚至感覺不到自己的身體。我只剩下思緒與聲音。冰冷而原始的恐懼伸出觸鬚，撫過我的大腦。我硬是將它撇開。

「斑馬，我知道你在。你在哪裡？」

寂靜。

恐懼漸漸消散，被憤怒扼殺。這感覺出奇舒爽——至少有個實際的情緒可以攀附。「你看得很開心吧？你就是喜歡亂翻別人的腦袋，掌控他們的想法跟感覺嗎？」

沒有回應。但他就在這裡。我感覺得到。

「芮伊跟我說過你的事情。她說你藏在陰影裡，甚至不向人透露真實姓名。如果你連親自見我一面都做不到，那我也不想跟你、跟你的反抗勢力有任何瓜葛。你聽到了嗎？」

帶著回音的男性嗓音從四面八方傳來：「那妳要去哪裡？離開要塞以後，妳要做什麼？」

「不知道。」我才不管那麼多。

他沒有回答，但我感覺他正在估測我的輕重，上下打量我。

「讓我看你的臉！」我大叫。「站在我面前！」

又是一陣漫長的沉默。「妳要我站在你面前。」他彷彿被我戳到不為人知的笑點似地輕笑一聲。「我得承認，蓮恩．費雪，妳讓我印象深刻。或許我們的相遇將會是……高潮迭起。」

我感覺自己緩緩下沉，宛如穿過一層層流沙。有什麼東西斷了，我直直落入虛無。

第十四章

我眨眨眼睛醒過來，依舊身處放著巡心門的房間。我摘下頭盔，清涼的空氣掃過冒出高溫的頭頂。一縷縷頭髮貼在臉上，周遭景物看起來有點模糊，像是在旋轉。雙眼中央跟後方竄出陣陣刺痛，嘴脣舔起來有如砂紙。

低沉的隆隆摩擦聲響起，我站起來，轉身看到後面那面牆往內開啟，成了巨大的門扉，裡頭還有一個房間。

「進來。」男性的聲音對我呼喚。是我在巡心門裡聽見的那道嗓音，只是比較微弱，少了點威風。

我慢慢起身，雙腿幾乎站不住，我抓住椅子扶手，等待暈眩與腳軟好轉。

「別害羞。」

心跳太大聲。彷彿踏入野獸巢穴一般，我小心翼翼地上前。

地板是上了漆的深色木料，地毯邊緣點綴了金色流蘇，牆上鋪設奶油白色的大理石，石頭壁爐裡火光翻飛，看不出是真的火焰還是立體投影。背後傳來低沉的呻吟，我迅速轉身，剛好看到門板關上。這一側的牆面其實是整片的巨大書架，擺滿了皮革精裝書，書背上作者的名字閃著金光——湯瑪斯．潘恩、佛瑞德里希．尼采、艾茵．蘭德、艾德加．愛倫坡、尚—保羅．沙特……

不勝枚舉。

「我在這。」

我轉身，眼前是坐在時髦黑色扶手椅上的矮小男子。他對另一張空椅子點點頭。「請坐。」

我比較想站著，只是身體還很虛弱，抖個不停，雙腳隨時都會放棄支撐。我緩緩走到那張漂亮的紅色皮椅前，坐了下去。我望向對方，這個人矮小消瘦，老鼠一般的棕色頭髮柔順光滑，儘管看起來才四十幾歲，兩鬢已經稍稍斑駁。粗框眼鏡架在他尖尖長長的鼻梁上。他的長相討喜，看起來性情溫和，卻無法給人深刻印象。「所以說你就是斑馬。」

「我猜妳以為會看到更有特色的長相。」他扭唇微笑。「是的，我就是斑馬。」他伸出戴著手套的手。「幸會。」

我沒有跟他握手。過了一會，他收手，微微低頭。「很合理。畢竟我剛才帶給妳相當不安的體驗。」

「不安？你說那叫做不安？」

「假如妳的心智沒有強大到足以抵擋，我也不會做到這一步。我知道妳可以的。先前妳知道要冒多大的風險，卻還是選擇向全國人民揭露事實。『在這個充滿謊言的時代，說真話就是革命行為。』」

這句話聽起來真耳熟，我皺眉，試著想出來源。

「喬治．歐威爾。」斑馬給了提示。他歪歪腦袋。「妳讀過他的作品吧？」

「我父親有他全部的作品。他收藏舊書。」我別開臉。「你當然早就知道了吧？」

「相信妳注意到了，我也是收藏家。」他那雙令人焦躁的淡漠灰眼投向我，看似呆滯，卻又深不見底。空虛與豐沛並存。「不再製造紙本書之後，這個社會失去了一些東西。不過我們早就在手抄變為印刷，為了輕薄紙張放棄泥板、羊皮紙的時候，失去了許多。我們總是在失去，但也總是有收穫。」

「我真的沒心情跟你聊這些深奧的話題。」疼痛在我眼球間脈動，我不確定是藥物的後續影響還是純粹的壓力。「你沒有權力看透我的大腦。」

「從妳這位前任巡心者口中說出來，這句話挺有意思的。」

我試著重新點燃怒火，可是太累了，整個人洩了氣，有如燒盡的蠟燭。「我現在還是巡心者，但是沒有經過允許，我絕對不會窺探別人的記憶。」

「我得要確認妳不是間諜。光是放妳進要塞，這已經是對妳莫大的信任了。」

我記得斑馬的灰眼睛長在我父親臉上，史蒂芬的手鑽進我胸口。我打了個冷顫。「就算是這樣，你不需要騙我。你沒有必要套用我在乎的人。你到底想幹嘛？尼可拉斯說這是測試，而我卻看不出這能測出什麼。」

「我以妳父親的外表面對妳時，妳拒絕了讓妳開心的謊言，選擇令人不安的事實。當我以芮伊的面貌與妳對峙，妳選擇反抗，救自己一命，證明妳能夠採取必要手段，即使會弄髒自己的手。」

接下來的幾個禮拜，我的惡夢裡大概都會重演那一段。「你裝成史蒂芬的時候……那是什麼？你一直問我某個祕密。我沒有任何祕密。」

「是嗎？有時候最大的祕密連我們自己都不知道。」

「這是什麼意思？」

「我們不一定是自己相信的那種人。妳讀過心理學，應該很清楚這點。或許可以說我瞄到了妳真正的本質……在妳內心深處驅使妳的能量。」

我咬牙。他想逼我質疑自己的動機、懷疑自己，因而變得脆弱，任由他操縱嗎？他設了這個局，我可不打算玩下去。「我做過太多心理分析，不差你的說法。無論你以為自己看到什麼，決定我的動機的人不是你，是我。」

他微微挑眉，笑了笑。就算他被我惹毛了，也沒有表現出來，甚至一臉愉悅。「既然如此，我們就直接談重點吧。雖然先前有些疑慮，但我得說妳的加入是莫大的助力。妳算是知名人士了，只要散播妳站在我們這邊的消息，黑風衣集團的聲勢一定會更加壯大。當然了，我發覺妳不太贊同我們的方針。」

「嗯，我不支持恐怖主義，我想你是這個意思。」但我還是來到這裡了。

「我們也可以把IFEN稱為恐怖組織。」他應道：「他們利用恐懼操縱輿論，達到目標。我們必須以恐懼來戰勝恐懼。這就是戰爭。我們的所作所為全都是必要手段。」

「必要的犧牲嗎？」我的語氣帶了一絲挖苦。史汪醫師說過同樣的話。

他抿起嘴脣，稍稍往前靠，直視我的雙眼，聲音壓低到接近耳語。「妳完全不知道這個世界陷入什麼樣的危險。」

我有些遲疑。

我沒有理由接受他的言詞，可是我記得父親死後留給我的立體影像訊息，他告訴我IFEN骯髒的過往。**藏在祕密裡的祕密**。「這是什麼意思？」

他移開目光。「簡單來說，美利堅聯合共和國不足以填滿IFEN的胃口。除非我們想辦法阻止，不然他們遲早會向別的國家出手，影響力遍及世界上每一個角落。」

這話說得含糊，我忍不住懷疑他是否真的知道那麼多，挫折感在我心中抽痛。「**我能做什麼？**」

「跟妳說，妳已經對社會大眾造成不小影響了。妳看。」他擺擺手，立體投影螢幕出現在我們之間的半空中。

我忍不住好奇地湊上前。

螢幕上放映歐羅拉一條擁擠的街道，人們叫嚷著往前衝。警察圍成人牆擋住他們，手中揮舞神經阻斷器。這是一場抗議活動。

我很快就察覺這並非普通的紀錄，某些細節格外清晰，其他部分模模糊糊。大部分的建築物僅有朦朧的輪廓，抗議者卻清楚得很。「這是什麼？」我早就知道答案了，只是我想聽他親口確認。

「這是記憶。其中一名抗議者將它傳到網路上。」

「他們從哪弄來巡心門？那些裝置都受到嚴密控管。」

「IFEN無法控制一切。妳自己也看到了，反抗分子有自己的巡心門，在妳分享聖瑪莉的記憶之後，其他人也紛紛仿效。我在影片被當局刪除之前把它截下來。」

這些人一邊吶喊，一邊揮舞標語。我瞥見白色紙板上用紅筆寫著大字：我們沒有病，是社會生病了。另一個標語是：史汪殺小孩。他的項圈在哪裡？

接著我看出重點了。「他們全都戴著項圈。」

「沒錯。」斑馬看著螢幕，眼鏡鏡片反射影像。「一群第四型決定在IFEN總部前面遊行，卻遭到警方制止，原本他們不想採取暴力手段，可是妳等下就會看到，情勢在瞬間惡化。」

一名員警將神經阻斷器貼上女性的太陽穴，她倒在街上，渾身抽搐，口角冒泡。現場響起幾聲急促尖銳的槍響，戴著項圈的男子倒下。群眾依然繼續推進，人太多了，數百名抗議者，一齊叫嚷、揮舞標語。警方的封鎖線擋不住他們。

這時，人群一同倒下，他們像是波浪般癱倒，彷彿被巨手打翻的玩具兵。惡寒竄過我全身。就在那一刻，某個不在現場的IFEN官員坐在控制室裡，按下幾個按鈕，觸發範圍內每一個人的項圈。

如此就足以摧毀抗議行動。只要按下幾個按鈕。

影像變得模糊，溶為一團色彩，漸漸消失。螢幕咻地收起。「自從妳揭露聖瑪莉的真相之後，像這樣的大型抗議行動發生過幾次。」斑馬說：「其中有數十名抗議者遭到神經阻斷器傷害，幾個人當場死亡。IFEN一直想壓下這些事，使盡全力。他們不希望社會大眾知道革命勢力的存在。事實上，革命正在展開。是妳讓這件事有可能發生。」

「怎麼說？」我的指甲刺入掌心。「我只不過是洩漏了一些情報，然後就溜了，甚至沒有好好面對那些後果。怎麼會有人受到我的影響？」

他歪歪腦袋。「妳是這麼想的嗎？妳認為逃到加拿大會讓人覺得妳很懦弱？假如妳留在那裡，照妳所說的『面對後果』，現在妳會坐在治療機構裡面，被調整得支離破碎。現在妳還可以反抗他們。妳證明了挑釁他們之後，還是有辦法保持自由。因此，妳成為了英雄。」

我不覺得自己是英雄，有什麼感召力。我覺得自己既渺小又害怕。

「還有別的東西要給妳看。」他擺擺手，螢幕又跑出來了，亮出一片磚牆，上頭用螢光藍噴漆寫著我相信蓮恩．費雪。影像切換，更多照片，更多塗鴉，在長凳、人行道上，布滿廣告看板的表面。

IFEN說謊。

不再分類。

奪回我們的人生。

革命來了。

我的名字以及我相信的字樣反覆出現。

斑馬凝視我的雙眼。「看吧，妳做了什麼？」他低聲問。

我沒有回應。喉嚨裡卡了一團像魚鉤的東西，淚水刺痛我的眼角。我不懂為什麼自己的名字對那些人意義重大。我們素未謀面，未來大概也沒機會遇到，然而他們選擇對我抱持信念。

「他們在向妳求助。」他柔軟的嗓音帶著誘惑。「所有的人。他們需要妳。」

「我不會戰鬥。」我低喃。

「不需要。還有其他方法可以達成最終目標。」斑馬十指搭成尖塔。「我知道我們的理念有些出入，但只要妳答應與我合作，我想妳會發現我也不是不講道理的人。」

我差點笑出來。這個人讓我陷入幻境，將我剖開，翻動我的內臟。可是呢，如果我不打算躲藏一輩子，就需要他的幫助。

我還是有些猶豫。這番話聽起來很熟悉，過了一會，我想到了——史汪醫師也對我說過類似的話。

他的眼神銳利而專注。「我們達成共識了嗎？」

心臟在胸中騷動，上衣貼著後背，被冷汗沾濕。我感覺自己踩在懸崖邊緣。「有一個條件。你這個測試，加入儀式什麼的——不准叫史蒂芬來做。」

他挑眉。「為什麼？」

「你知道他經歷過什麼。他接受過的測驗已經太多了。我不希望你的髒手插進他的腦袋，利用他的過去來對付他。」我不希望他必須面對莉西的亡魂。「禁止進入他的回憶。聽懂了嗎？」

他歪歪腦袋，活像是好奇的㹴犬，然後他點點頭。「可以。」他的手微微一動，椅子往前滑。我到現在才注意到椅子下的輪子，以及他從我進房後雙腳從未移動過。

他捏住左手大拇指的手套，將它摘下。這是一隻透明的塑膠手，裡頭塞滿金色、銀色、紅色的纖細電線，包裹著銀白骨骼。他彎曲手指，義手伸向我。他的肩膀微微緊繃，似乎是以為我會閃開。

我跟他握手。塑膠表面帶著皮膚一般的暖意。我鬆手，努力不盯著他看。

「沒關係的，隨便妳看。」他把機器人似的手指頭捲成拳頭。

「只是……我沒有看過……」

「人工肢體技術在這個國家比較先進。IFEN鑽研改造大腦的同時，我們發現要如何讓身體更進步。」

我的視線飄向椅子。

他聳聳肩。「脊髓比手腳還複雜。況且……」一絲嘲諷滲入他的嗓音。「不像妳的史汪醫師，我不認為壞掉的東西都要修好。」他從口袋裡掏出小巧的遙控器，按下按鈕。結合了書架與牆面的沉重門板緩緩往外滑，露出另一側的巡心門房間。真想知道有多少人知曉斑馬的書房與此直接相連。「妳可以離開了。」他說。

「謝謝。」我準備起身。

「喔，還有一件事。」他戴回手套。「別跟任何人提起測試，或是我們的對談。我很少與追隨者面對面說話。要是消息傳開了，其他人會嫉妒，這就不妙啦。」停了一秒，他又補上：「這只是出自善意的警告。」他拉了下手套的鬆緊帶，彎曲手指。

我瞪著他。

他眨眨眼。「歡迎來到反抗軍。」

離開斑馬的書房後，書架慢慢合上，恢復原本的牆面，房裡只剩我一個人。事情都結束了，然而剛才的種種——包括與斑馬的對話——都帶著夢境一般的朦朧感。藥力或許還沒耗盡。

我的雙腿依然虛弱。通往走廊的門滑開，我走了出去，尼可拉斯在外頭等著。他不發一語，帶我回到宿舍區，把我留在房間外。我獨自站在走廊上，盯著半空中。巡心門惡夢一般的療程在我腦海中重現。那些有什麼意義？

我沒有回自己的房間，而是敲響史蒂芬的房門。才過了幾分鐘，門就開了。「蓮恩？」他柔聲呼喚，坐在床上，眼裡還帶著睡意。

我默默爬上他的床，他呼吸一窒，與我相觸的肌肉緊繃。我能感覺到他的溫暖，他的吐息。

「只是想跟你靠近一些。」我低語。「我可以留下來嗎？」

他咕嘟一聲嗤了嗤口水。「可以。」

我的額頭貼上他消瘦的肩頭，雙臂環上他腰間。隔了幾秒，他緩緩抱住我，把我拉得更近。

他長滿繭的修長手指從我衣服下襬滑入，撫過我的後腰，我的心跳漏了一拍。但他的手只是擱在那裡，按著我的肌膚。

我們在薄薄的毯子下緊緊依偎，他的呼吸聲有點啞，有點不穩。我感覺到他心跳加速。

我不想思考發生過的一切，只想待在這裡，在他身邊。黑暗中，我們之間的空間消失於無形，沒有步步進逼的戰爭，沒有黑風衣集團，沒有對或錯，只有史蒂芬。我湊了上去，嘴脣與他相觸，他猛然吸了口氣。

離開葛瑞西的地窖後，這是我們第一次親吻。他的嘴脣有點緊繃，我輕輕磨蹭，想像之前那樣讓它們軟化。我還是不確定自己有沒有抓到接吻的訣竅——我覺得自己好笨拙，沒有自信——但或許這不是重點。他的手稍微往上滑，掌心炙熱。出乎我的意料，他的舌頭羞怯地翻動，像是潺溼的天鵝絨，一瞬間就退開。我氣喘吁吁地退開，舔舔嘴脣。電流在我的血管裡茲茲作響。

此時此刻，探索這些情感應當要放到最後面，可是我需要觸摸他、嗅聞他、品嚐他，提醒自己我們都還活著。即使心懷恐懼，即使不知道未來會如何來訪，這是真的——他的心臟在我掌心怦怦跳動，身上的熱氣從薄薄的衣服滲出。

我試探似地一手悄悄滑入他身側的衣襬，指尖掃過他肋骨間的凹陷，感受它們隨著呼吸伸展。我摸到他的鎖骨，用指尖小心翼翼地描繪輪廓。這是史蒂芬。他的身體，他的皮膚，他的肌肉與骨頭——構成他這個人的框架。

我還摸到其他東西。疤痕，細細的線條，宛如他身上這幅地圖的道路。我的大拇指追著其中一道痕跡時，他渾身一緥。真想知道這些傷痕是打哪來的，但我沒問。言語只會是我們之間的阻礙。

他在我頸側謹慎地輕吻，就在我的耳朵下方，感官衝擊太過強烈，我的身體像貓咪一般弓起，口中吐氣，發出不成聲音的聲音。他的手擱在我的腰窩上，大拇指掃過我的腹部，我突然僵住了。一瞬間，我想起剛才史蒂芬的手——不對，是斑馬的手——一路鑽進我體內。

「怎麼了？」

我沒有回答。

斑馬的聲音竄過腦海。妳的祕密。告訴我。小聲說出來……

就在這一刻，我瞥見自己思緒之下的事物，有如在污水中游動的黑色形體。意識迅速跳回來，我只覺得好冷，好想發抖。「可以抱著我嗎？」我輕聲問。

他什麼都沒說，抽出塞在我衣服裡的手，雙臂將我包住，拉進他懷裡。

我閉上雙眼。

巡心者都接受過訓練，幫助他們面對客戶心中的恐怖影像。我們學會劃分情緒，封住記憶，維持自己的正常機能。現在我嘗試過去常做的具體化練習。

我在石頭迷宮深處，爬上一段階梯，來到放著木頭藏寶箱的房間。我用沉重的金鑰匙開鎖，把記憶塞進去——測試、地下挨餓的孩子、森林裡的屍體。我蓋上厚重結實的蓋子，它砰地關起，這聲音讓我心滿意足。我轉動鑰匙，把記憶壓到我看不到的地方。

但它們還在。一直都在。

第十五章

有人敲門。我整張臉皺起來，鑽進枕頭裡。一定是管家葛瑞塔來催我起床了。已經到上學的時間了嗎？「進來。」我喃喃說著，往門的反方向翻了個身，壓上結實溫暖的物體。我僵住了。

有人躺在我床上，輕輕呼吸。**史蒂芬**。記憶湧回，如同重鎚一般撞進我腦中。

這裡不是我家。甚至不是我的國家。我跟史蒂芬一起待在反抗軍地下基地裡。

敲門聲再次響起──像是昨晚的回音。我心跳加速。不過或許是芮伊。她說今天要訓練。

身旁的史蒂芬咕噥著爬起，頭髮亂七八糟，臉上有一道淡淡的粉紅色印痕，是枕頭套的紋路。他還抱著我的腰，我的臉頓時紅了，突然想到這是第一次在別人懷中醒過來。真希望有空慢慢品味這一刻，然而門板另一邊的不明人士就是不肯罷休。**咚咚咚**。哪來的巨型啄木鳥。

「如果有人找我，就說我掛了。」史蒂芬喃喃念著，把枕頭蓋到頭上。

我溜下床。「等等！等一下。」打開門，眼前的人不是芮伊，而是理著平頭的憔悴男子，他神情嚴厲，一道猙獰的疤痕從他左眼角劃到下顎。這人看起來將近三十歲，是斑馬跟尼可拉斯以外，我在這裡見過年紀最大的人。

我察覺到他對房裡的景象一定會怎麼想，臉頰不由得陣陣發燙。我跟史蒂芬共處一室，睡在同一張床上，才剛醒過來。「呃……」

「先說一聲，我不會每天早上來叫你們起床。」男子粗聲粗氣地說道。「我不是你們的老媽，這裡也不是學校。你們應當要在七點整到訓練室報到，否則就要面對後果。」

史蒂芬坐在床邊，依舊頂著一頭亂髮，打了個呵欠，完全沒打算遮住嘴巴。「先說一聲。」他說。「我不擅長早起。」他抓抓後腦杓。「這裡有咖啡嗎？」

男子皺皺鼻子，一副踩到狗屎的模樣。「吃點東西，到大廳來見我。你們兩個都是。」

「好吧，可是——你是誰？」

「巴克。我是教官之一。」他稍一停頓。「給個建議，你們或許該去找醫官討論避孕晶片。」

「我們沒有——」

門板關上，堵住我想說的話。我的臉還是好熱。幹嘛在乎他怎麼想？「我們應該要去吃點東西。」我低喃。

「去吧。我再睡一下。」他鑽進被窩裡。

我看到被子下縮成一團的史蒂芬，突然想到是否該告訴他昨晚的事情，接著立刻否決這個提案。或許晚點再說。整件事情在我腦中漸漸結痂——感覺超像惡夢——我還沒準備好將傷口撕開。

我打開冰箱，挑出一個盛著棕色雜燴跟黃色長方形海綿（我猜是煎蛋）的盤子，用微波爐加熱，大口大口吞下，再把史蒂芬叫起來。

剛才的男子在房門外等著，芮伊也在，她靠著牆，雙手抱在胸前。「蓮恩，妳跟我來。史蒂芬，你跟巴克走。」

「希望你已經準備接受操練了。」巴克說。

「當然。」史蒂芬一手悶住即將出口的呵欠，瞄到巴克背上的步槍。「嘿，我們什麼時候能拿槍？」

「看你們什麼時候有資格。」芮伊答得簡潔。「蓮恩，這裡。」

我還來不及多問幾句，她已經轉身走遠，步伐輕快，我幾乎要用小跑步才跟得上。我回頭一看，剛好與史蒂芬四目相接，接著我們拐了個彎。

「模擬訓練的主要目的是讓妳習慣戰鬥。」她嘴裡說著，速度絲毫不減。「在美利堅聯合共和國——還有其他先進國家——人們生長的環境裡，對於暴力抱持強烈的抗拒，就算是合法合理的行為。社會體系教育他們相信、遵從權威人士。當然了，就現實上來說，這些控制也不是十全十美，特別是當妳想要反抗體系的時候。訓練過程中，妳能夠增進反應能力，直到戰鬥成為本能。使用武器將會是自然而然的直覺行為。有問題嗎？」

我腦海中閃過影像：芮伊的巨斧朝我的腦袋砸落。我打了個哆嗦。「沒有。」

我們來到高聳的灰色門扉前，看起來跟山壁一樣厚實，堅不可摧。好吧，這裡確實是廢棄的防空要塞。我想知道這個房間原本的用途，門板中央裝設鏽斑點點的金屬轉輪，類似舊式船隻上的舵。

厚重的金屬門另一側傳來悶悶的說話聲，不時夾雜笑語。芮伊握住轉輪，以全身的重量轉動。隱藏在某處的齒輪咿呀呻吟，笨重的裝置發出尖銳聲響，門往內滑開，裡頭是三個女生，全都是中學生的年紀。

女孩們閉上嘴巴，轉向我們，臉上帶著警覺。柳樹似的金髮女生有著修長的脖子。她隔壁的矮胖女生將深棕色頭髮打成好幾條辮子，尾端點綴著彩色塑膠珠。她看起來才十四歲，腳板踮起又放下，一副精力過度旺盛的模樣。

旁邊是身穿黑色背心的矮個子女生，她的綠色頭髮一根根豎起，伸出小指頭挖挖耳朵。「喔，睡美人終於來了。」她說。

訓練室很大，水泥牆頂著挑高的天花板，一堆堆木箱隨地放置，組成迷宮。芮伊跟我進房，門板在我們背後砰地關上。

「各位，她是蓮恩。今天跟我們一起訓練。」芮伊說。

我對她們猶豫地笑了笑。「哈囉。」

綁辮子的女生露出缺了牙的燦爛笑容。「嗨，我是喬伊。」

金髮女生害羞地移開視線，喃喃說道：「諾艾兒。」

「我知道妳是誰。」喬伊說：「我在新聞上看過妳。」

綠色刺蝟頭的女生斜眼瞄我，她臉上打了好多洞，耳朵、鼻翼、下脣，各種穿環構成橫過臉頰的斜線。看起來不太實用，感覺會鉤到別的東西。

喬伊用手肘頂頂她。女生瞥了我一眼，說：「莎娜。」她舔舔下脣的環。「妳就是那個鼎鼎大名的告密者。」

告密者。這個詞被她說得像是在地毯上撒尿的小狗。「是我公開聖瑪莉的真相，妳指的是這件事嗎？」

「妳很勇敢。」諾艾兒以耳語似的聲音說道。

莎娜別過臉，翻翻白眼。她的表情沒有很誇張，但似乎也不在意被我看到。

「有什麼問題嗎？」我忍不住疑惑。

「喔，沒什麼。只是IFEN的內幕已經傳了好幾年了，可是沒有人聽第四型跟第五型的話，因為我們都是相信陰謀論的瘋子，對吧？妳不是第一個站出來的，也不是第一個踏上火線的人。妳只是第一個社會大眾認真相信的人，因為妳是IFEN的明日之星，是某個厲害科學家的女兒。恕我直言，我覺得別人把妳當成英雄看待實在有點噁心。」

「莎娜。」諾艾兒輕聲說。

「幹嘛？我說的是真話啊。」

她說的有道理，但我依然覺得受傷，而且我不喜歡她提到父親的口吻。「我不希望得到特殊待遇。」我小心維持不帶立場的語氣。

她的笑容讓人渾身不舒服。「那就來看看妳的實力吧。」

「說夠了。」芮伊開口。她遞給我附上透明護目鏡的頭盔。「訓練途中妳們都要戴這個，內側有耳機跟麥克風，讓妳們聯繫彼此。妳們也會分到這個。」她舉起手槍。「這不是真槍，只會發射光束，不過妳們可以藉此習慣槍枝，手槍也會紀錄妳們的成績，計算準確度。」

「我們要對什麼開槍？」我問。

「立體投影。房間裡的立體投影能夠製造出很多種環境跟敵人，類似虛擬實境遊戲。目標很簡單，穿過場地——」她對那些木箱擺擺手，「——抵達畫了紅色叉叉的終點。妳們有三分鐘時間，即使只有一個人沒及時抵達，這趟就算失敗，全部重來。看到立體投影擋路就開槍。懂嗎？」

「大概吧。」我套上頭盔，發現護目鏡其實是螢幕。地圖出現在視野右上角，標示出迷宮的通道跟我們的位置，另外三人跟我是迷宮入口處閃爍的藍點。

芮伊往後退開，按下牆上的按鈕。一瞬間，我們來到白色牆面包圍的狹窄走廊，看起來很像IFEN的治療機構。喉嚨周圍的脈搏亂了調，我不覺得自己準備好面對訓練。我根本是個被人丟進水裡、下令要我游泳的小孩子。

芮伊發出開始的信號，我們往前衝刺，各自轉入不同的走道，地圖上的藍點散開。我追著自己的藍點，看它在迷宮裡穿梭，這時有個紅點接近。是敵人。

跟電玩一樣，我告訴自己。不是真的。

身穿IFEN白色制服的男子繞過轉角，朝我跑過來。無論是不是立體投影，他看起來真實得嚇人。他舉起神經阻斷器，指著我的臉。「不准動！」他大吼。我鼓起勇氣，舉槍發射。

我以為他只會消失，卻沒料到子彈打中他的喉嚨時，竟然還有飛濺的血花。他跪倒在地，嘴裡發出窒息似的水聲，眼神漸漸呆滯。他口中湧出血泡，流了滿地，積成深紅色的血池。他癱在牆邊，神經阻斷器從他手中滑落。

我愣愣站了好幾秒，眼睜睜看著他眼中的生氣消散。

「妳在幹嘛？」莎娜的聲音刺進我的耳朵，我縮了一下。「快點！」

我繼續奔跑，另外兩個紅點往我這邊包夾過來。一男一女出現在走廊上。「不要動！」女子一邊大喊，一邊拿神經阻斷器瞄準。

我開了一槍又一槍。他們倒下了，牆上又多了一片血霧，這回我逼自己別看，繼續跑。可是女子沒死，只是受了傷，我聽見她在我背後慘叫，聲音越來越小。

只是遊戲。

我甩甩頭。*專心*。

可惜我沒有及時察覺從背後逼近的紅點，我猛然轉身，眼前冒出穿著白衣的壯漢，手中的槍口瞄準我的腦袋。巨大的嗶嗶聲響起，立體投影頓時消失，我站在水泥大房間的木箱之間。我東張西望，眨眨眼，腦中一片空白。

芮伊走過來。「妳死了。」她說。「再試一次。」

我們試了第二次，我在終點前中槍。第三輪，我沒在時限內抵達目的地。到了第六輪，我已經精疲力盡，喘不過氣，沾滿汗水的上衣緊貼皮膚。

莎娜把虛擬實境頭盔甩在地上，狠狠指著我。「我不要再跟她合作了。」

我渾身緊繃。「我才剛來到這裡。」我忍不住抗議。「再給我一次機會。」

諾艾兒盯著自己的腳，喬伊把玩辮子。

「去沖澡。」芮伊對我們四個說。諾艾兒跟喬伊把手槍留在牆邊的桌上，移動到訓練室後方的一面獨立水泥牆後頭。

莎娜留在原處，氣沖沖地瞪著我。「妳根本沒有認真過。妳覺得這是遊戲？」

我皺眉。「妳到底對我有什麼意見？」

「意見？我的意見是假如跟妳一起出任務，妳一定會搞砸，害死我們兩個。」

「莎娜、蓮恩。別再吵了。」芮伊說。

莎娜沒有動，我也沒有。過去四十八小時內，我在地獄走了一遭，耐性的存量相當危險。

「妳的侮辱絕對無法幫助我進步，所以說妳要不要管好自己就好？」

「我就是要管妳！我可不是來這裡照顧養在試管裡的大小姐！」

我頓時覺得被人當胸揍了一拳。

或許是我聽錯了。她其實沒有說出「試管」這個詞。不對，我太清楚了。記憶席捲我的腦海——在以前的學校，走廊上的小朋友竊竊私語，總是冷冷瞪著我看。眼睛後方的血管陣陣鼓脹。

「莎娜。」芮伊語氣很冷。「夠了。」

「少來了！」莎娜迴身面向她。「不可能只有我這麼想！要是把她丟到戰場上，她只會嚇得不敢動。那些嬌生慣養的小鬼才沒——」

「妳再多說一個字，我就把妳降級去掃廁所，妳接下來的任務就是刷馬桶。」

莎娜瞇起雙眼，上脣往後翻，表情猙獰，如同風暴一般離開訓練室，用力甩上門。

我努力控制呼吸。

芮伊朝我一瞥。「妳還好嗎？」

「沒事。」我擠出笑容。試管、人造人——我還沒滿六歲就聽過這些詞。應該早就習慣了才對。

芮伊還是看著我，我努力收起表情，不希望她察覺莎娜對我造成多大的影響。我不希望她也覺得我毫無韌性。可是哽在喉嚨裡的硬塊不肯消失。「那是什麼意思？」她問。

我嚇了一跳，以為每個人都知道。「她指的是新試管。」我保持輕快的語氣。「複製技術。」我不確定莎娜怎麼會知道我是如何出生，但我想這算不上什麼祕密。身為傑出科學家蓮恩．費雪博士的女兒，我的名聲一直很響亮，現在我自己成了知名人士——或者該說是惡名昭彰呢？身為鎂光燈焦點，你的私人資料很快就會成為社會大眾的常識。

「總之沒什麼大不了的。」我輕快的語氣有點勉強。「那種話我早就聽過好幾百萬次了。」

她專注地凝視我，彷彿把我當成亟需拆解的謎團。「妳在哪裡聽過？」

我聳聳肩。「學校。妳也知道小孩子是什麼德性。」

「妳讀公立學校？」

不知道她怎麼突然對我起了興趣。「對啊。」複製出來的小孩通常會被送進特別的學校，跟同樣出身的孩子共處，不只是得到接納，你更是融入了菁英之中。身為第一型有錢人的小孩，他們受到妥善的教養，未來將成為社會各界的領導人士，擁有輕鬆優渥的生活。科學家、政治人物、IFEN官員。可是父親不希望我在人工塑造的保護網內成長，被教育成只顧自己的上層階級。他要我知道現實世界的樣貌。

有時候我深深感謝他的決定。有時候我恨他。有時候我期盼他與其選擇正確的道路，不如讓我的人生輕鬆一點。

「去吧。」她朝房間後方點點頭。「清洗一下。架子上有乾淨衣服。」

後方牆上那扇門通往寬闊的浴室，裡面有一排排淋浴間。諾艾兒跟喬伊已經沖好澡，正在穿衣服。「掰。」喬伊高聲說：「下一堂課見。」

我擠出微笑。「晚點見。」等她們離開，我脫掉衣服，沖掉滿身汗水。

莎娜的臉龐閃過腦海，她對我齜牙咧嘴，惡狠狠地說：**養在試管裡的小鬼**。

我把她推開。不該受到影響的。我不該在乎她。

自來水轉著圈子流入腳邊的排水口，夾雜著肥皂泡沫轉啊轉的，消失在黑洞之中。

還是有人相信複製人沒有靈魂，只有自然受孕的孩子可以上天堂——中下階層的奇特信仰，隱藏著強大力量。

父親不常接觸有系統的宗教信仰，但我記得他提到靈魂，跟我說這是全世界最珍貴的東西，讓人擁有自己的人格。我不由得納悶靈魂究竟在哪裡。是在身體裡面嗎？我們在學校讀到以前的革命、斷頭台，學到腦袋落地的人還保有幾秒鐘的意識。他們的靈魂依舊藏在某個角落，直到光線黯淡。於是我想靈魂一定在頭上，塞在大腦的某個皺摺裡頭。然而向父親問起這件事時，他說靈魂並不是待在特定的場所。

「可是呢，有時候妳能透過眼睛看到別人的靈魂。」他補上一句。小時候，我認真地解讀這句話，常常站在浴室鏡子前盯著自己的雙眼，心想只要看得夠久夠深，說不定就可以看到自己的靈魂，以小人的姿態回看我。但我只看到一片黑。

回到訓練室時，芮伊還在。「午餐前還有一點時間。」她把手槍遞給我。「來練習吧。」

我猶豫地看著那把槍，手指環上冰冷的金屬槍柄。「我會射擊。我是說基本的技巧。只是——我不習慣真的對人開槍。就算只是立體投影。」

「那就練習到妳習慣。」她操作牆上的控制面板，一組立體投影浮現在我面前。這回沒有模擬環境，只有一個人——身穿IFEN白色制服的警衛。他改變重心，好像沒有察覺到我們似地東張西望，打呵欠，揉揉後頸。這些小動作栩栩如生，要不是他的身影邊緣有點模糊，不時閃爍，我幾乎要忘記他是立體投影。「我調整了設定，降低難度。」芮伊說：「他不會奔跑或是攻擊妳，對我們沒有任何反應。」她幫我調整手指的位置，要我握得更緊。「像這樣。現在瞄準目標。」

我嚥嚥口水，舉起槍，頸部的脈搏格外明顯。投影就站在二十呎外，就算是我這個初學者也能輕易射中，可是我覺得練習的重點不在這裡。

儘管立體投影沒有自我意識，它們仍擁有一定限度的智能。我以前的電腦克洛伊可以跟我簡單對話，藉由分析我的表情判斷我的心情好壞。這些投影或許沒有她那麼精細，當然也不會真的死掉，只是重置而已。然而我還是覺得朝他們開槍很殘忍，像是對小貓下手一樣。

我咬牙深呼吸，扣下扳機。槍身往旁邊彈開，與目標差了好幾吋。雖然不是真的子彈，仍舊傳出槍響，我忍不住瑟縮了下。我挫折地吐了口氣。「抱歉，讓我再試一次。」我揚手瞄準，芮伊卻抓住我的手腕。

「如果妳連影像都打不到，被人襲擊的時候要如何自保？」

我的耳朵發燙。「剛才手滑。」

「妳的準頭沒有那麼糟。」芮伊雙手抱在胸前，表情冷淡。「莎娜說對了一件事。妳根本沒有認真過。」

我拱起肩膀。「我拋下過去的人生，冒著生命危險來到這裡。妳以為我是來玩的嗎？」

「沒有。可是妳還在動搖。其他人感覺得到。」

我直視前方。

「妳到底是不是黑風衣的成員？」她問。

「這是什麼意思？」

那雙貓科動物一般的綠眼射入我眼底。「回答就對了。」

「我人不就在這裡嗎？」我知道自己在閃避問題。假如我說不是，會有什麼後果？「我只是無法理解射擊模擬訓練的目的。沒錯，我知道救援任務很危險，我們得要好好保護自己，但是妳訓練我們拚命開槍。我們到底有什麼計畫？闖入IFEN總部大開殺戒嗎？」

「戰爭即將開打。斑馬會在時機成熟時告訴我們計畫內容。」

「所以連妳都不知道為什麼要訓練？」

「我們不需要知道。」她冷靜到讓我抓狂。「我們完全信任他。」

「喔，或許你們應該要多想想。」我知道這麼說太過分了，但就是停不下來。「看看他做了什麼？他集結一群無家可歸、陷入絕望的青少年，把他們打造成士兵，就因為他跟IFEN的私人恩怨。如果你們認為這裡的人都有選擇權，那只是在自欺欺人。如果說另外的選擇是餓死街頭，那跟別無選擇沒有兩樣。斑馬沒比我們對抗的人好到哪裡去。他在剝削我們——」

她的雙眼閃過鋼鐵般的光芒，動作快得我完全看不見。下一秒，我已經倒在地上，一手扭到背後，她的靴子踩住我的脊椎，不斷施力。我越是想要掙脫，她踩得越深。「想說我怎樣都隨便妳，就是別再讓我聽到妳污辱他。」

我用力吸吐，扭頭狠狠瞪著她。「這就是這個地方的風格嗎？有人出頭就壓下去？」

她雙眼一瞇。

心臟在胸口跳得像是打雷，感覺要爆炸了。我痛到抖個不停，手臂彎成不自然的角度，越是被她壓制就越糟。只要她再多用點力，骨頭一定會裂開。「隨便妳。」我咬牙擠出聲音。「想折就折吧。我的想法不會變的。」

她沉默一會，似乎正在考慮這個選項，接著緩緩鬆手，往後退開。我爬起來，鬆了一口氣，頭昏眼花，全身虛軟發寒，活像隻剛出生的小馬。

「打我。」她說。

我眨眨眼。「什麼？」

她勾勾手指。「攻擊我。」

「不拿武器嗎？我才——」

「快點。」

耳中只聽到自己參差的呼吸聲。我衝刺揮拳，她輕易躲過這個兩光的動作。「再來。」她說。

我再次出拳，她從容地用手臂擋下，一腳掃過我的腿。我跌得七葷八素。「再來。」

我使勁起身，朝她逼近。她唰地踹中我的肚子，讓我踉蹌後退。她的辮子像貓尾巴似地搖擺，被我一把抓住，用力拉扯。她沒料到我使出這招，我趁機打中她的腹部，雖然她來不及阻擋，但我覺得這拳彷彿搥在石牆上。她抓住我的手腕，帶著我轉了半圈，把我的手臂扭到後頭。

「以第一次來說，還不賴嘛。」她放開我。「看吧？只要有足夠的動機，妳絕對有辦法戰鬥。」

我跌跌撞撞地退開，大口吸氣，肺部刺痛。全身上下都瘀青了，酸痛不已，肚子痛得像是吃了什麼臭掉的食物。「是妳設計我的。妳刻意挑釁。」

「要是妳恨我，那就利用這股怒氣吧。發洩出來。」她撿起手槍，遞給我。「上吧。」

立體投影警衛還站在原處，完全無視我們。

很好。有什麼好顧忌的呢？我已經玩膩了。

我抓住槍柄，瞄準，扣下扳機。男子臉上開了一個洞，他瞪大眼睛，一手用力按住臉頰，一副突然想到自己忘了什麼事情的模樣。我發誓他的視線瞬間聚焦在我身上，表情轉為痛苦的驚訝。接著他倒在地上，鮮血從子彈穿出的後腦杓滲出，浸透他的頭髮。投影搖晃幾下，消失無蹤。

我丟開手槍。

芮伊輕輕點頭。「好多了。繼續進步下去，或許以後有人懷抱殺意接近妳時，妳有辦法保住一命。」

作嘔的反胃感在我腹部灼燒。怒氣已經蒸散，使得我厭倦又寒冷，同時非常、非常疲憊。四肢感覺成了沙包。我斜眼瞄向芮伊。「可以問妳個人問題嗎？」

「問吧。不過我不一定能回答。」

「妳殺過多少人？」

她別開臉。「不知道。我已經很久沒算了。」

我咬住下唇。

「妳想問殺人會不會讓我不安，我會不會內疚。」

「我想……是的。」

「史蒂芬告訴妳了？關於我的遭遇？」

我遲疑了下。「他說IFEN對妳做實驗。他說……他們對妳的大腦動了手腳，減少恐懼與悔恨的情緒。他們想要創造完美的軍人。」

「他有沒有說我是自願的？」

「沒有。」我嚇了一跳。

「沒錯，我那時候才七歲，一心只想逃離國宅。他們把實驗說得像是神奇的藥物，可以除去所有的痛覺。他們說這會讓我變強。當時我只想變強。

「那個時候我已經被歸為第四型，我甚至想不起來為什麼會這樣。我猜是別的小孩要偷我的食物，我們打了起來。如果有家人的話，說不定就不會這樣了，有人會聲援你，保護你。我一直都不知道我爸媽是誰。」她雙手一直抱在胸前，手指按住上臂，儘管語氣沒有透出半點情緒，她指甲周圍的皮膚已經發白。「IFEN找上我的時候，我認為那是逃離地獄的機會。我為我的選擇負起責任。」她舉起右手，對著昏暗的燈光打量。她的指甲又短又平，手指長滿繭。「在實驗中，他們逼我殺生。動物，然後是人。我開始覺得那就像是給機器關機，因為生物全都是有血肉的機器。」她的嘴唇抿成蒼白的細線。「所以，關於妳的疑問，是的，我不會愧疚。我記不得如何才能感到愧疚。」

七歲。甚至比史蒂芬遭到綁架，送進聖瑪莉的時候還小。我還在玩娃娃、跟爸爸去公園，芮伊卻已經被塑造成冷血殺手。我覺得應該要說些什麼——什麼都好——但口中擠不出半個字。

她轉身。「離開訓練室以後左轉，一直走下去會看到拱門。那裡是餐廳。今天可能不會再碰面，先跟妳說一聲，明天同一時間來這裡受訓。」

她頭也不回地離開了。

第十六章

我一會就找到餐廳，這個圓形的大房間擺了一排排長桌，幾乎坐滿了人。空間雖然廣闊，氣氛倒是挺舒服的。光線偏暗，金屬牆面漆成類似木頭的棕色。一踏進去就聞到起司、油脂、煮熟的肉類、焦香甜膩的氣味——嘉年華的味道。食物擺在房間中央的大桌子上。

堆積如山的烤牛肉三明治跟漢堡閃著亮晶晶的油光。還有披薩——是想拿幾片就拿幾片——以及裝在一個個銀色大桶子裡的冰淇淋，旁邊是一大堆糖霜果醬甜甜圈。一切的疑慮、問題、疼痛在瞬間消失，被洶湧的飢餓感吞噬。我匆忙抓起托盤，把食物堆上去，每種都拿一些，因為我餓到難以決定要吃哪個。

夾起甜甜圈，我突然想到隧道裡那些人，縮在小小的火堆旁。今晚有多少人吃得到東西？

不知道斑馬哪來的錢買這些食物，他一定掌握龐大的資金與權勢。黑風衣集團在貧困的地下中央擁有這個大型據點，裝設立體投影訓練室、供餐系統。看著盤裡的食物，罪惡感刺痛我的心。

從另一個角度來看，否定自己也沒辦法餵飽他們。

我在餐廳裡走來走去找位置，終於看到那頭淺金色髮絲。史蒂芬。還有一個男生，他頂著紅褐色捲捲頭，臉頰紅潤。他們有說有笑，剎那間，我愣住了，覺得自己成了局外人。我清清喉嚨。「可以一起坐嗎？」

兩人抬起頭。史蒂芬笑得燦爛。「當然。」

我坐在他隔壁，瞄了他的盤子一眼。他拿了四片披薩、一個起司漢堡、一堆甜甜圈，加上一碗巧克力冰淇淋。

「相信你會再拿一輪。」我說。

「一定的。」

他的代謝機制絕對跟蜂鳥一模一樣，不然怎麼可能瘦成這樣。不過他之前幾乎都靠著政府配給的糧食過活，根本沒辦法填飽肚子。我想到第一次在水底咖啡當著他的面吃東西那次，他看著我的餐點，眼中透出深切渴望。我很難責怪他稍嫌放縱的行為。

「這裡的東西太棒了。」史蒂芬嘴裡含著一大口果醬甜甜圈說。

捲頭髮的男生露齒一笑。「假如他們沒有拚命操練我們，一下子就胖起來啦。」

趁著他轉頭時，我偷瞄他的後頸。沒有疤痕。沒有項圈。他察覺到我的目光，笑著說：「想問就問吧。我不會在意的。」

我遲疑幾秒。「只是……我以為這裡每個人都是第四型。你——」

「我是加拿大人，嗯？」他眨眨眼。「我沒有被分類。」

「原來是這樣。」這句話聽起來真怪。世界上大部分的國家都沒有IFEN這樣的系統，我卻總是以為精神類型是客觀又普遍的概念。可以透過精神掃描器來測定類型，可以讓人預先接受治療，家庭生活也受到影響。即便一生中可能會改變好幾次，精神類型有時候難以撼動。第三型當久了，你可能沒辦法成為第一型；從小到大都是第一型的人很少會變成第四型。然而只要踏出國境，這些概念都不存在了。「那你怎麼會跑到這裡？」

「就不拿可憐兮兮的故事浪費妳的時間啦。」他拿起杯子喝了一大口。「簡單來說，在家過得不愉快，我溜出來，流落地下，加入這群人，因為革命似乎比翻垃圾桶找晚餐刺激多了。」他把一個杯子推向我，裡面裝著清澈的琥珀色液體。「來一點吧。」

我端起杯子，謹慎地聞了聞。味道刺鼻，跟藥水很接近。「這是什麼？」

「蘭姆酒。那裡還有更多。」他指向食物檯旁的桌子，上頭擺滿杯子跟瓶子。

「這裡提供酒精飲料？可是一半的人都還沒成年。沒有規定──」

男孩哈哈大笑。

我漸漸察覺這番指控有多荒謬，臉頰發燙。我們加入了反政府祕密組織，受訓學習殺人。他們當然不會拘泥於未成年飲酒這種小事。

「也有汽水啦。」史蒂芬說。「可是蘭姆酒真的很棒。不過要小心，還滿烈的。」

我小心翼翼地抿了一小口，舌頭傳來奇特的刺痛，酒精化為細長的火焰，沿著喉嚨流下。我忍不住嗆咳，眼眶泛淚，推開杯子。捲髮男生聳聳肩，又喝了一口。「隨便妳。對了，我是布萊恩。史蒂芬跟我一起在巴克那裡受訓。」

「你是說便秘隊長。」史蒂芬說。

布萊恩哼笑一聲。「別讓他聽見你這麼說。他會叫你繞著訓練場跑到昏倒。」

「哈，他只是吠得比較大聲罷了。」史蒂芬說：「嚇不倒我的。」

後頸一陣刺痛，我轉頭看到莎娜就坐在附近的位置，跟一小群女生說話。她橫了我一眼，跟同伴竊竊私語，她們一同大笑。我的耳朵發熱。八卦跟霸凌，太老套了。感覺超像高中。在格林堡高中，我絕對不是最受歡迎的學生，但也從未遭到鎖定，只是被人忽視而已。

我咬了一口披薩，含在嘴裡如同爛泥，黏膩無味。悶悶的灼痛在我的額頭脈動，我拒絕讓她稱心如意。

「嘿，妳還好嗎？」史蒂芬問。

「嗯？喔，沒事，只是在想訓練內容。」

他歪嘴笑了笑。「還滿好玩的吧？」

一團披薩卡在喉嚨裡，我用力吞下去，差點以為聽錯了。「好玩？」

「喔，對啊，還滿紓壓的。我是說，它們只是投影，感覺就像，嗯，很難形容。像是打枕頭那樣。」

「枕頭不會流血，也不會慘叫。」

「別這樣，那都不是真的。」史蒂芬說。

「可是也不完全是假的。」我的語氣比預期的還要尖銳。「他們要訓練我們參加真正的任務。到時候我們得要對真人開槍。」

「哎，不然妳有什麼期待？」布萊恩問。

我別開臉。我有什麼期待？我加入他們就是為了這個啊。「你參加過任務嗎？」我問。

「三次。」他滿嘴甜甜圈。「在邊境幫別人逃過來。妳有沒有遇到喬伊？我曾經幫過她跟幾個女生。妳應該要看看她那時候的模樣，可憐的小東西，她接受過四次調整，憂鬱症狀完全沒有好轉。是這裡讓她恢復生氣。」

我想到喬伊開朗的笑容。真是不得了，有了目標，心理問題就能大幅改善。我自己也在父親自殺後經歷好幾次調整，不過有時候我認為是訓練——想成為巡心者的願望——幫我撐過去。

「芮伊在哪？」史蒂芬問。

「我怎麼會知道？」

他眨眨眼。「她是妳的教官對吧？」

我吐了口氣。「也是。」或許我太緊張了。我看了看各處，找到她滑順的棕色長髮，伸手一指。「那裡。」

她獨自坐在一張長桌末端，盯著前方，機械性地咀嚼漢堡。

史蒂芬皺眉。「她沒有朋友嗎？」

「應該沒有。」布萊恩說。「從沒看過她跟誰走得比較近。」

「說不定她喜歡自己一個人。」我說。

史蒂芬的表情變得凝重。「是啊，別人大概也覺得我是這樣。」

餐桌上陷入尷尬的沉默。

「我去找她過來一起吃。」史蒂芬瞥了我一眼。「妳不反對吧？」

我想到芮伊的靴子踩著我後背的痛楚，她扭轉我手臂的強大握力。接著我想像小時候的她承受IFEN殘忍的訓練計畫，眼神呆滯空洞，小手舉槍瞄準。嘴裡突然竄出刺痛，我這才發現自己把臉頰內側咬破了。

說真的，我其實不希望史蒂芬邀她過來，因為她讓我坐立難安。我不知道別人是怎麼講我的，大概沒什麼好話。或許我跟格林堡高中裡排擠他的人沒什麼兩樣。「去吧。」

布萊恩哼了聲。「我沒差。老兄，跟她搭話簡直是對牛彈琴。」

史蒂芬沒有理會他，起身走到餐廳另一側。芮伊抬頭看著他接近，他說了些話，她開口回應。我努力觀察她的脣形，卻讀不出他們說了什麼。芮伊垂下頭，像是在思考。最後她點點頭，可是他們沒有回來，芮伊待在原處，史蒂芬坐到她對面。他望向這邊，揮揮手，聳聳肩。

「看來他脫隊了。」布萊恩擠出假笑。「他很中意她吧？可憐的小混蛋。」

我肩膀緊繃。「不是那樣的。他只是人很好。」

布萊恩皺眉。「喔。抱歉。你們是不是……？」

我不知道該如何回答。「狀況很複雜。」我試著吞下食物，已經一陣子沒好好吃東西了，但我一直偷瞄史蒂芬跟芮伊。

「不好意思。」我口中喃喃說著，站起來。「我得走了。」我把餐盤丟進標注餐具回收的窗口，離開餐廳。

第十七章

喇叭劈啪幾聲，尼可拉斯的聲音響起：「注意，各位兄弟姊妹。今天的集會將在五分鐘後開始。」

我嘆了口氣。太好了。殺了一個早上的立體投影，我還要聽黑風衣集團宣揚暴力的美好與必要。

抵達集會廳時，裡頭快要塞滿了。我往人海中尋找史蒂芬的淡金色頭髮，卻遍尋不著。

尼可拉斯站上講台。「今天要給各位看一段特別節目。」他臉上浮現狡詐邪氣的笑容，看起來好像偷拿餅乾的小男生。我開始擔心了。「史汪醫師最近又接受一場訪談，他想討論近期的幾起事件。」

他讓到一旁，燈光變暗，螢幕亮起。

史汪醫師坐在白色房間裡的辦公桌後，雙手交疊，神情嚴肅，臉色蒼白。我記憶裡那個冷靜的專業人士消失了。他看起來更蒼老，更擔憂，眼窩都凹陷了。「今天早上，一枚土製炸彈在歐羅拉市區內爆炸，重創一間治療中心。」他壓抑的語氣一反常態。

鏡頭切到別的畫面，換上八成是監視攝影機存檔的影片，主角是一座巨大的白色建築。火山爆發般的爆炸聲響起，火球像橘色彩球般炸開，烈焰往四面八方噴射，黑色煙霧遮住天空。窗戶往外震裂，碎玻璃如雨般灑落。

鏡頭回到史汪醫師。「四人死亡，另外六人遭到瓦礫砸傷，這並不是唯一的事件。全國各地幾個大城市裡都發生爆炸案，每一起都有人喪命。」

聽著他的訊息，液體水泥般的恐慌悄悄填滿我的肚子。

「乍看之下，這些似乎是毫無關聯的獨立事件。」史汪醫師繼續說下去。「裝設炸彈的犯人之間素不相識。他們不是依照整體的計畫行動。然而這些犯行確實有關係，它們是一波激進暴力行為的開端，若是沒有阻止，可能會摧毀我們的國家。我曾經提過憤怒與偏執如同傳染病，現在大規模病情即將爆發。我剛才與IFEN董事會開過緊急會議，我們一致同意需要採取那些措施。首先要在精神問題嚴重到觸發暴力行為之前，治療患病的民眾。因此我們啟動預防性評估法，類型二以上的國民必須到鄰近的治療中心報到。我強烈要求各位合作，奉公守法的人完全不必擔心。此外，我要請所有的人提高警覺，不要相信你們聽到的一切，避開任何散播謠言的反IFEN網站。」

什麼謠言？美利堅聯合共和國出了什麼事，把史汪醫師逼到這一步？

「那些網站對社會大眾的心理健康造成直接的威脅。」他還沒說完。「其目的是煽動恐懼與憤怒。散播與重複這些惡意謊言將被視為攻擊行為，只要發現任何人參與此事，立刻歸為第五型。」他稍稍停頓，似乎是想給觀眾一點時間好好思考。這個消息太震撼了。第五型——認定對公共安全造成威脅的人——數量極少。顯然現在想八卦一下也很危險。

「請各位放心。我們正在盡一切努力確保這些悲劇不再重演。我們將一起度過這場風暴，美利堅聯合共和國將會比以往更加強盛。」

我以為影片到此為止，但他停頓幾秒後，又直視正前方，神情古怪。

「蓮恩？」他的聲音很低。「如果妳正在看……拜託，聽我說。我不知道妳在哪裡、跟誰在一起，可是我知道妳一定很害怕，很疑惑。即使妳的行動不慎引發這些暴力事件，我很清楚妳不會原諒恐怖分子的所作所為。妳可以幫忙結束這一切，現在還來得及。回家吧。」

螢幕漸漸暗下。

令人作嘔的灼熱憤怒在我腹部結塊，藏在下頭的是如同刀刃般刺入心中的羞愧。**即使妳的行動不慎引發這些暴力事件……**

儘管是史汪醫師的言論，我忍不住覺得裡頭還是有幾分真實。假如我沒有把記憶傳到網路上，事態會惡化得這麼快嗎？

尼可拉斯面向眾人。「執行那些攻擊的不是我們。根本不需要我們出手。美利堅聯合共和國各地有越來越多的民眾為了自己站起來，反抗政府壓迫。我們漸漸佔到上風，不用繼續躲在陰影裡。請不要誤解，史汪醫師的宣言不是為了求和，他在命令我們投降。我們要投降還是奮戰？」

群眾咆哮回應：「我們要奮戰！」

「那就做好準備。再過不久，我們就要出擊，必須妥善訓練，做足準備。只要斑馬一聲令下——」尼可拉斯咧嘴而笑。「——就會炸出燦爛的煙火。」

集會廳裡歡聲雷動。

突然間，我受不了了，轉身擠向出口。集會大概還沒結束，但我管不了那麼多，踉蹌地衝到走廊，額頭貼住清涼的金屬牆。

「蓮恩？」

我轉身看到史蒂芬站在旁邊，一臉茫然。「妳去了哪裡？妳午餐吃到一半就不見了。」

我閉上眼睛。「史蒂芬，我想我沒辦法加入他們。」

他肩膀僵硬。「妳在說什麼？」

「黑風衣集團！這樣不對。在美利堅聯合共和國的攻擊行動，那些無辜犧牲的人——你不會不安嗎？」

「妳怎麼會覺得那些人是無辜的？」

「好吧，或許有些人不是。說不定有些人是IFEN的成員。那又怎樣？患者呢？戒護員跟保全呢？誰會在乎受害者是不是IFEN員工？還記得嗎？我曾經也是IFEN的員工。在那裡工作的不一定都是壞人。現在黑風衣集團想要設置更多炸彈，要全面出擊。也就是說會死更多人。」

史蒂芬重重吐了口氣，一手耙過頭髮。「想要改變現況，就必須承受相對的風險。」他的嗓音低沉溫和，彷彿把我當成需要安撫的驚恐小女孩。「每一場戰爭難免有人傷亡。要是我們不戰鬥，狀況只會越來越差，到目前為止，只有這群人願意以行動改變世界。」

我壓低視線，喉嚨裡卡著硬塊，即便用力吞嚥也無法叫它下去。「如果說，我決定離開要塞呢？」心底話脫口而出。「你會跟我一起走嗎？」

「什麼？」他皺起眉頭，甩甩腦袋，表情帶著戒備。「妳不是真的想離開吧？那根本是自殺。我們要怎麼辦？在地下待到老死，燒垃圾、吃老鼠漢堡？」

「回答問題。」

「怎樣？這是心理測驗嗎？」

「史蒂芬，回答就對了。」

「我不知道，可以嗎？我不知道。」

沉默懸浮在我們之間。

我不該驚訝的。不該如此痛苦。但是這四個字一從他嘴裡說出，感覺就像我們之間隱形的羈絆唰地斷裂。我曾經猜測無論發生了什麼事，無論我如何選擇，史蒂芬都會跟我在一起。

我壓下情緒，深呼吸。「我真的相信還有其他辦法。只要集結足夠的人手，努力改變事物，就能夠克服IFEN的影響。我們去跟國家倫理委員會談看看呢？」

從他的眼神來看，我的提議就像是在身上塗雞血跳祈雨舞一樣荒唐。「妳是認真的嗎？」

「當然。哪裡不對嗎？」

「因為他們不會跟恐怖分子談判。在他們眼中，我們比推糞蟲還不如。除非先打倒IFEN，不然什麼都別談了。」

我用力握拳，他的語氣帶著一絲我從未聽過的傲慢，令我反感。「不對。我們可以跟理念相同的美利堅聯合共和國人民結盟。我們可以教育——」

「怎麼做？只要開口就會被IFEN壓下來，我們要怎麼做？」

「總會有辦法的。」

「抱歉，我不想再等個二十年，期盼大家會改變價值觀。」他毫無起伏的嗓音夾雜苦澀，也混入些許傷感。「妳去發傳單或是演講的時候，又有數千個第四型被迫安樂死，因為IFEN害他們活在地獄之中。我們現在就需要改變。我要自己動手，不管妳是否贊同。」他轉身背對我。

「如果妳需要我，我在訓練室，想要自己多鍛鍊一下。」他大步繞過轉角，黑色大衣翻飛。

走廊上只剩我一個人。我握著拳頭，努力吞下哽在喉嚨裡的硬塊。我討厭這樣。我討厭跟真心信任的人爭執。但我不能坐視旁人死去。我不能假裝忍受這裡發生的一切。

我聽見腳步聲，轉頭看到芮伊走近。她停在幾步外。「妳錯過集會的結尾了。」

「我知道。抱歉。」我用大拇指迅速抹去眼角的水氣。「老實說，我現在真的沒心情聽人說教。」

「我不是來說教的。有事情想問妳。」她從口袋掏出跟皮夾差不多大的平板電腦，點了幾下，開出一張照片。「妳認識這個男生嗎？」

我張大嘴巴。一名青年站在街角，身上的黑風衣幾乎融入夜色。他縮著肩膀，正好是轉彎途中，只看得見他的輪廓，但我不可能認不出他。是伊安。「嗯，我認識。他是我朋友。我們一起接受巡心者的訓練。怎麼了？」

「他出現在多倫多。」

第十八章

「他在這裡？」我無法呼吸。「妳確定？」

「照片是在城裡拍到的。」她回應。「所以說，對，我們很確定。城裡到處都有我們的線民，顯然他跟路人問起黑風衣集團還有要塞的事情。實在是不太聰明。」她收回平板電腦。「再這樣下去，他遲早會被警察抓走。」

雖然知道伊安私底下涉入反叛活動，可是至少檯面上他依舊是個好學生，守法的好公民。如果說他人在這裡，那就代表他失去了偽裝。一定出了很不妙的大事。「他現在人在哪裡？」

「最後見到他的地點是立方體俱樂部。我認識那裡的保鏢，等下要上去跟幾個人聊聊，希望能問出答案。我只是想先跟妳確認他的身分。」

「我跟妳去。」

「這樣不好。」她說。「別忘了，妳現在是背負懸賞金的逃犯。」

「我會戴著面具。而且伊安認識我。如果我在場，他相信妳、跟妳一起走的機率比較高。」

芮伊雙手抱在胸前，皺起眉頭，不過我看得出她腦中的齒輪轉動，衡量這個提案的優缺點。

「基本上，我們不會帶剛加入的新人上去。妳才剛開始受訓。」

「伊安可能有危險，我不能袖手旁觀。」我放柔嗓音。「拜託，讓我幫忙。」

她沉默幾秒。「要先跟斑馬報告。十分鐘後在這裡會合，馬上就要離開。越快找到他越好。要是夠幸運，只要在外頭待兩三個小時就行了。」

我吐了口氣，肩膀之間的壓力鬆開。「史蒂芬呢？」

「他怎麼了？」

「他會跟我們去嗎？」

她搖搖頭。「我有別的人選，三個人就夠了。再多會引起不必要的注意。」

她一離開，我獨自站在走廊，聽著藏在牆後、無所不在的規律機器運轉聲。猶豫與不安在腦袋深處搔抓，至少得跟史蒂芬說我要去哪裡。我朝訓練室移動，站在門外，隔著厚重的金屬門，還是聽得到模擬的槍響——史蒂芬正在殘殺立體投影。

我揚手想敲門，卻又停在半空中。要是他反對我跟著芮伊出去呢？地面上危機四伏，即使這趟任務不需要打鬥。要是史蒂芬說服我放棄呢？現在我不想面對這些事。更重要的是，我沒多餘的時間可以浪費。

他轉身離開那一幕閃過腦海，搭配他丟下的那一句：**我要自己動手，不管妳是否贊同**。心底有個區塊變得冷硬。我幹嘛尋求他的同意？芮伊說不會出去太久，等到我回來，他甚至沒察覺到呢。離開練習室門口時，愧疚依然隨著心跳鼓動。我告訴自己他不知道比較好，不然他只會擔不必要的心。

我到房間拿外套，回到剛才約好的集合處時，芮伊已經在那裡等候。「往這裡走。」

她帶我穿過一扇看起來非常結實的金屬門，輸入密碼，往虹膜掃描器看了一眼，在一片白色方塊上按下大拇指，方塊閃起綠光。系統提示音響起：「說出你的名字。」

「芮伊．史凱拉克。」

門板發出沉重的劈啪聲，往旁邊滑開，燈光瞬間亮起。這裡是彈藥庫——比集會廳稍小一些——各處放滿了武器。數百把步槍掛在牆上，架上一排排手槍閃閃發光。手榴彈掛成一整串，好似等待摘採的綠色水果。角落堆了好幾袋肥料，我不想思考它們的用途，不過應該不是用來給植物施肥。

芮伊芮伊從桌上拎起一把小手槍，填裝子彈，關上保險，丟給我。我一陣手忙腳亂，差點沒接好。「暫時先用這個。大概沒有機會開槍，不過總是要做好準備，以防萬一。」她又遞來槍套。

我把槍套扣在腰間，收好手槍，花了整整一分鐘的時間，我覺得手指好笨好慢。

我們離開彈藥庫，她帶我回到進入要塞後第一個遇到的房間。胃裡掀起讓人不快的風暴。莎娜站在門邊，雙手抱在胸前。「很好。」芮伊說：「妳收到我的訊息了。」

我背上肌肉僵硬。「她要跟我們去？」

「我需要保險的備案。」芮伊對我說。「莎娜是優秀的士兵，她已經參加過十多次任務了。」

莎娜橫眉豎目。「她在這裡幹嘛？」

「因為她認識我們要找的人。如果妳不滿意，留在這裡沒關係，我再找別人來。」

莎娜雙手插進口袋，背對著我。「妳就不要擋路，也不要做蠢事。」

我忽略她語氣裡尖銳的輕蔑。「不會的。」

「準備好了嗎？」芮伊問。

事情發展得太快，可是現在多耗一秒鐘，伊安遭到逮捕的機會就高出一分。「好了。」

「啟動立體投影面具。」芮伊說。

面具的黑色圓環還套在我脖子上，我都忘記它的存在了。我開啟面具，莎娜也摸向頸部，腦袋頓時變成毛茸茸的動物。看起來與臭鼬有些相似，只是吻部不太一樣。很難判斷是某種熊或是嚙齒類。

大門發出疲憊的呻吟緩緩開啟，我們踏入地下潮濕清涼的空氣。門板在我們背後關上，三人排成一直線前進，芮伊領頭，莎娜排第二。我踏過積水，光點在陰影中飛濺。

我們沿著一條低矮的石頭隧道前進，地面中央是一條黑漆漆、黏答答的水溝，側邊是我們踏腳的狹窄平台。芮伊跟莎娜是黑暗中流動的影子，動作優雅得像狐狸。

「慢一點。」我氣喘吁吁。

「妳要不要快一點？」莎娜轉頭叫嚷。「反正妳還有好幾磅肉能甩，小公主。」

她想刺傷我，我咬牙決定不要上鉤。

我們停下腳步。「在這裡等著。」她俐落爬上嵌在牆面的一排橫桿，消失在黑暗之中。我聽見木頭與金屬摩擦的聲音，一道微弱的光線飄下來。她往下爬了幾階，揮手示意我們跟上。

我抓住第一跟橫桿，苔蘚跟其他我不想知道的東西讓金屬表面滑溜溜的，攀爬途中我手滑了兩三次。

我們鑽進寬敞的空倉庫，幽幽日光從天花板的破洞滲入，鴿子在頭頂上的屋梁咕咕叫著，推擠騷動，地上滴滿白色的鳥大便。黑影幢幢的空間盡頭是一扇鏽得厲害的金屬門，芮伊用肩膀一推，鉸鍊呻吟著抗拒，但還是被她的步槍頂開，我們擠過窄縫，踏入霧茫茫的灰暗午後。冰冷的城市空氣填滿我的肺，裡頭夾雜著廢棄與汽油味，不過比起要塞裡不斷回收的滯悶空氣、地下的排水道臭氣，意外的讓人身心舒暢。

濃霧籠罩整座城市，細雨執拗地覆蓋街道，反射陽光。有一隻立體投影的鳳凰在上空飄遊，燃燒出鮮艷的青色火焰。**與鳳凰能源結晶一起重生**的標語拖在後頭，閃著淺藍色光芒，像是天然氣燒出的火光。路人在我們四周來來去去。

一輛不顯眼的灰色小車停在路旁，芮伊從口袋掏出鑰匙，打開車門。

「我坐前面。」莎娜說。

我滑進後座，車子發動，一滴滴雨水沿著車窗滑落，五顏六色的俗艷建築物往後飛掠。我們停在一條小路旁，下了車。細雨轉為濃密雨幕，使得大衣貼住皮膚。芮伊背著步槍走，她怎麼有辦法輕輕鬆鬆地扛著那個大傢伙行動自如呢？她都不會累嗎？

她停在一棟方方正正的建築物前，裡頭可以塞得下好幾間小房子。四周裝設玻璃牆面，或者是防彈玻璃。雨水打在上頭有如瀑布，模糊了室內的擺設。低沉的貝斯演奏聲在屋內震動，聲波傳入我的骨頭。紅寶石般的聚光燈在半空中旋轉，掃過舞台，一群男女站在台上，他們只戴著恐龍投影面具，吼出不成調的尖喊。人們在舞池裡旋轉，黑色皮衣、網紗、閃著汗水的皮膚像是一片海洋。除了門板，整間俱樂部完全透明，染上鮮艷的紅色。

一名男子站在門外，粗壯的手臂抱在胸前，眼睛藏在鏡面遮陽板下。他簡直就是一頭熊，只是剃了毛，塞進昂貴的西裝。芮伊與他低聲交談幾句，亮出伊安的照片。他瞇眼看了一眼，揚手指向街道，隔著震耳欲聾的鼓聲，我實在是聽不出他說了什麼。我們再次動身。

「他不可能走太遠。」芮伊說。「我們必須清查這個區域，分頭偵查的效率更好。妳跟莎娜檢查這條街，二十分鐘後回這裡碰面。」她遞給我小巧的黑色耳機，附上麥克風，我連忙戴上。

「有任何收穫就聯絡我。」

莎娜摸摸她自己的耳機，點點頭。

我不太希望跟芮伊分開，可是我也沒打算跟她爭。芮伊跟我們往不同的方向前進，一輛時髦的黑色警車開過，我僵了一下，不過車速沒有放慢。我提醒自己，就算是戴著面具、身上帶槍，我們在多倫多並不突出。雨中的路人猶如幻影，我看過每一張臉，尋找一抹紅色髮絲、熟悉的五官。每當我看見高大消瘦的身影，希望就在胸口猛跳，然而每一回都以失望收場。

前方是一條處處裂縫的人行道，只有一盞閃爍的路燈照明。一道道人影縮在睡袋和克難帳篷裡，有些人就著金屬桶子裡的火堆暖手。「這是什麼？」我悄聲問。

「遊民營區。看也知道吧。不是所有的垃圾都住在地下。」

「不覺得叫他們垃圾有點不太尊重嗎？」

「我以前也是其中之一。只要我爽，我他媽的想叫他們什麼都可以。」

我們緩緩穿過那群人，看到我們腰間的手槍，他們連忙閃開，彷彿我們周圍環繞著有毒的沼氣。我笑了笑，試著讓他們安心，但我不確定隔著面具，他們是否能看到。面具確實能夠反映佩戴者的表情，只是鳥喙很難模仿人類的笑容。

「嘿。」莎娜提高音量。「有人在這一帶看到瘦巴巴的紅髮男生嗎？大概十八歲左右？」

大部分的人只顧著搖頭，連看都不看我們一眼。有個小女生抱著膝蓋，斜眼瞄過來，默默指向一條暗巷。我突然難以吞嚥，心臟好像卡在喉嚨裡了。「謝謝。」我說。我們往那條巷子靠近，我聽見男性的笑聲從巷內傳來。

「準備好。」莎娜低聲說。

「準備什麼？」

「任何狀況。」她握起手槍。

巷子被油膩的陰影覆蓋，虛弱的街燈難以穿透。這時雲層散開，一絲月光透了出來，有道人影癱在地上，毫無動靜，雙眼緊閉，臉色蒼白，一邊太陽穴正在流血。他蓬頭垢面，滿臉泥巴，但我知道就是他。另外三道人影蹲在他身旁，翻動他的口袋跟旁邊的背包。

我來不及阻止叫聲脫口而出。「伊安！」

那三個人轉向我們，莎娜舉起槍。「給我滾出去。」

他們如同受驚的老鼠，連滾帶爬地跳過巷子盡頭的柵欄。

「檢查他的傷勢。」莎娜說。

我蹲到伊安旁邊，摸摸他的臉頰，撥開他染血的頭髮。他的眼珠子在眼皮下抽動，似乎是想努力睜眼。「沒事了。」我悄聲說：「現在安全了。」我迅速檢查他全身，除了頭上的腫包之外，好像沒有其他傷處。我抬起頭。「我想只是腦震盪。」

「好啦。趕快帶他離開，不然——」

「從他身邊離開，並且放下妳們的槍。現在。」

突如其來的說話聲令我全身發冷，我抬起頭，看到一名身穿深色警察制服的年輕男子站在巷口，舉槍瞄準我們。他瞪大雙眼，呼吸急促，一股恐慌竄過我身上。

「快點。」他說。

我腦袋瘋狂運轉，試著釐清狀況。只有他一個人嗎？他是在巡邏途中碰巧看到我們持槍走進巷子？或許在他眼中，我們是傷害伊安的人。「他是我們的朋友。」我說得又慢又溫和。「他遭到攻擊。我們來這裡找他，沒打算傷害任何人，我發誓。」

「我叫妳們退開。」他咬牙命令。

莎娜舉槍開火，射掉他手中的槍。槍身在半空中旋轉，落到幾碼外。他還來不及反應，莎娜已經衝上前，把他按在牆上，自己手中的槍抵住他的下顎側邊，他的頭往後仰起。

男子滿臉驚恐，雙眼瞪得老大，在黑暗中，眼白格外明顯，我突然發覺他有多年輕。二十歲出頭。「拜託。拜託，不要——」

「閉嘴。」莎娜準備扣下扳機。

一瞬間，IFEN警衛與邊境巡警的死狀閃過我心頭，我察覺現在要看著另一個人死在我面前——這個人只是想做好自己的工作。每當我閉上眼睛，他的身影就會跟其他人一起浮現。「慢著！」我激動大喊。

她的灼灼目光射了過來。

「我們不需要殺他。妳就不能……把他打昏之類的就好了？」

「我才不要冒險。這麼玻璃心的話就把眼睛遮起來啊。」

沒空思考，沒空猶豫。我重重呼吸，舉槍指著她，手指緊緊握著槍柄，扣住扳機，胸口上下起伏。

她低頭看我的槍管，哼了聲。「少來了。」

我瞄準她的胸口，雙手顫抖，不過沒有很嚴重。「放他走。」

「妳能騙得了誰呢？」她的語氣帶著濃濃的厭惡。「妳才不會開槍。」

「我保證我做得到。」我想裝出低沉恫嚇的嗓音，卻只發出又細又悶的叫聲，最後還有點啞。

莎娜翻翻白眼，盯著那人倉皇的面容好一會。他鼻涕眼淚流了滿臉。她嘆了口氣，拿槍柄猛敲他的腦袋，啪嚓一聲，他頭一歪，倒在人行道上。事情發生得太快，我只能茫然眨眼。「帶他走。」她的下巴朝伊安比了比。我一時之間無法動彈。「喂！」她怒斥。「妳有沒有聽到啊？」

我嚥嚥口水，收好手槍，趕到他身旁，輕聲問：「伊安？」他抽了幾下，不斷呻吟，眼皮微微顫動。

「扶他起來。」莎娜說。「越早帶他回要塞越好。」

我瞄了昏迷的警察一眼，憋住湧入口中的膽汁，視線避開他腦袋下閃著水光的一灘鮮血。我一手抱住伊安，撐著他起身。他腳步有點不穩，睫毛再次抖動，透出些許棕色眼眸。「蓮恩？」他喃喃詢問。「這裡是哪裡？怎麼——發生了什麼事？」

「沒事了。你現在安全了。」

我們順著原路穿過營區，才剛抵達邊緣，就看到芮伊從灰色雨幕的另一端走了過來。

「我們找到他了。」莎娜說：「我打昏了一個警察，所以最好在被人發現前離開。」

芮伊點頭。「我去開車。」她跑步離開，沒一會車子就停到我們身邊，車頭燈劃破幽暗。

伊安陷入半昏迷狀態，每隔一陣子就低喃一些毫無意義的句子。他太陽穴上的血跡乾了，變得濃稠黏膩。冰冷的雨絲沿著襯衫領子滑入，沾濕我的後背，我拖著伊安，笨拙地靠近車子。伊安癱在後座，有如壞掉的傀儡娃娃。我扶他坐直，替他扣上安全帶，自己也跟著上車。

芮伊默默駕駛。

莎娜關掉面具，轉頭看我們。「我得承認就算傷成這樣，他還是很正點。而且啊，我還滿喜歡這樣粗獷的模樣。」

「我沒心情聊這個。」我輕聲回應。

「別想那麼多。我們還活著，我們救了妳的小男朋友，而且沒有人死掉。妳應該要覺得像在拆聖誕節禮物一樣。」

或許她說得對。伊安很安全，他溫暖的身軀靠在我身旁。我盯著莎娜的後腦杓，雨水從她萊姆綠色的髮稍滴下。「我拿槍指著妳的時候，妳一點都不怕。」

她哼笑一聲。「我知道妳不會射我。」

「可是妳也沒有殺他。」

「對啦，我認為他不值得我動手，不過跟妳無關，只要我想，他的腦袋早就被我轟掉了。妳什麼都做不到，因為說真的，妳不屬於要塞。妳是小羊，不是狼。」

「莎娜。」芮伊的語氣中帶了一絲警告。

「我只是說真話而已。」

我握起拳頭，臉頰發燙。真討厭她讓我如此羞愧。不只是如此，我更討厭她說的其實沒錯——剛才的衝突只是證明了她的預測。

莎娜轉頭露出假笑。「給妳免費上一課。妳不想扣扳機的話，槍只不過是一團廢鐵。」

第十九章

我在醫務室外來回踱步將近一個小時，幾乎要在地板上踩出一條溝了。醫官看了伊安頭上的傷口一眼，說需要縫合，但他到現在還在裡頭。

「跟妳說，妳至少可以告訴我妳要去哪裡。」

我順著史蒂芬的聲音抬起頭。他站在走廊，表情難以解讀。我垂下眼。

「天啊，蓮恩，我不敢相信妳自己跑去救他。」

「我不是單槍匹馬，芮伊跟莎娜都在。」

「妳知道我的意思。」

我細細打量自己的鞋子，上頭還沾著泥巴跟血跡。「事情發生得很快。一聽說他人在多倫多，我就得要做些什麼。」

「妳甚至沒有想到，該怎麼說呢，或許我有權利知道發生了什麼事？」

我咬緊牙關，罪惡感拉扯我的心，伴隨著悶燒的憤怒。他以為他能把我當成小孩子對待？我抬起下巴。「你之前才說過你做事不需要我的許可。所以了，我也不需要你的許可。」

他背脊一僵，臉上閃過痛楚，接著表情全數收起，又恢復空白。「很好。」他喃喃念著，漸漸遠去的腳步聲在我耳邊迴盪。

我靠上牆面，閉起雙眼，兩側太陽穴之間鼓動著悶痛，或許我該道歉。假使我們立場對調，要是史蒂芬自己出去，我一定也會不開心。今天晚上吧，等我們都冷靜一點，我再去找他談。

門打開一縫，我的心臟猛跳，迅速轉身。「伊安！」

他臉色蒼白凝重，但還是擠出笑容。他太陽穴上的血跡擦乾淨了，傷口蓋著一小片紗布。「嗨。」他下顎長出點點鬍渣，紅髮亂成一團，蓋住他右側眉毛。我們才幾天不見，感覺卻像是睽違好幾輩子。老實說我不認為還有機會再見到他。

他清清喉嚨。「蓮恩，我——」

我擁他入懷，用力抱住他的腰，他訝異地喔了一聲。熟悉的氣味將我包圍，現在混著地下的酸臭味，還有塵土與鮮血。我稍稍後退，揚手托住他的臉龐。「你沒事吧？」

「基本上還好。多虧頭上這個包，我幾乎記不得發生什麼事了。我原本在那個營區裡，突然間有人衝向我，砰，下一秒我就在這裡醒來。」

我再次擁抱他，貼著他的肩膀低喃：「我好想念你。」

他悄聲吐氣，雙臂環上我的身軀，回應我的擁抱。「我也是。」這個擁抱持續得比平常還久。等我們終於分開，他看看四周。「這裡就是要塞嗎？我知道有這個地方，但是不知道要怎麼進來。幸好妳找到我。」他打量我的臉。「我們有很多話要說，對吧？」

我第一次注意到他眼角與嘴角新出現的紋路。「確實。不過別在這裡談。」我牽起他的手，帶他到宿舍區。他的手掌好大好暖。

房裡只有我們兩個，我們並肩坐在床鋪邊緣。「抱歉，給妳惹了那麼多麻煩。」他低聲說：「剛才聽見妳跟史蒂芬在外頭爭吵，大概是我的錯。」

「不對。跟你無關。」嗓音帶了點苦澀，我清清喉嚨。「別想太多，能見到你我真的很開心——你到底來這裡幹嘛？你是怎麼穿過邊界的？你用了其中一條地道嗎？」

「其實我是搭飛機來的。」他尷尬地笑了笑。「我媽的朋友有一架私人噴射機，他載我過來。我編了故事，說我正在寫美加打擊犯罪手法的文章，需要親自觀察。我有給他錢，所以他沒有多問。有一些人脈還滿有用的。當然了，一到加拿大，我只有自己可以依靠，手邊只有一包衣服、一疊加拿大鈔票，還有某個聯絡人給我的提示，他說要塞在多倫多地底下某處。」

無論有沒有人脈，這都是冒險之舉，特別是在當下的政治環境中。就算持有護照，美國公民出境還是需要政府的特別許可，同時還得是第一型。伊安還是，至少檯面上看不出問題，因為他從黑市買了工具騙過精神掃描器。之前他曾讓我看過裝在嘴裡的玩意兒。即便如此，這趟旅程絕對不合法。「伊安……你回不去了。這點你也知道吧？」

他的笑容淡去。「我知道。」

「你放棄了一切。」

「我別無選擇。妳離開以後，IFEN 處處監視我——在學校、在單軌電車上。我只是出門散步，後頭就跟著黑色車子。他們甚至沒有隱藏我遭到監控的事實。我覺得受到威脅，好像他們正在找藉口抓我。我得要離開那裡，不然現在大概就戴上項圈了。或者是更慘。」

一股鈍痛在我心中擴散。都是因為他幫了我。不知道他們懷疑到什麼程度，但他光是身為我的朋友，就有足夠的理由被當成嫌犯。「可是……你的未來呢？你的朋友呢？」

他笑了聲。「妳以為我還在乎嗎？反正我的朋友也只剩妳一個了。」

「還有你的母親？她知道你在這裡嗎？」

他移開目光，我突然察覺自己的語氣有多糟——簡直就像在斥責沒遵守門禁的小孩。「我不是這個意思。」我立刻解釋。「只是——」

「她走了。」

我無法動彈。恐慌沉入我的胃部。「你是說——」

「沒死。至少我希望她沒死。可是她消失了。她留紙條跟我說要離開一陣子，不知道什麼時候能回來。她說我應該要趁還有機會的時候離開那個國家。她惹上一些麻煩。我想——」他的聲音有點啞。「我想或許這裡的反叛分子有辦法找到她。我猜她不在這裡，對吧？」

「嗯。」我輕聲回應。「抱歉。」我用力揪住膝蓋，好痛。「我很抱歉。」

「別這麼說。只是希望妳了解我不是來玩的。我來這裡是因為不知道還能怎麼辦。還有——」他喉頭的肌肉隨著吞嚥上下滑動。「我得要再見妳一面。我忍不住一直想著妳，心想妳是不是平安。」

異樣的情感湧上心頭。我低頭看著自己的手，頓時不確定該如何擺放。我讓手指交叉又鬆開，清清喉嚨。「目前美利堅聯合共和國狀況如何？」

他肩膀放鬆。「大家都在討論妳做的事情。有人說妳是叛徒，有人說妳瘋了，也有人把妳當成英雄。他們開始質疑IFEN擁有多大的權力。有一個叫做認知權利法的法案正在網路上連署請願，短時間內獲得許多人支持。他們說法案有機會進國家倫理委員會討論。」

我稍微坐直一些。「那個法案的內容是什麼？」

「首先，它會大幅刪減IFEN的經費，限制他們收集個人資料的類型與數量，要他們不能光靠心理評估數據來重劃精神狀況類型、給人裝設項圈。我們要恢復以前的審判系統，也就是說犯下重罪之後，犯人或共犯才會戴上項圈。IFEN的心理學家將完全脫離法律程序。」他停頓了下。「基本上，類型系統會徹底毀滅。」

我心跳加快，感受到些許希望。「那麼加拿大這裡的難民呢？他們有辦法回家嗎？」

「要是他們回國，法案會赦免他們的犯行，對，我想大部分的人能夠回到美利堅聯合共和國。要是法案通過，它能改變一切。」

我知道還有很長的路要走，卻還是相信機會存在。「IFEN會一路抵抗。」

他的表情轉為凝重。「喔，他們已經出手了，目前正在攻擊異議分子。他們設置了祕密警察，趁著夜色闖進人民家中，帶他們到機構裡，讓巡心者掃描他們的記憶，看他們是否與黑風衣集團有關。之後再讓他們忘記這件事。」

我很想否認巡心者會同意參與這種惡行，可是現在我看清現實了。痛楚在內心深處燃燒，那是失落感。我很快就累了。「既然他們忘記了，那怎麼會有人知道這件事？」

「有時候那些人恢復片段回憶，分享彼此的故事，拼湊起發生的事情。有太多太多供詞，不可能是巧合或是想像力旺盛。暗網裡頭有幾個地方可以看到這些記載，審查系統掃不到那些網站。自從妳上傳記憶之後，其他人也紛紛提供他們知道的內情。」他對上我的目光，然後又閃開，臉頰微微泛紅。「妳帶給大家勇氣。所以史汪醫師才會急著找到妳。」

寒意沿著我的血管流淌，我想到告示板上的通緝照片，真想知道現在有多少人在找我。

我從未質疑過史汪醫師對我的執著，但我不認為那跟勇氣有什麼關聯。真正的原因是我讓IFEN像個天大的笑話。我可以想像社會大眾的揶揄：*要是他們連個逃家少女都抓不到，哪有可能阻止黑風衣集團呢？*只要我逍遙法外，我就是他們信譽的威脅。

我嚥嚥口水，喉嚨好緊。不過一個月前，我還在接受巡心者的訓練，現在我離家數千哩，成了為恐怖組織效命的通緝要犯。「這不是我的計畫。」我低喃。「我從來沒有想過會發展成這樣。」

伊安遲疑幾秒，接著握住我的手。他的手指光滑而溫暖，讓我安心。直到現在，我才知道有多麼想念他。現在坐在他身旁，我覺得彷彿回到格林堡高中的餐廳，跟他一起吃午餐。

我的大拇指輕輕搭著他的手腕，感受他的脈搏。他緩緩深呼吸，從鼻子裡呼出，對我笑了笑，只是我還看得出他眼中的傷痛，那是他過往經歷殘存的幽影。「他也想見妳。」他從大衣內側掏出一團毛茸茸的棕色物體。

我差點尖叫。「你把納特帶來了！你怎麼拿到的？」

「一定是他跟蹤我到這裡。」伊安的棕色眼眸中閃著調皮的光彩。「我猜他也想念妳。」他把松鼠娃娃放到床鋪上。

我抓起納特，緊緊抱在胸前，臉埋進他的毛皮。

多年歲月使他雙眼黯淡，紅棕色的外皮也轉為深灰，幾根鬍鬚不是掉了就是彎了。可是他的笑容跟爸爸將他交給我的那天一模一樣。那是童年的氣息，紀錄我還知道自己是誰的時光。「謝謝。」

他臉紅了。「別客氣。」

我把納特輕輕放在枕頭上。他讓這個房間沒有那麼貧瘠，多了點家的感覺。我覺得好多了。

「來吧，我帶你到處走走。」

我跟伊安在要塞的走道間走了兩三個小時，替他介紹每個地方。我們聊起天來輕鬆自在，彷彿過去幾個禮拜的事情沒有發生過。

那天晚上，等伊安有了自己的房間，上床睡覺後，我敲了史蒂芬的門。「史蒂芬？」沒有回應。我再次敲門，等了一會，沉默不斷擴大。說不定他根本不在房間裡；說不定他不想跟我說話。可是至少讓我試著修補我們之間的裂痕，否則我沒辦法安心睡覺。

「聽好，剛才的事情我很抱歉。你說得對，我至少該告訴你我要去哪裡。其實我很生氣。我問你在必要關頭會選擇我還是黑風衣，我希望你說會選我。可是你沒有，我覺得……被你背叛了。」喉嚨好痛，淚水刺痛鼻腔，被我憋住了。「我的意思是，我們才剛來到這裡，已經……」我說不下去了。幹嘛對著門板說這麼多？我連他是不是真的在房裡都不知道。「史蒂芬。拜託說幾句話。」

門往旁邊滑開，露出史蒂芬蒼白疲憊的臉龐。我們就這樣凝視彼此好一會。

他嘆了口氣。「跟妳說，我知道妳對這一切的感覺，我懂，真的很不舒服。我也不希望有人死掉，可是我們還能怎麼辦？黑風衣集團或許不夠完美，可是他們是我們改變美利堅聯合共和國的唯一機會。」

「不對。伊安跟我說他們想要促成一個法案。叫做認知權利法，可以改變一切。」

他眼神空洞，如同拉下百葉窗一般。「不會通過的。」

「你怎麼能斷定？你連法案內容都不知道。」

「不重要。只要IFEN不希望它通過，它就不會通過。」

「倫理委員把這件事看得很重，要是順利進入國家倫理委員會……」

「蓮恩。」他的語氣毫無生氣。「那都是在做秀，騙大家以為美利堅聯合共和國還有民主可言。國家倫理委員會對於重要事項毫無實權。一切都在IFEN控制之中，他們不會回應投票民眾。他們不會回應任何人。我們不是繼續活在他們掌心，就是把他們打倒。沒有中央地帶。」

「你是怎麼了？」我輕聲問。

他表情緊繃。「沒什麼。我本來就是這樣，蓮恩。一直都是這樣。」他擠出淡笑。「或許妳終於想通其實妳不喜歡我了。」

我後退一步，感覺他把手伸進我體內，狠狠摑打我的心臟。「你怎麼能說這種話？我們經歷了那麼多，我放棄了一切——」

「我從來沒有要妳放棄任何事物。」

「你向我求助。」我聽得出怒氣滲入我的嗓音，不顧我努力壓抑。「你要我消除你的記憶。你知道那代表什麼。」

「對，我知道。」他下顎的肌肉一抽。「或許我錯了。或許我早就該吞了那顆藥。」

「不行。不准你開這種玩笑。」

他又笑了，眼中是駭人的死寂。「誰說我在開玩笑？要是我那時候死了，妳現在也不會在這裡。妳跟伊安將踏上光明的未來，幫助有需要的人。然而我們全都困在這裡，準備上戰場賭命。這就是索納多的經典案例。」

「不是這樣的，你也很清楚。你為什麼要說這種話？」

他直視我的雙眼，方才的表情粉碎了。他垂下頭，等他再次開口，嗓音輕柔低啞。「現在我不太舒服。我——我該獨處一下。忘記我說的一切，好嗎？明天見。」

「史蒂芬——」

門板滑上，我覺得胸口被人挖了一個洞。

為什麼會這樣？到底是哪裡出了錯？從我們在地下爭吵的那一刻開始？從午餐時他拋下我去

找芮伊的時候開始？從我瞞著他出去救伊安那時開始？

或許史蒂芬說得對，我們從一開始就沒有了解過彼此。

「蓮恩？」

我轉頭看到伊安站在我背後的走廊，前額掀起關切的紋路。

一滴淚珠逃出我的眼角，沿著臉頰滑落，被我抹掉，可是我的動作不夠快。

「嘿……」伊安上前，一手摟住我。

我陷入他的懷抱，輕聲說：「對不起。」

他抱得更緊，把我包在他懷裡。「別道歉。」我閉上眼睛，突然間意識到在他身旁，我總是無比安心。我已經逃了那麼久，累到只想依靠著他。

第二十章

我在立體投影迷宮的灰色走道間穿梭，身體依照本能活動。一名警衛跳到我面前，我自動揚手，手指扣下扳機。砰。他瞪大雙眼，發出嗆到一般的聲音，鮮血從嘴角滴出，緩緩倒地，我直接掠過他身旁。

已經在要塞待了一個多月，殺死立體投影不像以前那樣困難。就像史蒂芬所說，這算是一種紓壓管道。跟擠泡泡紙沒太大差別。

另一名警衛衝向我。砰。

身軀出奇輕盈，像在飄浮似的。

抵達迷宮盡頭時，我吃了一驚，沒想到進行得這麼快。感覺我在夢遊之中完成這趟任務。芮伊關閉立體投影，我雙手撐著膝蓋，喘氣看她接近。「很好。」她看了看碼表。「不到四分鐘，而且妳完全除掉四十個敵人。蓮恩，了不起。」

在我記憶之中，這是芮伊第一次稱讚我。「謝謝。」我猜我沒有那麼無藥可救。不過呢，一旦擺脫自己正在接受殺手訓練的情緒枷鎖，你只要一點空間概念跟基礎體能。過去我瘋狂失敗只是因為我不夠果決。

莎娜瞪了我一眼，酸溜溜的表情都可以把牛奶變成優酪乳了，但我沒有理會。我已經放棄分析她為何如此看不起我。

「好了，各位！」芮伊高喊。「去沖澡。」

在浴室裡，我拿毛巾擦拭額頭，捧著塑膠水瓶大口喝水。我還是滿身大汗，其他幾名訓練生在旁邊的澡間沖熱水，蒸氣漫出，填滿訓練室後方的公用浴室。女孩子的聲音將我包圍，笑聲、甩上置物櫃的聲響——簡直就像體育課。我幾乎能夠假裝自己還在以前的高中。

我迅速沖澡，任由熱水從頭頂砸落，沖去身上的鹽巴跟酸痛。我開始長肌肉了，幾處曾經柔軟的部位變得堅實……可是體重掉了不少。儘管餐廳供應大量美食，我大多獨自在房裡吃飯，避免面對史蒂芬與芮伊談笑風生的場面。最近他們相處的時間很長，午餐時間固定坐在一起，而且我不只一次瞄到他們在訓練室裡戴著拳擊手套對打，汗流浹背，臉頰通紅。

我不該在意的。史蒂芬只是交了朋友，我應當要為他開心。可是在我們吵過之後，氣氛就不同了。我數度試著跟他搭話，卻失去勇氣，連我在怕什麼都不知道。

我關掉蓮蓬頭，拎起掛在牆上的白色絨毛浴袍，透過霧茫茫的鏡子打量我的倒影。我的臉變得又瘦又蒼白，雙眼似乎陷入眼窩之中，一束束溼髮黏住我的臉部跟頸子。

淋浴間旁設置一排藍色置物櫃，用來放置訓練後要換上的乾淨衣服。準備打開櫃門時，我停下來，從櫃子裡飄出的味道令我作嘔。隱形的手揪住我的胃袋，早餐吃的加熱鬆餅衝上喉頭。我忍住反射性的嘔吐，捏住鼻子，用嘴巴呼吸。我壓下恐懼，逼自己打開置物櫃。

一隻死老鼠以混濁的眼珠子盯著我，泛黃的門牙咧出僵硬的獰笑，頸子扭成不自然的角度。

鮮血從牠肚子上的切口滲出，浸濕我的衣服；傷口中流出粉紅色的腸子。我顫抖著退開。後頸一陣刺痛，我緩緩轉身，莎娜正在水槽洗手。

「這是什麼？」我指著櫃子。

她瞄了一眼。「死老鼠啊。妳是不是有點笨？」

「是妳幹的嗎？」我努力維持平靜的語氣。

她裝出假笑。「如果是的話，我現在承認不就太蠢了？」

我想抓起老鼠，甩到她臉上。老鼠是她親手殺的？她精神錯亂到有辦法殘殺生命，就為了嚇我一跳？「我要去跟芮伊說。」

「隨便妳。」她聳聳肩。「真的不是我……而且我有不在場證明。今天早上我都跟朋友在一起，這東西才剛死沒多久。」

「所以說不定是妳叫別人放的。」

「或者是其他人自己放進去。跟妳說，討厭妳的不是只有我一個。」她雙手叉腰。「去啊，去告狀啊。妳一直都是老師的愛徒，對吧？」她甩上自己的置物櫃櫃門，揚長而去。

怒氣在我體內沸騰，高溫悶住我的呼吸。我用力搥牆，輕聲咒罵：「該死。」應該要把這件事告訴芮伊，但我現在最不想找的人就是她。我要自己處理。

午餐時，我明知吃不完，還是在盤子上堆滿食物，坐到伊安對面。史蒂芬不在，他跟芮伊坐。又來了。看到他們，我心底醜陋黑暗的物質開始擾動。今天布萊恩也跟他們一起，史蒂芬一手端著咖啡，嘴脣開闔，同伴紛紛點頭，我卻看不出他們在談什麼，總之他們看起來處得很好。

「嘿，妳還好吧？」伊安問。

「嗯。」我漫不經心地對他笑笑。「只是有點累。」

「我懂。」

仔細想想，伊安似乎有也些蒼白憔悴，頭髮長了，像窗簾一般遮住他的眼睛，他得要不斷往旁邊撥。「伊安……你剛來的時候，有沒有……」

「什麼？」

我別開臉。「沒事。」

我們沉默幾秒。「妳想問斑馬有沒有對我實行那個測試。」他低聲說。

我呼吸一窒，迎上他的視線。他板著臉，抿著脣，臉上血色盡失。「你看到什麼？」我小聲問。

「我看到我哥。」

我困惑地皺起眉頭。「我連你有哥哥都不知道。」

「曾經有過。他死了。很久以前，我們小時候。」

「伊安，我——」我一時語塞。「你怎麼沒有跟我說過。」

他聳聳一邊肩膀。「大概是從來沒有想到吧。」

他總是安慰我，所以我才沒有想到或許他也有自己的傷痛。

他眼神朦朧。「我知道進入這個組織很不簡單，只是沒有想過要承受那種事。」

我心底閃過明亮的怒火。「他對我們做的事情，逼我們面對過去的創傷……太變態了。或許這裡只有我們經歷過那種測試。」

「也是啦，我們以前替IFEN做事，可以理解他無法馬上信任我們。」

「他可以直接讀我們的心。我想他是要嚇嚇我們，摧折我們的自尊。這是一種心理恐怖攻擊。」

「沒關係，都過去了。」他握緊塑膠湯匙。「我真的不想聊這件事。」

我點點頭，垂下視線。叉子上的通心麵跟起司懸浮在盤子跟我的嘴巴之間，我都忘記它的存在了。濃濃的起司味讓我想吐，我只好放下叉子。「你最近有沒有認知權利法的消息？」我問。

「我一直想搜尋相關情報，這裡沒有網路真的很麻煩。」

他的神情一變，挺直背脊靠向我，眼中閃著興奮的光芒。「我到處問過了，找到這個。」他從口袋裡掏出一張影印紙，攤開來，在桌上撫平摺痕。

我湊上前仔細研究。那是一篇文章的節錄，是史汪醫師的發言：

> 許多人問我對認知權利法有何意見。它的知名度越來越高，我認為必須表明立場。要是該法案通過，將會造成災難。精神類型系統有它存在的必要性，而且非常有效。社會上每發

生一起攻擊事件，就有數十起被我們阻止，因為我們運用各種措施找出精神狀況不佳的人，在他們行動前給予治療。是的，有許多問題存在，沒有完美無缺的體系，但我們可以努力提出問題，不需要危害國家安全。現在削弱或是廢止精神類型系統就等於是迎接過去撕裂國家的混亂與悲劇。我要商請各位美國公民，在這個重要時刻，讓IFEN負起責任。不要支持任何令我們綁手綁腳的政策。

「他在反擊。」我說。

「沒錯。人民渴望改變的心意已經累積起來，假如史汪醫師覺得有必要直接說明，那麼法案一定獲得了極大的支持。他很緊張。這是一定的。只要法案通過，就可以扭轉乾坤。」

希望在我心中翻騰。伊安說得對。雖然恐怖攻擊引來恐懼，越來越多人想要更好的世界。他們厭倦了這套偽裝成精神治療的種姓制度。

當然了，針對第四型的偏見與厭惡再次高漲。尼可拉斯提供了一些數據（當然沒有公開發表過），證明第四型遭到攻擊的案例越來越多，只是IFEN大多選擇忽視。根據我看到的新聞，抗議者的人數也在增加。改變已經瀰漫各處。

我望向史蒂芬跟芮伊，看他們起身，把髒盤子丟進回收口，一起離開。

「欸，妳幾乎都沒吃耶。」

我低頭看著我的漢堡——沾滿油脂的麵包、一片油亮的灰色肉塊，擠在上頭的蕃茄醬好像紅色油漆。我不禁想到置物櫃裡還在流血的死老鼠。從剛才到現在，我只是把麵包掀開，撕成碎片。「我可能有點感冒。」

伊安沒有回應，我知道他不會買帳。想到之前剛認識史蒂芬的時候，伊安想警告我離他遠一點，我充耳不聞。現在史蒂芬顯然拋棄我了，他要酸我一句「我早就說過了」也是很正常的，但他過了許久才開口：「我知道妳最近很不好過。我不會逼妳說開。只是希望妳知道要是妳想聊聊，我都願意聽。」

他語氣裡的關切幾乎令我繳械。喉嚨裡堵著硬塊，淚水湧入眼眶，威脅著要傾瀉而出。突然間，我忍不住了，沒有說出口的心情累積在胸中，擠著我的肋骨，隨時都會炸開。「莎娜在我的置物櫃裡放了死老鼠。」怨氣脫口而出。「今天早上的事情。」

他張大嘴巴。「莎娜？那個綠色頭髮的女生？」

「不知道為什麼她就是討厭我。爛死了。根本算不了什麼——至少我沒放在眼裡。」

伊安慢慢放下餐具，露出陌生的凝重眼神。他站起來，橫越餐廳，走向莎娜跟她朋友佔據的桌子。

天啊。

「伊安，等等！」我跳起來，跟在他後頭。

察覺到伊安接近，莎娜抬起頭，瞇細雙眼。「你想幹嘛？」

「妳別去煩蓮恩。」他的語氣堅定清晰，傳遍整間餐廳，眾人停下手邊的事，轉頭看過來。

「伊安，沒關係的。」我小聲說著，一手搭上他的手臂。「你不需要這麼做。」

「不對，我得要這麼做。妳不該忍受她的爛手段。」

我以為莎娜會否認到底，說她不知道我們在說什麼。但她起身面對他，雙手叉腰。「你無法證明我做了什麼，所以你跟那個小朋友要不要去旁邊抱抱哭哭就好了？」

紅暈爬上伊安的臉頰，蔓延到他的耳朵，可是他的眼神不是尷尬。那是憤怒。「跟她道歉。」他的嗓音柔和得讓人不安。「不然我就——」

「怎樣？打我嗎？」她往他胸口推了一把。「放馬過來啊！我絕對不會逃避。」

他的臉色更深了。「我不會跟妳打。」

「喔，你以為你這樣飄過來，教我要怎麼做，然後我就會聽話？」莎娜哼了一聲。「你跟她一樣白痴。」

「這話是什麼意思？」我問。

她勾起嘴角。「少給我裝聾作啞。」

現在餐廳裡大部分的人都凝視著我們，周圍聚了一小群人，有如圍繞屍體的禿鷹。

「我是認真的。告訴我，妳什麼這麼討厭我？我對妳做了什麼？」

她乾笑一聲。「妳真的沒想通吧？或許妳沒有注意到，我們對付的就是你們那群人。雖然現在妳站到這邊，可是妳已經替那群屠夫效勞好幾年。」

我渾身僵硬。她的控訴太不公平了——我在IFEN做事的時候還沒有意識到他們犯下的惡行——但她的話語依舊擠過我心靈鎧甲的裂痕。「我現在不是他們的同夥了。甚至不再是第一型。伊安也不是。我們選擇反抗IFEN的時候就已經放棄那一切。」

「至少你們還能選。至少你們原本還有東西可以失去。」

伊安狠狠瞪著莎娜，張嘴要反駁，但我按住他的手臂，默默示警。他臉頰上的肌肉抽了抽。

莎娜瞇起雙眼。「在我看來，你們還是第一型。我大半輩子都被你們這種人擺布。」

「妳為了我們生來的環境恨我們？這樣公平嗎？」

「我他媽的管它公平不公平。」她厲聲怒罵。「你們覺得這個變態的世界哪裡公平了？我戴上項圈是因為我想阻止IFEN的惡棍拖我媽去洗腦。我抓起平底鍋，往其中一個傢伙身上打下去，打到他瘀青。就是個瘀血。我甚至無法阻止他們帶走我媽。可是因為我反抗他們，我突然成為需要控制的危險人物。那個鬼東西跟我的脊椎整整相連四年。在學校，誰都可以對我動手動腳。男生對我為所欲為，他們知道要是我試圖自衛，項圈會把我電暈；我試著跟別人說發生了什麼事，沒有人相信我，因為我是第四型。或者他們一點都不在乎，因為他們認為我活該。那樣公平嗎？」

我一時之間無法回答，只能凝視她燃燒的深棕色雙眼。「抱歉，我不是——」

「我不要妳的同情。」她啐道。「我不想跟妳結交。我只要你們滾出去。這是**我們**的革命。我們不需要你們幫忙。」

我咬咬牙。很好。她要怎麼想只能隨她了。「可惜這不是妳的革命，妳無法決定誰值得加入。被IFEN傷害過的人不是只有妳，我跟妳的利害關係沒有兩樣，不管妳喜不喜歡，都只能接受。」

她翻翻白眼。「不過是個在溫室長大的小賤人，還說得那麼好聽？妳連人類都算不上呢。」轉身之前，她隨性拋下這句侮辱。好像這不算什麼。好像我的心沒被言語撕裂。

伊安一瞬間站到她面前。「收回那句話。」他柔聲威脅。

「滾開。不然這張漂亮的小白臉就要被我打爛了。」

「**收回去！**」

她哈哈大笑。「很好，別說我沒有警告過你。」她揮出一拳，鮮血濺起，他踉蹌後退。我尖叫伊安的名字，衝上前去，但他們身旁圍了太多人，擋住我的路。

伊安身軀一晃，拳頭擊中她的臉頰，她興奮地叫囂：「這才像話嘛！」她雙腳站開，雙手朝他比劃。「看看你有幾兩重。」

他抓住她的手臂，兩人扭打成一團，身旁眾人大聲叫好。她摜倒伊安，雙膝卡住他的身體，抓他的腦袋往地上砸。她的朋友跳上跳下，歡呼她的名字。

太瘋狂了。得要讓她離開伊安。我覺得她真的會殺了他。

我推開人群，衝向莎娜，一把抓住她的頭髮，趁她掙扎時把她扯離伊安身上。她的臉上、頭髮上沾著血。伊安在地上喘息，下唇的傷口不斷流血，瞪著雙眼有些茫然。「你他媽的。」他喃喃咒罵。

莎娜從我手中掙脫，撲向伊安，口中怒吼。兩名壯漢抓住她的手臂往後拉。她活像隻裝進袋子的野貓，撲騰掙扎，直到一名男子將槍口抵住她的後腦杓。「我想妳需要在倒數間待上幾個小時。」他說。

她呼吸加速，眼中閃過驚慌。「放開我，你這個廢物！」

另外一名男子把小針筒刺進她的頸子。她抽動顫抖，接著癱軟下來。他們扛著她離開，一瞬間，我幾乎要可憐她了。

我蹲在伊安身旁，他仍舊躺著，一邊臉頰迅速腫起，我一摸，他就瑟縮了下。我輕輕撥開他的頭髮，檢查雙眼。「我們要去找醫官。」

他別開臉。「我沒事。」

「現在就去。」

第二十一章

我在幾分鐘內找到一名帶著白色臂章的醫官。她看起來十九歲左右，頭髮挑染粉紅色，戴著金色的環狀大耳環，黑色上衣的袖口活像是被老鼠啃過似的。她帶我們到醫務室的隔間裡，要伊安的視線跟著手電筒光束移動，又問他的名字，叫他從十倒數回一。「會暈眩嗎？反胃？」

「不會。只是頭痛。不太嚴重。」

她點點頭。「躺一下，今天別做激烈活動。應該不會有事。」

她離開前關了門。伊安躺在診療床上，沒有受傷的眼睛盯著天花板。另一隻眼睛腫得只剩一條小縫。

「感覺如何？」

他想笑，卻痛得皺眉。「不算太慘。」他面向牆壁。「丟臉的成分比較大。」

「為什麼？」

「有必要問嗎？妳不是看著我被女生打趴？」

「她是莎娜。」我糾正。「她比較像是鯊魚跟發瘋狒狒的混血兒。」

他一邊嘴角勾起幾秒。

我拉來一張椅子，坐下。「不過還是要謝謝你為我挺身而出。」

「我只是把狀況搞得更糟。現在她八成更討厭妳了。」

「我不確定還能更糟。就算是，我也不想管了。知道有人挺我，我非常感動。」

他臉頰微紅。「我很遺憾她說了那些話。」

我把堵在喉嚨裡的硬塊吞下。「或許她說得有道理。」

「蓮恩。」他的語氣堅定。「別讓她影響妳的想法。有問題的人是她，不是妳。要是她繼續煩妳，一定要跟別人說，可以嗎？」

我點點頭，盯著自己的腳掌。即使知道他說得對，莎娜的言詞早就嵌入我心底，無法鬆動。我也無法恨她——現在沒辦法。我在腦海裡看見她，眼神兇狠的小女生，揮舞著平底鍋，想要保護她深愛的人。如此簡單、合理的舉動，政府卻把她當成蟲子似地壓爛。

黑風衣集團的羈絆來自他們的傷痛。我也承受著痛楚，可是型態不同，理由不同。在這裡，伊安跟我是局外人。我悄聲說：「最近我一直在想，來到這裡究竟是不是正確的選擇。」

「我懂妳的感覺。」他沉默一會。「還好嗎？我是說……妳跟史蒂芬。你們好像沒有常常在一起。」

我吞吞口水，喉頭緊繃。「史蒂芬的事情我管不著。」

「蓮恩，妳不用掩飾。」

我對上他的視線——那雙清澈真誠的眼眸。

他的眼睛很漂亮。這是事實。我的心思飄回格林堡高中的某一天。我在廁所裡洗手，聽見兩個女生說笑，我捕捉到伊安的名字，開始留意她們的對話。「我懂。」其中一人咯咯輕笑。「他真的是太可口了。他的眼睛好像融化的巧克力。」

「眼睛？我看的是別的地方。」

更多笑聲。我怒火中燒。伊安跟我只是朋友，但聽她們把他當成糖果，打算吃乾抹淨，我的心情很糟。伊安一直都很受歡迎，只是我總覺得大部分的人只想談論他的表面──他舉辦的瘋狂派對，或是狂野的服裝髮型。沒有人知道他有多誠懇、溫柔、善良，多麼的慷慨。就連我也是到最近才漸漸了解他。

「他是淹死的。」伊安天外飛來一筆。

他的聲音把我扯回現實。「誰？」

「我哥。他淹死了。是我十歲的事情。」他閉起眼睛。「我媽一直放不下。她最愛他了，雖然沒有承認過。要是妳見過他，妳也會懂的。我想……自從他死後，或許我一直想成為他。想要填補他留下的空缺。」

我胸口中央泛開悶悶的抽痛。我握住他的手，與他十指交扣。這個動作是如此本能，如此自然。

「我應該要做些什麼的。」他說：「我應該要游過去救他。但我只是站在沙灘上，大聲叫他回來。我好怕大海。我只敢往水裡走幾呎。」

「不是你的錯。那時候你還小。」

「相信我，這種話我都聽過了。事故之後，我媽送我去看了好多治療師，他們也是說一樣的話，沒有例外。可是事實就是我站在原處，什麼都沒做，我哥哥死了。我花了一輩子的時間當個完美的人，想要彌補。我不敢讓任何人靠近，然後，妳來了。」

我意識到手腕的脈搏，不知道他是否感覺得到。

「認識妳的時候，我感覺妳看穿了一切。妳看到了我。不是那個高大吵鬧的假貨，而是我的本質。」他笑了笑，好像有點痛的樣子。「抱歉。我不太清楚自己在說什麼。說不定我腦門那一記把大腦搞得有點亂。」

「沒事的。」我吞吞口水，突然忍不住盯著他的嘴脣。那對脣瓣的色澤介於米色跟粉紅色之間，比史蒂芬的飽滿，看起來軟綿綿的，我突然好想知道它們的觸感——是不是不太一樣呢？我是怎麼了？他才提起親人的悲劇，我卻想著要吻他。我到底有多變態？

「蓮恩？」

我嚇了一跳，迅速起身。「我——不好意思。我該去——」

「沒關係。」他揪住被單，指節發白。「去吧。史蒂芬大概在擔心妳了。」

說不定史蒂芬根本不知道發生什麼事了呢。他在打架之前就跟芮伊一起離開餐廳了。伊安是在幫我找藉口，在我決心動搖、做出會後悔的事情前有機會離開。他就是這樣的人，絕不給我壓力，不接受我還沒準備好給予的感情。「可是你的頭……」

「沒事，只是一點瘀血而已。」

我內心深處好想留下來，想握著他的手，凝視他的雙眼——跟我了解、同時也了解我的人在一起。但我做不到。我的腦袋已經是一片混亂，需要喘息思考的空間。

我快步離開醫務室，在走廊上走了一段，停下來，靠著牆壁，用力閉眼。

伊安是我長久以來的朋友，就算他沒有時時存在於我的表層意識裡，他一直都在。就像是太陽。我們幾乎不會想到它的存在——總之它就是在天上，發光發熱，一旦它消失了，世界將會一片黑暗。真想知道太陽是否覺得自己不被珍惜。

我低頭看著自己的手，捲曲手指，回想方才跟伊安雙手交扣的觸感，彷彿我們是拼圖相接的兩片。

「喂。」

我睜開眼睛，看到史蒂芬站在走廊，一臉困惑。「醫官說妳跟伊安在這裡。怎麼了？」

我別開臉。「他跟莎娜打了一架。他傷得不重。」

「打架？」他重複。「認真的那種？」

「他在袒護我。事情很複雜，不過現在已經沒事了。」我知道這不是好答案，但只能擠出這些。

史蒂芬猶豫地點點頭。我發覺他背上掛著步槍。之前還沒看過呢。現在他總是帶著槍嗎？最近跟他相處起來總是尷尬無比，不過仔細想想，我們也已經好幾天沒有獨處了。默默站了一會，我覺得應該要說些什麼，卻又找不到話題。我研究過心理學，大家以為我因此比較擅長處理人際關係。顯然沒有。「最近如何？」我終於開口，聲音好死板，像是在派對上跟不太熟的人打招呼。

「一切都不錯，謝謝。」

我發現他看起來健康多了。他長了點肉——這絕對是他需要的——雙臂肌肉結實。他在這裡逐漸茁壯，找到了自己的歸屬，自己的同胞。或許我該為他開心。

但我希望他的歸屬之地有我，而不是一群激進的反政府分子。

他吐了口氣，神色不太篤定，我感覺我們之間的高牆稍稍裂開。「蓮恩，聽好，我……我知道最近狀況不太對，可是……」他揉揉臉。「該死，爛透了。」

「嗯，你可以先解釋為什麼一直忽視我。」這句話比我預想的還要刻薄。

他僵住了。「妳也沒對我多親切啊。」

「我想跟你談。可是你一直不在我身邊。」而且每次看到他都是跟芮伊在一起。

他聳聳肩，視線游移。「我正在釐清想法，可以嗎？我需要讓腦袋清楚一點。」

「喔？現在夠清楚了嗎？」

「還不錯。」他對上我的視線。「我決定要去參加下一個任務。無論發生什麼。我已經受訓夠久，想要開始做點事。」

所以說他還是執意要待在黑風衣集團。我倒是不怎麼訝異。

想說的事情還有好多好多。我想告訴他我好想念他，希望我們能像以前一樣相處。可是嘴巴張開，冒出來的字句卻變成——「小心點。」

「當然，我會小心的。」他一頓。「跟妳說，妳可以跟我一起來。」

我搖頭。「我槍法不好，你知道的。」

他漸漸收起表情。裂縫合上，我們恢復陌生人般的互動。「隨便妳。」他轉身走遠。

我胸口冷硬，彷彿裡頭變成了木塊。史蒂芬不再需要我了，他要走上自己的道路。我們在一起的時候，不管做什麼都只是讓對方更加痛苦。

精神倫理學教授的聲音頓時在我腦中甦醒，叨叨絮絮地詰問：妳在期待什麼？妳明知風險有多大，還是選擇與客戶發展出親近關係。妳濫用職權。事情會變得一團亂，有什麼好驚訝的？

可是他跟我一樣希望如此。他想要我。他愛我，他——

這叫做依賴共生。客戶往往會對他們的巡心者發展出強烈的情感，然而追逐這樣的關係總是以災難告終。妳不也很清楚嗎？

是的，我知道。我的傲慢促使我以為有辦法推翻統計數據，我們的愛比社會常規還要堅定。即便眼前擺滿證據，我仍舊不願相信我們的關係僅是奠基於「需求」這個脆弱的事物之上。不過呢，從客觀的角度來看，我完全無法否定。我們認識的時候，他想要自殺，我是他最後的生機。他的存活全都仰賴我想幫他的意志。我應該要認清事實，然而跟其他墜入情網的笨蛋一樣，我蒙住自己的眼睛。現在，我感覺他要從我掌中溜走了，我即將永遠失去他。

或許我早就失去了他。

有人按住我的肩膀，我一驚，猛然轉身。是尼可拉斯，我現在最不想見的人。

「斑馬要見妳。」他說。

他的雙眼有點怪異——我一直都這麼想。眼白太白，角落的血絲不知怎地看起來太過完美。

「有什麼事嗎？」

「等下就知道了。」他邁開腳步，黑風衣在腳邊翻飛。

「等等。」我忍不住開口。「我可以跟伊安說要去哪裡嗎？他人在醫務室。」

他轉頭看我。「這是最高機密，不能告訴任何人。如果妳不聽話，我會非常不高興。」他繼續往前走。

我咬牙跟上。

尼可拉斯停在毫無特徵的牆面前，指尖摸過金屬板，翻開隱藏式控制面板。他以大拇指按住螢幕，指示燈閃了幾下，牆上凹了一塊，露出狹窄的長廊，裡頭亮著泛藍燈光。我們來到走廊盡頭，他打開另一扇通往斑馬書房的門。看來巡心門的房間不是唯一的出入口。

我小心翼翼地走進去，尼可拉斯沒有跟進，門隆隆關上，留我獨自面對黑風衣集團的首領。

第二十二章

斑馬坐在辦公桌後，閱讀酒紅色封皮的精裝書。「啊，蓮恩。」他把書擱在桌面上。「能再見到妳真好。」

我瞄了書名一眼。《失樂園》。

「約翰．彌爾頓。」他指尖撫過皮革封面上燙金的書名。「妳讀過他的作品嗎？」

「很久以前。」我說。父親也收藏了《失樂園》這本書。

「『心自有其所，它能在地獄中創造天堂，天堂裡創造地獄。』」他引用詩句。「妳不覺得這個想法很迷人嗎？彌爾頓真的是高明的心理學家。」

我不予置評地應了聲。「你身為反叛分子的領導人，我猜路西法是你最愛的角色？」

「其實是夏娃。我總覺得她被大家誤解了。」

我的視線飄來飄去。這裡有好多書。他全都看過嗎？我突然納悶他究竟有沒有離開過這個房間。為什麼他很少在集團成員面前登場？為什麼讓尼可拉斯主持集會，傳遞他的命令？沒錯，尼可拉斯年輕英俊，身強體壯，擅長發表激昂的演說，至少從表面上來看，他是個極有魅力的傀儡。但眾人畏懼的是斑馬的名聲，用開頭的Z字當成代表符號。他藏在幕後的理由究竟是什麼？

「妳說說看，那麼做是否值得？」

我皺眉。「什麼？」

「墮落。失去伊甸園來換得自由意志。」

我幾乎無法壓抑翻白眼的衝動。「你找我來這裡是為了任務還是開讀書會？」

笑意牽動他的嘴角。「好吧，既然妳如此關切……」他轉動輪椅，滑向後面牆上的書架，抽出一本書，往背後的隱藏面板輸入密碼，書架咿呀滑開，露出巡心門的房間。我忍不住倒抽一口氣。

房間裡有個深棕色頭髮的年輕男子，他被綁在椅子上，肩膀跟腦袋都垂著，身穿染血的淺灰色全套西裝。巡心門的白色頭盔蓋住他的頭髮，嘶啞痛苦的喘氣聲在房裡迴盪。他掙動幾下，似乎連抬頭的力氣都使不出來。

好多血。從他的下巴滴落，染紅他襯衫的前襟，地上還有一小灘亮晶晶的血跡。他看起來傷得不重，但顯然遭到一陣毒打。「他是誰？」我低語。

「他叫亞倫．弗里德。他是巡心者，史汪醫師新找的門生。妳跟伊安逃跑後，我猜史汪需要其他新鮮的傀儡。」

所以史汪醫師在訪談裡說的都是真的。已經有人取代我了。或許他私底下已經找好替代的巡心者，就怕伊安跟我撐不下去。這個想法令我嘴裡一陣苦澀。

亞倫緩緩抬頭。他戴著眼鏡，鏡片破裂且髒汙。他的左眼腫到睜不開，淹沒在黑色紫色的表皮之間；右眼是耀眼的初夏新綠色調，隔著交錯縱橫的鏡片裂痕望向我們。

「我們幾天前逮到他。」斑馬繼續說明：「他陪史汪醫師來多倫多，蠢到自己跑出來閒晃，沒帶保鏢。」

「史汪醫師現在在加拿大？」

「對。不過我們無法確定他的目的。他當然宣稱這是傳達善意的出訪，可是我們相信他與一名加拿大政府官員偷偷見面。到目前為止，該名囚犯拒絕說話。」斑馬清澈的灰眼盯著我。「所以才會找妳來這裡。」

猛烈的寒意湧上。我要為黑風衣集團做這個？利用我的巡心技術從囚犯腦中抽取情報？

亞倫咳了幾聲，嘴脣沾上點點鮮血。肚子裡的午餐突然不安於室，我一手按住嘴巴。

「我得承認沒想到妳這麼纖細敏感。」斑馬說：「妳在客戶腦中看過更惡劣的情景，不是嗎？」

「不一樣。」我摀著嘴喃喃回應。「潛入客戶的心理創傷並不容易，但這是治療的必要手段。這個……這跟治療無關。「要什麼要找我？你也會用巡心門啊。為什麼你不自己來？」

「我已經試過了，可惜沒有成功。妳也知道檢視記憶通常需要目標某種程度的配合。我的巡心門有辦法影響思緒與情緒，但還是有限制。只要目標的意志夠強烈，他就能夠反抗——這孩子接受IFEN的訓練，懂得抗拒控制思維的技術。使用藥物也沒用。只要我們合作，制服他、逼他交出記憶的機會就更大了。」

「三方連結？」

他點頭。「而且……我必須知道妳是否能為了我們的行動做出必要之舉。」

所以這是另一次測驗。他想看我有幾分能力，跟史汪醫師一樣。「獲得情報後，這個囚犯會有什麼下場？」我無法以他的名字稱呼他。

「當然是處決他。他知道太多了。留他活口太冒險。」

汗珠跟鮮血在亞倫皮膚表面發亮。脈搏在我體內鼓動，從心臟傳到指尖。

「如果我拒絕幫你的話呢？」我問。

「那我就找妳朋友伊安來。我相信他不會介意幫妳分擔負荷。」

喔，他要來陰的。我的手掌握起、攤開，再次緊握。斑馬耐心等著。最後我直視他的雙眼。

「好，我幫。不過有個條件，你不能殺他，讓我來修正他的記憶。」

斑馬挑眉。「妳想救他。為什麼？」

「有個朋友曾經告訴我這場革命不是為了恐懼，而是為了希望。如果這是真的，那就放過他吧。不必要的殺戮無法成為你的助力。」

他戴著手套的修長手指指尖相觸，舌頭緩緩舔過下唇。「普通的記憶修正不夠牢靠。我決定給他全面的洗腦。」

「不行。」我堅定回應。「洗腦比處決好不到哪裡去。這個人得要重新學習所有的基本技能——如何綁鞋帶，如何說話。沒有必要摧毀他的人格。」

斑馬瞇細雙眼。「妳知道的，光是讓他活著已經帶來極大的風險。這孩子未來會成為史汪醫師的繼任者。他是敵人的重要資產。」

「殺了他到頭來也不會有任何差別。史汪醫師只要拿下一個棋子來替代就好。」

或許只是我的幻想，亞倫似乎瑟縮了下。

斑馬歪歪腦袋。「很好。訊問結束後，在我的監督之下，妳消除他這幾天的記憶。不過如果囚犯帶來太多麻煩，我就取消這個條件。」

我從未在違背對方意志的情況下修改他的記憶，光是想到就良心不安，可是總比任由他喪命或是遭到洗腦好。「可以。」我深呼吸。「還有一件事。」

「天啊，妳的條件還真多。」

我的思緒回到先前跟伊安的談話內容，他的發言在我腦中重播：妳是象徵。妳代表他們無法控制的一切事物。影像閃過我的腦海——牆上的塗鴉，**我相信蓮恩・費雪的標語**。我擁有自己還尚未理解的能力，有辦法影響其他人，甚至是我從未見過的人。要是我學會如何駕馭，說不定我可以有所成就。「如果我錄製給美利堅聯合共和國人民的訊息，你可以幫我放到網路上嗎？」

「當然。還有別的條件嗎？」他語氣中帶著一絲嘲諷。

「沒了，就這樣。」我閉上眼睛，努力控制情緒。「我可以跟囚犯說話嗎？」

他輕輕嘆息。「去吧。」

我進入巡心門的房間，斑馬留在門邊。亞倫一動也不動，呼吸急促。我試探性地前進一步，他渾身僵硬。「我不會傷害你。」

他的手指抽動，微微一笑——緊張、扭曲的笑容——讓我吃了一驚。「在這樣的情況下，相信妳可以理解我為何如此戒備。」他的嗓音輕柔嘶啞。
「你知道我是誰？」
「對，我知道。」
「你知道我們在討論什麼事？」
他舔掉上脣的血跡。「這個嘛，他們的毒打沒有影響我的聽力。」
「那麼你知道只要配合，或許有機會活著離開這裡，記憶遭到修正。我想你比較喜歡這樣。」
他沉默幾秒，顫抖著深吸一口氣。「蓮恩，聽我說。」他的聲音低沉急促。「我不知道妳為什麼跟這些人合作，可是他們不是妳想的那樣。他們要的不是更好的世界。他們想要撕裂一切，讓我們回到黑暗時代。看看他們對我做了什麼。」他握住椅子扶手。「我這輩子沒有傷害過任何人。唯一的過錯就是替IFEN效勞。」
「那已經是滔天大罪了。」斑馬應道。
亞倫呼吸加速，視線緊張地射向斑馬，彷彿把他當成捲成一團的毒蛇，接著再次注視我。他的表情飽含恐懼的哀求，還看得見的眼睛瞪得好大，露出整圈眼白。「妳也曾經是IFEN的人。妳父親也是。如果我犯了錯，你們也是。」
我用力吞嚥。
即使我想幫他，放他出去也沒有任何好處。我們被埋在地底下，整個地方上了鎖，偷偷帶他逃走簡直是自殺行為。但他這番話還是喚醒了輕微的質疑。只要做了，我就跨越了某些無形的界線。芮伊的聲音在我腦中響起，那是她在幻境中對我說的話：有時候，只有兩條路能選，不管哪一條都不好看。

我緩緩靠向他。「IFEN拿人民，拿小孩子做實驗。我相信史汪醫師費盡心思說服你那些都是謊言，但其實不是。」

「我知道。」他說：「我認為妳告訴大家是對的。」

他的反應出乎我的意料。「那你為什麼還要為他們做事？」

「因為改變體系的最佳途徑就是從內部下手。妳真的希望黑風衣集團控制我們的國家嗎？無論他們拿什麼來取代我們的政府，都不會比較好，甚至更糟。」

我發覺自己同意他的論點，真是奇怪又混亂。

「拜託，蓮恩。」他低語。

不管怎樣都沒差了。我已經困在這個境地裡，只能苦澀地低聲說：「我幫不了你。」感覺很差，可是如果我想留在這裡，就得要照著規矩來，在必要時刻協助黑風衣集團，盡量不要被他們的意識形態感染。

亞倫垂下肩膀，被打斷的鼻子嘶嘶呼氣。「你們沒辦法從我腦中得到任何情報。」他咬牙說道。

「喔。」斑馬從容回應。「我想我們做得到。」

第二十三章

兩頂頭盔放在房間角落的木椅子上。斑馬戴上一頂，我拿了另一頂，扣上扣環。我拉出一張椅子。斑馬跟我之間隔了幾呎，面對亞倫，圍成三角形。我的呼吸太快了。

這只是融合療程，我告訴自己。已經做過很多次了，我姑且也算是專業人士。雖然說這裡跟IFEN的融合研究室可說是天差地別。

「我要啟動連結了。」斑馬說。

我點頭。

巡心門開機，熟悉的輕微刺痛擴散整片頭皮，沿著脊椎往下，像是皮膚下有電流在跳動。亞倫的痛楚狠狠擊中我，宛如整桶滾水迎面而來，我咬牙忍痛。每一次呼吸都帶來灼熱的劇痛，肺裡彷彿填滿尖針。半邊臉陣陣抽痛，熱辣辣的脈動。他的心跳加速。儘管他一直掩飾得很好，可是他真的滿心驚恐。

呼吸。那不是我的感覺。我執行一趟身分確認練習。**蓮恩．費雪，十八歲，棕髮。巡心者。**

我是——

我是誰？叛徒？英雄？革命分子？害怕又混亂的小女生？

我甩開所有的疑問，專注在呼吸上。隨著連結加深，恐懼與痛苦稍微沒有那麼難以抵禦，我感應到埋在其下的情緒。佔最大比例的是羞愧，將他的存在悶燒殆盡，但我找不到來源。因為遭到俘虜？還是因為替史汪醫師這樣的人效命？或者是其他更全面的事物——更久、更深層的起因。

我驀然發覺完全感受不到斑馬的思緒。他說這是三方連結，然而他的腦海一片空白。不對——確實有東西存在——清涼乾燥的質感，讓我聯想到吹過岩石的風。

「現在我們要審視你的部分記憶。」斑馬說：「就從你們抵達加拿大的時刻開始吧。」

亞倫的綠眼睛裡頭亮起挑釁的火光。**你就下地獄吧**。他把這句話射向斑馬。

斑馬一手撫胸，誇張地瞪大眼睛。「喔，你傷到我脆弱的心靈了，小夥子嘴巴還真利。」他從口袋掏出小盒子，打開來，裡頭是閃閃發亮的皮下注射器。「這個應該有用，不然我們還有更激烈的手段。」

「你的意思是刑求。」

「我可不想走到那一步。個人認為那樣太野蠻了，可是我的同伴尼可拉斯挺愛那些花招的。這種藥會讓你想要合作，假如你還是不肯鬆口，我就請尼可拉斯跟你相處五分鐘，那保證是你人生中最黑暗的五分鐘。」

亞倫的額頭浮現一片汗珠。我等著斑馬替他注射，拉下護目鏡，遮住自己的視線，專心感應亞倫傳來的訊號。

不要讓我崩潰。他的聲音在我腦中低語。給我抵抗的力量。拜託。

我的指甲刺進掌心，把自己固定在身體裡，但我依然聽得見他無聲的祈禱。他的決心令我訝異。比起哀求我們手下留情，他更擔心會洩漏重要情報，背叛他的政府。他最怕自己失敗，怕自己不夠堅強，而現在他要面對最大的惡夢。

「對我刮目相看了嗎？」斑馬問我。

「沒有。」

亞倫的腦袋往前倒，呼吸變得平緩，他的疲憊如同一團灰霧般飄向我。「好了，你來加拿大是有理由的，對吧？」

他昏昏沉沉地呢喃：「對。」

「那是什麼？」

他的眼珠子在眼皮下顫動。「開會。」

「什麼樣的會議？」

他喃喃說了些無法理解的字句。我閉上眼睛，在黑暗之間切換，集中精神。小小的火花刺穿我眼皮下的黑暗，一個模糊的小光點浮現，我把注意力投向那處。

黑漆漆的大片簾幕拉下，有如一堵牆。就算到了這個節骨眼，他依然不放棄抵抗。我推了推那片黑暗，它幾乎擁有實體，海綿一般的柔軟屏障，把我推了回來。低沉的聲音隆隆響起，在我四面八方念誦：*有一種斜斜照入的光，冬日午後，宛如教堂聖歌沉沉壓迫。給予我們天堂的傷痛。找不著傷痕——*

我認得這一段。愛蜜莉．狄金生。他在朗讀詩句。

「抗拒的技巧。」斑馬說：「再試一次。用妳的意志去推，想像那面牆融化了。」

沉重厚實的黑暗將我包圍。「亞倫。回到會議上頭。」推。

我感覺到他的顫抖與瑟縮，但他腦海中的黑影高牆毫不退讓。

斑馬的意識表層下泛開微弱的張力；我只能感應到這麼多，他一定很擅長遮蔽想法。「好了。」他說：「跟我一起推。」

斗大的汗珠滑下我的頸子，太陽穴的血管浮起，我使出所有的意志力，衝撞那面牆。亞倫一陣緊繃。那片牆碎成數千片，漸漸消失，他癱軟下來，抗拒從他身上抽乾。我舔舔嘴脣，輕聲說：「我們進去了」

耳中迴盪著柔和的呼吸聲，亞倫的心臟緩緩跳動。

「很好，亞倫。」斑馬說：「我們再試一次。回到那場會議。」

朦朧的影像飄進我腦中：大房間，幾乎是一片漆黑，中央放了張圓桌，燈光從正上方打落。一名灰髮女子坐在主位，沒有化妝，神情肅然。她身穿深灰色套裝，戴著小巧的金框眼鏡。史汪醫師坐在她右邊，穿著平常那件白衣。

女子斜眼看我，我有股衝動，想要坐直一些，但其實我的背脊已經僵得跟木板一樣。「他又是誰？」

「我的門生。」史汪醫師答得很順。「他要在這裡旁聽。」

她皺眉。「這是標準程序嗎？」

「如果一切照計畫進行，弗里德先生將會接下我的位置。」他微微一笑，可是一股壓力箝制著我的喉嚨與胸口。一瞬間，我想到他的手指陷入我的肩膀，他在我耳邊低語：**不要離開我的視線**。「他必須理解這個角色要承擔的一切，可以當成一種現場實習。別擔心，他跟老鼠一樣安靜。」

我輕輕點頭。心臟跳得太快了。

女子抿起嘴唇，上下打量我。我一動也不敢動，維持平靜的表情，回想史汪醫師的忠告。**隱藏你的情緒。把自己當成家具，沒有人會記住你，靜靜地吸收一切**。

最後，女子輕聲嘆息。「就這樣吧。」她轉回史汪醫師那邊。「關於我們先前討論過的方案，我沒有理由不與IFEN達成合作。或許加拿大的心理福利局才成立沒多久，不過我們的目標與你們類似。如果我們可以共享技術，而不是彼此對立，便能獲得更大的成就。」

「很高興妳同意我們的協約。」史汪醫師說。

她雙手在桌上交疊，修得漂漂亮亮的指甲漫不經心地敲打。「美利堅聯合共和國在精神修正的領域發展出令人訝異的技術，我說的不只是巡心門。你們還研發出武器，對吧？心靈風暴計畫之類的？」

我不安地瞄向史汪醫師。他拱起肩膀。「我向妳保證那些都是無稽之談。」

她光潔的指甲敲打桌面。「當然了，如果真有那樣的東西，我們會非常感興趣。只是我們必須極度謹慎。要是被聯合國發現——」

「不會的，因為它根本就不存在。」他答得堅定。「我不知道妳從哪聽來這些謠言，但我建議妳別相信網路上的一切，那些陰謀論網站簡直就是雨後春筍，我們再怎麼努力都無法完全控制。它們只是在散播恐懼以及失控的蠢話。IFEN是醫療機構，我們絕不製造武器。這樣夠清楚了嗎？」

她聳聳肩。「既然你都這麼說了。」但她唇邊勾起笑意，彷彿這是只有他們才懂的笑話，我有些坐立不安。感覺很不對勁——躲在黑暗中偷偷摸摸地交易。

我再次提醒自己，這些都是必要之舉。若是想改變一切，想拯救即將被戰火撕裂的國家，我就得要跟著玩下去。至少目前是這樣。

「我們很樂意與妳共享手邊的技術。」史汪醫師繼續道：「不過首先，我們必須確定這些技術不會遭到濫用。換句話說，我們想知道妳擁有同樣的價值觀以及目標。我得承認對這個領域，我還有點顧慮。」

女子的眉頭擠成一團。「喔？」

史汪醫師擺擺手，叫出立體投影螢幕，上頭映著一條條數據。他清清喉嚨，停頓一下，似乎是在確定我們都夠專心。「戰爭以及後續效應漸漸結束後，加拿大被評為擁有已開發國家中最嚴苛、最殘酷的司法系統。」他用手指捲動螢幕。「除了極高的死刑率，貴國將許多犯下重罪的罪犯監禁，渲染他們的惡行。三年前，你們的監獄產業推出名叫《窮途末路》的實境節目，讓死囚們自願參加大型殊死戰，告訴他們最後的贏家可以獲得全面赦免。我記得這個節目的收益很亮眼，不過不到兩年就因為人權團體的抗議而停播。再加上去年的醜聞——」

「醫師，你已經說得很清楚了。」灰髮女子抿起嘴脣。「我們的體系確實……有問題。這點我不會否認。但我們希望國家越來越進步，因此尋求你的協助。」

「很高興妳這麼說。貴國已經開始收集人民的精神狀態資料了，對吧？」

「沒錯。其實這個計畫已經進行一陣子了，不過資料相當龐大，難以判斷該從何下手。電腦無法決定哪個人是否擁有潛藏威脅——或者該說是我們的技術還不到這個程度。請人來分析所有的情資太浪費時間與經費，我相信你也贊同這一點。」

史汪醫師點點頭。「就從這裡切入。我們派一些人員來幫你們的電腦升級，移植跟我們類似的系統。」

「你應該知道我們有一些法規上的顧慮。」

他擺擺手。「現代的法律很有彈性，能夠適應不斷改變的社會與科技。重點是為了妳的國家做出最好的選擇。」

「確實。」

「恕我無禮，請問你們的中央資料庫在哪裡呢？」

女子手指一彈，叫出立體投影螢幕，上頭顯示多倫多的鳥瞰圖，將其中一間倉庫般的建築放大，地址亮著淡淡綠光。

史汪醫師若有所思地問道：「離住宅區很近吧？」

她點頭。「最普通的地方反而沒有人會想到。如果我們想引進你們的項圈系統，資料庫設在人口密集區也很合理吧。」

「漂亮。」史汪醫師說：「那我們馬上就開始。」

他們的聲音在我耳中迴盪，記憶漸漸消失，物體邊緣變得柔軟模糊，我往回滑行，漸漸意識到身體的感官——屁股下的椅子，吹在身上的冷氣，我吸入的空氣順著鼻孔流入肺中。

我睜開眼睛，有些茫然，接著又變回蓮恩·費雪。亞倫還是癱在椅子上，垂著腦袋，上衣被汗水浸透。

「他睡著了。」斑馬說：「劑量可能用得太大。不過我們還是找到了必要的情報。」

喉嚨乾渴刺痛，我吞吞口水，納悶在他的記憶裡待了多久。感覺不過是幾分鐘，可是融合療程期間，時間有可能飛速流逝。「那個女人是誰？」

「加拿大的心理福利部長。」

斑馬說得對。美利堅聯合共和國已經無法滿足IFEN的胃口，他們想讓影響力深入其他國家。「加拿大人知道這件事嗎？」

他哼了聲。「當然不知道。沒有哪個國家的政府會宣佈他們計畫奪走人民的自由。心理福利部應該是個研究機構，目前他們沒有多少合法的權力，不過一旦他們的系統安裝就緒，情勢很快就會轉變。」他望向遠方，專心思考。「我晚點再來重看巡心門的紀錄，不過我相信我們已經獲得所需的一切。妳現在可以動手了。」

我心一沉。「你是說抹去他的記憶。」

「對。我會在旁邊監督，不過妳應該不需要任何指示吧。用最快的速度清除他腦袋裡所有跟黑風衣集團與要塞相關的記憶，除此之外，妳想對他的人格做什麼手腳都可以。妳自己斟酌。」

他為什麼要讓我選？他好奇我會如何處理嗎？

不過這些都沒有關係，我不會破壞必要範圍外的記憶。斑馬應該很清楚這點。「好吧。趕快解決這件事。亞倫？」

他發出微弱的聲音。

「我們回到你抵達多倫多那天。」

修正程序執行得迅速又順利。移除舊的記憶需要大量準備與作業，不過亞倫跟黑風衣集團交鋒的事件非常新。我看著他跟史汪醫師來到多倫多，在旅館裡待了一會，不顧史汪醫師的命令，半夜溜到街上。他好想透透氣，想獨處一下——被導師時時刻刻監視的感覺宛如套在他脖子上的繩索。

他只打算在外頭晃個幾分鐘，突然間就遭到綁架——從背後抓住，沾滿氯仿的破布掩住他的鼻子，黑布袋套上他的腦袋。下一段記憶是在小黑屋裡醒來，兩名黑風衣集團的打手站在他面前，他們不斷質問，而他拒絕回答，沉甸甸的拳頭就打向他的左眼，劇痛竄進腦門。毆打的記憶持續了好久，詳細到讓人作嘔。每一拳、每一腳都清楚明白。其中一名打手捏起嘴角的香煙，燒紅的煙頭湊到亞倫完好的眼睛前，威脅亞倫再不鬆口就戳下去。我感覺到他的恐慌，他坐在地上，被打斷的鼻子嘶嘶噴氣，眼睛猛眨，煙頭燒到他睫毛尖端。

最後，另外一名打手哈哈大笑。「幹嘛浪費一根煙？斑馬的招數比這個還厲害。」

他們再次迷昏亞倫，他在巡心門房間醒來。我透過他的眼睛看到自己。我看起來年紀好小、好緊張，眼睛瞪得好大，頂著亂七八糟的短髮。我身上籠罩著奇特的光暈，像是極光，有時清楚有時黯淡。不知道這是藥效還是輕微腦震盪的結果。

我終於抵達當下，在自己的腦海中描繪出心象地圖：亮藍色的線條連結發亮的記憶節點。這應該是非常簡單的修正，只要抹去過去幾天就好，不需要往深處挖掘。然而……我感受到表層思緒之下還有東西，是埋得很深的舊傷。他的個人認同全都圍繞著那個創傷發展成形。我看不清楚細節——必須深入刺探。一瞬間，我發現自己正在思考，我可以鑽進他心底，找到人格核心的痛苦來源，悄悄將之抹去。他永遠不會知道。等他醒過來，會成為乾淨嶄新、毫無負擔的——

我幹嘛思考這種事？我甩掉思緒，覺得好困惑。斑馬正在看我，默默觀察、分析一切。我望向他，他嘴角勾起高深莫測的笑容。「怎麼了？」

「沒事。繼續吧。」

我緩緩穿過一連串的記憶，從遭到綁架的那一刻開始消除。我看著那一切消失——毆打的恐懼與疼痛，被綁在椅子上許久，渾身劇痛，喉嚨乾渴灼熱。

等到一切結束，他臉上緊繃的線條放鬆下來，癱坐在椅子上輕輕呼吸。

斑馬摘下頭盔。「這樣就行了。」他以眼角餘光看著我。「妳知道的，這孩子欠妳一條命。」

我只覺得幸好已經結束了。疲憊使我全身虛軟顫抖。「接下來要如何處置他？」

「我會派一名手下送他到多倫多街道上，靠近醫院或是警察局，很快就會被人發現。我答應妳，他不會受到傷害。」

「謝謝。」我摘下頭盔，放在地上。汗水沾濕了我的頭髮跟頸子。

斑馬離開房間，我跟在他背後，書架咻地合上，把亞倫獨自關在巡心門房間裡。我清楚意識到再也不會遇見他，可是他的存在喚醒了我心中各式各樣的不安、衝突。他是敵人的象徵，是我們應該要摧毀的對象，然而他似乎沒有那麼壞。我曾經也是敵人的一員，或許我不該有恍然大悟的感覺。但他跟我不一樣，儘管知道聖瑪莉的祕密，依然認為IFEN還有辦法挽救。如果他接下史汪醫師的主任職位，或許真的有機會。

「妳可以回自己房間了。」斑馬說。

「等等，你答應要幫我放一段訊息到網路上。」

他停頓幾秒，轉身看我。「確實是如此。妳想現在錄影嗎？」

左眼後方有一個灼熱的痛點不斷膨脹。我不想思考，只想躺下來，任由睡意讓我忘記一切。可是我不能錯失這個機會。不知道什麼時候才能再見到斑馬。

他揮揮手，立體投影電腦跳出來，飄浮在我面前——是一隻紫色蝙蝠，黃色眼珠子閃閃發光。

「狄萊拉，蓮恩想錄一段訊息。」他說。

「樂意之至，我的主人。」蝙蝠以女性的喉音回應。她飛下來，棲息在他手腕上，對著我微笑，露出小小的尖牙。「妳準備好就開始。」

我以為我知道想說什麼，但現在腦袋一片空白。疲憊大概全都寫在我臉上了。我閉起眼睛，累積力量，再次睜開雙眼。「我是蓮恩・費雪。我要傳達這段訊息給你們——美利堅聯合共和國的每一個人。」

狄萊拉黃色的眼睛凝視著我，默默錄影。

「史汪醫師最近接受訪談，說我滿腦子幻覺，有被害妄想，怕得要命。這些是IFEN套在任何敢提出疑問的人頭上的形容詞。現在我強烈要求各位，不要屈服在他們的權威之下。繼續提出疑問，這不只是你們的權利，更是你們的道德義務。每一個國家的每一位公民都有義務質疑、監督掌權者。我們生而自由，可是這份權利並非憑空產生。我們需要捍衛它，一旦我們不再為它奮鬥，就漸漸失去它。這個抉擇很困難，從以前到現在都是如此。這是用鮮血簽署的契約。」

我為什麼要學她說話？

我繼續說下去：「但我也要求各位記住反抗不是只有一種方式。不需要拿槍也可以成為自由鬥士。只要你們把真相告訴其他人，只要你們拒絕沉默，只要你們站出來要求自己的權益受到尊重，你們就是在反抗體系。言語是最強大的武器。在我說這段話的時候，名叫認知權利法的法案正要送往國家倫理委員會。我們這個國家有義務讓它確實列入議程。我們絕對不能屈服於運用恐懼與暴力的誘惑。那是IFEN的技倆。恐懼是我們的敵人……真相是唯一能克服它的力量。」我停下來嚥嚥口水，嘴巴好乾。

狄萊拉待在斑馬手腕上，眼睛沒有眨過。

「我要說的就是這些。」

斑馬點頭。「狄萊拉，妳可以退下了。謝謝。」

她鞠躬致意。「一如往常，為您效勞是我的榮幸。」她化為一陣紫色閃光，消失在空氣中。

「蓮恩．費雪。」斑馬反覆念著我的名字。「妳很喜歡考驗極限對吧？加入我的組織，然後又對妳的國家傳訊，說妳看不起我們的手段。」

「你答應會上傳到網路上。」

他稍稍垂頭。「我保證美利堅聯合共和國的人民會聽見妳的訊息。這是我的承諾，我總是說話算話。」

「很好。」無法確認他說的是不是真話，但我也只能相信他。

我望向書架，望向亞倫。我第一次違背某人的心意，抹去他的回憶。即便只是短短幾天，縱使我救了他一命，我還是深深厭惡自己——感覺就像穿著髒鞋子踐踏了他的心靈，留下一堆泥腳印。這不是巡心者該做的事。為斑馬使用我的能力——為了黑風衣集團——背叛了我相信的一切。

儘管如此，心底有個角落幾乎是在享受這個熟悉的程序，消除當事人的痛苦，安撫創傷的不快。

突然間，連呼吸都令我痛苦萬分。我胸口結了一團帶刺的鐵絲網。「斑馬？我不想再做這種事了。」

「可惜妳還是會做。不然這份工作就要落到伊安身上啦，妳一定想保護他。對吧？妳溫柔的朋友，他已經為了妳承受那麼多——」

「閉嘴。」

「我可以向妳透露伊安的各種內幕。或許妳會被那雙棕色眼睛下潛藏的黑暗嚇到。」

他又在玩了，我不會讓他為所欲為。我不會背叛伊安，提出我不該問的問題，侵犯他的隱私。「等伊安願意說的時候，我再聽他親口告訴我。」

「但妳還是很好奇，對吧？」

我別開臉。「你沒比史汪醫師好到哪裡去。我們都只是你的工具。」

沉默無比漫長，最後他開了口，嗓音毫無起伏。「妳說得對。我打算利用妳，為了我的目的控制妳。因為我已經別無選擇了。」我看著他，他的笑容只是臉上幾條肌肉收縮了下。「我知道這個世界出了什麼問題，如果繼續發展下去，我們將會陷入比過去那些戰爭、暴行還要殘酷的地獄，再也沒有逃脫的希望。自由的概念將會消失。在一切都來不及之前扭轉乾坤的時間不多了，而且機會渺茫。說不定這都只是徒勞無功，可是我會堅持下去，直到最後一絲希望也消失，而且我會採取一切必須手段。」他湊向我。「我們正在為比生命還重要的事物奮鬥。」

「那是什麼？」

「我們的靈魂。」

他的指甲刺入椅子扶手，頸部的脈搏劇烈跳動，寒意席捲我全身。斑馬在害怕。我瞬間想到亞倫記憶中，那名女子的發言。「心靈風暴計畫是什麼？那真的存在嗎？」

「我只在暗網看過零散的情報，但就算它的威力只有謠言中的一半，只要完成了，沒有人能夠違抗IFEN。除非我們先阻止他們。」

我咬住臉頰內側。「是某種化學武器嗎？從空中噴灑神經毒素？到底是什麼？」

「我說過了。我也不知道。」

「既然你聽說過，一定有點概念。」

他凝視半空中。「我看過一名前IFEN科學家的供詞，她幾年前辭職——她說是因為良心不安。那段發言很快就從網路上消失，不久，該名女性的記憶遭到修正，官方說法是『緊急治療』。據說她也同意接受治療，不過……」他聳聳肩，視線掃向我。「她提到有一種裝置，一旦研發成功，便能在幾個小時內壓制整個國家。她說沒有人、沒有地方可以逃過它的魔爪。」

雞皮疙瘩爬了我滿身。「她說不定是在吹牛。」

「希望是如此。」他朝門邊擺擺手。「妳可以離開了。我叫尼可拉斯送妳回房間。」

「我知道路。」

他聳肩。「隨妳。」

離開前，我轉頭瞄了一眼，斑馬沒有看著我，他單薄的肩膀垂落，一瞬間看起來非常的蒼老、疲憊。

第二十四章

不知道在走廊間晃盪了多久，左轉右轉再左轉。最後我找到那間寬敞的玄關房間。聳立的入口大門關得死緊，旁邊裝設一排生物特徵掃描器：指紋、虹膜，還有幾種連我都沒看過的裝置。我想試著用看看，想知道會有什麼結果，卻又擔心觸動某種警報器。無論如何，我知道這兩扇門不會開的。就算開了也沒有用，只要一踏上地面，我馬上就會被人認出來抓走。

我轉過身，站在原處凝視刻在牆上那排字。**心智是我唯一的主人。理性是我唯一的指標。即使受到束縛，我的思維依舊自由。**

太好笑了。我們只不過是從一個牢籠逃進另一個牢籠。

我靠上牆面，雙腿一軟，滑坐在地上，抱著膝蓋縮成一團。亞倫的記憶在我腦海中重播。從背後抓住他的粗魯手掌，一次又一次擊中他身體的重拳。我垂下頭，閉起雙眼，實行劃分情緒練習。再過不久，他會在某間醫院醒過來，什麼都記不得。他搞不清楚自己為什麼遍體鱗傷，也不知道這幾天自己去了哪裡。這或許是好事。還是說蒙昧無知是更痛苦的狀態？

吵鬧的電流劈啪聲響起，頭頂上某處的隱藏喇叭傳來尼可拉斯的聲音：「注意，各位。請到集會廳集合。」

我把自己縮得更小。我才不要去。

時間在茫然中過去。腳步聲朝我接近，我抬起頭看到巴克——臉上有疤的男子，史蒂芬叫他便秘隊長——踏進房裡。他對我皺眉，神情嚴峻，可以理解他的綽號是從哪來的。「妳應該要參加集會。這是強制出席的活動，相信妳很清楚。」

「我頭痛。」

「這不是藉口。」

我真的沒心情跟他吵，跳了起來橫越房間。「我找地方躺躺。」經過他身旁時，他抓住我的手腕，指尖陷入皮膚。

他的視線鑽進我眼底。「或許妳需要我送妳一程。」

「放手。」他當然不會乖乖聽話，我用力踩他的腳。他咕噥一聲，握得更緊了。我一肘擊中他的肚子，他彎下腰，手勁瞬間放鬆，我趁機掙脫。能夠逃出他的掌握，我也覺得自己挺厲害的。顯然芮伊的訓練有了成效。

我大步踏入走廊，一條手臂從後頭勾住我的喉嚨，把我往後扯，我倒抽一口氣，根本沒聽見他的聲音。我開始掙扎——當冰冷的槍口貼上我的太陽穴，我瞬間僵住了。

「強制出席。」他重複命令。「除非妳處於瀕死狀態。我對於沒認真看待集團目標的人毫無耐心。聽懂了嗎？」

「我知道了。」我咬牙回答。他鬆開手臂。

「跟我來。」他快步沿著走廊前進。

我跟在他背後，心臟跳得好沉。方才他抓住我手腕的觸感揮之不去。

集會廳擠滿了人，我待在最後面，尼可拉斯踏上講台。我看到伊安的身影，悄悄擠到他身旁。他的臉還是五顏六色，不過已經消腫了。他笑了笑，我沒辦法跟著笑。他收起笑容。「蓮恩，妳──」

「各位兄弟姊妹！」尼可拉斯的聲音響遍集會廳。他展開手臂。「上次的集會裡，我向各位擔保大戰即將開打，相信各位已經等得不耐煩了。這是很自然的。你們已經承受不公不義的酷刑太久了。你們一次又一次屈服於系統的侮辱，想要找機會反擊。沒錯，IFEN宣稱暴力是病態行為。我們卻認為暴力是面對壓迫的自然反應。我們的攻擊並非沒有來由，要是有人威脅我們，我們就威脅回去，絕不寬容。」

幾個人歡呼表達同意。

「你們準備好出擊了嗎？」

更多興奮的叫嚷。

尼可拉斯笑得更燦爛了。「那麼，各位兄弟姊妹，看清楚我們接下來的目標。」一幅影像出現在螢幕上──城市街道旁一間毫無特徵的灰色倉庫。CN塔熟悉的形體聳立在遠處。眾人陷入困惑的沉默。

「沒錯。現在IFEN也將魔爪伸進了這個國家。近期的情資顯示IFEN設置了資料庫，協助加拿大收集國民的情報。各位朋友，這代表現在IFEN在多倫多有了耳目……他們遲早會看到我們。所以我們要搶先出擊。我們要重創他們，讓冷血無情的史汪醫師銘記在心！」

聽眾再次高聲歡呼。我口乾舌燥，胃部緊繃到開始抽筋。是我的錯。我的錯。自責在頭顱內打鼓似地傳來。是我協助斑馬闖進亞倫的大腦。現在黑風衣集團要利用我獲得的情報，在多倫多裝設更多炸彈。這一波攻擊能夠逼迫加拿大或美利堅聯合共和國與反叛勢力全面開戰。

不然妳還想怎樣？我心底響起低語。

「只有一小批菁英能參加這次任務。」尼可拉斯繼續說：「但我們的精神與他們同在。所以我要問問各位——你們準備好付出一切，讓雙手沾滿敵人的鮮血嗎？你們準備好——」

另一道聲音突然湧入集會廳，從隱形喇叭傳出。「尼可拉斯？如果你不介意，今天的集會讓我主持吧。」

訝異的低語如同漣漪般擴散。

斑馬。

尼可拉斯僵住了。當然了，如果你不介意只是客套話。這是斑馬的命令——但尼可拉斯似乎不太想讓位。最後，他輕輕鞠躬。「如您所願，首領大人。」他退到台下。

斑馬的聲音包圍眾人：「相信各位都認得我的聲音。今天我想親自向各位報告，因為我獲得了重要的訊息。」他停頓一下，寂靜不斷膨脹，深刻又濃厚，宛如結實的麵團。「最近網路上出現一支影片，很快就被政府撤下，但我們已經先下載了。我要警告各位，這些影像讓人不太舒服，不過它們是鐵錚錚的證據，證實IFEN不是他們宣稱的那個文明、人道組織。如果不支持他們，那你就成為他們的敵人。這是他們對付每一個假想敵的手段。」

螢幕再次亮起，畫面有些閃爍。我馬上就認出這是某人記憶的影像；我認得那些模糊的邊緣，不斷變動的焦點。畫面很暗，要花點工夫才能看出端倪——一個房間，四面是光禿禿的木頭牆壁。一小群人擠在角落，呼吸急促。沉默中傳來響亮的撞擊聲。「開門。」低沉冷酷的聲音響起。「這是最後一次警告。如果你們拒絕合作，我們就要使用致命手段了。」

一名少女嗚咽幾聲，視野往左飄到她臉上。她一手按住嘴巴，臉色白得跟床單一樣，大眼睛裡填滿恐懼。她看起來還不到十六歲。

門板開了一縫，黯淡的光線落在地上。下一秒，幾道剪影衝進房間。我瞥見一張套著面罩的臉，可是看不清其他細節。雷霆似的腳步聲響徹屋內，槍聲隆隆。尖叫刺破陰影，人們連滾帶爬地找掩護。一名男子倒在地上，他的對手往他身上掃射。血花滿天飛舞，濺到牆面上，形成一塊塊黑影。

一名女子站起來，掏出手槍。她臉色蒼白，表情肅穆，鮮紅色的頭髮夾雜幾縷灰絲，就著來自門外的光束，我認出她的身分，不由得渾身發冷。她是伊安的母親。我身旁的伊安發出窒息似的聲音。

她在入侵者開火前射出一槍，接著倒在牆邊，瞪大的雙眼毫無生氣，鮮血沾滿她的胸口和頭髮。另一具屍體壓在她身上，但我還是看得見一束鮮艷的紅髮。色澤幾乎跟伊安的頭髮一模一樣。

視野搖晃著移開，有人沿著走廊奔跑，啜泣喘息。一道低吼響起：「追上去！」更多槍聲。更多叫嚷與混亂。

螢幕陷入黑暗。

「各位目睹的是一場襲擊。」斑馬說明：「一群打算逃離美利堅聯合共和國的難民抵達邊界前，躲在庇護所裡。他們不是黑風衣集團，不是恐怖分子，只是想要逃往加拿大的老百姓。可是在IFEN眼裡，這些一點都不重要。對他們而言，試圖離開那個國家的人都是叛徒。」

我抖個不停。伊安的臉龐一片死白，張著嘴巴。我摸摸他的手臂，輕喚他的名字。他沒有回應。

斑馬繼續說：「當然了，美利堅聯合共和國的民眾絕對不會知道這起事件。不會有這則新聞。IFEN的意圖很清楚，他們準備好屠殺以行動或言論反抗他們的每一個人。正如尼可拉斯剛才所說，他們的勢力已經進入加拿大，打算在此設立據點，將我們一掃而空。但我們不會屈服我的黑風衣夥伴們，這是我們奪回國家的機會，我們有辦法重新擁有自由平等的美國。」

集會廳裡沉默幾秒，接著炸開喧然歡呼，聽眾高舉拳頭，高喊他的名字：「**斑馬！斑馬！斑馬！**」

尼可拉斯站在講台下，神情陰沉。我轉向伊安，可是他不在我身旁。我完全沒看到他離開。集會廳突然變得好熱好擠，濁重的空氣令人窒息。我無法呼吸，轉身擠過人潮，回到走廊。

清涼的空氣包圍著我，我卻還是得要用力吸氣。「伊安！」我大喊。

腳步聲從前方傳來，我跑了過去，瞥見他的身影，又叫了一次他的名字，可是他沒有放慢腳步。他好像連我的聲音都沒聽見。我繼續奔跑，終於追上他，抓住他的手臂。

他轉身看著我，瘀青之下的臉龐一片雪白，肌肉緊繃，雙眼無神。

「我很遺憾。」我低語。這句話聽起來虛軟可悲。你把借來的襯衫弄髒時可以這麼說。但是某人失去了唯一的血親時，應當要有別的詞彙來應對。然而我只想得出這句話。「我真的、真的很遺憾。」

他的手握成拳頭。「我知道她的精神類型一直掉。然後她消失了，但我完全沒想到……」他沒有把話說完，雙眼失去焦點，呼吸加速。「我該走了。」

「你要去哪裡？」

他板著臉。「去報到。我要參加這次任務，無論要付出多少代價。」

我的腸胃變成鉛塊。「伊安，不要，聽我說。你太難過了。你沒有清楚想過——」

「我們來這裡就是要戰鬥的，對吧？」他眼神狂亂，眼白變得好明顯。「如果我們不敢廝殺，那還有什麼屁用？」

「這樣也沒辦法讓她回來。」我抓住他的肩膀，期盼他能理解。「你知道會有人受傷吧？他們要在大城市裡設置炸彈。不可能不讓無辜人民捲入。你母親希望有這樣的結果嗎？」

他笑了笑。笑容無比空虛淒涼，一點都不像伊安。「我猜我永遠不會知道她怎麼想了。」他丟下我轉身繼續走，我覺得自己既渺小又冰冷。

我想到伊安的母親，她染血的頭髮，空蕩蕩的雙眼，痛楚把我撕成兩半。伊安不會是以前那個伊安了。IFEN抓住他的靈魂，挖出深深的傷痕，破壞了他內心的某些事物。過去幾天來積蓄在我心底的憤怒與挫折突然融合成燃燒的熱點。我好想大肆破壞。

伊安跟史蒂芬。我最在乎的兩個人都要參加這趟任務，留我一個人。

我不能失去他們。不會的。我得要做些什麼。我邁開腳步，火焰在我腹部燒出一個洞。我要去找芮伊。

第二十五章

我在餐廳裡找到正在拖地的諾艾兒。「抱歉，妳知道芮伊在哪裡嗎？」

她抬起頭，眨眨眼。「呃……」她咬咬拇指指甲。「她自由時間大多待在訓練室。」

「我去那裡看看，謝了。」

抵達訓練室時，我推開門，往裡面偷看。芮伊在這裡，對著看不見的敵人練習。我就這樣看了好一會。她迴身，又踢又打，動作優雅得像舞者。她以行雲流水的手勢，從腰間的刀鞘抽出兩把長刀，往半空中揮舞，唰唰唰，刀刃劃破空氣，把她的假想敵切成碎片。接著她把刀子拋起，接住，收回刀鞘。真想知道她花了多少時間才能練到這個地步。

我清清喉嚨。

她猛然轉身，繃緊全身肌肉，我聯想到聽見腳步聲的野鹿。

「抱歉，我不是有意嚇妳。我只是在看妳練習，妳真的很厲害。」

她皺起眉頭，似乎聽不懂我的讚美。她別開臉。「我應該要更警覺的。我沒有注意到妳站在那裡。如果妳是敵人，我早就死了。」

太認真了。我突然想到從沒看她笑過。

「有事想找我談？」她問。

「對。」我深呼吸，鼓起勇氣。「那個任務，尼可拉斯說的那個……有多少人參加？」

「六個。這樣就夠了。」

「已經選好幾個了？」

「五個人。」

我心跳加速。我相信史蒂芬已經是其中一人，但我還有機會救伊安。「我可以……」我停下來深呼吸。「我可以去嗎？我——我想自願加入。」

她微微挑眉。「妳對任務從來沒有興趣。為什麼突然這麼想？」

「我想證明自己。」

她的目光刺入我身上，感覺像是在掃描我的心臟。「嗯，妳的成績相當優異。」她說：「莎娜跟喬伊已經獲選，她們也習慣跟妳組隊受訓。妳或許會比她們不熟的人還適合。妳有在必要時刻為任務犧牲的覺悟嗎？」

她的語氣是如此隨意，像是在確認購物清單似的，但這句話令我胸口一揪。

打從我決定揭發IFEN真相的那一刻起，我就知道自己永無寧日。我知道自己很有可能遭到殺害或是洗腦。我早就準備好赴死了。可是，為了黑風衣集團而死？這可不一樣了。我有辦法發自真心地承諾在緊要關頭絕不猶豫？

為了黑風衣集團，不可能。可是為了救伊安……

「有。」我說。

芮伊點了頭。「八點整在集會廳參加任務簡報。」她走出去，把我留在訓練室裡，方才的決定沉甸甸地陷入我的骨頭。這一次我可能沒辦法安然度過。

但我總得做些什麼。伊安已經保護我、幫助我好多次了。現在他也需要保護，即使他壓根沒想過。他陷入憤怒與絕望之中，被逼到懸崖邊緣，隨時都會跳下去。我只能用這種方式阻止他。要是被他發現我志願加入的原因，他一定會心煩意亂，甚至勃然大怒。不過只要能保住他的性命，這樣很值得。

抵達集會廳時，已經聚集了一小群志願者。看到這個大房間裡如此空曠，還真是不太習慣。莎娜坐在地上，雙手抱在胸前。布萊恩——跟史蒂芬一起受訓的捲髮男生——站在她身旁。矮矮胖胖的辮子女孩喬伊也在。她坐在講台邊緣，雙腿晃啊晃的，啃著紅通通的蘋果。看到史蒂芬站在集會廳另一邊，我頓時心一沉。儘管這是他現在追求的一切，我還是不希望看他就這樣踏上戰場。

「哈囉。」我開口，聲音在沉滯的空氣中迴盪。

喬伊對我揮手，嘴邊沾滿蘋果汁。「嗨。」

史蒂芬轉向我，臉上血色盡失。「蓮恩？妳來這裡幹嘛？」

我雙手在背後交握，突然覺得好害羞。「我志願參加。」

莎娜挑眉。「喔，我還真沒想到啊。說不定妳沒有那麼廢嘛。可別在真正的任務開始後嚇到尿褲子，哭得像是小豬仔一樣啊。」

我決定不要答腔。

史蒂芬嘴巴動了動，停頓幾秒才擠出疑問：「為什麼？」

我聳聳肩。「我改變心意了。現在是我加入的好機會。」

他眼中閃現怒火。

第二十六章

手錶上的數字散發綠光。清晨五點十五分。

我坐在貨車車廂內，手槍塞在槍套裡。我背著褪色的黑色背包，其他人也一樣。身旁的喬伊在座位上扭動，活像隻小狗，不知道是因為興奮還是緊張，或是兩者皆是。我們擠在這個陰暗的空間裡，輕聲呼吸。

四點出頭離開要塞時，芮伊將炸彈交給每一個人──簡單的黑色方塊，比壘球小一點──她說：「在上方面板輸入密碼就能啟動炸彈。四四九一。炸彈將在十分鐘後爆炸，這是斑馬設計的新技術。威力相當龐大。不用我多說，絕對別在完全準備好之前啟動。」

伊安對我緊張地笑了笑，我回以同樣的笑容。自從昨晚的簡報之後，史蒂芬沒有看我一眼，也沒有對我說過半句話。他似乎鐵了心地假裝我不在這裡。我好想像小孩子一樣踩他的腳或是戳戳他的臉，讓他意識到我的存在。假如執行任務不需要維持安靜，我可能真的會動手。

芮伊盤腿坐得直挺挺的，雙眼閉起，手掌朝上擱在膝頭，一副冥想的模樣。說不定她真的在冥想。

車速放慢，我聽見柵門咿呀開啟。過了幾秒鐘，車子往前開，我們已經在圍牆內。即將抵達目的地。

心臟狠狠敲擊胸骨，每一次心跳都無比清晰。感覺像是倒數計時。要是我今晚會死，剩餘的心跳數就很有限了。*不行。*我不能這樣想。我們可以達成任務。我已經背下這棟建築物的平面圖，閉上眼睛就能在腦海中重現。計畫很完美，只要大家各司其職，絕對不會失敗。

我的呼吸聲在車廂裡迴盪。太吵了，方圓一哩內的人保證都聽得見。

貨車一個顛簸，猛然停下。沉默籠罩車內，厚實又龐大。我們坐在黑暗中等待。後車廂稍稍打開，外頭是空蕩蕩的寬敞停車場，圍繞著樸素的灰色建築。貨車停得離後門很近，旁邊有幾排垃圾子母車和一組雙開金屬門。天色依舊是一片漆黑，太陽還沒出來，我只看見地平線上的黯淡光球。

芮伊爬出車外，示意我們跟上。我們魚貫排成一列。她踢了踢金屬門，門板往內盪開，接上黑漆漆、空蕩蕩的走廊。芮伊對我們點頭，我們拔槍進屋。沉默宛如落塵般覆蓋一切，我隱約看出毫無裝飾的灰色牆面以及貼著米色磁磚的地板。芮伊先前說過保全系統已經關閉了，但這裡的氣氛仍然讓人不安。

*別想。只要裝好炸彈，跑出去就好。*頭盔護目鏡上出現以藍色線條構成的地圖，我依循自己的路線，與其他人分散，切入另一條更窄的走廊。寂靜震耳欲聾。我只聽見自己悶悶的腳步聲以及心臟在胸中騷動。恐懼擠壓內心的外牆，努力逼我就範，要我無法動彈。

我想像自己回到訓練室，接受模擬練習。不過是要塞裡稀鬆平常的一天。

護目鏡地圖上的光點緩緩移動，朝著以綠色叉叉標記的目標前進。**快到了**——

「不准動！」

兩道身穿黑衣的人影跳到我面前，擋住去路，在接近漆黑的走廊上，我看不清他們的五官，但他們手上有槍。

「別動！」低沉的嗓音大吼。

沒空思考。我的身體自己動了起來，轉身衝向別處，在訓練時我學過要以鋸齒狀的路線讓敵人難以瞄準。我繞過轉角，槍聲同時響起。腎上腺素在我體內噴發，我跑得比自己想像的還快。他們在等我。**陷阱**。其他走廊也被堵死了嗎？

更多槍響。我沒有理會，埋頭往前衝。「蓮恩！」有人高喊。我猛然轉頭，看到布萊恩從另一條走廊踉蹌奔出，蒼白的臉上滿是汗水，瞪著眼睛環顧四周。「我遇到埋伏了。」他邊喘邊說。

「我也是。」

「我們要——」

「快跑。」我想也沒想，抓住他的手繼續狂奔。我聽見其他人在黑暗中叫嚷——喬伊來了，小小的圓臉上淚痕交錯，還有史蒂芬，沉著臉一言不發。他對上我的目光時，我看見他鬆了一口氣。

「有沒有看到伊安？」我高聲問。

他收起表情。「沒有。」

「我們得找到——」

「沒空等他了。繼續跑。任務已經中止。我們得要離開這裡。」

「我不會拋下他的！」

「他大概已經在出口等我們了。快走！」史蒂芬扯著我的手臂。

我們終於回到敞開的後門，我跌跌撞撞地踏出去。

眩目的鹵素燈啪地亮起，照得我一陣眼花。我舉起雙手擋臉。一排人影站在二十呎外，舉槍對準我的臉。在他們背後是紅色與藍色的閃光。警車停在建築物周圍的停車場上，歪斜地排著。車外站了更多荷槍實彈的人。我心一沉。這棟建築物遭到天羅地網包圍。

「舉起雙手。」一名女性喝令。看我沒有動，她狠狠吼道：「快！」

接著，噠噠噠噠的機關槍聲響徹雲霄，警察如骨牌般倒下。我轉身看到芮伊衝出屋外，冷靜地掃蕩對手。

「跑。」她嘴裡說著，大步向前，不斷開槍。有人開火反擊，有人躲到車後。可惜他們都不夠快。一具具身軀像布娃娃似地倒在車道上。慘叫聲刺穿我的耳膜。

「衝啊！」布萊恩高喊。他揮舞著步槍衝刺，我們跟在他背後撞進冰冷黑暗的清晨，踏著車道前進。我覺得身體彷彿是以慢動作穿過模糊混亂的光線與嘶吼。有人丟出一小團東西，橘色煙霧噴了滿天，刺鼻的臭味使得我的鼻腔灼熱不已，逼出大把眼淚。感覺像是吸入有毒的荊棘。淚水奪眶而出，遮住視線。

更多槍聲，布萊恩倒下，他的胸口染血，嘴裡發出喔喔呻吟，接著陷入寂靜。

再過十秒鐘我也會完蛋。這道思緒出奇清晰、平靜。我的身體繼續往前，雙腳踢蹬路面，推著我穿越夢境般虛幻的煙霧與強光與槍林彈雨。我應該要嚇得無法動彈，但我覺得自己與身體、與恐懼喪失聯繫。這是了不起的心理防衛措施。

伊安跟在我身旁。伊安！他臉色慘白，神情陰沉，眼睛瞪得好大。莎娜發出受傷野獸般的吶喊，直直往前衝，開槍的手沒停過。一顆子彈射中她的肩膀，她腳步一晃，但還是繼續跑，鑽進煙霧之中，消失得無影無蹤。

「蓮恩！」史蒂芬大叫：「背後！」

我猛一轉身，對上黑沉沉的槍口。持槍男子戴著鏡面護目鏡，映射出我自己驚慌的面容。「手舉起來！」他大吼。我的身體自己動了起來，掏出腰間的貝瑞塔，扣下扳機。男子肩頭鮮血淋漓，他踉蹌後退，跪倒在地，槍枝從指間滑落，按住受傷的肩膀，咬牙咒罵。

我對人開槍了。我對人開槍了。

我沒抓穩手槍，呼吸加速，轉身就跑，甚至不知道自己朝著哪個方向，只想著我要離開這裡。煙霧刺激我的肺，使我難以呼吸，一團膽汁湧入我口中，我彎腰往地上吐了一口，繼續奔馳。我差點被某人的身軀絆倒，低頭看見一雙混濁的棕色大眼。喬伊。鮮血從她的後腦杓流了一地。我停下腳步，思考停滯。

幾分鐘前，她還與我並肩逃跑。現在她死了。感覺像是邏輯的謬誤，像是隨時都能改正的錯誤。

我聽見啜泣聲，回過神來，轉身一看。伊安四肢撐地，身體痙攣般地顫抖。我抓住他的手臂，拉他起身，在他耳邊尖叫：「快跑！」我們跑了起來，雙腳敲擊地面，漸漸接近圍牆。這是一道鏈條組成的八呎高牆。我們可以翻過去——

槍聲響起，他腳步一晃。我大叫他的名字。

「快跑。」他氣喘吁吁，腳上流血，往前衝了幾步，最後還是慘叫倒下。

身穿制服的壯漢朝我們逼近，舉槍瞄準。我摸向自己的槍，可是它不在槍套裡。天啊。被我弄掉了嗎？我怎麼會做出這種事？

「快跑！」伊安睜大的眼中滿是絕望。他躺在地上，按住受傷的腳。

時間變慢了。我得在一兩秒內做出決定。如果我繼續跑，可以逃出這裡，可是他們會殺了他。

突然間，一雙大手從後頭攫住我，把我拖到一輛空警車後頭。我反射性地掙扎。「別動！」是史蒂芬。

他從背包掏出手榴彈，咬掉保險針，丟了出去。手榴彈砸中圍牆，炸開震耳欲聾的巨響以及炫目火光，鏈條碎片往四面八方噴飛，一塊尖銳的金屬飛過我身旁，擦破我的臉頰。他扯著我鑽過那團黑煙，我們來到街道上，四周煙霧瀰漫，紅磚建築物聳立。大部分看似廢棄倉庫與工廠。他把我拖進小巷，塞在垃圾子母車後面，一手遮住我的嘴巴，悶住我的叫嚷。

我們蹲在子母車後方，一動也不敢動。我對著他的掌心喘息，眼睛用力往上轉，想看清他的臉。他直視前方，臉色蒼白，汗珠滴落。槍聲、女性的尖叫。遠處警笛大作，更多警車趕來增援。

史蒂芬壓低身子，以螃蟹般的姿勢帶我貼牆移動。我們繞過街角，他拔腿飛奔，我被他帶著跑。他的手指箝住我的手臂，我們又鑽進另一條小巷，竄過鐵鍊圍牆和一堆堆碎玻璃之間。某間屋子的水泥後院栓了一條黑狗，牠對我吠叫，吐出粉紅色的舌頭。

「史蒂芬。」我邊喘邊說。「我們要回去。其他人——」

「不能回去。」他沒有看我，頸間血管輕輕跳動。

「你要拋下他們？芮伊呢？伊安呢？」

他沒有回話。

我們腳步沒有停過。我別無選擇，他的手有如勾爪，扣住我的手臂，我只能任由他拉扯。每次吐息都像烈火般燒灼肺葉，身體深處彷彿埋了利刃似地陣陣抽痛。當史蒂芬放慢腳步緩口氣時，我的手肘重重頂上他的側腹，他嚇了一跳，鬆手讓我掙脫。「你是有什麼問題！」我大喊。

「我們什麼都做不到！」他吼了回來，眼裡滿是血絲。一串串汗珠在他額頭凝結，太陽穴的血管浮起。「我們中了埋伏。在他們面前毫無勝算。如果剛才沒逃出來的話，我們早就死了，或是被他們逮捕。」

「我寧可死掉、被抓走，也不要當個不顧朋友死活的膽小鬼！」

他瑟縮了下，我頓時後悔說出這句話。他再次收起表情。「要恨我就恨吧。我是絕對不會讓他們抓到妳的。」

我們在巷子裡互瞪。

「我們要找到回地下的路。」他轉身繼續走。他的步槍不見了，一定是在混戰中弄丟了。

我跟在他背後。羞憤有如鹽酸，燒穿我的五臟六腑。我其實很清楚史蒂芬只是做了他唯一能做的事，但我仍舊難以面對我們丟下他們逃跑的事實。我想到伊安溫暖的笑容；想到芮伊遞給我風衣，說這是因為我的努力。尖叫填滿我的胸膛，被我用力壓下。

一陣雷聲劃破空氣，地面不斷震動。我腳步不穩，撞上史蒂芬。「那是什麼？」我問。

他沒有回答，只是看著天邊，一道黑煙衝上雲霄。「嗯，我猜是有人啟動了炸彈。」

我還看得見那間倉庫的輪廓——冒煙的地方是在左側。炸彈不是在室內引爆，可能沒有摧毀資料庫。不管啟動炸彈的人是誰，他一定是想引開注意，給其他人逃脫的機會。希望真的有用。

另一陣爆炸聲令空氣動盪不已。更多濃稠如柏油的黑煙遮蓋天幕，即使隔了一段距離，我的肺部仍然受到刺激。

「蓮恩。」史蒂芬的低語帶了點動搖。「妳看那個。」

我抬起頭，心頓時沉到谷底。一張大臉投影在滿天煙霧上。起先我還沒有認出那個俯瞰城市的女生——她膚色蒼白，眼中帶著驚惶，頂著雜草似的棕色短髮。聲音透過隱藏式喇叭，響徹這個不平靜的黎明，宛如復仇女神的不祥低吼。嘻到似的聲音從我喉中逸出。

是我。

「我們生而自由。」天上的我說道：「可是這份權利並非憑空產生。我們需要捍衛它，一旦我們不再為它奮鬥，就漸漸失去它。這個抉擇很困難，從以前到現在都是如此。這是用鮮血簽署的契約。」

我按著胸口，錄影跳回最前面，重新播映。我的臉聳立在翻騰的煙霧間，刺眼的橘色火焰替影像打了光。

很好，斑馬承諾每個人都會聽到我的聲明。他說到做到。或許每一個電視台大概正在播出，從美利堅聯合共和國到加拿大，到處都看得到。當然了，他隨手刪去了我鼓勵大家別以暴力反抗那一段。

耳中響起尖尖細細的嗡嗡聲，視野邊緣逐漸模糊，我感覺自己墜入了內心深處的大洞。

我回過神來，發現自己躺在地上，對著半空中眨眼。

「蓮恩！」史蒂芬的臉填滿我的視線，他輕輕拍打我的臉頰。

世界一會傾斜，一會擺正。我昏倒了嗎？我坐起來，摸摸後腦杓，痛得皺起臉。之後一定會腫一個包。

史蒂芬摟著我，把我拉到胸前。「走吧。」他在我耳邊低語：「我們離開這裡。」

我麻木地走著，任由他引導。投影在天上的大臉終於不見了。可能警察找到投影機，把它砸爛了。

「妳看。」史蒂芬伸手一指，我看到漆著Z字的人孔蓋。他蹲下來，抓住邊緣，使勁往旁邊拉，可是蓋子紋風不動。「幫我一下。」

我的身體不想動。我覺得心底有什麼東西關了起來。遠處傳來警笛嘶吼。如果我們不快點鑽進地下，警察就要找過來了。我捏住手腕內側，用力一擰，尖銳的痛楚把我驚醒，模糊的世界猛然恢復清晰。

我蹲下來，抓住人孔蓋的另一邊，跟史蒂芬一起用力。金屬蓋子與邊緣摩擦，滑向旁邊，露出水泥洞穴，以及往黑暗延伸的金屬梯。我們爬進一處地下鐵隧道，史蒂芬將人孔蓋拖回原處，跳下來，落到我身旁。手電筒光束切過黑暗。「嘿……」熾熱的手指撫上我的臉頰。「妳還好嗎？」

我要如何回答這個問題。「還活著。」

手電筒掃過漆滿塗鴉的牆面，上頭還有一道道水漬。

「你知道要怎麼走嗎？」我問。

「差不多。」

我們走過幾處火堆、擠在克難毛毯帳篷裡的幾群人。一隻髒兮兮的黃貓坐在一旁，以詭異的橘色眼珠子監視我們。牠的飼主就在旁邊，留著一把大鬍子，眼睛的位置只剩橫七豎八的疤痕，他吹奏著破破爛爛的薩克斯風。低沉哀愁的音樂填滿隧道。

我麻木地跟著史蒂芬。我們在隧道裡走了一陣子——時間感已經扭曲，難以判斷究竟是多久，只是我認為至少有兩三個小時。我們經過一片擠滿熟睡難民的骯髒床墊。一對情侶在隧道裡歡笑輕吻，雙手塞進對方衣服裡，一看到我們，就像受驚的兔子似地逃竄，消失在陰影中。當我覺得我們正在兜圈子的時候，我抬起頭，發現要塞高聳的大門就在眼前。

史蒂芬用力搥門。「喂！讓我們進去！」我們等了一兩分鐘，門板滑開一縫。

尼可拉斯站在門內，左右是兩名荷槍實彈的黑風衣成員。他的嘴脣緊緊抿起。「所以只剩你們了。」

我心一沉。「你的意思是其他人都沒有回來？」

「他們還沒回來並不代表不會回來。」史蒂芬說。

「別堵在門口。我們的暖氣可沒辦法供應整個地下。」尼可拉斯對我們勾勾戴著白手套的手指。

我們進了要塞，大門在我們背後關上。我腦海中滿是伊安驚惶的表情，突然間，連呼吸都疼痛不堪。他一定要活著。一定要。我不允許自己思考別的可能性。

「好了。」尼可拉斯說：「現在就來解決這件事吧。」他對兩名壯漢說：「帶她去審訊。」

我往後退。「審訊？」

黑風衣步步進逼。

史蒂芬渾身緊繃。「到底是怎樣？」

他們沒有回答，只是不斷前進。史蒂芬對其中一人揮拳，對方抓住他的手臂，往他背後扭轉。

「放開他！」我大喊。

另一個人從口袋裡掏出皮下注射器，他抓起我的手臂，我用力掙扎，氣喘吁吁。「別動。」他說。「妳只要乖乖配合，一下就結束了。」

尖銳的痛楚刺入我的頸子，黑暗朝我襲來。

第二十七章

我在陌生的房間裡醒來，被綁在椅子上，頭暈腦脹，喉嚨乾得發痛。我吞吞口水，針刺一般的痛楚穿過黏膜。我使盡意志力，好不容易撐開眼皮。世界不斷漂移，模糊不清，我的大腦包裹在層層布料內。我被人下藥了嗎？

束縛我的皮帶陷入手腕腳踝，緊到非常不舒服。胸口和腹部綁上更多束帶。房裡接近全黑，看不清楚這房間究竟有多大。有什麼東西擠壓我的額頭，貼上頭頂。頭盔。**巡心門**。

我面前放了另一張椅子，正上方打著刺眼的白光。尼可拉斯翹著腳坐在那張椅子上。

「這是什麼？」我發出虛弱嘶啞的聲音。壓抑恐慌的努力全都付諸流水。「到底是怎麼一回事？」

眩目的燈光把他的臉龐化為光影的面具。「妳記得前一次任務期間發生的事情？」

我沒有回答，這根本算不上問題。我當然記得。我就在現場。我等了一會，但他似乎沒打算多做解釋。「那又怎樣？」

「所有的成員遭到逮捕，除了妳跟史蒂芬。現在那些人被關在第九區，加拿大政府正在與IFEN交涉，要把他們送回美利堅聯合共和國，掃描他們的記憶，尋找情報。之後，很可能會將他們洗腦。」

「不行。」我低喃，淚水湧入眼眶，一滴水珠溢出，在臉頰上留下溫暖的痕跡。可是他們還活著。我攀附著微弱的希望。既然他們還活著，就有機會救回他們。

「一切都經過謹慎安排。」尼可拉斯說：「計畫應該是天衣無縫。妳覺得警車為什麼會埋伏在那裡呢？」

他再次停頓，彷彿期待我有答案。「不知道。」

「真的？妳不知道？」他佯裝無知地瞪大雙眼。

我開始發抖，又氣又怕又迷茫。我努力把注意力集中在憤怒上頭。「你在玩什麼把戲？我怎麼會知道？」

「喔，這是真正的問題。」他修長的手指在面前交疊，雙眼沒有離開過我的臉。「我們想查明政府為什麼會知道我們的計畫。我只想到一個答案，某個人——某個非常調皮的傢伙——想辦法警告他們。妳聽得懂這是什麼意思嗎？」他湊了過來，用大拇指和食指扣住我的下巴。我渾身僵硬。他微微一笑，眼珠子有如兩顆冰藍色的水晶。

我吞吞口水。「放開我。」

他捏的更緊，爪子般的手指掐入我的皮肉，勁力直達骨頭。我雙眼泛淚。「蓮恩，妳知道我是怎麼想的嗎？我覺得是妳。我覺得這隻小金絲雀回心轉意，決定為另一邊唱歌。是妳幹的好事，對吧？妳到處唱歌，憋不住任何祕密，情報就這樣源源不絕地流出來，對吧？」

思緒四處漂移，房間轉個不停，我彷彿被困在失控的旋轉木馬上頭。微弱的呻吟從我喉中竄出。

「現在妳要唱給我聽。妳要讓我們見識真相。我們來審閱妳的一小段記憶吧？」

巡心門另一端一定是接在斑馬那邊，他現在說不定已經在觀察我的思緒。儘管恐懼鋪天蓋地而來，怒氣依然不斷累積。他讓我經歷那些事情之後，怎麼還能做這種事？他哪來的膽子？「不要。」

尼可拉斯瞇起眼睛。

「斑馬已經在我腦袋裡翻箱倒櫃一次了。他知道我值得信任。他為什麼會這麼做？是你說服他的？」

他反手甩了我一巴掌，打得我腦袋往後翻，耳朵嗡嗡作響。

我隔著藥物帶來的迷霧狠狠瞪著他，臉頰陣陣刺痛。我想像厚實的磚牆擋住思緒與記憶。我已經受夠了，為了他們一再妥協，為了他們戰鬥，差點為他們喪命。我不會再放棄任何事物。

「讓我們見識見識妳是如何背叛我們，蓮恩。」他又甩了一巴掌，我左眼窩後方有什麼東西炸開，暫時驅散那片霧氣。「別再抵抗。」

「不要。」就連擠出簡單兩個字也得費盡氣力。

他起身，繞著我踱步，眼中閃著苛刻的光芒。他像是得了狂犬病的動物一般，嘴角流下幾滴口水，連忙用手背抹掉。「我不相信妳。」他抓住我的手，將我的食指往後扳。我悶聲尖叫，他停了下來。「再加一點力道，骨頭就會斷掉。」他在我耳邊如同戀人般呢喃。「所以妳要怎麼做呢？」

我咬牙忍痛，他又稍稍使力，我眼前一片空白。但我還是讓腦中一片空白，讓磚牆留在原地。他們可以對我為所欲為，可是我不會就範。我不會讓他們輕鬆得逞。尼可拉斯繼續施加壓力，我啜泣一聲，猶如虛弱的小羊。

「尼可拉斯，夠了。」斑馬的聲音從陰影中冒出。尼可拉斯鬆手。斑馬的輪椅往前滑行，進入光圈之中，摘下頭盔。他沉著臉，面如死灰。「讓我直接跟她談。」

尼可拉斯滿臉怒色，張嘴想說話，斑馬只是揚手制止了他的抗議。「解開她身上的束縛。」

尼可拉斯猶豫幾秒才解開一個個扣環。

斑馬把頭盔放到尼可拉斯原本坐的椅子上。「出去。」

「跟你說，你對他們太寬容了。只要讓我折斷幾根手指，就可以問出真正的答案。」

斑馬單薄的肩膀一僵，轉向尼可拉斯，雙眼瞇成堅定的線條。「寬容的標準是由我決定。別忘了是誰在貧民窟裡找到你，當時你餓得半死，跟別的地下小鬼打架打到眼睛被挖出來。尼可拉斯，是誰餵飽你？是誰因為你整天哭訴怕黑，幫你裝了最高檔的義眼？」

尼可拉斯滿臉通紅，氣沖沖地離開房間，狠狠甩上門。

斑馬面對著我，緩緩伸手解開頭盔的扣環，將它取下。清涼的空氣吹過我汗溼的頭皮。「很抱歉。」他說：「妳沒有錯。是尼可拉斯要求我這麼做，我其實不認為是妳洩漏情報，然而我任由他在我心中種下懷疑的種子。」他把這頂頭盔也放到椅子上。

我的腦袋悶悶抽痛，得要費盡力氣才能專心。「你的招數還真是陰險。」我說：「把我的臉投射到天上。扭曲我的說詞。」

「我從來沒有答應要播放完整的訊息。」

「下次要你做出承諾的時候，我一定會非常注意你的用詞。」

他脣邊掀起淡淡的笑意。「我個人認為非常有效。戲劇效果極佳。那些火焰和煙霧，妳簡直就像是復仇天使。」

我狠狠瞪著他。「今晚死了多少人？你還在乎嗎？」

他輕嘆一聲。「真是奇怪，妳為何如此執著於黑風衣集團造成的死傷，卻對於IFEN害死的無數生命毫無知覺。我指的不只是那些實驗。還要加上索納多。還要消失幾千條性命，妳才會意識到我們的所作所為全都是必要之舉呢？」

我腦中亂成一團，臉頰抽痛不已，現在最不想做的就是跟斑馬爭辯。「我恨索納多。一直都是。你知道的。可是不一樣。人們自願服下的人道藥物，跟轟炸掃射完全不一樣。」

他細細的眉毛一揚。「妳不知道嗎？」

真希望他閉上嘴巴。我卻忍不住問：「知道什麼？」

「我相信妳很清楚索納多理論上的機轉。最外層帶有安眠效果，第二層讓服用者喪失意識。第三層麻痺他們所有的肌肉，包括心臟。至少他們是這麼說的。只是藥丸的第二層——鎮靜劑——會在服用者死透之前失效。他們會醒過來，全身麻痺，無法動彈或是尖叫，只能感受毒藥在他們體內灼燒。」

寒意從我心底泛開。一定是騙人的。IFEN以前做過很惡劣、很殘酷的事情，但那些都是有原因、有目標的——並不是出自嗜虐的快感。「這話說不通。他們為什麼——」

「這不是故意的，只是計算錯誤。他們發現自己出了錯，然而完全修改藥物成分要花費太多資金與心力……當然了，要是他們回收現存的藥物，大家就會知道他們犯了錯。他們不想害自己顏面掃地，失去社會大眾的支持。於是他們什麼都不做，相信沒有人會發現真相，反正親身體驗過藥效的人全都死光了。」

不對。不可能，太瘋狂了。「我為什麼要相信你？」

「妳是否相信我都沒關係，重點是黑風衣集團早就知道這件事，駭客從IFEN的祕密資料庫找到這些資訊，放到暗網上。IFEN的經典作風。只要受害者默不作聲，沒人發現，在他們眼中，什麼都沒有發生過。」

我用力吞氣，脈搏在喉管旁跳動。他揭露的真相為何令我如此動搖？我都知道IFEN的非法實驗和祕密警察了，這件事不該讓我驚訝。但是，這……這種行為更糟糕。腦海中浮現數十則廣告，有如散落的紙牌——神情平靜的婦人望著鏡頭，標語浮現：我的人生，我的選擇。粉紅色夕陽襯著幾排字：**當一切希望都消失，溫柔的永眠是最仁慈的答案。**粉紅色藥丸與廣告詞並列：**尊嚴、無痛、人道。洽詢您的醫師。**我想到那些脆弱抑鬱的人，看著這些漂亮的廣告，無法反抗消失在這個世界上的誘惑，吞下藥丸，閉上眼睛，沉沉入睡。

我想到某些人醒過來，發現自己無法動彈，身體像是陷入火海，人生的最後一刻是沉默的劇痛，連慘叫都做不到。假如我沒有及時抵達，史蒂芬也會承受這樣的命運。那個恐怖的夜晚我記憶猶新——看到他癱在地上，知道他做了什麼事的那一刻。

「好了，蓮恩，告訴我，妳知道為什麼警察會在那裡埋伏嗎？」他平靜地繼續說。

「我就在那裡。」我咬牙回答。「我可能會死。我的朋友可能會死。伊安被人抓走了。你真的認為是我設計的？」

「這是我的疑問。」

我瞪著他，嘴脣抖個不停。「沒有。我什麼都不知道。」

「妳是否察覺到叛徒可能是誰？」

我憤怒地別開臉。「沒有。」

「蓮恩，看著我。」

我硬是不從。他戴著手套的手托著我的下巴，動作幾乎稱得上溫柔。他清澈的灰眼對上我的眼睛，我無法移開目光。過了好一會，他點點頭，放開我，靠回椅背。他一一解開束縛我的皮帶。

我試著起身，突然間，疲憊以及鎮靜劑的效果龐大得難以招架。雙腿虛軟無力，腦袋填滿水泥。我費盡工夫才能勉強撐住。「現在呢？」我低喃。

「現在？我們繼續執行計畫。時間不多了。」

「什麼時間不多？什麼計畫？」我累得嗓子都啞了。「你們把什麼偉大的計畫掛在嘴邊，可是根本沒有人知道那是什麼東西。我開始懷疑就連你也不知道了，或者是你打算走一步算一步。」

「喔，真的有計畫。等到時機恰當，我會透露一切。」

「你到底在等什麼？你想做什麼？為什麼不直接動手？」

「我們需要更多士兵。」他語氣堅定。「妳以為那些救援任務都是為了什麼？我們勢力越龐大，成功的機會就越高。」

「你跟她說太多了。」尼可拉斯在房間外高喊。「你甚至沒把細節全部告訴我，現在你要對這隻IFEN訓練過的猴子掏心掏肺？她到底哪裡吸引你了？你對這個年紀的小女生有興趣嗎？」

斑馬嗤笑一聲。「別胡說八道。」

「不然呢？」

「尼可拉斯，既然你這麼想偷聽，那就直接進來吧。」

尼可拉斯沉默一會，回到房裡。他真的嘟起下唇，活像個鬧脾氣的小小孩。

「扶她回房間。」斑馬說：「她走路不太穩。」

「等等。」我吞吞口水。「你會——你會派人去救他們吧？那些被抓的人？」

斑馬單薄的肩膀一僵。「從第九區？不可能。」

滿腦子的睡意之下，有個角落不斷起伏，憤怒翻騰，燒起微弱的火光。「你真的不在乎嗎？他們是你的士兵啊。」

他抿脣沉默，我在他眼中看到痛苦。他抓著輪椅扶手，指節發白。「我別無選擇。」他說。

「營救他們的行動只會犧牲更多人，而且失敗率幾乎是百分之百。」

「我提議努力揪出向警察告密的賤胚子。」尼可拉斯咧嘴獰笑。「只要逮到那些傢伙……」他舉起雙手。「我會親手扭斷他們。」他雙手握拳，重重呼吸，上身湊向我。「我們付出太多心血這麼多年，這麼多犧牲。我不會讓縮頭縮腦的鼠輩毀了一切。」

斑馬轉動輪椅，背對我們，朝門邊擺擺手。「送她回房間。」他對尼可拉斯說：「要是被我發現你對她出手，進倒數間的人就是你。我不會開燈的。」

尼可拉斯上脣抽動，似乎是想要咆哮，但他只是低下頭，冷靜地柔聲回答：「如您所願。」

斑馬離開房間。尼可拉斯抓著我的手臂，把我拎起來。我抖著腳勉強站直。回宿舍區的路上，他靠過來在我耳邊嘶聲說：「要是妳跟任何人說我的眼睛是假的，我就宰了妳。」

我眼神茫然。「我幹嘛告訴別人？誰會在乎？」

那對藍寶石般的虹膜閃過光芒。「我跟大家說這是自然的顏色。」

天啊。「好啦。隨便你。」

他轉身大步離開，留我獨自站在房門外。

第二十八章

我躺在床上，盯著天花板，以為自己會心痛不已，卻只覺得麻木。或許是鎮靜劑的影響。尼可拉斯的兩巴掌讓我的臉痛到現在，不知道會不會腫起來。

有人敲門。「沒鎖。」

史蒂芬走了進來，他臉上蒼白，眼中滿是惶然空虛。

「他們也審訊你了嗎？」我問。

「沒有。」他皺眉。「他們對妳做了什麼？」

我不想談，只想躺下來，包在毫無知覺的朦朧蛹殼裡。但我感覺到這層外殼正漸漸磨穿，尖銳的痛楚刺穿鎮靜劑的緩衝。「沒什麼。只是問了幾個問題。」

他眼中閃過危險的光芒。「蓮恩，他們有沒有傷害妳？」

我搖頭。「沒事。」才怪。喉嚨裡苦澀的硬塊不斷膨脹，我得要閉上眼睛憋住眼淚。讓我感知遲鈍的溫柔藥效如潮水般退去，留下赤裸裸的疼痛。「我們的朋友在第九區。得要想辦法救他們。」

他緊握自己的大腿。「芮伊告訴我第九區的許多事情。沒有人曾經闖進去或是逃出來。一切努力都是自殺行為。」

胸中微弱的怒火再次燃起，從內側為我加溫。「這一點都不像你。你從來不會這麼輕易就放棄。」

他直視我的雙眼，臉色好白，黑眼圈明顯的像是瘀青。「如果妳有任何計畫，我洗耳恭聽。」

我垂下頭，更多淚水湧入眼眶，模糊了我的視線。

「我是認真的。」史蒂芬說：「我跟妳一樣想救他們。」

快想。我想像迷霧散開——一切的恐懼、猶豫、困惑飛散，只留下冷硬的理性。「假如史汪醫師願意談條件呢？」

史蒂芬用力搖頭。「無論我們怎麼做，他都不會釋放他們。這點妳很清楚。」

可是他們不是落在史汪醫師手中。還沒。我的思緒全速運轉，像電腦一般掃描所有的變因。伊安說過史汪醫師對我相當執著，在他的兩次宣言之中，都要求我回去。最重要的是他希望我受到他控制——我不只是美利堅聯合共和國人民心目中的象徵，更代表他深感羞愧的個人失敗。他是我的監護人，使出渾身解數掌控我，把我打造成他心目中的人，而我依然逃出他的掌握。在我回去之前，他不會善罷甘休。他會為了我，交出那五個囚犯。我可以確定。

「連想都別想。」史蒂芬斷然道。

「想什麼？」

他站起來，身影籠罩著我。「我不會讓妳把自己交給IFEN。」

我別開臉。「如果我能救回他們呢？這樣的犧牲不是很值得嗎？」

「一點都不值得。你知道IFEN的手段。他們會從妳腦袋裡挖出黑風衣集團的情報，然後想辦法利用妳對抗我們。到頭來只是造成更大的傷害。」

他說得很對。反正這不過是個抽象的提案，斑馬不可能放我離開要塞。喉嚨裡的苦味更重了。「所以我們什麼都做不了？」

「蓮恩……」他大口吐氣，一手耙過頭髮，然後甩甩腦袋，彷彿是想甩掉差點說出口的話語。我們之間的沉默猶如高牆。「我會想出辦法的。我不會放棄他們，可以嗎？」

「我也不會。」我緊緊按著膝蓋，直盯著地板。「我需要思考一下。」

他遲疑幾秒，伸手按住我的肩膀，溫暖穩定的力道停留了好一會。這只是過去我們之間存在的情感的殘影，但絕非虛假。「別亂來，可以嗎？答應我？」

「不會的。」

他輕輕捏了捏我的肩膀才縮手，又站了一下子，我感覺到他不想走。接著，他悄悄離開房間。

我坐在床緣，腦袋鈍鈍的。不知道任務為什麼會出錯，但我是這個任務產生的原因。是我把情報交給斑馬，我破壞自己的原則，把巡心技術轉化成戰爭的工具，這就是結果。我好想尖叫。我一定能做些什麼。

我房間角落傳來隱藏喇叭的劈啪聲。我警覺地起身。

「蓮恩。」熟悉的聲音從四面八方包圍我。「我要跟妳談談。」

我眨眨眼。「斑馬？」他的語氣帶著與平時不同的壓抑。

「是我。」

所以房間裡裝了竊聽器。不知怎地，我一點都不驚訝。我還是聽不出聲音的來源。「你在每一個房間裡都裝了麥克風，還是說我受到特別待遇？」

「別在意。現在有更大的問題。妳不是想救妳的朋友嗎？」

我心跳加速。「對。」我輕聲問：「怎麼做？」

「來我的書房。這件事還是當面談吧。」

我跳下床鋪，套上鞋子，按住指紋掃描器，打開房門。我四下張望，沒看見史蒂芬。前往巡心門房間的路上，空蕩蕩的走廊一片寂靜。現在我已經記住路線了。

我站在金屬門前，過了幾秒，門板往旁邊滑開，裡頭的配置跟我的記憶一樣，巡心門放在中央。雖然什麼都看不到，這裡一定裝設了監視攝影機。要塞裡是不是到處都藏了鏡頭？

我走進房間，門咻地關起，牆壁隆隆打開，露出現在已經看習慣的書房，斑馬就坐在裡面。他收起面前的立體投影螢幕，剛才一定是在監視房間外的走廊。或許這就是他的人生——坐在陰影裡，悄悄觀察身旁的一切。

我坐進他對面的椅子，往褲管上抹了抹汗溼的掌心。「你說有辦法救我的朋友？」

他一手搓揉手臂，這個猶豫的手勢與他的個性不符。「妳願意犧牲多少？」

我只遲疑了半秒。「如果只剩最後一條路，我可以付出生命。」

他對上我的視線。「要是妳必須放棄比生命還珍貴的事物呢？」

雖然壁爐裡的火焰劈啪作響，房裡突然變得好冷。「這是什麼意思？」

他右手大拇指漫不經心地撫摸左手指節。「現在情勢很差。非常糟糕。時間真的不多了。」他的嗓音低沉而急促。「妳也知道有人正在洩漏我們的計畫，也就是說要塞裡面有間諜。敵人大概已經摸清楚我們的位置了。當然了，根據國際協約，他們不能直接踏過邊界，但總會想辦法繞過來。加拿大不希望我們在這裡生根。要是IFEN承諾除掉我們，他們一定會配合，即便要讓美國軍隊進駐他們的國家。因此，我們的時間非常有限。」

「這些跟我有什麼關係？跟救出俘虜有什麼關係？」

他靠了過來。「我向妳說明情勢，好讓妳了解事態有多危急。阻止IFEN唯一的機會是在他們摧毀我們之前，挖出他們最深層的祕密，公諸於世。真相是他們的阿基里斯腱。目前，美國人民心意不定，許多人不喜歡現況，卻又害怕IFEN消失後的影響。他們怕又要開戰。他們必須理解統治他們的人不是守護者，而是壓迫者，否則就無法真正打倒IFEN。」

「了解。」

「我們知道IFEN擁有一項武器，叫做心靈風暴計畫。我們知道它的存在，也知道它能造成大範圍傷害，就是不知道它是什麼。相關情報太少，藏得太深。」他神情嚴峻。「我需要派出可以接近史汪醫師的人，說服他透露最高機密。這件事只有妳做得到。只有妳有機會。」

我漸漸聽懂他的意思，胸口彷彿被挖了個洞。「你要我出面交換人質。」我輕聲說：「自投羅網，當間諜進入IFEN總部，探查心靈風暴計畫。」

「沒錯。」

我搖頭。「可是——」我嘴巴動了幾下，腦中不斷思考恰當的用詞。「史汪醫師只要用巡心門看我的腦袋就穿幫了。他會知道我這麼做的理由。」

「只要妳忘記這段對話就好。」

我心跳加速。毫不知情的間諜。我甚至不會知道自己身處IFEN總部的真正原因。「假如我什麼都記不得，那怎麼會知道要找什麼情報？我要如何將情報傳給你？我一進總部就出不來了。」

我真的在考慮這件事嗎？

「我可以透過巡心門植入深層暗示。」斑馬說：「至於要怎麼傳遞情報……還是有辦法，不過那需要一種高度侵入性的神經操作技術，目前還在實驗階段。簡單來說，我在妳身上植入類似遠距離巡心門的功能。」

我背後的肌肉一僵。所以他也要對我的大腦動手術。「如此一來，你就能看見我看見的一切。錄下我的記憶當作證據。」

「是的。」

「你拿到證據之後呢？我要怎麼辦？」

「我會嘗試安排救援，但沒辦法完全保證。IFEN總部一直都是戒備森嚴。」

而且一旦救援失敗，我就只能任由史汪醫師擺佈，他可以利用龐大的力量，以一切手段摧毀我的意志。比起死亡，父親更害怕的下場——成為無助的傀儡，被人奪走最珍貴的記憶，與他最珍惜的一切敵對——將會成為我的命運。這個計畫太瘋狂了。

這也是我唯一能救出伊安和其他人的方法。交換人質之後，我們的技倆可能被拆穿，但至少可以救他們離開第九區。我在腦中盤算各種利弊，難以言喻的麻痺感籠罩我全身。待在這裡什麼都不做——或是犧牲自己，拯救朋友，還有可能給IFEN致命一擊。當然了，前提是計畫順利。要是出了差錯……嗯，假如斑馬沒騙我，黑風衣集團的保密已經出現漏洞，情勢不會更糟。

從實際的觀點來看，這個道德倫理的等式解法非常簡單。我有能力成就極大的善事，代價只有我自己。如此簡單的結論，我只有一個顧慮。史蒂芬的臉龐閃過腦海，痛苦將我從中扯成兩半，挖出內臟。

斑馬面無表情，雙手緊緊交握。「所以妳怎麼想？」

「我沒多少選擇餘地，對吧？」

「當然有。未經妳的同意，我不會動手。」

「他們被人抓走都是**我的**錯。」真心話脫口而出，我的嗓音微微顫抖。「我得要盡一切努力去救他們。這是我的責任——」

「**總是**有選擇的餘地。」他鐵灰色的雙眼漠然看著我。「每一天，這個世界都會拉扯我們踏上某一條路，大部分的人只會隨波逐流，然而放棄選擇權這件事本身就是一種選擇。我們再怎麼努力也無法逃避自由意識的重擔。即使有人拿槍指著你的腦袋——或許在這種時刻更加重要——一個抉擇便能改變一切。」

指甲陷入掌心。我閉上眼睛，吸氣，再次睜眼。「那我選擇救他們。」我不願思考別種可能性。

他雙手指尖搭成三角形，視線隔著尖端拋向我。「那史蒂芬呢？」他的聲音壓得很低。「妳的愛人，他該怎麼辦？」

痛楚再次將我剖開，這一次我準備好了，只是瑟縮了下。「他也做出了他的決定。」現在這裡是他的家了。不是什麼健全的家庭，但總比沒有好。「他決定待在這裡戰鬥。無論有沒有我。」

「我懂了。所以妳願意為了救伊安，讓他心碎。」

「不只是伊安。所有的人。」

他銳利又清澈的眼神刺入我眼底。「妳知道的，史蒂芬的心靈依舊脆弱。就算不用巡心門也看得出來。我檢閱過他過去所有的資料，經歷了那麼多創傷，他粉碎過不只一次，黏起來的碎片還不太穩固。失去妳可能會讓他崩解。」

或許以前是如此，但現在許多事情都變了。**史蒂芬**變了。「不會的。」我突然想到——他逃跑時握住了**我的手**。他選擇救我，不是芮伊，也不是其他人。我推開這個想法。「他不需要我。可是他們需要。」

他嘴角一抽。「自我犧牲是遺傳特質嗎？或者該說是自我毀滅？」

「別提我父親。」他什麼時候知道父親的真正死因？他什麼時候翻過我的記憶？我深呼吸，努力控制自己。「你為什麼要說服我放棄？你不是想叫我這麼做？」

「我要妳完全理解自己答應了什麼。包括犧牲。」

他大可自顧自動手——只要叫打手制服我，給我下藥，做他的實驗性程序，再把渾然不覺的我送進IFEN當密探。他為什麼不這麼做？

我想到他看著尼可拉斯折磨我時的面容——蒼白而陰鬱。我想到他緊緊握著輪椅扶手。斑馬的能力有限。他利用我們，完全不會良心不安，但他同時也以某種扭曲的角度，認為要對他的娃娃兵負起責任。他是真心憎恨IFEN，以及這個組織代表的一切。他相信選擇的重要性。即使願意為了目的違背倫理，他一定還是相信那些原則，不然為什麼會做出這些事呢？如果他的目標是掌握權勢，還有其他更輕鬆的方式。「我得承認之前對你有些誤會。」

「喔？」

「是的。你陰險狡詐，把人玩弄在掌心上，極度自我中心。可是你不壞。」

他勾起嘴角。「妳漏掉『足智多謀又迷人』了。」

「迷人？我還真是沒發現。」

他輕笑一聲，收起笑意。「我想我對妳要求很多。」

空氣變得無比沉重。我又累又痛，即將向IFEN投案，我可能再也見不到斑馬了。就算他不打算回答，我依然想問：「你到底是誰？怎麼會成為黑風衣集團的首領？為什麼？」

他眉毛一挑。「為什麼要問？」

「我想知道即將對我施行腦部實驗手術的人究竟是誰。」

「啊，也是，我確實欠妳許多解釋。」他若有所思地低喃，像是在自言自語。我默默等待。

他閉眼幾秒。「我對母親唯一的認識是她把剛出生的我丟在醫院。我出生時，部分脊椎從背上的洞穿出來。醫生把脊椎塞回去，縫好破洞，可是神經傷害無法逆轉。我最早的記憶是在孤兒院長大。照顧我的人把我視為悲劇，殘廢的孤兒，還是個第四型。即使他們對我笑，憐憫的眼神還是讓我覺得像蟑螂爬了滿身。他們以為我睡著了，可是我聽見他們說應該要趁我還小的時候給我安樂死。每天晚上我都幻想著把那個地方燒掉。」

那些可憐他的人都是白痴。不管有沒有輪椅，斑馬都讓人無法放下防備。或許他們是在痛苦中學到這一點。「你怎麼離開那裡？」

「我從工作人員身上偷到手機，想辦法連上暗網，跟黑風衣集團取得聯繫。當然了，當年他們的組織更加鬆散，幾乎從不合作。他們還是願意幫忙，只要你答應回報。我從暗網撈到一些有用的技術，學會如何拿清潔用品做炸彈。」

「你的反抗事業開始得很早。」

「可以這麼說。」

「為什麼是『斑馬』？」

他探尋似地看了我半晌，接著解開襯衫釦子。

我臉頰一紅。「你在──」我突然說不出話了。

一條條疤痕劃過他的胸口。四條平行的猙獰紋路，粉紅色的組織凸起。「背上也有。」他說：「其實全身都是。這些傷都是來自某個熱愛十幾歲小男生的虐待狂。她是IFEN董事會的成員，深受尊敬，影響力龐大。多年來，她欺瞞整個系統。只要你有錢有權，就有辦法逃避神經掃描，或者是偽造結果。她找玩具簡直是易如反掌。」他笑了笑，眼中卻是死氣沉沉。「那時候我雖然還小，已經在黑風衣集團待了好幾年，她發現我的身分，把我抓起來，我只能任由她擺布。」他扣上釦子。「我度過了人生中最黑暗的幾個禮拜，才被集團的同伴救出來，送到加拿大，我在這裡展開新生。聰明人在加拿大賺錢很簡單。我聰明到不行，很快就成為藏在幕後的地下貴族，跟一群有錢人在匿名線上帳號交易情報與龐大資產。我沒有現實世界的身分——已經沒有了。不需要。我就是斑馬。」

我口乾舌燥。「那個女人。她後來怎麼了？」

「IFEN最後發覺她的劣行，把她踢出董事會，但她從未受到懲罰。妳看，要懲罰她，他們就得向社會大眾揭露她的罪行。於是他們對外宣稱她因為身體狀況不佳而退休。幾年前，我僱用殺手解決她，她不會再傷害任何人了。」

我凝視他冷靜的灰眼珠。那是什麼疤痕？鞭子？烙鐵？「斑馬。」我輕聲說：「我——」

他揚手要我安靜。「不用說那種話。我告訴妳這些事的用意是希望妳了解IFEN有多大能耐。那個妖怪把我鎖在衣櫃裡好幾個禮拜，空間小到我幾乎無法轉身。她的避暑別墅有個擺滿刑具的房間。就算IFEN發現了，他們也只是粉飾太平。我們對付的就是這種人，現在妳也是他們的敵人了。當妳回到他們的魔爪，他們不會對妳心軟。」

我吞了口氣。「不是每個人都跟她一樣。」亞倫就不是。我只探索過他內心的一角，不過感覺得到他人不壞。

「或許吧。可是他們處理這種事的手法從未改變。他們才不在乎真相或是人權這類抽象概念。」

我看著他緊繃的嘴角，突然間可以理解他為何從不離開這個房間。

以前有個客戶是受到伴侶虐待的年輕女性，她不時被鎖在房間裡好幾天，已經習慣囚犯的角色了，最後他甚至不用鎖門。她太害怕走出房間。

「如果你想的話，我可以幫你消除那些記憶。」我低聲說。

他渾身緊繃，戴著手套的雙手握住椅子扶手。「妳以為我從來沒有考慮過嗎？如果我要的只是這樣，早就解決了。」他下顎的肌肉一抽。「憤怒——不願再如此無助的欲望——是野心的燃料。因此我一步一步爬到現在這個位置。我不能失去那些。」

我垂眼，早就料到他的答案。但我總得說出來。我骨子裡還是一名巡心者。帶走旁人痛苦的渴求依然存在。我站起來，挺起肩膀。「來吧。」

他放鬆下來，點點頭。「手術結束後，妳最好立刻離開，不能聲張。妳想跟他道別的話，建議現在就去。」

我垂眼。當然不能跟史蒂芬說我打算跳進IFEN挖下的坑。他一定會盡全力阻止我。但我總得說些什麼。雙腿突然軟得像果凍，可是我必須堅強起來。只要幾分鐘就好了。

「好吧。」

我敲敲史蒂芬的房門。門板滑開，他坐在床緣，臉色陰沉，眼中滿是疲憊。他對我淡笑。

「睡不著嗎？」

我搖搖頭，默默進房，視線低垂。門咻地關上，我緩緩走到床邊，坐在他身旁。我的手在膝頭握拳。

「蓮恩？」他輕柔的嗓音帶著困惑。「怎麼——」

「可以抱抱我嗎？」我低喃。

他把我擁入懷裡，我也抱了上去，臉頰埋入他的肩窩。跟以前完全不同。他的手臂更加強壯，在訓練期間鍛鍊出肌肉——然而改變的不只是這裡。儘管我們緊緊相擁，一道鴻溝卻擋在我們之間，彷彿有一層薄薄的透明塑膠將我們分隔。

我閉上眼睛，試著遺忘一切。現在就好。我想融化在他身上，回到我們攜手對抗世界的時刻，跟他一起亡命天涯。真好笑，我竟然會懷念那段擔心害怕的時光。我把他抱得更緊，努力將他的氣味刻印在我心頭。

離開要塞以後，我還會記得這一刻嗎？還是說斑馬也會將這段回憶刪除？

我貼著他的左胸。「為什麼一切都這麼難懂呢？」我輕聲問。

「我一直在問自己這個問題。」他摸摸我的頭髮，輕輕梳理。「抱歉。」他嗓子啞了。「為了一切。」

淚水刺痛我的眼角，被我眨掉。「不是你的錯。」真要說的話，錯的人是我。

史蒂芬緊緊抱住我。他的呼吸嘶啞不穩。「我愛妳。妳知道吧？」

我渾身僵硬。不行。不，他現在不能說這種話。不公平。我喉嚨腫了起來。他為什麼要這麼做？「史蒂芬……」

「妳什麼都不用說。」他的臉埋在我髮稍。「我只是想說。」

我閉上眼睛，忍住淚水。

他的大拇指滑過我的下巴。「看著我。拜託。」

我逼自己迎上他的目光，迷失在那雙眼眸中——藍色、灰色、銀色組成的織錦。褪色牛仔褲、水銀、陰天的海洋。他淡金色的睫毛接近透明，要對著光才看得到。

他雙手捧著我的臉，靠了過來，但我別開臉。「不行。現在不行。我們的朋友還在……」我的低喃支離破碎。

沉默擋在我們之間。「好吧。」他輕聲回應，在我頭頂上落下輕吻。

「對不起。」

「別這麼說。我懂。」他微微一笑。

伊安跟芮伊現在怎麼了？他們有沒有遭受折磨？他們還活著嗎？

然而這不是我轉頭的原因。假如現在讓他吻我，我就撐不下去了。我會崩潰痛哭，告訴他一切。我把臉藏在他胸口，無法直視他的雙眼。我負擔不起半點軟弱。

我不能讓他知道我準備要背叛他。

我們躺在床上，擁抱彼此，直到史蒂芬漸漸睡著。我閉著眼睛，聆聽他的呼吸聲。

他能撐過去，我真心相信。他已經不是我以前認識的脆弱男孩。他有同伴，在黑風衣集團裡交了朋友，只要我出面交涉，他還有芮伊。他必定會深深受傷。痛楚陷入我心底，把我扯成兩半。

最糟的是我甚至無法告訴他為何要這麼做。我只能像小偷一樣溜走。

這個計畫真的有用嗎？交換人質之後，我成了囚犯，還有辦法找到跟心靈風暴計畫有關的任何情報嗎？斑馬似乎深信我可以從史汪醫師身上套出真相，可是一切都是未知數。就算成功了，就算我得到真相，就算斑馬向全世界公開證據，有誰能保證這招有效？

我發現這是我最大的隱憂——或許我揭露了政府最惡劣的行徑，最黑暗的秘密，可是沒有人在乎。

但我總得放手一搏。不只是為了伊安、芮伊，或是其他人，也因為這個世界需要知道。無論心靈風暴計畫是什麼，無論IFEN有什麼盤算，這個秘密太過龐大，太過危險，不能瞞著世人。

我慢慢地、慢慢地爬下床，只停頓了幾秒鐘，最後一次把史蒂芬·班特這個人映入眼底。他放鬆得微微張嘴，即使是在睡夢中，他眼周仍然凝聚了細細的紋路。眼珠子在眼皮下轉動，房裡滿是他輕柔的呼吸聲。我看得越久，就越加痛苦。我轉身離開。

一踏入走廊，胸口的結立刻解開，堅決的平靜填滿我全身。現在我做出決定，一切都更加清晰了。史蒂芬會恨我這麼做，不過長遠來看，這對大家都比較好。

回到書房時，斑馬已經等著了。他面前擺了一張空椅子，扶手裝設附軟墊的束帶。

我雙手叉腰。「你會安排交換人質？」

「一切都交給我吧。」

我點頭。「那我準備好了。」

他笑了笑。他雙手按著大腿上大約六吋見方的黑盒子。「坐下吧。」

引擎隆隆作響，振動從座椅傳向我。我眨眨眼，試著清除眼中的霧氣。我發現下巴沾著口水，趕快用袖子抹掉。思緒是被水稀釋的泥巴。這裡是哪裡？為什麼我無法思考？我被下藥了嗎？

這是卡車的後座，車輛在黑漆漆的森林裡奔馳，車頭燈切開陰影。手腕上套著沉重的東西——笨重的黑色手環。前方是一名女性的後腦杓，她的短髮有如黑亮的頭盔，用髮膠梳得整整齊齊。「妳是誰？」我問。嘴脣笨重遲鈍，好像剛被麻醉過。「我手上這個是什麼？」

她轉頭瞥了我一眼，抿起血紅的嘴脣。「妳只要亂來就知道了。」

「我們要去哪裡？」

「別再提問。現在妳屬於加拿大政府。我們不欠妳任何解釋。」

困惑慢慢被恐懼取代。我在記憶裡翻找，搜尋自己為何會出現在此的蛛絲馬跡。我隱約記得曾經跟史蒂芬在他房裡談話，悲傷，失落。沒錯。我們在要塞裡。我們參加任務，失敗了。伊安跟芮伊還有其它人被抓走了。

要塞……要塞在哪裡？我記得在要塞裡的時光，可是通往要塞的路途一片模糊。

我的記憶遭到修改。是誰？斑馬？我呼吸加速。一定是他。可是為什麼？

思緒往內縮緊，將我勒住。我得要離開這裡。我摸向門把，可是車門上了鎖。我揮拳搥打窗戶。

女子從口袋裡掏出類似手機的裝置，按下按鈕。劇痛宛如鮮紅閃電，從我的手臂往上竄，我發出嗆到似的慘叫。

「這是最低電流。」女子說：「別逼我往上調。」

痛楚消退，但手臂依舊灼熱抽痛，感覺整隻手被火焰包圍，又淋上強酸。低頭一看，皮膚光滑無傷，沒有淋漓血肉，我有些訝異。「放我出去，否則妳就是與黑風衣集團為敵。」我的嗓音顫抖，對這句威脅不抱任何希望，可是我總得說些話。「他們會來救我。」

「我不這麼想。是妳的同伴把妳交到我手上。」

不可能……對吧？

樹林漸漸稀薄，我們開在廣闊田野間，滿天烏雲。我靠著椅背，疼痛耗盡我的精力。

就算黑風衣集團真的把我交出來，他們一定別有目的。我只想得出一個解釋：斑馬安排了人質交換，也就是說伊安、芮伊他們都安全了。我攀附著這個想法，不知道究竟是我自願的，還是他逼我這麼做，不過如果我的犧牲能換取他們的自由，那就值得。

現在我要面對什麼？

遠處有一道黑影聳立在雨中，乍看之下只是幾個朦朧的形體，越來越清晰，我看到一片圍牆。水泥牆面頂端架設猙獰的鐵絲網，比邊境的圍牆還要高大。牆內是一座巨石般龐大的灰色建築物。看到掛在正面的方正黑色標誌，我的心一沉。

第九區。

車子駛近，高大的柵門盪開，攝影機鏡頭宛如盤據牆頭的禿鷹，低頭監視卡車進入。柵門砰地關上，回音久久不散。雨水敲打泥濘地面，積成一灘灘水窪，車子緩緩開過，泥水吸住輪胎，似乎是想把我們扯入地底。到處都是沼澤般的泥巴，灰色的建築物俯瞰我們，除了一排排小窗戶，沒有任何特徵。

我們開往一扇大鐵門，活像是中世紀的城堡大門。門板順著生鏽的軌道滑開，又在我們背後合上，我們陷入冰冷的黑暗。數十盞燈同時亮起，照亮寬闊的水泥車庫。

恐懼褪為麻木，我跟著女子橫越車庫，穿過一扇門，踏進灰色走廊。到處都是灰沉沉的，全部漆成同一個顏色比較便宜嗎？還是說他們刻意用這種手段抽乾囚犯的生存意志？

一邊向前走，我的周圍化為迷霧，無法吸收所有的感知。我只是像機器人一樣走動，一腳向前，換另一隻腳。女子緊跟在我背後，大拇指放在遙控器按鈕上。

一道金屬門往兩旁滑開，另一側是照明刺眼的大房間，水泥牆沒有任何裝飾。我眨眨眼，鋪著灰色磁磚的地面簡直可以容納好幾個足球場。長方形金屬箱放了一排又一排，尺寸比以前家裡的冰箱稍大。我的守衛踏著輕快的腳步，帶我走過箱子間狹窄的走道，我發現箱子前側印著數字。接著，我領悟到眼前事物的真相，胃裡冰冷的嘔吐感不斷擴散。不可能——絕對不可能。裡面不可能裝著人。這個大小連牢房都稱不上。不能把人塞進去不管。他們會因為感官遭到剝奪而發狂。

她停在一個箱子前，打開箱蓋，裡頭只有四面牆，地板幾乎不到六呎寬。角落有個洞，我猜是用來大小便的。

我站在棺材般的狹小囚室外，呼吸嘶啞。接著，我轉身衝刺，就算知道沒辦法逃太遠，還是得要試試看。還沒跑出二十呎，龐大黑暗襲來，把我按在地上，我成了黏在鞋底的口香糖，手臂灼熱，雙腿抽搐顫抖。一雙手抓住我，拖著我走了幾步，把我丟進牢房，門砰地關上。

頭頂上有一顆昏暗的小燈泡，可是門板沒有半點開口，連個縫隙都沒有，外面的燈光進不來。這個處境跟活埋沒有兩樣。

我坐在鋪了薄薄襯墊的地板上，呼吸聲在封閉的空間裡迴盪。牆面感覺漸漸靠近。我知道這只是幻想，但就是無法擺脫潛行的恐慌。尖叫的衝動再次湧現，刨抓我胸口內側。這些箱子大概做了隔音裝置，就算大吼大叫幾個小時也不會有人聽見。沒有人在乎。

伊安沒事了，我提醒自己。芮伊沒事了。史蒂芬不會孤單。只要他們都好好的，我不在乎自己落入什麼境地，我不斷告訴自己。我專心呼吸，抗拒漆黑冰水般將我淹沒的恐懼。

我窩在箱子角落細數心跳，不知道過了多久，開始觀察牆面，看到金屬板子上嵌著長長刮痕，那是前任囚犯徒勞的努力的證據。我閉上眼睛，想起史蒂芬——他的氣味，他結實的手臂摟著我。我幾乎聽見他的聲音。*妳做得到的，醫生，我知道妳可以的。繼續呼吸就好。*他的手掌好溫暖，修長帶繭的手指溫柔地撫摸我的頭髮。

真希望有辦法捎訊息給他，跟他說他對我意義非凡，但我再見到他的希望渺茫。這些心意只能永遠鎖在我心底。我閉著眼睛，心想，**我愛你**。我在這三個字上貫注所有的意志與情感，想像它們穿透天花板，穿過一層層水泥，飛到空中。我讓它們展翅飛回要塞，祈禱他有辦法接收。

我愛你。我愛你。我愛你。

金屬鏗鏘摩擦，牢房的門開了，突然湧入的光線惹得我連連眨眼，一手遮住臉。史汪醫師站在門外，身穿潔白西裝，背後跟著兩名荷槍實彈的警衛。

我從沒想到他的出現竟會令我欣喜萬分，不過這份愉悅大概不會停駐太久。

「喔，得知妳投案的消息，我得說我還滿驚訝的。」史汪醫師說。「想念我嗎？」

我沒有回答。我才不想表達出半點喜悅，讓他稱心如意。

史汪醫師輕輕嘆息。

一名警衛用神經阻斷器指著我，我緩緩起身，跟著史汪醫師離開大房間，進入電梯，雙眼直視前方。兩名警衛跟我們一起塞在狹小的電梯裡，武器時時刻刻指著我。電梯不斷往上升，終於來到屋頂，一架直昇機已經準備就緒，螺旋槳噠噠轉動。

一瞬間，我想到可以衝到屋頂邊緣，一躍而下。一名警衛注意到我視線的方向，神經阻斷器抵在我肩胛骨之間，表達沉默的警告。

我鑽進直昇機。

史汪醫師坐到我隔壁，關上艙門，盯著我手臂上的金屬環。「現在先留著以防萬一，妳懂的。他們把控制器交給我了。」他舉起小巧的銀色遙控器，正是先前警衛把我放倒的裝置。「不過我不想用它。別逼我，我們可以處得很好。」

我沒有回應，沒有看他。他靠過來幫我扣上安全帶。他的手腕擦過我的手臂，讓我起了一身雞皮疙瘩。

「準備好了嗎？」機師問道。他穿著IFEN的白色制服，不過我不認識他。

史汪醫師點頭。

直昇機緩緩升空，我看著屋頂上的警衛變成兩個小點，消失無蹤。第九區成了棕色灰色斑駁混雜的橢圓形，我們翱翔在蒼翠的森林上空，中間偶爾出現一小片田野。我滿耳朵都是引擎悶悶的嘶吼。

史汪醫師雙手交握，盯著下方的大地。我發現他瘦了，臉頰凹陷，衣服鬆了，臉色比我記憶中的模樣還要蒼白。他接受電視台採訪時，化妝掩飾了大半憔悴，可是近距離細看，壓力顯然對他影響甚大。他畢竟只是個凡人。「妳惹了不小的麻煩。」他說：「多虧了妳的胡鬧，我們得要收拾一堆殘局。抗議、暴動、恐怖攻擊。高精神狀態類別的人總在找藉口，把自己當成腐敗系統的受害者。」

我再也忍不住了。「或許他們正是如此？」

他依舊面無表情。「不是IFEN把他們變成罪犯。暴力分子一直都存在，有時候是不良基因，有時候是環境惡劣。無論如何，他們的存在都是必須處理的問題。項圈帶給他們前所未有的自由。你以為他們會感恩，結果卻是如此。」

「感恩？」我覺得好噁心。

他聳聳肩。「在共和國成立前，那些人可是要大半輩子待在監獄或是治療設施裡頭。妳剛才也親身體驗過了。學校教過以前的體系為什麼會失敗——為什麼只會讓人們變得更糟，而不是幫助他們好好生活。父母離開小孩身旁，夫妻失散，貧困與暴力的迴圈無法打破。項圈至少讓那些人與外界抱持連結。這不是天大的進步嗎？」

這話確實有點道理，但我死都不會開口承認。「你不知道他們過著怎樣的生活。以前只有真正犯罪的人才需要坐牢。」

「那個系統太恐怖了，只會造成無數不必要的死亡。我們試過自由。沒有用。現在只剩這條路了。世界上其他國家也漸漸得出同樣的結論。要是黑風衣集團繼續為所欲為，不用幾年時間，我們的社會就會退化成一堆瓦礫。」

我想到黑風衣集團的打手把亞倫打到失去意識，想到炸彈在多倫多爆炸後的火焰與黑煙，心底略略有些動搖。

然後我想到史蒂芬，想到他是如何在逆境中求生，想到他忍受的一切歧視與殘酷。我想到他的笑容，那是他在其他人背後、專屬於我的表情，既勇敢又脆弱。他屬於史汪醫師視為問題的族群。不只是他——每一個黑風衣都是。無論受過多少傷害，他們的堅忍、求生與戰鬥意志總是令我驚異。「你錯了。」我低聲說。

他挑眉。「是嗎？」

我沒有回話，抓住手臂上的金屬環，突然想到——亞倫後來怎麼了？他還是史汪醫師的愛徒嗎？還是說他即將被其他人——也就是我——取代？我想提問，卻又不想透露我見過他的事實。我不能洩漏任何情報。「你要怎麼處置我？洗腦？」

「當然不是。那有什麼好處呢？我們必須維持妳心智完整無缺。」

「所以你們要從我的記憶裡搜出情報。隨便你，不過我不認為你們能找到有價值的東西。我連要塞的地點都記不得了。」

「我們已經知道它在哪裡了。」史汪醫師不屑地回應。「目前我不認為妳記憶裡有任何我們還沒查出來的資訊。」

「那我為什麼會在這裡？」

「因為妳要幫我們收拾妳留下的殘局。」

我斜眼瞄他。「我不會跟你合作。」我的宣言聽起來缺乏底氣，突然口乾舌燥。現在我是公認的第五型，也就是說史汪醫師要對我動什麼手腳都沒有人反對。針對威脅國家安全的危險分子，使用再怎麼極端的治療手段都無所謂。

我開始顫抖。

史汪醫師平靜地看著我。「再過不久，妳又會站在我們這一邊。」

第二十九章

直昇機降落時，天已經亮了。一輛車接我們到IFEN總部。已經很久沒有見到它了——感覺像是上輩子的事情。熟悉的白色大樓聳立在淺紫灰色的天幕下，我不禁百感交集。不久之前，我還在這裡當巡心者。現在彷彿是在回顧陌生人的人生。

車子接近總部，我看到停車場有人，而且還不少。紅色絨布繩把他們隔開，IFEN保全揮舞著神經阻斷器嚴密監視。人群往前擠向繩子，車子開進停車場，我注意到大部分的人都舉起手機拍照，閃光燈此起彼落。我心跳加速。記者。他們怎麼會知道我被逮回來了？

史汪醫師低聲咒罵。車子停好。「走快點。」他對我說：「低下頭。」

他以為我會聽話嗎？

司機繞過來幫我開門，他抓住我的手臂，把我拖出車外，被我甩開。一瞬間，我想到或許可以逃跑，但司機就站在旁邊，手裡有槍，我逃不了多遠。說不定在這裡，在眾人面前中槍也不錯，一定會上頭條。

可是我不能死——還不能。無論希望有多渺茫，只要還有機會回到史蒂芬身旁，我就必須活下去。

我挺起肩膀，直視前方，走向總部。

更多閃光燈亮起，記者高聲提問，洶湧的聲浪令人難以分辨內容。許多人齊聲念誦，當我發現他們嘴邊掛的是我的名字，一股寒意席捲全身。他們高舉拳頭，一塊手寫標語懸在眾人頭上：釋放蓮恩．費雪。另一句標語是：真相不是罪！我這才驚覺這些人大多不是記者，而是抗議者，不由得心生敬佩。他們是來支持我的。溫暖的淚水從我眼中湧出。

我往半空中揮拳，群眾陷入瘋狂，口中呼喊，揮舞他們的標語。保全築成人牆，把他們往後推，高舉神經阻斷器。

幾輛警車開進停車場，警笛狂響。從第一輛車鑽出來的男子手持擴音器，對眾人大喊：「這是非法集會！所有的人都回去！」

幾隻手推著我向前，往門邊移動。

員警不斷吼叫：「沒有媒體採訪許可的人必須離開此地！我們有權使用武器！」

他的叫嚷激得群眾更加憤慨。他們往前衝刺，撞倒絨布繩。警察對抗議者的腦袋發射神經阻斷器，幾個人抽搐著倒下。其他人跨過他們的身體。另一名員警丟出壘球大小的物體，炸開一片橘色煙霧。雖然跟我有好一段距離，我的眼睛還是陣陣刺痛泛淚，鼻腔灼熱。眾人依然不斷挺進。

史汪醫師推開大門，把我拖進去，狠狠甩上門。門鎖喀啦作響，群眾的喧囂頓時消失，突兀得像是有人關掉電視一般。我豎起耳朵，仍舊聽得見微弱的聲響透過有機玻璃傳來。

史汪醫師拉正領口，紅色的液體從他臉頰上滴落。起先我以為是血，接著我看到種子。一定是哪個人拿蕃茄丟他。我格格輕笑，連假裝都懶了。

他狠狠瞪著我，接著又瞪向司機——他僵硬地站在一旁——似乎想把他遭受的恥辱怪到我們頭上。他從口袋裡摸出手帕，抹掉臉上的果皮和果汁。「有沒有看到那些人是什麼德性？」他問。「有沒有看到他們幹了什麼好事？」

「丟水果？嗯，還挺嚇人的嘛。」

他臉一沉。「妳給我仔細看。」他指著外頭喧鬧的群眾。現在已經幾乎看不清抗議的發展；我只看見強光和橘色霧氣。不過地上濺了血。煙霧漸漸散開，人們橫七豎八地倒了一地，有人穿便服，有人穿制服。無法分辨他們是昏過去還是死了。剩餘的抗議人士還在跟警方糾纏。

「這種戲碼在全國各地上演。」史汪醫師說：「憤怒的暴民襲擊治療中心，砸窗戶，丟石頭。無辜路人遭到群眾踐踏，人民晚上不敢出門。這就是自由。這就是妳引發的亂象。」

「不對。」我低聲回應。「這是你們引發的。」

他哼了聲。

「幹嘛浪費心力對我說教？只要把我調整到我乖乖聽話就好。」

他深吸一口氣，撥開臉頰上幾縷散髮，把髒兮兮的手帕交給司機，司機將手帕收進口袋。「調整是第一階段。如果效果不佳，我們再搭配其他的治療。」他邁開腳步。

司機拿槍抵著我的後背。我跟在史汪醫師後頭。「綁架我、對我洗腦並不會改善你的公眾形象。」

史汪醫師走在我前面，雙手在後腰交握。「清洗。妳即將接受清洗。」他的語氣似乎是在替這個詞加上引號。「我們找到妳的時候，妳暴力相向、神智不清。我們發現妳在他們的總部遭到刑求以及心靈控制，這是讓妳回到現實的必要手段。等到療程結束，外界會得到這樣的解釋。妳也會如此相信。」

指甲刺入掌心，胸中塞滿重物，擠壓我的肺。要費盡全力才能吸到空氣。

我們來到一扇門前，他輸入密碼，門往旁邊滑開，裡頭是鋪了白色磁磚的樸素房間，只有一張椅子跟一塊螢幕。我認得這裡，以前曾經來過。在我父親死後，我自願接受調整。

這裡稱為調整病房，裝設了ＭＲＩ機器——巨大的白色柱體。患者通常是受到束縛，躺在鋪了軟墊的台子上，關進機器裡，利用核磁共振刺激或是壓抑大腦的不同區塊。數十年來，這是治療憂鬱、焦慮、其他精神疾病的利器。調整的副作用比藥物輕微——就算病患不配合也沒關係——幾乎完全取代了精神藥物。從許多方面來看，這是心理衛生產業的重大革命。

當然了，它有一個副作用——IFEN很快就發現這個副作用有多方便。患者接受治療之後，非常容易受到暗示。

「躺下。」史汪醫師對著診療台歪歪腦袋。

我衝向門邊，一雙粗魯的大手抓住我的手臂，把我扯回來，脖子一陣刺痛，我的視線開始模糊，四肢癱軟，肌肉變成煮過頭的義大利麵。警衛把我扛到台上，扣好束帶。診療台咻咻滑入ＭＲＩ艙內。

「我會開到最大強度。」史汪說：「我想妳需要如此強力的治療。」

診療台就定位，我被封在棺材似的白色管子裡，柔和的光線將我包圍。

我不再掙扎，藥物把我拖進毫無知覺的迷霧。我聽見機器嗡嗡運轉。好想尖叫，可是我找不到半點力氣。從來沒有如此無助過。這……這種事情不該違背受術者的意志施行。太不人道了。「拜託。」我輕聲嗚咽。我恨自己只能發出這種聲音，但我無法控制。「別這麼做。」

我聽見史汪醫師從機器外悶聲回答：「妳太小題大作了。這是治療，不是刑求。」

螢幕正對著我的臉，在漆黑中出現一個小光點，接著擴展為完整的影像——街頭的示威行動。人行道上的碎玻璃閃閃發亮，人們憤怒嘶吼，揮舞標語。群眾往前衝刺，盲目地揮拳攻擊。我滿腦子都是調整機器的嗡嗡聲，越來越響亮，疲憊將我淹沒。我幾乎感覺不到自己的身體。恐懼與無助也消散了。我記不太住剛才究竟在怕什麼。

我心底有個角落很清楚接下來會發生什麼事。調整一開始是壓抑大腦對應自我的區塊，造成身心分離的感覺，與某些改變精神狀態的藥物效果類似。我的頭皮微微刺痛，接近愉悅，螢幕上播放更多影片，更多抗議者在街上暴動，不過看起來畫質很差，年代久遠。畫面切到一棟建築物爆炸。尖叫聲四起。

柔和沉穩的男中音旁白壓過慘叫。「名為黑風衣集團的恐怖分子再次攻擊，嚴重傷害國民精神。憤怒蒙昧的少數人發起戰爭。」

接著是燒得焦黑的屍體照片，一張又一張。抗議人士穿梭在大街小巷，嘴裡怒吼不斷，他們的面容變形扭曲，最後變成野獸的臉——土狼似的吻部張開，眼中閃著黃光。死傷者的影像滿天飛。

不要。不要。停下來。

真的停了，我令人窒息的平靜降臨。銀幕陷入空白，接著映出一群男女坐在陽光燦爛的房間裡。溫柔的女性聲音響起：「神經科技倫理研究中心是由科學家以及政府官員組成，目標是透過非暴力手段，維持國家的安全與穩定。」旁白繼續念出IFEN創建後，各種形式的犯罪案件減少的數據，螢幕上出現乾淨、有秩序的街道，身穿白色實驗衣的親切人們。過了一會，我連旁白都聽不進去。溫柔的語調席捲而來，將我淹沒。

第三十章

螢幕終於暗下，機器停止運轉，我早已從裡到外麻木不堪。診療台咻地滑出，回到定位。世界包裹在柔軟的白色霧靄中，顏色全都淡化了，一切看起來都不太真實。霧氣緩緩消散，我發現自己盯著左手，心不在焉地打量指節的皺摺、參差的指甲邊緣。我晃晃手指。手真好玩，看起來像是沒有長毛、變長許多的獸爪，大拇指可以跟其他手指相對。

我慢慢注意到固定雙臂的束帶，不太清楚為什麼會被綁在這裡。

我抬起頭，史汪醫師坐在對面的椅子上。「感覺如何？」

我眨眨眼，思考要如何回答。我覺得自己的心智虛軟搖擺——脆弱無比，彷彿吹口氣就會像蒲公英種子一般飛散。我在這裡幹嘛？「我覺得……」我舔舔乾燥的嘴脣。「好渴。」

他把水端到我脣邊，讓我喝了一小口。清涼的水中帶著淡淡金屬味。「妳知道自己為什麼會在這裡嗎？」他問。

我認得這個房間，喃喃回答：「調整。」我來這裡接受調整，因為……

因為父親的死令我悲痛欲絕，因為我陷入憂鬱。喉嚨裡哽著硬塊。父親死了。一滴淚水從眼角滑落。

不對。等等。那是好幾年前的事情。所以說為什麼——

「妳病得很重。」史汪醫師打斷我的思緒。

「生病？」我低喃。

「沒錯。妳逃走了。還記得嗎？」

他的敘述聽起來很熟悉。可是我想不起原因。我知道所有的資訊都在腦中，可是散落各處，亂七八糟。我無法拼起那些碎片。

「別太勉強自己。」他笑著說：「妳會想起來的。重點是妳現在安全了，惡夢已經結束。妳回到家了。」

「家。」我輕聲重複。

他雙眼一亮。「沒錯，沒錯。」他又端起杯子。我盯著清澈的水。塑膠杯。淺藍色。就像史蒂芬的眼睛。

這個想法猶如丟進我腦中的火柴，火勢不斷延燒，照亮一切。

史汪醫師俯視著我，我使出所有的力氣，往他臉上吐口水；白濁的口沫打中他的臉頰，他冷靜地抹掉，嘆了口氣。

「你可以對我為所欲為，但你無法改變這個國家的現況。你不能調整每一個人。人民已經覺醒了。他們厭倦了你的謊言，他們要改變一切。」

他瞇起眼睛。「妳想他們要如何辦到呢？」

我依然全身無力，頭昏腦脹，硬是擠出一聲冷笑。「認知權利法讓你有點緊張了吧？」

「喔，那個啊。想看看法案如何發展嗎？」他走到房間另一側，對感應器擺擺手，立體投影螢幕浮現在他面前。

珍娜．萊斯——國家倫理委員會的首腦——直視鏡頭。她花白的金髮梳得整整齊齊，臉上粧容無懈可擊，修整過的指甲交疊。「晚安。」她吐出流暢的女低音。「我們代表美利堅聯合共和國的人民，做出了決定。我們商請IFEN的專家擔任顧問，當然了，我們也將社會大眾的連署列入考慮。請相信我們的決定是基於謹慎的考量，確保最多數公民的最大權益。」

我憋住呼吸，但心中浮現早就知道結果的消沉想法。

「為了聯合共和國以及人民的最佳利益，我們決定不通過認知權利法。」

「不。」我輕呼。

「我們理解這項法案支持者的考量。」珍娜繼續說：「然而各位想必都看到了，根據國內紛亂的現況，如此劇烈的改變將會造成——」

史汪醫師揮手讓螢幕消失。「還有任何疑慮嗎？」他的語氣意外柔和。

我別開臉，盯著對面牆壁。胸口的空洞越來越大，不斷擴張，從內側把我吞噬。

史汪醫師走向調整機器，腳步緩慢而從容。

「不要再把我放進去。」我輕聲說。

「需要做多少次就做多少次。」他神情萎靡，皺紋深陷。「蓮恩，我不是個手段殘忍的人。我只是做必須要做的事。」他按下按鈕，我再次落入地獄。

第三十一章

有好一陣子——感覺是好幾天——我一直在夢境間浮浮沉沉。一會陷入恐懼的黑暗深井，下一秒，我又飄進昏昏欲睡的金黃雲朵。沉重的虛無披在我身上，宛如鉛打造成的毯子。

放棄太容易了，就像是沉入溫暖的洗澡水一般。我連抗拒的理由都記不太清楚。我好累。

等我回過神來，發現自己渾身是汗，躺在燈光昏暗的小房間裡，身體綁在狹窄的病床上，無法動彈。

「蓮恩。」熟悉的聲音低語：「蓮恩，聽得見嗎？」

我眨眨眼，掙扎著尋找焦點。眼前模糊的橢圓形化為一張臉——深棕色頭髮的青年，眼鏡，翠綠色雙眼。我花了幾秒鐘才把名字跟這副五官結合。「亞倫？」我滿心困惑。「你在這裡幹嘛？」

他露出苦笑。「妳認得我。是妳救了我，對吧？」

我呼吸一窒。「你——你還記得？」

「沒有。不過拼湊線索不會太困難。我知道有人消除了我的記憶，也知道黑風衣集團沒有這麼好心，願意放我一馬。假如妳不在場，他們早就宰了我了。」他吞吞口水，神情緊繃。「蓮恩，我很遺憾。」

我握緊拳頭。「如果你真的過意不去，那就幫我逃出去。」

「做不到。妳知道我沒辦法。」

我撇開頭。

「我發誓，要是有辦法，我一定會阻止這一切。」他的語氣中帶了一絲絕望。「我甚至不該跟妳說話。我是來接受調整的。史汪醫師認為我不夠穩定，他不斷跟我說如果我想在這裡做事，就必須完全控制住情緒。也就是說我不該擁有情緒。」他乾笑一聲。「我開始了解妳為什麼會離開了。我──我不認為有辦法繼續下去。可是……我想像不到他這麼過分。我沒想過他會對妳做這種事。」

「那你還不夠了解他。」我轉頭面向他。他瞪大雙眼，恐懼中帶著關切。「亞倫。」我聲音顫抖。「如果你做得到任何事，什麼都好，我求你，幫幫我。」

他的臉皺了一下，咬咬下脣。「我──之後或許有辦法幫妳。」

「之後？什麼之後？」

他往背後瞄了一眼，走廊傳來腳步聲。「我得走了。」他輕聲說：「可以的話，我會再來找妳。」他從後頭的一扇門溜走。腳步聲越來越近，汗水流過我的太陽穴。另一扇門緩緩開啟，史汪醫師走了進來。

他拉來一張椅子，慢吞吞地坐下，這個動作似乎為他帶來龐大痛楚。他盯著我看了好一會，甚至沒有隱藏臉上赤裸裸的疲憊。皺紋更加明顯，陷入他的臉頰以及眼周。「妳玩夠了嗎？」

我別開臉。

他輕聲嘆息。房裡的沉默彷彿有了形體。

「蓮恩。如果妳繼續抵抗，我就得要挖得更深。我將會消除妳經歷過的一切回憶。妳很清楚吧？」

我心跳加速。史蒂芬的臉龐閃過腦海。史汪醫師要讓我忘記他。我想要起身卻做不到。「那你怎麼還沒動手？」我咬牙說道：「這樣不是更輕鬆嗎？」

他沉默幾秒。「我想給妳後悔的機會。」

後悔？我發出嗆到一般的笑聲。「你真是噁心。」

他面無表情地看著我。「讓我說個故事吧。」

「我沒興趣。」

他像是沒聽到我開口似地繼續說下去：「以前有個女人。妳父親非常非常愛她。我不認為他跟妳說過這方面的細節。」他從口袋裡掏出一張紙。那是一張照片，上頭的女子有著直順的黑髮，溫暖的棕色皮膚，以及小鹿般的深棕色大眼睛。

我凝視著照片。

父親確實提過曾經有個親近的人——她奪走了自己的生命。他只說過她被幾個男人綁架，他們對她做了很糟糕的事情，之後，她無法忍受那樣龐大的痛苦。

「她是第四型。」史汪醫師說：「深受精神狀況所苦。萊恩相信他能幫助她。跟妳說，這是他的弱點。他想治好每一個人。他聰明絕頂，心靈卻是脆弱又愚蠢。」他把照片收回口袋。

「這有什麼關聯？」我的聲音不太穩。

「我知道他跟妳說她遭到一群人襲擊、侵犯，最後她自殺了。不過他大概沒有提到她帶著他們的女兒一起上路。」

我愣了好半晌。「他們的女兒？」

「是的。在妳誕生之前，妳父親還有一個孩子。那個女人名叫卡莉拉，她抱著嬰兒，從高樓跳下。她的遺書裡寫到她不希望這個孩子在如此殘酷的世界長大。妳能想像他有多傷心。是我鼓勵他複製自己，讓他後繼有人……也有個活下去的理由。我說服他繼續活著，創造新世界，跟卡莉拉有同樣遭遇的人可以獲得幫助。如果沒有我，妳根本不會存在。從這個角度來看，妳也是我的孩子。」

「我才不是你的。」我逼自己回應。痛苦與困惑同時襲來。

是真的嗎？我的誕生只是為了填補父親心裡的洞？淚水從眼角滲出，流過太陽穴。

「蓮恩，世界上有許多種苦難。」他柔聲說下去。「到目前為止，妳也見識過不少。許多人在憤怒與恐懼之中失去控制，不只傷害自己，也傷害身邊的人。不管妳是否相信，我也承受著痛苦。我也失去過我深愛的人。」他緊繃地笑了笑。「妳真像他。深受失敗者吸引。比如說那個男生。妳想幫助每一個人。只是妳不懂我站在妳這一邊。我也想弭平世界上的苦難，跟妳一樣。或許我犯過錯，或許我們對於最佳作法沒有共識。但我們都為了同樣的目標奮鬥。希望妳至少理解這一點。」

我閉上眼睛，不想再聽下去，也不想跟他說話。我只想睡覺。**問他心靈風暴計畫的事情。**突如其來的想法讓我瞪大眼睛。**問他。**這是我的聲音，在我的腦海裡，卻又感覺與我分離。我皺起眉頭。

這是妳的機會！那個似我非我的聲音嘶聲催促。

「蓮恩？妳還好嗎？」

我顫抖著吸氣。有一股力量告訴我這很重要，即使我不記得原因。「如果真的……」我努力滋潤乾燥的口腔。「如果你真的相信我們站在同一邊——那就回答這個問題。心靈風暴計畫是什麼？」

他的臉僵住了。「妳到底是從哪裡聽來這個東西的？」他的語氣柔和得讓人害怕。我手腕的脈搏狂跳。「所以它真的存在？」

「我建議妳別太在意流言蜚語。」

「不要騙我。」我提高音量。「你正在打造武器，對吧？如果你想用那種東西，那你跟黑風衣集團有什麼兩樣？」怒氣燒光我的恐懼與疲憊，帶給我力量。「那麼多陰謀，那麼多祕密。你還要我相信你掛記著美國人民的利益？」

「某些程度的隱瞞是必要之舉。各國政府都掌握著機密情報。」然而他的語氣帶了點猶豫，好像有點站不住腳。

繼續逼他。腦中的聲音低語。**讓他相信妳想合作。**「我沒有要你公開這件事。我只要你告訴我。我不是黑風衣。我不想再次引發戰爭。我只希望世界能更加平等，人類的價值不是由精神類型來判定。我想要相信IFEN還有良心，是幫助人的力量，而不是奴役眾人的組織。可是你連真話都不說，我要怎麼相信你說的一切呢？」

「上回妳得知真相後，直接公諸於世。妳背叛了我。」

背叛他。我差點笑出聲來。不過我只是擠出痛苦的微笑。「顯然我現在做不到了。就算我想，也沒有人能聽我說。所以拜託，就說吧。我想了解IFEN到底在玩什麼把戲。」

又是一陣漫長的沉默。

最後，他輕嘆一聲，推來一張輪椅，解開我身上的束帶。「坐上來。」

我虛軟的手腳抖個不停，逃跑是不可能實現的選項，反正也沒地方好逃。在他的協助下，我坐上柔軟的椅墊。他扣上我手腕與腳踝的皮帶，不過這只是多此一舉，我就算站起來也會跌倒。

我努力穩住呼吸。很好，腦海中的聲音說。不知道這是不是壓力造成的思覺失調症。

他推著我穿過一長串走廊，進入小小的灰色電梯，不斷往下，樓層按鈕一一亮起，一樓、地下室、地下二樓，最後是標示SB2的樓層。我到現在才知道IFEN有地下室。這裡到底有多深？

電梯停了，門板滑開，我看見裝設日光燈的白色大房間。牆壁貼滿金屬面板，上頭一排排綠光閃爍不定。我不知道自己究竟看到了什麼。

「這就是心靈風暴。」他說。「不是武器。只是電腦。」他推我向前走，進入一個房間，空調格外冰冷，或許是為了不讓龐大的機器過熱。

「我不懂。」

「想像這是極度強大的巡心門，不受距離限制。它傳送的能量振動能與人類大腦互動。到了最終型態，它有辦法同時鎖定單一目標或是一群人。這項技術還在發展中——目前處於理論階段。不過已經接近成功了。我們的科學家二十四小時研發，修改程式，從各個角度研究邏輯問題。只要有了突破，我們就能進入實驗階段。」

也就是說他們會對人類使用這項技術。機器發出輕柔低沉的嗡嗡聲，在進入耳朵前，已經接觸到我的骨頭和牙齒。整件事感覺很不真實。「與人類大腦互動。」我低聲複述。「要幹嘛？」

「什麼都可以。我剛才說過了，技術尚未成熟，不過在未來，或許我們有辦法壓抑攻擊性衝動。甚至影響一整群人的心情，讓他們更加平靜，更願意合作，更有同理心。」

他在說謊吧。這種事情怎麼可能成真——不該成真的。「你指的是心靈控制。」

「不是控制。」他說：「這叫做引導。我們偏好用『暗示』來比喻。微乎其微的暗示。大部分的人甚至不會發覺他們受到暗示。畢竟社會大眾的心理已經受到大量外在因素影響，人格是由成長歷程、基因、廣告、親友意見構成。充滿說服力的報導就有極大功效。妳揭露了聖瑪莉的真相，影響了許多人的行為。這也算是控制他們的心靈嗎？」

「不一樣。」我呼吸加速。夢境一般的感知漸漸消退，取而代之的是逐漸膨脹的恐懼與憤怒。「影響別人跟奪走選擇權是不同的。」

「這項技術不會奪走大家的選擇權。妳以為我們有辦法監控每一個人在每一刻的行為嗎？妳以為我們要打造殭屍國度嗎？太荒謬了。大部分的人將會照常過日子，但是我們會監視行為模式，以相當謹慎的方式干涉，減少悲劇，引導我們的國家走上正途。」

脈搏在我的喉頭咚咚跳動。「假如你想鎖定某個人，刪除他某一段記憶——你也做得到吧？」

「只要技術成功，是的。」

所以他們想隱藏不愉快的真相就更容易了。「你完全沒有擔心過這對人民的基本人權造成什麼衝擊嗎？」

「我關注的是人民福利，不是人權。人權什麼的只會帶來麻煩。要是車子或電腦壞了，修理之前妳不會徵求它的同意，直接把它修好就對了。」

「人不是機器。」這種話連說出口的必要都沒有。我覺得自己被困在愚蠢的夢境裡。

「當然是。」史汪醫師答得沉穩。「妳跟我一樣心知肚明。不過呢，我們會建立嚴格的執行方針以及規約，防止濫用權力。只會在必要時刻使用它。」

「這個必要時刻又是由誰來決定？」

「說不定就是妳。」

我糊塗了，抬頭望著他。

他疲倦地笑了笑。「取代妳的人，亞倫，他狀況不夠好。他太……敏感了。我得要承認，我對妳還抱著希望。」

「就算我跑去加入恐怖組織。」

「現在妳看過他們的嘴臉，知道他們的能耐。反叛是成長的自然程序，我認為妳已經度過那段時期。我總覺得接下我這個位置的人會是妳，算是直覺吧。要是我沒看走眼，在妳主導IFEN任內就能決定何時啟用心靈風暴。當然要獲得委員會同意，不過妳有辦法讓他們服氣。」

我差點笑出來。他都幹了那些好事，還以為我會考慮替IFEN效命？

儘管如此，我發現自己暗自盤算：要是我真的擁有那樣的權力，我可以確保這套機器永遠不會遭到濫用。我可以——

我甩上心裡那道門。沒有人應該擁有這份力量。這個選項不該出現。

史汪醫師湊向我。「有件事情妳說對了——我們無法永遠維持現狀。事實上，精神類型系統原本就不是長久之計，這個方案不夠完美。可是呢，等到心靈風暴計畫完整啟用，項圈和類型將會廢止，那些都是多餘的廢物。眾人平等。蓮恩，妳想要的不就是這樣嗎？平等？」

我用力甩頭。「一切只會變得更不平等。一小群人掌握無限的力量，控制其他人。」

「不是無限的力量。我剛才說過了，會訂定嚴格的規約——」

「就像是現在這些決定要在什麼時刻改變某人精神類型的規約？」我挖苦道。

「萬物皆非完美。可是有更好的選擇。妳想像一下這個計畫的潛力。我們可以永遠終止戰爭。人類史上頭一遭真正做得到這點。心靈風暴的範圍自然有限，一旦我們在其他國家設置基地——比如說哪個瘋狂獨裁者開始收集核武。我們可以阻止他們。輕鬆無害。妳仔細想想。」

我真的想了一會：不需要項圈或是類型，就能阻止悲劇發生的世界。這不就是我奮鬥的目標嗎？不就是黑風衣集團的目標嗎？現在史汪醫師告訴我有可能達成。所有的人都可以平等生活。因為大家都是奴隸。我們無法開創自己的未來，淪為IFEN偉大願景的工具，在不知不覺間遭到操縱，任人搓圓搓扁。這才是最有可能的結果。「這樣不對。」我低語。

他疲憊地嘆息。「蓮恩，妳到底想怎樣？妳討厭現在的制度，又不想回到以前的混亂，我讓妳看見處理一切問題的新方法，妳卻否決了。妳的答案是什麼？妳有什麼提議？」

我沒有回答。我沒有答案。手指緊緊握住輪椅扶手。

他慢慢轉動輪椅，推我離開房間，門板在我們背後關上。我們搭電梯回到地面上。我直盯著前方，胸口糾結了一團火焰。

「好吧。我試過了。」電梯門打開，他推我進入走廊。「妳讓我別無選擇，蓮恩。我要消除妳的記憶，把妳重新設定為認識史蒂芬．班特之前的妳。」

我用力咬牙。

想辦法混過去。腦海中的聲音說個不停。**跟他說妳答應他。從他身上擠出更多情報**。

我搖搖頭，活像是甩開蒼蠅的馬匹。這有什麼用？既然我沒辦法把這件事告訴任何人，有什麼用？我好累。我只想放棄……

想都別想！聲音嘶聲警告。

我一手按住太陽穴。

「蓮恩？」史汪醫師瞇起眼睛。「怎麼了？」

「我……不知道。腦袋怪怪的。」

別跟他提起我。聲音變了，聽起來跟我一點都不像。斑馬。他不知道用了什麼手法，在我腦袋裡說話。**妳要繼續挖掘。**

史汪醫師扣住我的下巴。「妳在跟別人通訊，對吧？」他的語氣冷硬緊繃。「**怎麼做到的？**」

「我沒有——不是——不知道——」

他反手甩了我一巴掌，打得我腦袋往後倒。「**說！**」

「**我不知道！**」我對他尖叫。「不知道為什麼！就聽見腦中有個聲音，然後他——他——」

史汪醫師抓起我的頭髮，以指尖檢查我的頭皮跟頸子。他按到我後腦杓的痛點，我瑟縮了下。「手術疤痕。」他低喃。「幾乎看不見。應該要先對妳徹底檢查一番，不過我沒料到敵人的技術竟然如此進步。」他的嗓音冷如冰霜。「所以妳腦袋裡植入了東西。真聰明。他派妳來當間諜，透過妳的耳目監視一切。」

植入。所以斑馬才會放我回到史汪醫師身邊，讓我交換那些人質——他想要心靈風暴計畫的情報。他利用了我。

史汪醫師深深吸氣，直起背脊，將頭髮往後撥。「我們必須移除這個裝置，仔細研究。不過首先呢……」他從口袋掏出手機，翻開螢幕，按了幾個鈕，湊到耳邊。過了幾分鐘，他只說：「時間到了。」他切斷通話，手機塞回口袋，繼續推我前進。

「你剛才跟誰說話？」

史汪醫師沒有回答。我咬牙，指甲刺進掌心。

斑馬？你聽見了嗎？你在嗎？告訴我發生了什麼事！

抱歉，蓮恩。聽見別人的聲音在腦中清晰響起實在是不太舒服。這是妳自己答應的，就算現在妳想不起來。這方法成功了。我用巡心門記錄妳的記憶，現在我有心靈風暴電腦的影像以及史汪醫師的說明。他們即將犯下違背人性的罪行，只要告訴全世界，就可以打倒他們。請相信我。我知道妳對我有什麼想法，妳沒有錯，我確實惡劣至極。可是妳替黑風衣集團立了大功，不對，是替人類。我會救妳離開那個地方，我答應過了。妳再撐一下——

聲音戛然而止。衝擊傳入我的身體核心，視線發白，痛楚撕裂我的胸膛，讓我完全無法思考。劇痛填滿我的意識，淹沒其他一切。我喘著氣，按住胸口。好熱。我張嘴想叫，喉嚨突然癱瘓了，鎖得死緊。

斑馬的聲音隔著疼痛滲入，虛弱又破碎。蓮恩……聽我說。妳必須……噎到似的喘息切碎句子。我動不了。意識不斷滑落，掙扎著尋找踏腳處。每一次呼吸都要與擠壓胸腔的鮮紅雪崩對抗。視線時有時無。

痛苦漸漸消失。我感覺到他離我遠去，聲音變得非常微弱。阻止尼可拉斯，他輕聲說。他很危險。妳得要找到……

白噪音席捲我的耳朵。「斑馬！」

房間。告訴他們。越來越小聲，音量小到我幾乎聽不見：失樂園。

他消失了。痛楚也跟著消失。我喘不過氣，渾身是汗，滿臉淚水。

史汪醫師一點也不驚訝或是困惑。他繼續推輪椅前進。

「你做了什麼？」他沒有回答。「你做了什麼？」

「蓮恩，妳把我逼到極限。我別無選擇。妳一定要了解；假如這項情報在不恰當的時機洩漏出去，將會造成毀滅性的結果。」

我的指甲刺進掌心，力道大到幾乎破皮。我還在發抖。雖然胸口灼熱的劇痛沒了，我依然覺得自己渾身是傷，支離破碎，彷彿被卡車輾過。「你殺了他。怎麼做到的？」

「妳現在也該知道了，我們在要塞裡有眼線。他已經解決斑馬了，巡心門的內容也將會消除。」

我想到斑馬說的話：阻止尼可拉斯。我早該想到的。只有他夠接近核心，獲得斑馬信賴，有辦法做到這些事。就算知道了，我什麼都做不了，無法警告其他人。胸口往內縮，像是握起的拳頭。「黑風衣集團很快就會知道發生了什麼事。」

「不會的。從外表看來，斑馬是自然死亡。他被人注射液態索納多，針孔小到沒有人會注意。某些檢驗可以測出真正的死因，不過黑風衣集團的醫療技術相當落後。大家會發現他死在書房裡，看起來是在睡夢中安詳過世。」

我好想尖叫。

「就算妳有辦法警告他們也沒差。已經太遲了。」

惡寒沿著脊椎往下竄。我在輪椅上扭身看他。「你在說什麼？」

「妳不用擔心那麼多。再過不久，妳甚至不會記得他們。也不會記得這件事。」

無助感不斷延燒，如同在我體內扭轉的刀刃。「你不能永遠隱瞞這裡的真相。」

他直視前方。「或許吧。不過等到情報公開，社會大眾已經準備好接受了。我們會做得滴水不漏。」輪椅往前滑。史汪醫師安撫似地說道：「再過不久，妳就會拋下這一切。我們可以重新開始。」

在一個白色房間裡，史汪醫師和一名護理師把我綁在病床上，用冰冷的麻醉膠塗抹我的後頸，取出植入的裝置。看起來像是閃亮的銀色蜘蛛，或者是水母——透明的小球裡塞滿電路板，其中一端生出五顏六色的細長電線。我昏昏沉沉地看著史汪醫師將它放入裝著透明液體的罐子，它在裡頭飄浮，電線兀自揮舞，一絲絲血液——我的血——跟著進入液體。

我真的答應讓斑馬在我身上裝這個東西嗎？

我想永遠沒有機會問他了。想到方才令人窒息的灼痛，我胸口不由自主地抽搐。所以這就是被索納多殺死的感覺，這就是IFEN所謂的人道手段。斑馬不該承受這些。沒有人應該承受這些。

他們為我縫合，我的思緒高速運轉。尼可拉斯還在臥底，黑風衣集團脆弱不堪。現在斑馬死了，再也沒有人能夠阻止他。他可以把要塞的位置透露給加拿大政府，親自替他們打開大門，看他們屠殺每一個人。問題是，他為什麼不早點下手？他還有別的計畫嗎？

再過不久，我連思考都做不到了。真相將會從我腦中剝離，我無法阻止。我楞楞地盯著牆面，累到連害怕都感覺不到，疑問漸漸消散。

人影在我背後移動，護理師整理好手術器材，金屬器具輕輕碰撞。

史汪醫師跟護理師帶著取出的植入裝置離開，留我獨自側躺在病床上，被一條條束帶固定。過了幾分鐘，我聽到輪子滑動的聲音。門開了，史汪醫師和護理師推著輪椅走進來。「時間差不多了。」他手中拿著皮下注射器。「妳要乖乖跟我們到融合實驗室，還是說我們得要把妳迷昏？」

我的指尖陷入床墊。他們要奪走一切。我將忘記黑風衣集團、聖瑪莉。史蒂芬。這是我擁抱他的回憶的最後幾分鐘了。我不想浪費時間流著口水喪失意識。我閉上眼睛。「我願意配合。」

「很好，過來吧。」

護理師解開束帶，我坐進輪椅，虛弱又昏沉，視線模糊不清。他們推我到融合實驗室，門一開，看到裡頭的擺設，奇特的感覺頓時湧上心頭。白色牆面，明亮的燈光，兩張椅子。我曾經在這個房間裡治療客戶。

他們將我綁上椅子，我想到史蒂芬——他的笑容，他的氣味——我即將失去的一切。不可能，怎麼會這樣。太殘酷了。我來不及阻止淚水滑落。

史汪醫師別開臉。「等到療程結束，妳會好起來的。」

我不想要好起來。我想保留一切，就連痛苦也不想放棄。

等到療程結束，我會變回幾個月前的那個女生。她一無所知。她像個孩子一般無助。我心中浮現對她的保護慾，彷彿是面對自己的妹妹。真希望可以幫她、指引她——不過當然不可能。**我就是她。**

史汪醫師坐在我隔壁，戴上頭盔。護士站在一旁，手中還拿著皮下注射器，生怕我突然掙扎。

「回到妳第一次遇到他的時刻。」史汪醫師說：「記住，妳越是配合，療程就越順利。」

一定有辦法守護我的記憶，即便只是些許片段，一定有辦法阻止史汪醫師偷走一切。我想起過去的訓練，用來劃分情緒的練習。說不定可以。只要我鎖上一些——

「蓮恩。」史汪醫師語帶斥責。

護士走向我，皮下注射器閃閃發亮。「不要。」我搖頭躲避。「等等。」

針尖刺進我的脖子，我陷入沉重的灰色虛無，意識溜走，像是污水流進排水口似的。我化為散沙，從自己的指間流光，落入無底深淵。

專心。記住。

史蒂芬的笑容，他勾起的嘴角。

我走過石頭迷宮。

史蒂芬站在停車場另一側，雙手插在口袋裡，路燈從上方照亮他。

我來到木頭箱子前。打開箱子。

他的眼睛。

我把這個畫面放進去，鎖起來。鎖得很牢。

史蒂芬。史蒂芬。史蒂芬。

我們在葛瑞西家的地下室，他的嘴唇與我相觸——

拜託，拜託，別讓我失去這個。不要是這個。

我掙扎著攀附記憶，它們卻崩解滾入深淵。我漂浮在沒有時間的地方。灰色的地方。我想記得某些事。究竟是什麼？

某人的眼睛。水銀。褪色牛仔褲。海面上的雲影。藍色。

藍色

藍色

藍色

藍色

藍——

第三部

抉擇

第三十二章

我處於虛空之中。周圍不是黑暗，而是整片的白。

黑暗是「有」的狀態。黑暗擁有實際的質感。白則是空缺、否定、空蕩蕩。白是遺忘。

世界慢慢地，慢慢地重新建構。

我的頭沉如重鎚，腦袋彷彿在碎玻璃堆滾過，又泡進檸檬汁，再隨意塞回頭蓋骨裡。我隱約感覺到背後的床墊。

這裡是哪裡？

我想坐起來，身體卻不聽使喚。聲音在我腦海邊緣漂浮，在意識內外穿梭。「這是天大的錯誤。」史蒂芬。史蒂芬在說話，嗓子有點啞，像是在強忍淚水。「根本不該做的。我就知道會有這種後果，卻沒有阻止她。」

「放輕鬆。」是伊安。「她只是一下子得到太多資訊，腦袋需要一點時間來整理。」可是他的語氣也帶著恐懼。「她會好起來的。」

「如果沒有呢？」

「一定會的。」

我想跟他們說我醒了，說我聽得見，然而嘗試張嘴卻無功而返。我想稍稍睜眼，世界像是一灘棕色灰色爛泥。眼睛再次閉上，史蒂芬跟伊安聲音漸漸消失。

不知道過了多久。我睜開眼睛，發現自己正對著一間破舊的木板牆房間。

等等。我不是還在IFEN的總部嗎？

不對。沒錯——我逃出來了。**我們**逃出來了，這裡是森林裡的避難小屋。

陽光從天花板上的破洞斜斜照進來，灰塵在光束裡打轉，房間彷彿籠罩在閃閃發亮的霧氣中。一隻蟑螂爬過牆壁，觸鬚搖來搖去。跟老鼠一樣大的紅黃色蜘蛛從天花板垂落。我閉上眼睛，等我再次睜眼，蜘蛛已經不見了。

聲音在腦海邊緣滑行。來來去去的人影閃過視野外圍。一隻手溫柔地摸摸我的臉，收了回去。一顆黑球飄在床舖上方，裡頭有個小女孩像美人魚一般游泳，低頭對我微笑。接著她也消失了。

腦中的煉獄漸漸熄滅，冷卻成類似普通頭痛的症狀。閃亮的霧氣散開，世界看起來很正常，只是有些模糊，因為我要費上全身力氣才能讓眼睛對焦。

我慢慢轉頭，史蒂芬坐在床邊，把一塊布浸入水盆，再小心翼翼地蓋上我的額頭。他眉間皺起，活像是在執行複雜的手術。

「我認得你。」我低喃。

他僵住了，呼吸困在喉嚨中。

我緩緩抬手，摸過他的臉頰，感受清晰可見的金色鬍渣。「嗨，史蒂芬。」虛弱的笑意扯動我的嘴角。

他用力吞嚥，喉嚨周圍的肌肉收縮又鬆開。他按著我的手背，轉頭親吻我的掌心，輕聲回應：「嗨，醫生。」

我又睡了一會，醒來時覺得渾身無力，不由自主地發抖，全身上下都是汗，不過我知道最糟的時刻已經過去了。路西德的後續效應有如高燒般退去，明亮的午間陽光穿透髒兮兮的窗戶跟天花板的破洞。我的肚子咕噥幾聲。

我慢慢坐起來，眨眨眼，房間沒有晃動。我攤開手掌清點指頭，在腦中做了幾道基本的數學題。我默背流行歌曲的歌詞。目前為止一切順利，基本配備功能正常，眼前沒有花花綠綠的蜘蛛或是飄浮的大黑球。

天啊，這趟旅程真夠累人。以後我會盡量避免服用路西德。

一雙綠眼睛閃過糾結的記憶。亞倫。他在IFEN總部。一定是他派護理師塞藥丸給我。我記得被抓起來的時候曾經跟他說過話。我記得。

我摸摸太陽穴。是的，記憶都在……至少就我所知的範圍。修正治療前的細節包裹在雲霧中——我想到調整療程，想到跟亞倫的對話，接下來就有點混亂，難以分辨現實與夢境——不過我記得要塞、芮伊、斑馬，以及其他的黑風衣。我記得史蒂芬。我真想喜極而泣。感覺過去那個蓮恩越飄越遠，被現在的蓮恩一口吞下，她的消失令我有些心痛。

可是我人就在這裡。

「史蒂芬？」我高呼。「伊安？」

他們咚咚咚地衝上樓，撞進房間，氣喘吁吁。「蓮恩。」史蒂芬邊喘邊說：「妳怎——」

「好多了。」我笑了笑。「你們可以拿點東西給我吃嗎？我快餓死了。」

幾分鐘後，我們坐在床緣，雜燴罐頭傳來傳去，雖然說幾乎都是我吃的。我想不起上回是什麼時候餓成這樣。吃完以後，我還把手指舔乾淨，他們瞪大眼睛，緊張地盯著我。到目前為止，他們還沒說過話，似乎很怕問我任何問題。他們擔心要是給我絲毫壓力，我就會再次崩潰。「很好吃，謝謝。」我說。

伊安清清喉嚨。「所以說有效嗎？」

「嗯，成功了。」我望向史蒂芬。他勾起一邊嘴角，試探似地微笑，我凝視他淡藍色的雙眼，臉頰發燙。

伊安低下頭，神情緊繃。「我給你們一分鐘。」他離開房間，帶上房門。

史蒂芬以指尖輕撫我的臉頰。「我以為我失去妳了。」他輕聲說。

「我在這裡啊。」我按住他的手。「我發誓，再也不會離開你。」

他粗魯地抱住我，臉埋進我的髮梢，深深吸氣，彷彿我是唯一的空氣來源。我回應他的擁抱，沉醉在他的溫暖，他的真實之中。心底有個角落不敢相信，認為這是幻影，隨時都會離我遠去。可是他在這裡。我在這裡。我活著，抱著他，感受他雙臂環繞著我，左胸貼著我的臉頰。他緊緊攀附著我，肋骨開始抗議，但我不希望他鬆手。我說出早就該告訴他的一句話：「史蒂芬，我愛你。」

「我也愛妳。」他對著我的頭髮低語。

他退了開來，微微一笑，眼睛閃著淚光，我把他的模樣印入心底——淡金色睫毛，藍灰交織的虹膜，臉上的疤。以前沒看過這個。我以指尖探索這道細長堅硬的突起，他閉上眼睛，似乎是在品味這份觸感。「怎麼傷到的？」

「跟尼可拉斯打了一架。」他低喃。「他不讓我們去救妳，說妳已經深陷敵陣，太冒險了。我攻擊他，他割傷我的臉。」

尼可拉斯……這個名字觸動了……某個東西。尼可拉斯怎麼了？思緒一閃而逝。我摸摸史蒂芬的傷痕。「抱歉。」

「沒什麼。跟妳說，藍膠真的很了不起，什麼傷都治得好。」

我撫過他的下顎，摸著接近半透明的鬍渣。我不敢眨眼，就怕一個閃神，他就不見了。「抱歉，我不該離開的。我——」

他吻住我，打斷所有的歉意。

他的嘴脣與記憶一模一樣——冰冷，略為粗糙，隱約帶著海洋的氣味。我想把他吸進身體裡，在他體內攀爬，在他四周游泳，跟他融合在一塊，不讓任何力量再次拆散我們。等到我們終於分開來換氣，我陷入愉悅的暈眩，一頭靠上他的肩膀，就這樣與他相擁好一會。

我恨我自己曾經忘記這份情感——忘記他。如此珍貴的記憶竟然輕易就被機器奪走，我真想赤手空拳把IFEN總部撕成兩半。我終於懂了，當年父親為什麼寧可自殺，也不願意讓人消除他的記憶。

「蓮恩？妳在發抖。」

我往他身上貼得更近。「沒事。抱著我。」

我想起恐懼與不適與無助，察覺史汪醫師打算偷走我的回憶時，那份沉入谷底的恐慌。我不禁納悶——史蒂芬以前遭到強迫調整時，也是這種感覺嗎？難怪他如此憎恨IFEN。難怪他執意要讓IFEN從地球表面消失。

過去，我不認為自己有辦法理解他的想法，無法完全認同。或許得要親身體驗過才會懂。儘管我取回了記憶——好吧，不是完全恢復——我再也不會是同一個人了。曾經潔白無瑕的事物變得污穢不堪。這份痛苦難以用言語表達，但它再真實不過。此時此刻，我知道IFEN不會變好。腐敗只會越來越嚴重。

我往後退開，揉揉眼角。史蒂芬扣著我的下巴，抬起我的臉，仔細打量。他的表情無比嚴肅專注，我笑了，但心裡陣陣抽痛。我很想整天靠在他懷裡，可是我有太多疑問在腦袋裡推擠，我一一檢閱，試著挑出最重要的部分。

我深深吸氣。「好啦，要塞怎麼了？之前伊安說無法確定能相信誰。所以斑馬還沒找到叛徒嗎？」

他肩膀僵硬，臉上浮現古怪的表情。

「怎麼了？」

他緊緊抿唇，別開臉。「斑馬死了。」

死了。我瑟縮了下。不知道為什麼，這件事帶給我的衝擊不如預期。彷彿我早就知道了。

「怎麼死的？」

「他們發現他坐在書房裡。沒有人說得出他是怎麼死的。要塞各處都有監視攝影機，就是斑馬的書房沒有。他總是維持著隱私。看起來像是心臟病或是中風之類的，不過伊安跟我都覺得不太單純。」

一股寒意沿著脊椎往下滑，流入每一條神經。「你的意思是他可能遭到殺害。」

「對。我們是這麼想的。」

我口乾舌燥，記憶刨抓我腦袋裡的門扉，想要跑出來。有件很重要的事情，我就是想不起來，揮不散那片迷霧。我抖著手按住太陽穴。「如果是這樣，那是誰幹的？」

「不知道。」他張嘴，看向別處。他的嗓音好輕柔，接近道歉。「有些人懷疑是妳。」

「我？我哪有可能——他死的時候我根本不在場！」

「大部分的黑風衣都知道妳跟這件事無關。」他馬上補充。「只是有幾個愛鬧事的。」

我好想吐。不過從那些人的角度來看，他們會懷疑也很合理。我是巡心者，象徵他們憎恨的一切。過去跟他們相處已經是無比艱難。現在多了幾個懷疑我是叛徒的人，不知道會是什麼感覺。

「妳知道的，我們不需要回去。」

「那我們該去哪裡？該做什麼？不能待在這裡。警方遲早會來找我們。」

他勉強點頭。

我抱起膝蓋。「如果斑馬死了，現在誰率領黑風衣集團？」

「算是尼可拉斯吧。」史蒂芬說：「他以前是斑馬的副手，集團自然由他接管，只是並非所有人都想跟隨他——有些人無法像尊敬斑馬那樣對待他——所以黑風衣集團處於分裂狀態，任何事都能吵。一片混亂。」

尼可拉斯。

我腦中靈光一閃。我僵住了，揪著領口感受窒息般的痛苦填滿胸膛。我的肺遭到擠壓灼燒，像是填滿了毒氣。我啞聲慘叫，灼熱的長矛刺穿我的腦袋。

「怎麼了？」史蒂芬瞪大眼睛。

影像隱約閃現。炫目的強光。白牆。恐慌。記憶傾斜著不斷旋轉。「是他。」我好不容易穩住嗓音。「尼可拉斯。他就是凶手。」

史蒂芬的眼睛瞪得更大了。「妳確定？」

「我感覺到斑馬死去。我記得——我記得他要我阻止尼可拉斯。」我吞下喉頭的酸澀，逼自己在反胃以及劇烈頭痛之間呼吸。

史蒂芬眉頭緊皺。「怎麼可能？他死的時候妳又不在場。」

「我……算是在。斑馬在我的腦袋植入一種裝置，讓我能在IFEN總部與他通訊。他遇害的時候我們正在連線。我知道這聽起來很瘋狂，但都是真的。只要尼可拉斯在堡壘裡，黑風衣集團就離不開危險。我們必須警告他們。」他沒有立刻回答，絕望湧上心頭。「你不相信我？」

「我相信妳。」史蒂芬語氣嚴峻。

「蓮恩？」伊安站在門邊。「我聽見叫聲。怎麼——」

「用潔卡留下來的緊急電話聯絡她。」史蒂芬說：「叫她來接我們。快。」

伊安講完電話，史蒂芬說明了目前的情勢，我們坐在搖搖晃晃的前門台階上等待。樹木被強風吹得不斷擺動，沙沙作響，遠處雷聲隆隆，幾滴雨水滴入門廊。恐慌擠壓我的胸口，我得要用力呼吸。

「我們必須擬定計畫。」史蒂芬說：「首先是告訴其他黑風衣這件事，不過要確保尼可拉斯不會發現我們知道真相。」

伊安皺眉。「散播任何消息之前，不該完全確認嗎？」

「蓮恩說他是叛徒。這樣就夠了。」

伊安的嘴巴張了又合。「好吧。那我們要怎麼做？」

「一回到要塞，我們先去找芮伊或是巴克。」史蒂芬說：「我們可以信賴的人。編個藉口跟他們私下談話，蓮恩就可以告訴他們一切。假如不巧遇到尼可拉斯，我們要假裝沒事。別讓他知道蓮恩恢復記憶了。」他直視我的雙眼。「目前他不知道妳知道，對吧？」

「我——我想是吧。嗯。」

「很好。繼續維持。他不會高舉雙手歡迎妳，但是他也不想被人拆穿偽裝。既然他還待在要塞，代表他還有其他任務，心裡還有別的盤算。」

「會是什麼？」伊安問：「蓮恩，妳知道嗎？」

「不知道。」我覺得我應該知道，可是腦袋裡有一片霧氣，一塊模糊的區域，遮住了我在IFEN醒過來，喪失記憶前的一段時間。我少了什麼東西，非常關鍵的片段。

「我們會查出來的。」史蒂芬神情嚴峻。「告訴其他人之後，我們要籌劃如何制服尼可拉斯——只要有人幫忙應該不難——從他口中挖出答案。」他的眼神像石板一般冷硬。「如果有必要，我會親手逼他說出真相。」

一瞬間，我動搖了。要是我錯了呢？要是那些片段只是夢境或是幻覺？要是——

不對。我知道我看見了什麼。

伊安捏捏我的肩膀。自從我恢復記憶後，他不斷避開我的視線，但溫暖柔和的語氣一如以往。「我們會以最快的速度回到要塞。我答應妳。」

我擠出微笑，心跳卻拒絕放慢。恐慌籠罩著我，無法擺脫它的攀附——我覺得一切都走到絕路。

風吹得更急了，在樹林間呼嘯。雷聲往小屋接近，巨響在天邊迴盪。雨勢轉強，冰冷的水珠打中我的頭頂，這時一輛髒兮兮的紅色貨卡開上屋前的碎石子車道上。烤漆早已褪色的貨卡停好，潔卡打開車門，狗頭面具探出。「好了嗎？」她高喊。

我們擠進車裡，渾身溼透，不斷發抖。我塞在史蒂芬跟伊安中間，車子轟隆隆地上路，留下泥濘的胎痕。空氣中懸著緊繃的沉默，雨刷咻咻劃破暴雨，車頭燈在幽暗中拉出兩條黃色道路。

「你們聽說最近的消息了嗎？」潔卡從駕駛座上對我們開口。「史汪醫師死了。」

「對，有聽到消息。」伊安說。

我打了個寒顫。我還在適應他死去的事實。潔卡自然不知道我們就是當事人，或許繼續瞞下去比較好。

「誰是下一任的主任啊？你們有沒有心目中的人選？」她問。

「我們沒什麼想法。」伊安回應。「標準程序是由前任指派新的主任，這個人選要獲得國家倫理委員會的同意，不過他們從來沒有反對過IFEN的決定。」

「假民主。」史蒂芬低喃。

「美利堅聯合共和國陷入混亂。」潔卡繼續說：「大家都慌了，以為下一場戰爭即將開打。天啊，連這裡都在鬧。他們說要實施宵禁。宵禁！在加拿大！」

我的思緒跳回史汪醫師跟心理福利部長的會面。IFEN的影響力已經進入這個國家了嗎？

往多倫多的路上雨沒有停過，田野樹林一片模糊，看板若隱若現。這座繽紛的城市籠罩在霧氣裡，看起來不該存在的脆弱大樓佇立在地平線上。車子接近市區，潔卡往前靠，望向擋風玻璃外。「呃，真奇怪，上回還沒有這玩意兒。」

一座白色的尖頂建築座落在路邊，只是間小屋，屋頂裝設監視攝影機，金屬柵門擋在路中間。我心一沉。這是檢查哨。我認得出來是因為在我的故鄉歐羅拉，進出城市的每一條路都設置了同樣的檢查哨。

我們靠近柵門，看不出哨亭裡是否有人，不過屋頂上確實裝了監視攝影機。

「或許我們應該回頭。」伊安說。

「管他去死。」潔卡怒吼一聲，掏出手槍，搖下車窗，開了一槍。攝影機從屋頂上墜落。

史蒂芬佩服地吹了聲口哨。

「呃，柵門怎麼辦？」伊安緊張地問道。

潔卡掉轉車頭，突如其來的舉動把我嚇得緊抓座椅邊緣。車胎輾過泥巴跟雜草，撞上石塊，車子繞過柵門，整輛車不斷搖晃震動。警鈴大作，潔卡開回路上，繼續往前衝，一會就聽不到了。「蓋這個東西的傢伙真是不小心，他們幹嘛監控道路啊？美利堅聯合共和國是有什麼問題？」

她的疑問在我胸口留下空洞。我不願思考背後的意義，可是我知道：IFEN的魔爪已經伸進加拿大。

第三十三章

多倫多將我們包圍，陌生又熟悉的感覺，彷彿是前世記憶裡的光景。天上飛著立體投影的巨龍，繞著城市打轉，鱗片閃著紅色與青色光芒，張嘴吐出火焰。一排粉紅色卡通大象搖搖晃晃地笑著橫越天空。鮮艷明亮的招牌，一間間色彩奪目的店家，在灰色霧靄中閃耀。路上行人彼此打鬧，這裡的人就跟這座城市一樣多彩奇異。多倫多是一場無盡歡愉的熱烈夢境，遠處傳來槍聲和警車警笛，然而這些路人繼續歡笑，舉著酒瓶暢飲。

潔卡放我們在街角下車。

「謝謝妳做的一切。」伊安說：「妳幫我們太多太多了。」

她露齒一笑。「小事一樁。希望能協助你們達成最終目標。」她開車離去，我們站在一間中國餐館門外，雨勢依舊猛烈。一隻金色招財貓在櫥窗裡對我們燦笑，爪子前後揮舞。

我們踏進店內，留下一堆水漬。一名枯瘦的老婦人站在櫃台後方，深棕色雙眼盯著我們看。史蒂芬向她打了幾個手勢——看起來像是在空中比畫字母或是數字——她點頭微笑，露出小巧潔白的牙齒，示意我們鑽進櫃台後的一扇門。

我們跟著她爬下一道狹窄彎曲的樓梯，來到地下室，她掀開一塊精緻的掛毯，露出磚牆上參差的窟窿。

「謝謝。」史蒂芬說。

她點頭，笑容牽動滿臉皺紋。從頭到尾她沒有說過半句話。

伊安從背包裡掏出手電筒，遞給史蒂芬。「可以出發了？」

「差不多。」

我們進入低矮的隧道，無法站直，甚至連彎腰行走都有困難。伊安帶路，史蒂芬殿後。牆面是粗糙的土牆，以木頭梁柱支撐，細細的塵土不斷飄落，害我以為隧道頂端隨時會場陷。我努力不去思考這裡有多少蟲子、老鼠、蛇四處蠕動。心跳聲震耳欲聾。

我們爬過狹窄封閉的隧道裡，感覺好像過了幾個小時。接著，隧道拓寬，我們突然進入陰暗寬闊的地鐵隧道，牆上有一塊塊塗鴉，我們的手電筒照亮棕色磚頭上鮮艷的線條。

史蒂芬瞇著眼睛四下張望，手電筒照向各處。他比了手勢，我們開始前進。牆面放大我們的腳步聲，周遭一切感覺有些熟悉，卻又無比遙遠，宛如小時候到過的地方，不過我知道距離上回來到這裡時也沒有那麼長的間隔。半路上，我瞥見另外兩個人——老人和女性，他們滿臉灰塵，窩在臭氣薰天的火堆旁。他們狐疑地盯著我們，眼白在黑暗中格外醒目。

才走了幾分鐘就來到一對生鏽的金屬門前。史蒂芬掀開旁邊牆上的面板，生物特徵掃描器就突兀地嵌在斑駁的磚牆裡。他貼上大拇指，掃描器閃起綠光，高聳的門板盪開，裡頭是寬闊的入口大廳、一面面金屬牆。我們走進去，門板在背後碰地關上。

我記得這個地方。影像與情緒掃過腦海，我靠上旁邊的牆面。

史蒂芬扶著我的手臂。「妳還——」

「沒事。」我突然覺得胸腔好狹窄。

「深呼吸。」伊安提醒道。

我點頭，雙手撐著膝蓋，漸漸喘過氣來。

「喔，哈囉。」

我渾身僵硬，感覺自己跨過懸崖邊緣。我緩緩抬頭，看到尼可拉斯站在走廊，身穿和以往相同的黑色風衣，白髮用亮晶晶的髮膠往後梳理，露出整片額頭。兩名荷槍實彈的壯碩成員守在他左右——其中一人脖子上刺了獵豹的圖案，另一人則是光頭女性，嘴唇塗成黑色，臉上穿了一堆環。

我的心跳響得像打雷，淹沒所有的思緒。尼可拉斯瞇細雙眼，一時之間沒人移動。我不敢說話，不敢呼吸。他勾起嘴角。「看來救援任務成功了。我得承認對於妳的回歸，我不抱太大希望，不過很高興看到妳平安無事。」

「喔，能回到這裡我們都很開心。」伊安刻意裝出不帶立場的語氣。

「芮伊跟其他人幾天前就回來了，他們不確定你們是否順利逃脫。」尼可拉斯踏出一步，視線鎖在我身上。「所以說，費雪小姐，我猜妳不記得我了。或是這個地方。」

「是的。」

他在我眼底探尋，臉上肌肉緊繃。我努力維持茫然的表情。別慌，我告訴自己。他不可能知道我恢復記憶了。

「妳一定很累了。」他說：「要我送你們回房間嗎？」

「謝了，我們可以自己回去。」史蒂芬說。

「我堅持。」

我們沒多少選擇的餘地。抵抗等於是暗示我們有意隱瞞。我們不甘願地跟上，兩名黑風衣護衛擋在我們左右，腰間槍套裡的手槍閃閃發亮。

尼可拉斯回頭看我。「相信妳這陣子吃了不少苦。」

「很恐怖。」我緩緩回應。「我幾乎不知道現在是什麼狀況。」

「我可以想像。IFEN的洗腦技術相當細緻又徹底。」

「喂，宿舍區不是這個方向吧。」史蒂芬高聲說。

尼可拉斯突然停下腳步，舉起一手，他的護衛舉起槍。「希望你們能理解我為何要這麼做。」

「到底是怎樣？」伊安問。

冰水流過我的血管。兩名黑風衣的槍口對著我們。

「斑馬的死跟蓮恩消失的期間重疊——你們必須承認這有點可疑。在徹底的審訊之前，我們無法假定她值得信任。我也希望兩位男士別干涉。」他看看護衛。「制住費雪小姐。」

大事不妙。我無法動彈，思緒往千百個方向飛奔。

伊安衝到我面前，擋在護衛跟我之間。「等等！」

「滾開。」男性護衛低吼，手指扣住扳機。

伊安絲毫不讓，他展開雙臂，似乎是想擋住子彈。「蓮恩犧牲自己，救了我跟芮伊還有其他人。」他語氣堅定。「她不是叛徒，你們也很清楚。」

「可是她曾經受到敵人控制。」尼可拉斯說：「我們不知道他們對她的腦袋動了什麼手腳。這是必要措施。」

「放屁。」史蒂芬狠狠反駁。

「史蒂芬。」我低聲警告。感覺空氣中充滿電流，只要輕舉妄動，就連最輕的聲響都會點燃一切。尼可拉斯的臉頰往左右繃緊，露出牙齒。他的恨意如同籠罩全身的實際光暈。他要看著我們喪命。或許他沒有下令開槍的唯一原因是這樣會破壞他的偽裝。

無論發生什麼事，都不能任由他監禁，否則就永遠出不來了。尼可拉斯絕對不會手下留情。

我小心翼翼地往前站，繞過伊安。他伸手想阻止我，但我推開他的手臂，轉向最接近的黑風衣——鼻子跟眉毛穿了環的女子。她深棕色眼眸中帶著戒備，我看見她的手指在扳機上抽動。

「我們只想跟芮伊談談。」我說：「或者是巴克，看你們先找到誰。」

她咬住塗成黑色的嘴唇，我突然發覺她其實年紀不大——不超過十五六歲。

「這裡由我負責。」尼可拉斯說：「想說什麼現在就說出來。」

「很好。」史蒂芬開口：「那我就說了。你是叛徒。你殺了斑馬。」

護衛的神情困惑茫然。「什麼？」男子問。

尼可拉斯臉一沉。「這是很嚴重的指控。你們手邊有證據嗎？」沉默。「那就是沒有了？」

糟了。真的糟了。

「或許不用浪費時間逮捕你們。」尼可拉斯說：「或許我應該直接在這裡斃了你們。」

女孩的眼珠子左右移動。「你真的要殺他們？如果帶他們去審訊——」

尼可拉斯轉向她。「我連妳的忠誠都要懷疑嗎？」

她緊張地後退。

眨眼間，史蒂芬抽出手槍，瞄準尼可拉斯，可是他的手在抖，太陽穴布滿汗珠，青筋不斷跳動。「放我們過去。」他說。

「你這是在威脅我？」尼可拉斯歪歪腦袋。「你還沒有真正殺過人吧？」他的語氣出奇從容，幾乎像是在閒話家常。

汗水沿著史蒂芬的頸子流下。他的手指在扳機上顫抖。「你以為我不會開槍嗎？那就放馬過來啊。」

我耳朵嗡嗡作響。不知道該做什麼、該說什麼。一切都失控了。

尼可拉斯的手指抽搐彎曲，似乎是想伸出利爪。接著他雙手在身前交握，換上寬容的笑容。「顯然我們之間有些誤會，情緒都不太穩定。情勢有點失控，不過不需要用暴力解決。我們都站在同一邊，不是嗎？」

「我可不這麼想。」史蒂芬低喃，毫不退讓。

尼可拉斯向史蒂芬伸出手，史蒂芬縮了下。「你們跟我來吧？我帶你們去找芮伊跟巴克，我們一起把事情談開。」他嘴裡說著，另一隻手移向後腰。

「史蒂芬！」我尖叫。

接下來的幾秒鐘一片模糊。尼可拉斯拔槍，還來不及舉起，啪嚓聲破空而來，他踉蹌後退，胸口冒出彈孔。他手中的槍從指間滑落，鏗鏘落地。他咳了幾聲，濃稠深紅的鮮血從他嘴裡湧出，他靠著牆壁癱倒，緩緩下滑，拉出一道血紅痕跡。

伊安後退一步，臉色蒼白。我按住嘴巴，壓下滿喉嚨的尖叫。兩名護衛瞠目結舌，史蒂芬站得直挺挺的，雙手握槍，槍口冒出白煙。他瞪大雙眼，失去焦點。

尼可拉斯低聲呻吟，他又咳出幾口血沫，詭異的完美藍眼珠轉向我，嘴脣扯出介於痛苦與笑容之間的角度。「二十四小時。」他啞聲說道：「你們都會——」又一聲咳嗽，「——都會死。」

「這是什麼意思？」伊安抓住尼可拉斯的衣領。「再過二十四小時會發生什麼事？」

尼可拉斯的笑聲轉為溼潤的咯咯聲，最後他不動了。

史蒂芬手中的槍枝晃了晃，從他掌中落地。

眾人凍結了好幾秒。

我看過死亡。我感受過斑馬的死。然而看著生命離開某人的身體，擁有知覺的生命化為肉塊的一瞬間，那種感覺還是很……不自然。非常不對勁。有時候死亡像是天大的錯誤。

雜亂的腳步聲逼近，打破沉默，我抬起頭，正好看到芮伊和巴克大步走來，步槍在手。他們停下腳步。

「這裡是怎樣？」巴克問。

臉上穿環的女生緩緩轉向他，她垂著手臂，忘記自己手上還握著槍。「他說我們都會死。」她的聲音聽起來好遙遠。「他說會在二十四小時內發生。」

「誰說的？」

「尼可拉斯。」伊安走上前。「他是IFEN的間諜。害死斑馬的人就是他。剛才他還想殺史蒂芬。為了自保，史蒂芬對他開槍。」

「不可能。」巴克一臉震驚。「少給我胡說八道。你們——」他指向護衛。「抓住這三個人，把他們關起來。」

芮伊揚手制止。「大家別這麼緊張。我來檢查監視攝影機的內容，而你們三位就待在房間裡別出來，之後再來分別訊問。我們要查個水落石出。」

必須交給她處理——她在危急之際能幫上大忙。

「芮伊，妳知道我們不是叛徒。」伊安說。

「以防萬一。我相信你們是無辜的，不過你們只要配合，這件事很快就能解決。」

史蒂芬一直沒開口，他像殭屍一般盯著屍體看的模樣令我擔憂。感覺得到他的意識漸漸遠離。「史蒂芬。」我輕喚。他眨眨眼，轉向我。「你還好嗎？」

「我——對。沒事。」

尼可拉斯的眼睛還睜著，腦袋歪成奇怪的角度，似乎正盯著我瞧，嘴巴微開，微微扭曲，露出牙齒。我大概會在惡夢裡看到這幅影像。

「巴克，盯著史蒂芬跟伊安。蓮恩，妳跟我來。」芮伊的聲音打斷我的思緒。

我猶豫了下。

「他們不會有事的。我保證。」

我勉強配合，跟著她離開，思緒彷彿飄浮在身體之上。經過那些風風雨雨後回到要塞，感覺好不真實。熟悉的機器悶響沿著牆面與地板傳來。

「我猜妳的記憶恢復了。」她說。

「對。幾乎恢復了。」

芮伊點頭。

走了幾分鐘後，她打開一扇門。我認得這個房間，忍不住後退一步。這就是任務失敗後尼可拉斯審訊我的房間。我盯著四面空蕩蕩的牆壁，桌子和兩張椅子，胸口不斷緊縮。我還記得他那兩巴掌的痛楚。

「妳不會受到傷害。」芮伊的嗓音稍微放柔。「這點我能確定。在這裡等一下，妳的訊問不會用去太多時間。」

「好吧。」我稍稍遲疑。「芮伊……妳相信我，對吧？我知道有人認為我是叛徒。我不是。我發誓。」

「謝謝。」

「我知道。」
心裡的死結鬆開了。真不知道我為什麼如此重視她的想法。「謝謝。」
她在門邊站了一會，直視前方，我不確定她是在等我進房，還是完全忘記我的存在。「所以說是尼可拉斯殺了斑馬。」她終於開口，語氣低沉哀傷。「妳確定嗎？」
「是的。斑馬跟我說了。在他死前。我知道這聽起來很瘋狂……他在我腦袋裡植入裝置，以便跟身在IFEN總部的我通訊。」
「了解。」她還是沒看我。我想到她曾說她欠斑馬一條命，說斑馬是如何拯救在地下艱苦求生、差點餓死的她。他對她而言意義非凡。現在他死了。
「我很遺憾。」我說。
「為了什麼？」
「為了……妳知道的。他的遭遇。」
「不是妳的錯。」我們陷入尷尬的沉默。「進去吧。」
我踏入房間。她轉身離開。
「芮伊，等等。」我忍不住叫住她。她停下腳步，我努力編織言詞，甚至不知道究竟想對她說什麼，但我得要說些什麼。「我——我沒有跟妳好好道謝過。」
「為什麼要謝我？」
「妳訓練我。讓我變強。如果沒有妳，我想我沒辦法撐那麼久。」

她額頭稍稍皺起。「這是我的職責。妳不需要道謝。」

「我想這麼做。這不是義務，我真的很感謝妳。請接受吧，拜託。」

她遲疑幾秒……然後輕輕點頭。「不客氣。」她嘴巴張著，彷彿還有話要說。接著她閉上嘴，按下牆上的面板，門咻地關上，她的腳步聲逐漸遠去、消失，留下我一個人。我癱坐在椅子上，臉頰貼著冰冷的桌面。

我渾身酸痛，像是到處都被打出瘀青似的，腦袋裡一片混亂。感覺我在過去的七十二小時內承受了一般人大半輩子經歷的衝擊。我冒了那麼多險，現在還活著實在是奇蹟，內心深處的那個我好想哭，不過哭泣只會浪費能量。我只想坐在這裡，呆呆看著牆壁。

史蒂芬的臉龐在我腦海浮現，我看見他手中顫抖的槍枝，臉上的死寂。他第一個殺的人。門咻地滑開，我回過神來，挺起上身。巴克用推車運來我的巡心門，伊安跟在他背後，神情肅穆。我緊張得腸胃翻騰。

「接下來就這麼做。」巴克拉出一張椅子，嚴峻的神情比以往還要凝重。「妳讓我們看看妳的回憶。妳的朋友會在這裡是因為目前要塞裡只有他會用巡心門，不過我會緊盯著他。假如你們想玩什麼把戲，我絕對不會放過你們。清楚了嗎？」

我點頭。

我們面對面坐著，伊安替我跟他自己戴上頭盔。「別擔心。」他輕聲說：「很快就結束了。」

現在我只想跟史蒂芬說話。我要確認他沒事，不過我的配合度越高，就越快解決這件事。

「來吧。」

伊安啟動巡心門，機器在半空中投射出螢幕，上頭是我的大腦旋轉的影像。巴克眉頭緊鎖，在他眼中這大概是某種高科技巫術。他伸出粗壯的手指戳戳螢幕。伊安清清喉嚨。「請讓我來處理。」

巴克雙手環上胸口。

伊安摸摸螢幕角落，關掉畫面。「現在我換到視聽模式。」他遞給巴克一組耳機。「就算沒有頭盔，用這個也聽得到內容，看得到螢幕的畫面。蓮恩——拉下護目鏡，專心看見妳腦中的記憶。我們從炸掉多倫多資料庫的任務開始。回到一切的開端。」

我的呼吸漸漸急促。這不是我想重溫的記憶，但我還是拉下深色護目鏡，閉上眼睛，勾起那一刻——引擎隆隆作響，隱約的煙味，時鐘的綠色數字在黑暗中發亮。

伊安引導我進行程序，以輕柔的嗓音在情緒森林裡開出一條路。我讓他看見任務失敗後的審訊，接著是我和斑馬的會面。我試著忘記巴克就在旁邊，想像只有伊安在看。這樣稍微輕鬆了些，只有一點點。當我回想在IFEN總部的那段日子，我開始發抖。

伊安按住我的肩膀。「沒事的。已經很夠了。」

我顫抖著吐氣，摘下頭盔，頭髮已經被汗水沾濕。

「戴回去。」巴克說：「還沒結束。」

「你還想要什麼？」憤怒令伊安的嗓音升溫。「史汪折磨她。如果這不足以證明她不是IFEN的爪牙，那還需要什麼？」

「還無法證明尼可拉斯是叛徒。」

「我們聽見他臨死前的威脅，他說我們都會死。監視影片也驗證這點了。現在只是在浪費時間，我們需要規劃如何迎擊。」

巴克哼了聲，推桌站起。「我個人認為那只是幌子。要是IFEN有辦法，他們早就攻進來了。」說不定他說得對——說不定尼可拉斯只是想嚇唬我們。但我的直覺認為還有別的可能性。

「IFEN已經知道我們的位置。」我低聲說：「到目前為止，他們受到國際協約束縛，可是局勢變了。潔卡說現在加拿大開始實施宵禁，來多倫多的路上，我們也遇到檢查哨。這都是IFEN的影響。邊境再也無法擋住他們了。」

巴克抿起嘴脣。「那真是重大突破。」

「嗯，一定有什麼事情正在醞釀。」伊安說：「無論如何，我們不能小看他的威脅。」

「我們會做好準備。」巴克起身。「二十分鐘後會召開緊急集會。在那之前，回你們的房間沖個澡。」他皺皺鼻子。「妳很需要。」

我聞聞上衣。「我們可是在樹林裡的小木屋住了好幾天。」我低喃：「那裡可沒有自來水。」

巴克大步離開，丟下伊安跟我。

我嘆息。「他還是不相信我。」

「別管他。他想抱怨什麼都隨便他，不過他不是這裡的老大，無法決定一切。」

「那集團由誰來領導？」

「還不知道有沒有這號人物。芮伊的可能性最大，至少看起來大家都尊敬她的命令。她相信妳。要是她跟巴克起衝突，大家會站在她那邊。」他細細打量我的臉。「妳沒事吧？」

「再好不過了。」

伊安溫暖的手按在我背上，如此簡單的安慰令我喉嚨發熱，情緒差點潰堤。「對不起。」我輕聲道歉。

「怎麼說？」

「我把你捲進這件事。所有的一切。如果沒有我，你可能還待在家裡。」

「美利堅聯合共和國不是家。已經不是了。我想待在這裡。」他對我微微一笑。

突然間，記憶猛烈襲來，我想起小木屋外樹林裡的那個吻。熱氣衝上我的臉頰，我撫過自己的嘴唇。那只是今天早上的事情嗎？感覺已經過了一輩子。天啊，我腦中一片混亂。我愛史蒂芬。現在我很清楚。然而當時對伊安的感情仍舊鮮明真實。「伊安……我……」

「沒關係，我懂。」他別開臉。「我知道一旦妳吞下路西德，結果就是如此。我——我感覺到了，透過巡心門。妳對他的情感，還有他對妳的感情。我不認為有辦法超越那些。」他垂下頭。

「我不會擋在你們中間。」

我在腦中努力翻找，還是什麼都想不出來。「對不起。」我再次道歉，不確定是為了什麼。

「別這麼說。」他柔聲回應。「我為妳高興。真的。」他眨掉眼角的淚光。「可以回答一個問題嗎？要是——要是妳從未認識史蒂芬……如果只有妳跟我……妳會不會……」

我心跳一窒。他嘴唇柔軟的觸感衝回我腦中，他溫柔的指尖貼著我的臉。我張開嘴巴，言語卻黏在喉嚨裡，因為我不知道這個答案能否減輕他的痛苦，或是使它惡化。

「別在意。」他露出緊繃的笑容。「妳不需要回答。」

第三十四章

我回到房裡迅速沖了個澡，刷掉過去幾天累積的汗垢，換上乾淨的衣服。身上一塵不染的感覺出奇舒爽。芮伊的聲音從喇叭傳出，宣佈即將召開緊急集會。

在集會廳裡，黑風衣集團的成員互相推擠，困惑地低聲交談。我擠不過去，只能在最後方徘徊，踮起腳尖，讓視線越過一大片頭頂。

芮伊走上講台，面向聽眾，竊竊私語頓時消失。她高䠷的身形沐浴在紅色聚光燈中。她調整領口的麥克風，面容冷硬，和以往一樣毫無表情。「我相信各位現在都得到消息，史汪醫師死了。他為了逃避俘虜，自殺身亡。」

她直接切入正題，跟尼可拉斯的華麗演出風格迥異。

「他的繼任人選已經出爐。」芮伊繼續說道：「剛才透過新聞公佈。」

她按下遙控器按鈕，螢幕亮起，出現我認識的人。我來不急阻止驚叫從喉中跳出。

「晚安。」亞倫沉穩的嗓音傳來。他身穿白色西裝，直視鏡頭，頭髮梳出整齊的分線。他的綠眼略帶混濁，疲憊令臉色蒼白。「我是亞倫．弗里德。今日我以沉重的心情接掌主任的職位。」

我的思緒高速旋轉。上回看到亞倫時，他似乎完全沒有準備好領導美利堅聯合共和國最有權勢的組織。他真的想這樣嗎？

「三天前，」他繼續說：「史汪醫師遭到恐怖分子殺害。這樁悲劇逼迫我挺身而出。我深知自己資歷尚淺，但近日與史汪醫師密切合作一陣子，我會盡力延續他的遺志。我們將會找到那些恐怖分子，阻止他們的惡行，也將利用一切技術。猶豫與心軟的時間結束了。我們必須站穩腳步，對抗那些以暴力與殘酷撕扯這片土地，滿足自己自私激進的意識形態的人士。我敦請各位美利堅聯合共和國的公民，協助我讓這個國家再次安全無虞。」

這不是他會說的話。螢幕上的人確實是亞倫，但是他的語氣，他說話的抑揚頓挫，一切都不對勁。如果不是遭到重度調整，那他就是被迫念出這段訊息。看到他取代史汪醫師的位置，我心裡極度不安。

亞倫繼續說：「國家安全議題沒有灰色地帶，不能妥協。現在應該採取行動，對抗那些摧毀我們生活方式的暴徒。」他稍一停頓，靠向鏡頭，眼中閃現奇異的專注。等他再次開口，語氣又變了。「記住。」他壓低聲音，語帶急促。「記住這些人做得出什麼好事。」

我一時之間摸不著腦袋。突然間，他好像是直接對我說話。

「他們不擇手段。」他聲音雖低，卻充滿力量。「恐懼是最厲害的武器，因為最終戰場與肉體無關——是在我們的心靈。重點是我們是否會投降，是否要讓自己遭到那些想在我們心中植入恐懼的人打倒。過去幾天來，我理解到我們不能依賴和平的提案。我們別無選擇，只能與他們對抗。」

我終於懂了，他指的不是對抗黑風衣集團。他的目標是IFEN，他相信我——我們——能夠了解。

「再過不久，他們將會再次出擊。」他說：「除非我們阻止他們。除非我們搶先行動。這是我們唯一的希望，因此我對呼籲各位——站起來吧。站起來反擊。使出一切必要手段。」螢幕陷入黑暗。

沉默籠罩集會廳。亞倫想要警告我。

記住，他說。記住什麼？

「我突然想到還沒有替斑馬哀悼。」芮伊的聲音拉我回到現實。「沒時間舉辦隆重的葬禮，因此我要為他說幾句話。我先警告各位，我不怎麼擅長發言。」她停頓一下。「斑馬的肉身一點都不強健，但他拒絕受人憐憫、欺凌、摧折。他的精神與靈魂永不屈服。他離開了，各位都知道他死得很突然，但我相信只要我們記著他，他便與我們同在。他會把力量借給我們，而我們要以真誠，以拒絕妥協來向他致敬。」她的拳頭按在胸口，低頭敬禮。其他成員也做出一樣的動作。我瞄到幾個人眼中閃著淚光。

芮伊抬起頭。「現在我們更需要這份力量。斑馬常常強調，要準備好面對戰爭，看來戰爭找上門了。我們得到情報，IFEN打算在二十四小時內攻擊我們。我們不知道會是什麼型態的攻擊，但可以肯定他們將使出渾身解數來掃蕩我們。」

集會廳裡一片寂靜。聽眾楞楞地看著台上，讓訊息沉入心底。

「大家都知道這一天終將到來。」她繼續說道：「或許不如我們的預期，不過這不是害怕的理由。我們受過的訓練、準備的一切都是為了這一刻。他們來的時候，我們已經準備好了。」

我身旁的黑風衣們擦乾眼淚，挺起肩膀，表情變得堅決。

我努力忽視緊縮的胃部。亞倫的發言填滿我的腦袋：記住這些人做得出什麼好事。

「我們已經擬定了計畫。」芮伊說：「要塞只有一個入口，也就是大門。我們在玄關設下陷阱以及炸彈。要是IFEN試圖入侵，陷阱將會除掉大量敵軍。」

說不定這都在IFEN的預料之中。他們真的會派大軍衝破正門嗎？只要往要塞注入神經毒氣，就可以輕鬆解決我們。或是丟幾個迷你無人機進來，遙控引爆。我頓時想到，他們光是堵住出路，我們就會餓死在要塞裡。斑馬掌控了一切，現在他死了，要怎麼弄到食物跟飲水？

芮伊當然早就察覺一切。一定是的。只是她要隱瞞我們的處境有多絕望，避免造成恐慌——她要說服大家還有機會獲勝。

「是的，我們面對強大的敵人。」芮伊繼續說：「但我們早就準備好為了捍衛最終目標犧牲性命，為了我們的自由奮戰，無論一切代價。」她的表情依舊平靜，眼中卻閃著冰冷的火光。「自由是用鮮血簽署的契約。我們彼此承諾，在加入集團時便許下誓言。我們絕對不會背棄誓言。」她舉起步槍。集團成員高舉拳頭響應。

我用力咬住手指關節，鮮血滲出。我不願相信情勢如此不利，可是望向身旁背著步槍的少年士兵，想像他們對抗IFEN的技術與政治力量，我渾身不對勁。

這不是戰爭。這是屠殺。

芮伊宣佈將在模擬訓練室施行特別訓練，演練戰鬥策略，接著結束集會。我不打算參加訓練課程。

黑風衣們離開房間，我往人群裡尋找史蒂芬，他不在這裡。他蹺掉集會了？這不像他的作風。我回到宿舍區，敲響他的門。「史蒂芬？是我。」

過了幾秒，門板滑開，我一進房又立刻關上。史蒂芬坐在床沿，神情茫然，我頓時發現他看起來是如此年少。他的手指扣住床墊邊緣，單薄的肩膀拱起，像是準備承受敵人的一擊。我緩緩上前，坐到他身旁。他沒有看我，除了眼睛周圍的黑影，臉上沒有半點顏色。

「你還好嗎？」我問。

他直盯前方，視線無法聚焦。「我不該帶妳回來的。」他的聲音彷彿是來自遠方。「這裡不安全。」

「我不認為在外面比較安全。」

史蒂芬雙手抱在胸前，握住自己的上臂。他的呼吸聲怪怪的，我不安地變換姿勢。「我想我們該談談。」

「談什麼？」

「談尼可拉斯的事情。」

他還是沒看我。「沒什麼好談的。他是叛徒。現在他死了。」

「這是你第一次殺人。」我說：「即使他壞到極點，你現在的情緒都是很合理的。」

他伸出一隻手，凝視掌心，緩緩握起拳頭。「真好笑。我沒有任何感覺。沒有生氣，沒有傷心，沒有罪惡感，也不覺得高興。我甚至沒有鬆了一口氣。感覺就像——」他一拳搥上胸口。「醒來的時候人就在這裡。妳懂嗎？」

我研究他呆滯失焦的雙眼，寒意沿著脊椎往下竄。「我想這是一種解離狀態。你切斷自己跟情緒之間的連結。」

「是嗎？」笑意扯動他的嘴角，彷彿我說了什麼笑話。

「現在麻痺自己能幫助你正常生活，不過長時間下來很危險。」

「相信我，這些我都很清楚。以前我總是在麻痺自己。還記得那些白色小藥丸嗎？」他乾笑一聲。「我很好。」

「史蒂芬，你一點都不好。」

他哼笑。「醫生，感謝妳投下支持票。對於我已經無比美好的心情更是錦上添花。」

「用嘲諷來躲避是沒有用的。」

「嘲諷是我的內建設定。對了，妳可能忘了，再過一天就要大事不妙了。要塞裡每個人都有危險，我們不該聊聊那些，而不是分析我的感受？」

「你敢把我推開就試試看。」我的語氣比想像的還要尖銳。「我們都經歷了那些風風雨雨。」

他僵住了，一瞬間，他臉上閃過表情，視線隨即抽離。

我放軟音調。「拜託。」

他嘴唇抖了抖，細微到幾乎看不見。接著他用力抿唇。「蓮恩，我不是要把妳推開。我只是——不能陷入那種垃圾狀態，否則我就動不了了。之後，等這次的事情解決，我們再來談。現在先不要。」

我不敢告訴他說不定沒有之後。我咬住下唇。

「芮伊有提到戰鬥計畫的內容嗎？」他問。

「她說在集會之後有訓練課程。」

他起身。「那我要去。」

「你真心認為我們有機會嗎？」疑問脫口而出。

他背脊一僵。

「你知道黑風衣集團不可能贏過美利堅聯合共和國的軍隊。這是集體自殺。我們得要擬定疏散計畫，在他們——」

他看著我。「疏散到哪裡？到地下？妳想我們能撐多久？妳剛才也說過了——外面沒有比較安全。我們得要反抗，這是唯一的選擇。」他停頓一下，深吸一口氣。「無論發生什麼事，我一定會保護妳。我發誓。」

我還來不及回話，他迅速轉身，走出房間。房門咻地關上，宛如斷頭台。

「該死。」我輕聲咒罵。我跟著他離開，但他已經不見人影。我靠上最近的一面牆，額頭貼著冰涼的金屬。

不該是這樣的。即使史汪醫師努力把他從我腦中剝離，史蒂芬跟我終於團聚了。我們現在應該要待在一起。一切應該要順順利利。然而他卻準備死在毫無勝算的戰場上。

布萊恩跟喬伊臨終時僵硬的面容閃過腦海，我的心跳再次加速。不行。我不會坐視其他人死去。一定有辦法解套。我閉上眼睛，專心思考，收集所有的資料，在腦中像表格般攤開。

我的記憶中依然存在令人惱火的模糊區塊。只要專心，我可以看到裡頭有東西閃過，可是我無法分辨那是什麼。感覺有如翻看一把拼圖碎片，想著要是湊齊全部，會看到什麼圖案。

思緒一閃，我直起背脊，心臟重重跳動。**失樂園**。斑馬的遺言，透過神經連結傳到我腦中。史詩的標題。他書房裡有那本書。一定有什麼意義。說不定跟他的計畫有關。說不定能夠拯救我們。

我快步走向斑馬的書房，繞過轉角，差點撞上巴克。

他笑了，那是生硬的難看表情。「妳在這裡啊。」他抓住我的手臂，像家長拖著調皮小孩去處罰一般。

我奮力掙扎，可是他的手掌有如鋼鐵。「你要幹嘛？」

「或許芮伊看走了眼，打算相信妳，可是我沒那麼蠢。我決定親手掌握一切。」他打開一扇門，把我丟進去，裡頭是櫥櫃大小的空房間，只有光禿禿的金屬牆面。門砰地關上，把我封在黑暗中。我瞬間發現這裡是哪裡——倒數間。

「巴克！」我用力搥門。「放我出去！」

門上的活門翻開，他往房裡看。「妳乖乖待在這裡，別給我惹麻煩。」

「多久？」我慌了。

「直到我決定放妳出來。我跟妳沒有個人恩怨，只是我們沒有冒險的本錢。」

不行、不行、不行。他不能對我做這種事，現在不行。「等等！你不懂！我一定要去斑馬的書房。他留了線索給我，是某種密碼，我要在IFEN攻進來前查清楚。」我一口氣說完。

他哼了聲。

「我發誓這都是真話。」

「我非常懷疑。」他說。「等下我派人送晚餐過來。喔，妳想叫就叫吧，這裡的隔音效果很好。」活門關起，黑暗與沉默將我吞噬。

我不斷呼喊他的名字，猛搥門板，直到雙手腫痛，當然了，沒有任何回應。我雙腿一軟，靠著門跪坐在地，筋疲力盡。我閉上眼睛，掌根壓住眼皮。

要塞即將遇襲，我什麼都做不到。我被困在這裡，無計可施。遲早會有人注意到我不見了，跑來找我，但是到時候或許已經來不及了。

反正也沒別的事情好做，我在小房間裡踱步。黑暗濃稠而狹窄，在我周圍擠壓。一瞬間，我回到在第九區的時光，必須專心呼吸才能抵抗壓在肺上的重量。我走來走去，數著自己的腳步。

這裡的囚犯要怎麼上廁所？我只能憋著嗎？雞毛蒜皮的小事浮上心頭，現在想這個也沒用，或許這是大腦抵擋恐慌侵襲的機制。

我不確定過了多久，悶悶的金屬摩擦聲打破寂靜，活門再次翻開，我一躍而起。「哈囉？」我邊喘邊說。

一雙深棕色眼珠子出現在門外。「我送東西給妳吃。直接從這裡推進去。」

莎娜。我心一沉。「所以妳也覺得我是叛徒嗎？」

「我只是聽命行事。」

我不認為自己運氣夠好，可以說服她放我出去，但總得試試看。我深呼吸，壓低聲音：「莎娜，聽我說。我不知道巴克是怎麼說的，總之我不是危險人物，也沒有遭到洗腦，我必須離開這裡。現在。」

她雙眼一瞇。「為什麼？」

「妳聽到芮伊在集會宣佈的內容了。IFEN很快就會攻進來，或許我能幫上忙，可是我得要進斑馬的書房才行。我想他留了訊息給我。」

「訊息。」她重複道。

「是的。我想那可能是有幫助的東西。」

「我為什麼要相信妳？」

「我什麼都無法證明。我只能希望妳信任我。」我按著門板，狂亂地凝視她的雙眼。「我知道妳不喜歡我，可是請妳相信我，我真的想要拯救黑風衣集團。至少我想試試看。可是關在這裡我什麼都做不了。」

她沉默許久。「妳知道的，如果被巴克發現，進倒數間的人就是我了。天啊，他大概會一槍斃了我。斑馬死後，他變得有點暴躁。」

「我注意到了。可是再過不到一天，這些都不重要了，要是我們什麼都不做，這裡就會被炸爛，我們也別想保命。」

「前提是真的有人打進來。」

「一定會的。除非我們想出對策，不然就會被他們剷除得乾乾淨淨。拜託，莎娜，我求妳。」

她再次沉默。「再說一次。」

「我求妳。」我重複懇求，挫折感不斷累積。

活門合上，我又陷入無邊無際的黑暗，心沉到谷底。早該料到是這種結局，我想。她有什麼理由跟我站在同一邊呢？

這時，門開了，她站在外頭，雙手環胸，腳邊有個包著保鮮膜的托盤。「妳時間不多。」她說：「大概一兩個小時。他遲早會來查看，到時候就露餡了。我沒辦法陪妳進斑馬的書房，如果我沒有回報，巴克會懷疑的。」

「了解。」我小跑步離開，稍停一下，轉頭望向她。「莎娜？謝謝。」

她別開臉。「在我改變心意前滾出去。」

我邁開大步，壓抑奔跑的衝動。那樣會引起注意。我走向斑馬的書房，頸子跟手腕的脈搏狂跳。寂靜把我的腳步聲放大兩倍，金屬走廊出奇冷清，宛如迷宮墓穴。大家一定都在受訓。

背後傳來疑似腳步聲的聲響，我猛然迴身。走廊空無一人，我吐了口氣，被自己的神經過敏惹火。沒有人跟蹤我。

抵達時，巡心門房間沒有上鎖，我一靠近就自動開啟。房間後側的牆面開著，斑馬的書房就在裡面。我鼓起勇氣，走了進去。

他的輪椅擱在房間中央，有人在椅面上放了一朵百合花，花瓣邊緣略略泛黃。不知道黑風衣集團如何處理他的屍體——是乾脆一把火燒成灰呢，還是埋在要塞某處，封在庫房裡。或許這是他的願望，成為這個地方的一部分。或許不是。他被這個房間困了太久，不敢涉足外頭的世界。他是國王，也是囚犯。倘若他的靈魂還存在於某處，希望他可以自由飛翔。自由對他而言意義重大。

我甩掉雜念，走向另一側的書架，摸過一本本書脊。找到了，跟我記憶中的位置一模一樣：彌爾頓的史詩《失樂園》。我抽出精裝書，接著將腦海中的痛苦、困惑、恐懼、悲傷全都塞到角落的箱子裡，牢牢鎖上，全副注意力都放在手中的書本上。留意每一個細節。我撫過燙金的書名，字母微微陷入深棕色皮革。第一頁只印了置中的書名跟作者姓名，黑色字體方方正正。

我翻開書頁，以鑑識分析專家的眼光仔細檢查。紙張年代久遠；感覺會在我指間崩解。

斑馬想告訴我什麼？如果那些話其實沒有意義呢？說不定那只是他臨終之際的幻覺？

不對。我不信。他不會浪費寶貴的最後一刻做毫無意義的事情。

我束手無策，把書拿到檯燈前，再次翻閱，希望燈光能照亮祕密，可惜沒有隱藏文字，頁緣沒有用隱形墨水寫的訊息。假如線索就藏在這裡，我已經累到看不清楚了。文字變得模糊，不斷游移。

說不定是房間本身。我放下書本，檢查書桌底下、書架邊角與下方。沒有。我越來越絕望。巴克再過不久就會發覺我溜出牢房，要是又被他抓住，我的機會就永遠回不來了。

空蕩蕩的壁爐一片漆黑。我蹲在前面摸過爐架的石塊。我越過燃燒殆盡的木柴與灰燼，按住後方的水泥牆，以指尖摸索，終於找到粗糙的突起，摳了一下把它撬開，正方形牆面滑開，顯露出一塊鍵盤，數字閃著幽幽綠光。**太好了！**

密碼。我需要密碼。

我是了幾個隨機組合，看有什麼結果。正如我的預料，毫無反應。密碼**一定是**藏在書裡。我坐下來翻開《失樂園》。不知道該做什麼，我開始迅速讀過內容，希望能得到什麼靈感。

即使在如此混亂的狀態，彌爾頓的文字之美仍舊令人佩服，這些詩句擁有不受時光淹沒的力量。最讓我印象深刻的總是路西法這個角色。在彌爾頓筆下，他是個複雜的悲劇角色，受到憎恨毒害，卻又足智多謀、意志堅定。他的努力到頭來只是一場空，畢竟沒有人能打敗上帝——他的反叛從一開始就註定失敗。但他依然不屈不撓，內心黑暗的火焰給予他力量。

一段詩文引起我的注意：**心自有其所，它能在地獄中創造天堂，天堂裡創造地獄**。看起來好眼熟。我心跳加速。斑馬曾經對我說過這句話——記不得當下的情境了，但我想起他朗讀的嗓音。是它嗎？這就是答案嗎？他一定是刻意留這個密碼給我。有可能嗎？

我把每個字母套上數字，輸入進去。這招碰壁之後，我反轉數字順序，接著又試了凱薩密碼。還是沒有動靜。會不會是更簡單的東西？比如說冊數與章節的編號。我輸入1，接著是254。鍵盤沒有反應，我再加上頁碼。

終於傳來細細的喀啦聲。

隱藏在某處的齒輪轉動，低沉的摩擦聲充滿整間書房。壁爐往下滑落，活像是立體拼圖裡的巨大積木，石頭與金屬撞出乾巴巴的聲響，留下長方形的空洞。一扇門。裡頭是陡峭的水泥階梯，往下深入黑暗。

第三十五章

我愣愣地站了一會，呼吸急促。恐懼把我的雙腳釘在地上，無法解釋的直覺告訴我恐怖的事物就在下面等待，我不確定是否真的想查明它的本質。不過呢，我當然要下去。

我慢慢分離腳底與地面，往下走去，腳步聲在靜默中迴盪，厚實的聲響彷彿擁有重量。狹窄通道的另一頭又是一扇門，普通的木門，在來自上方書房的微光中只勉強看得出輪廓。我轉動門把，門應聲而開，通往與一般地下室差不多大小的房間。牆面是光禿禿的水泥牆，到處擺放沒有開啟的螢幕——箱子一般的古老型號，後頭拖著一串電線。其他機器排在牆上，有些我根本不認得——灰色的盒子上燈光閃爍不定。

我謹慎地跨出一步，所有的螢幕瞬間亮起，我忍不住驚叫出聲，心臟在胸口亂跳。我憋住呼吸，繼續往前走，檢查那些螢幕。每一個都是某棟建築物的監視影片，畫質很差。我認出中央的螢幕上聳立的熟悉高塔——IFEN總部的銀色金字塔。我瞪大眼睛。

螢幕上的建築物都是治療機構。下方標示各個機構的名字，以及它所在的城市。我懂了——這些是儲存IFEN資料庫的設施。

我繼續向前，盯著一排排螢幕下方的控制設備，中央面板上裝設一根黑色拉桿，像是我在博物館裡看過的古早電玩搖桿——霧面黑色金屬棒，頂端黏著半透明的圓球。我朝它伸手。

突然間，一隻紫色蝙蝠從一陣閃光中冒出來，在我面前盤旋，翅膀上下鼓動——斑馬的投影電腦。「哈囉！」清脆的聲音響起。

我訝異地後退，花了幾秒才想起她的名字。「狄萊拉？妳在這裡做什麼？」

「聲紋辨識證實妳是蓮恩．費雪。我會回答妳的一切問題。」

所以斑馬特別設定她會回應我。為什麼？他懷疑自己會出事？「這個……地方，到底是幹嘛用的？」

她在房裡繞了一圈。「這裡是我的主人計畫的頂點。數百枚炸彈祕密裝設在IFEN的多處設施裡。它們藏得很好，有的埋在牆裡，或者是挖地基的時候就已經丟進去了。」她愉悅的語調毫無動搖。「這些建築物內存放著國家心智登錄系統的資料庫。換句話說就是精神類型系統的骨幹。」

一股寒意竄下我的脊椎。我是不是誤會了？她真的是這個意思嗎？

「這個拉桿。」我輕聲問：「有什麼用途？」

「只要拉下拉桿，所有的炸彈會同時引爆。」

我曾經納悶幾百個拿槍的小鬼哪能抵抗IFEN。不過依照目前的情勢，說不定幾百個人就足以左右戰況。他們可以堂而皇之地進軍，控制一切，而對手根本不知道發生了什麼事。

所以這就是一切的根本，這就是要塞存在的原因，所以斑馬要在這裡訓練軍隊。所有的救援任務不過是為了幫助他在接下來的侵略中聲勢更加壯大。黑風衣集團至今的一切作為不過是好戲當前的片頭曲。「斑馬為什麼不告訴別人？假如他隨時都有辦法炸掉IFEN，為什麼不直接動手？」

「抱歉，我的資料庫裡面沒有這項資訊。」

我突然間難以呼吸。尼可拉斯要找的一定就是這個，所以他還待在要塞裡。他知道這個裝置的存在，只是不清楚要如何找出來，他想確保炸彈永遠不會引爆。這就是一切的答案。然而我完全不敢碰這根拉桿。爆炸必定會造成死傷——無辜民眾以及IFEN職員——最糟的不只如此。黑風衣集團以及IFEN將因此陷入另一場內戰，衝突將會蔓延到加拿大，甚至更遠。更多暴力，更多恐懼，更多不幸。

或許斑馬就是因此無法引爆炸彈，儘管他恨IFEN恨得入骨。這麼做，不只是除掉精神類型系統，更會摧毀美利堅聯合共和國。如果炸彈爆炸時，亞倫剛好在IFEN總部，他很有可能遇害。

亞倫親口要我反擊。還是說那只是我的想像？

記住，他說。**記住這些人做得出什麼好事**。他知道IFEN的內幕，無法直接告訴我。不過或許情報早就鎖在我腦中，只是我無法取得。

「狄萊拉……斑馬有沒有提過這個計畫？任何內容？」

「恐怕我只知道這麼多。我的主人以前總是保密到家。」

以前。原來她也知道——以她有限的理解能力——斑馬已經死了。

「妳還想知道什麼嗎？」狄萊拉問道。「沒有的話，我要永遠關機了。既然我的主人已經走了，我再也沒有存在的理由。」

這是斑馬的設定——一旦她毫無用途便自我毀滅？真是殘酷。「妳想這麼做嗎？」

「是的。」狄萊拉平靜回答。她笑了笑，露出小小的尖牙。她的眼睛閃著柔和的黃光。「這是我的願望。如果妳允許我這麼做，我會無比感激。」

我喉嚨突然哽住了。以實際的角度來看，或許我該留著狄萊拉以防萬一，但我不認為她還能告訴我什麼。如果她真的想這麼做，我再阻撓下去就太不近人情了。「去吧。」

「謝謝妳，蓮恩．費雪。」她展開翅膀，腦袋往後仰，消失在空氣中，只剩下幾點紫色火花，飄浮一會，像融化在天邊的煙火般一閃而逝，留我獨自面對一排排螢幕。

我呆站著，內心一片迷茫。這些抉擇怎麼總是找上門來？沒有人應該擁有這樣的權力。

我伸出手，停住，指尖在拉桿上方幾吋處顫抖。手臂垂落。我做不到，現在不行。我需要時間。我需要思考——

背後傳來騷動，我轉過身，看到史蒂芬，他以費解的表情凝視我。「史蒂芬。」他跟蹤我？

「我——我以為你去受訓了。」心臟敲擊肋骨。「你聽到多少？」

「夠多了。」他緩緩接近螢幕，打量拉桿，接著轉向我。「所以說我們只要拉下這個。」

我口乾舌燥，用力吞吞口水。「我們冷靜下來好好想一想。」

「沒什麼好想的。」他低沉的嗓音缺乏起伏，彷彿是遭到催眠似的。他的視線落在我身上，卻似乎沒有看到我。

我努力維持聲音平穩。「我們做任何事之前得要跟芮伊還有其他人說。我們可以利用這個。我們可以跟IFEN談判。」

「他們不會跟恐怖分子談判。」

「沒試怎麼會知道。」

他的視線穿透我，臉上像是帶著面具。

「聽我說。」我語氣急促。「要是引爆炸彈，美利堅聯合共和國將會分崩離析，死傷難以估計。」

他沒有回應。

我看進他的眼底，感覺是往無底深淵丟下繩索，等待被人拉扯，告訴我下面還有人在。「你有沒有聽見？」

「聽見了。」他別開臉。「蓮恩，沒有別的方法了。在那個國家，試圖抵抗或是逃離的人都遭到屠殺，假如我們什麼都不做，狀況只會持續下去。認知權利法失敗了。IFEN硬生生阻止了它。只要他們存在，大家就沒有機會。完全沒有。」

思緒飛馳，我不能袖手旁觀，讓他背負一切——我做不到。「要是我們為了自己的目標，情願殺害無辜的人，那我們有比史汪醫師高尚嗎？」

他縮了一下，臉上肌肉緊繃，我立刻後悔說出剛才那句話。我並不是真的相信兩者可以相提並論，可是已經來不及收回了。

他啞聲乾笑。「或許妳沒有錯。或許我跟他們一樣糟糕。可是我才不管。只要能夠阻止他們，要我成為殺人魔也沒關係。」我看到他收起表情，再次退離我身邊。等他再次開口，嗓音變得無比輕柔。「之後，如果妳再也不想見我……我不怪妳。」

史蒂芬朝拉桿伸出手。

在我眼中，他的動作變得好慢。恐懼傳遍我全身，一瞬間，我發覺自己究竟有多麼自私。此時此刻，瀰漫腦海的想法不是將有無數死傷，而是史蒂芬做了這件事之後，我就永遠無法喚回他了。他將會變成完全不同的人，再也不會回到我身邊。我已經失去他一次，不會讓這種事情再度發生。

我從背後撲向他，把他往後扯離控制面板。他愣了一下，震驚得無法動彈，接著開始掙扎。

「放手！」他低吼。

但我就是不放。

他掙扎得更厲害，我抓得更緊，將他的雙臂按在身側。現在我比以前強壯。他往左右扭動，我的肩膀狠狠撞上牆壁，但我還是不放手。我們在房裡扭打，跌向一組控制面板，火星紛飛。史蒂芬失去平衡，帶著我倒在地上，被我壓在下面。他想起身，卻被我抓住手腕，用力按住。我的汗水滴到他臉上，他頸子的肌肉隨著掙扎而隆起，他翻起白眼，有如驚慌的馬兒。

最後他掙脫我的掌握，把我推開。我在地上滾了幾圈，後腦杓撞到牆壁，視網膜上冒出白色星星。我被撞得無法呼吸，好半晌只能躺在地上，有如擱淺的魚兒張著嘴巴。下一秒，空氣湧回肺裡，心臟一陣陣悶痛。

史蒂芬站在我身旁，氣喘吁吁，他盯著我看，表情漸漸恢復清明。「蓮恩。」他輕喚。

我緩緩起身，暈眩襲來，我摸摸後腦杓，手指沾上鮮血。

史蒂芬茫然地瞪大眼睛。「妳受傷了。」恐懼慢慢滲入他的神情。「我傷了妳。」他雙腿一軟，跪倒在地。我爬向他，他往後閃躲。「不。不要——不要靠近我。」他縮成一團，雙手掩面。「我很危險。我是怪物。我是——」

我抓住他的手腕，扯開他遮臉的手，狠狠瞪著他。「少在那裡胡說八道。現在給我閉嘴。」我語氣粗啞，幾乎要發火。腦袋還在抽痛，不過頭已經不暈了。

「妳在流血。妳的頭——」

「別管我的頭。我要你答應絕對不會拉下那根拉桿。」

他滿是血絲的雙眼神色狂亂。「妳不懂嗎？」他嗓子啞了。「如果不這麼做，我們都會死。妳會死。要是不能保護妳，那我做這麼多是為了什麼？」

我心臟一揪。

他往後退開，雙手握成拳頭，按住太陽穴。「如果不是為了我，妳根本不用來到這裡。現在IFEN要攻擊我們，我怕沒辦法救妳，什麼都做不到。只要拉下拉桿，一切都會消失。我知道妳會恨我，但是只要妳平安無事，我什麼都可以忍受。」

「說什麼鬼話。」我摸著他的臉頰，感受他細細的鬍渣。他呼吸一窒。「我努力奮戰，冒了那麼多險，就是不能失去你。」我悄聲說：「我們都奮戰那麼久了。」

他眨眨眼，眼中淚光閃爍。「失去我？妳在——」

「答應我就對了。說你不會拉下拉桿。」我不要讓他背負重擔。就算是為了我。

他的喉結上下滑動，緊緊閉上眼睛。「我答應妳。」

我吐出胸中的壓力，往後坐下，渾身虛軟顫抖。「只要知道這個東西的存在，IFEN就會跟我們談判。」我說。「你等著看。」要是他們不想談——那我再想別的辦法。

芮伊的聲音在我腦中迴盪：有時候，只有兩條路能選，不管哪一條都不好看。

我推開她的聲音。如果眼前只有兩條路，那我就炸出另一條路。我會想辦法拯救大家，不需要殺害任何人。

「抱歉。」史蒂芬低喃。他垂頭縮在地上。

「別這麼說。」我推地站起，向他伸手。他眨眨眼。「來吧。」

他握住我的手，我拉他起身，他眼中仍舊帶著迷茫惶然的神色。我們走上樓梯，離開書房，回到走廊。「應該要送妳去醫務室。」他說。「讓她們看看妳頭上的傷。」

「沒事，不會痛。」好吧，這是謊話——後腦杓不斷漲痛，但現在沒空管它。

他突然停下腳步。

「史蒂芬？」

他摸摸我的頭髮，指尖沾上我的血。他緩緩握拳，一副很不舒服的模樣。「有時候，我懷疑那些醫生給我戴上項圈時知不知道自己在做什麼。」

「我有沒有聽錯？」我對著他雙手叉腰。「是你說服我這個系統大錯特錯。我們放棄了一切來到這裡與IFEN對抗。現在你在質疑自己的信念？就因為我頭上這個包？」

「我傷了妳，蓮恩。不要假裝這沒什麼。」他的嗓音軟軟的，但眼神堅定，毫無動搖。

我挫折地吐了口氣，一手耙過頭髮，撥開遮住眼睛的髮絲。「這只是意外。」

他下顎緊收。「我小時候一直害怕那些應該要照顧我的人。我一點都不想變成帶給別人這種恐懼的人。」

「你不會的。」我很篤定。

「妳確定嗎？妳在心理醫生的學校研究過這些。妳知道是怎麼一回事。遭到傷害的小孩長大以後也會去傷害別人。這就像是不斷傳染的病毒。」

或許現在時機不對，但我不能坐視他這樣批評自己。「數據只是數據。它們不是命運。」

「可是我**真的**成為殺人凶手了。」

我張開嘴，突然找不到恰當的字眼。過了一會，我說：「你有強烈的理由。尼可拉斯打算殺了我們。」

「我知道。我也是這樣跟自己說的。可是我不斷看到那一刻，看到他……」他的雙眼再次失焦。「剛才在我房間裡，我說我要參加訓練，可是當我看到他們對立體投影開槍，我——我做不到。我一直回想先前有多麼喜歡這項訓練，接著又想到尼可拉斯，然後……我無法忍受或許我就是這種人。」他大口吞氣，輕聲說：「我好怕。我怕我其實擁有想要傷人的人格。有一天，它會傷害妳。**真正**傷害妳。」

腦袋的漲痛減輕為隱約的悶痛。「沒有『它』。」我低聲回應。「只有你。你的人生不是由過去定義，而是你的選擇。假如你真的是冷血殺手，那你不會有這種感覺。儘管是痛恨至極的仇敵，你還是為他的死亡痛心疾首。因為你很溫柔。」

「溫柔。」他難以置信。「妳是這麼想的嗎？」

「你想要隱藏，可是我知道。」我停下來喘口氣。「要是你拉下那根拉桿，你會徹底崩毀。我無法忍受那樣的結果。」

「妳……」他訝異得說不出話。「所以妳才會阻止我？」

我別開臉，突然好難為情，臉頰發燙。「該走了。大家一定在想我們跑去哪裡。」

我們邁開腳步。

「妳真的相信嗎？」

「嗯？」

「人可以選擇要變成什麼樣子？」

「當然了。你不信嗎？」

他雙手插在口袋裡，拱起肩膀。「有時候。可是有時候我想起認識妳之前的日子，那時候我每天醒過來都覺得自己被壓路機壓在床上。聽到電視節目上有人說『快樂是一種選擇』、『只要有心，什麼都做得到』之類的，我只覺得鬼話連篇。處於那種狀態時，自由意志的概念成了病態的笑話。」他斜眼看我。「妳懂我的意思。妳也經歷過。」

我知道他在說什麼。太清楚了。父親死後那段黑暗時刻至今仍舊鮮明。痛苦擁有生命，像寄生蟲一般從體內啃蝕我，面對情緒的無助只讓情況更糟。**殺不死你的會讓你更強大……**太好笑了。痛苦羞辱你、摧毀你、挖空你的內心，把你變得脆弱不堪，像紙張一樣一吹就破。

然而……

「我們都選擇活下去，不是嗎？」

「是妳幫我的。」他說。

「一樣。或許有些事物我們無法控制，可是我相信我們不只是腦內化學物質控制的傀儡。」

「不然我們是什麼？」

「我們要假設自己擁有選擇權，繼續活下去。如果不這麼做，那什麼都不重要了，我們只要吃喝拉撒死就好。」

他嘴角勾起笑意。「應該要把這句話做成海報，搭配海邊日落的照片。」

我回應他的微笑。突然想起剛認識他的那陣子。他沒有人陪伴，一無所有，自己跑來要求我徹頭徹尾的陌生人——進入他的腦袋，翻動他的思想本質，把他變成不同的人。我無法想像當時自己是哪來的勇氣。「我相信你，史蒂芬。我認為你已經選好要成為什麼樣的人。他真的很棒。」

他張開嘴巴，淚水再次湧入眼眶，喉嚨肌肉顫抖。他啞聲輕笑。「醫生，妳看男人的眼光很有問題。」

我停下腳步，按著他的胸口，吻上他的脣。他呼吸一窒，僵硬一下，然後放鬆下來，嘴脣開啟，吻得更深入。我感覺他的體溫升高，鬍渣刮過我的下顎。

就這樣迷亂下去確實很輕鬆。但我們有無法逃避的抉擇。我推開他，重重呼吸。

他閉上眼睛，看得出他正在克制自己。「現在怎麼辦？」

「必須告訴其他人拉桿的事情。」還有巴克的問題，不過希望他知道這件事以後，能夠放下所有的猜疑。

「要是他們想使用呢？」史蒂芬問。

我還沒有想得那麼遠。現在想想，其他黑風衣八成會想拉下拉桿。有什麼好意外的？他們的目標就是摧毀精神類型系統。我甩甩頭，拋開這些想法。這種大事我不能保密——特別是在要塞陷入存亡危機的當下。「我會說服他們。相信還有其他辦法。這套裝置會帶來空前的優勢。我的意思是IFEN得要認真看待我們。他們必須跟我們談判。」要是他們拒絕……

不行，我不能想那麼多。他們**一定會**聽話。

走廊安靜到詭異的程度，腳步聲的回音追著我們跑。我猜大家都還在受訓。

史蒂芬突然停步，雙眼失焦，一手按住胸口，似乎是在感受自己的心跳。

我也跟著停下來。「怎麼了？」這麼說來，我的心跳也莫名其妙的加速。我低頭看看雙手，發現它們微微顫抖。

「妳也感覺到了？」他低聲問。

我吞吞口水。「是什麼？」

「不知道。」他握起拳頭。「感覺不妙。」

我閉上雙眼，專心研究自己的感受。難以用言語形容，我越是思考，反胃感就越嚴重。空氣裡飄浮著危險的氣息，像是抬頭看到清澈的藍天，心裡卻莫名知道風暴即將來襲。掌心一片溼滑。我想逃離……逃離什麼？「繼續走吧。」我輕聲說。

總是亮著的電燈在頭頂上嗡嗡低鳴，除此之外，我沒聽到其他反常的聲響。一切看起來毫無改變。然而焦慮依舊盤旋不去，塞在我心底的恐懼突然膨脹成長，擠掉其他思緒。我呼吸加速。

「不是只有我，對吧？」史蒂芬說。

「沒錯。我也感覺到了。」

「很像是恐慌即將發作，不過假如我們兩個都——」

「哪裡不對勁。比我們想像的還要嚴重。」我按住太陽穴，四周的牆面晃了晃，模糊歪斜。

一聲悶響撼動了全世界，地板開始震動，害我腳步踉蹌。「那是什麼？」我喘不過氣。

「聽起來像爆炸。」

大門。我想也不想，拔腿狂奔。

史蒂芬追著我跑。「蓮恩，等等！」

抵達入口房間時，我勉強煞車，氣喘吁吁。門被炸開了，邊緣燒得焦黑，還在冒煙，可是這裡沒人——也就是說炸開大門的人已經在要塞裡了。我腦中天旋地轉。不可能。還不到二十四個小時。我們應該有更多時間才對！

這時警報響起，走廊裡充滿巨響以及閃光。巴克的聲音從走廊的喇叭傳出：「我們遭到襲擊！重複，我們遭到——」他的聲音哽住，在悶聲慘叫之後，警鈴陷入寂靜。

第三十六章

史蒂芬跟我瞪大眼睛，面面相覷。「該死。」他低咒一聲。

我點頭同意。

我們回頭衝刺，四周頓時一片混亂——許多人叫嚷著衝出門外，腳步聲響徹雲霄，到處都是黑風衣。他們舉著步槍跑過我身旁，衣襬在背後飛揚。吼叫聲填滿我的耳朵。

「全員應戰！」一名男子大喊：「不是演習！重複，不是演習！」

我左顧右盼，卻看不到半個敵人。他們在哪裡？

人越來越多，在走廊穿梭。史蒂芬不見了，我大叫他的名字。有人撞上我，我失去平衡，跌向牆面。我的視線瘋狂掃射。

他在哪裡？

我再次呼喚他，聲音卻被騷動吞噬。我在人群中推擠，耳邊迴盪自己的呼吸聲。簡直就像是逆著激流游泳。推擠力道從四面八方湧來，心中不祥的預感還在膨脹。芮伊在哪裡？伊安在哪裡？我該怎麼辦？我甚至沒有武器。為什麼集中精神這麼難？我的思緒轉個不停，如同遭到擾動的分子碰撞分解。

我靠著最近的一面牆，一手按住胸口，努力呼吸。幾分鐘前史蒂芬跟我遇上的狀況不但沒有解除，還變得更嚴重了。

視線模糊歪斜，漸漸變暗，像是透過髒兮兮的玻璃往外看。一瞬間，一切事物彷彿都朝我襲來，我無法呼吸，無法動彈。接著，一股黑色浪潮打上來。

不是恐懼也不是驚慌。那些字眼不足以形容。我張嘴想尖叫，卻什麼都擠不出來。超越父親過世那時的悲傷、在聖瑪莉遭遇的毛骨悚然、在IFEN總部知道記憶裡的史蒂芬即將被奪走的無助。我張著嘴，沉默無語。我無法呼吸，無法思考。雙腿撐不住了，跪倒在地。世界無法聚焦，走廊變成嘉年華會的鏡子，映出地獄的景象。

我內心的高牆瞬間崩潰，記憶回流——IFEN總部地底下的白牆、閃爍的指示燈、一排排開關、不自然的冰冷空氣——我霎時理解究竟是怎麼一回事。

就是這個。這就是心靈風暴。

史汪醫師宣稱這項技術尚未完全成功——或許還無法進行他心目中精細的社會控制以及思想操縱。不過已經足以用赤裸裸的原始恐懼轟炸我們。

身旁的黑風衣集團成員紛紛抱頭倒地。呻吟、慘叫混雜著高響的警鈴。閃爍的強光令我目眩，突然間，這一切彷彿都飄到遠方，切換到靜音模式，如同夢境。我落入心中的黑暗深淵。

我一躍而起，拔腿狂奔，身體似乎是以慢動作移動，空氣密度增加，阻擋著我。腦中所有的直覺都叫我快逃，可是我沒有逃避的對象，也無處可去。一切都是我的敵人——牆壁、地板、在我胸口跳動的心臟。

我想大叫史蒂芬的名字，卻只擠出悶窒的嗚咽。有什麼東西套著我的喉嚨，不斷緊縮。

我差點踩過一名黑風衣青年，他在地上縮成胎兒般的姿勢，咬傷自己的舌頭，鮮血從他口中湧出，他的身體抽搐顫抖。我往後踉蹌幾步。他沒有抬頭，沒有認出我——他只顧著低聲呻吟，害怕的小動物似的聲音。

牆上的陰影掃向我，猶如抓握的黑色手指，像是觸手。我從青年腰間的刀鞘抽出短刀，對著陰影觸手揮舞，但它們不斷進逼，在我周圍捲繞。被陰影碰到的皮膚發燙。我倉皇抽身，轉身衝向別處，手中還握著那把刀。視線不斷模糊，牆面開始蠕動，彷彿上頭覆蓋了千萬隻小蟲。我經過另一名黑風衣，這個少女倒在牆邊，臉色蒼白，凝視著虛空，不斷抓撓自己的脖子，劃出一道道血痕。我瞥見前方有一抹綠髮。莎娜。她癱軟在地，直視天花板，眼睛是兩個空洞，嘴唇圍成黑漆漆的圓形。

槍聲響起。

我繞過轉角，拚命東張西望。走廊上到處都是血。牆面滴血，地板積起血窪。屍體——更多黑風衣——像壞掉的玩具一般倒了一地。死了。直到現在，我還沒看到敵人的影子，他們卻混在我們之中——隱形的毒霧，隨心所欲地殺戮。

喉嚨緊緊縮起。我埋頭狂奔，世界不斷縮小，空氣朝我擠壓。一陣暈眩把我擊倒，我眼前一黑。黑暗消散，我的臉頰貼著冰涼的金屬地板，有人聲聲呼喚：「蓮恩。蓮恩，妳怎麼了？」是芮伊。走廊上只有我們。她扶我坐起來，讓我靠著牆壁。

我想說話，然而嘴裡只能擠出虛弱的呻吟。她怎麼還站得住？無論發生了什麼事，她都沒有受到影響。我眨眨眼，奮力抗拒恐懼的迷霧。周圍的世界傾斜扭曲。她的臉慢慢變得清晰，雙眼清澈專注。「如果妳聽得懂，就說幾句話。」

我喃喃嗚咽。

她拍拍我的臉頰，刺痛暫時驅散腦海中的恐懼。她雙手捧著我的臉，幫我定位。「聽我說。」她低聲說道：「無論妳現在體驗到什麼，那都是假的。超越它。撐過去。有沒有聽懂？」

淚水模糊了我的視線。

她緊緊抓住我的肩膀。「他們教過妳如何劃分情緒，對不對？巡心者都學過這招。現在快用。**快想**。」

我勉力點頭。黑色浪潮在腦中洶湧拍打，帶給我身體實際的痛苦，我很難思考別的事情。**這不是真的**。我對自己不斷重複。思緒不斷崩解，牆面朝我接近。它們是活生生的物體，散發出邪念。我哀哀呻吟。

腳步聲朝我們接近，沉重的靴子，緩慢從容的步伐。芮伊渾身僵硬，鬆開我，掏出背上的步槍。

一群身穿制服的男女繞過轉角，他們不是IFEN的士兵。雖然抓不到焦點，這點我很確定。他們的制服不是白色，而是深灰色的，頭盔遮住他們整張臉，臂章上印著奇異的紅色花紋：被閃電打成兩半的人臉。他們都裝備著巨大的衝鋒槍。

這是惡夢。影像扭曲模糊，回聲隆隆——但我看得見也聽得見，只是動不了。

「你們是誰？」芮伊問。

新面孔隔著塗黑的護目鏡彼此互看，前排一人摘下頭盔，他是深棕色頭髮的年輕人，傷疤劃過左眼。他笑著說：「我們是士兵。」我認得他的聲音——就是他用廣播系統警告我們不投降就得死。「改造士兵。跟妳一樣。」

她表情一片空白，眼中閃過不安，往後退了一步，輕聲問：「什麼？」

「妳跟我們一樣，對吧？既然妳現在還能站著，那就對了。一般人無法抵擋心靈風暴。」他笑了笑，藍眼睛帶著詭異的光芒。明亮而警醒，卻又有著說不出的空虛。

「她一定是第一波的倖存者。」一名女性的聲音隔著頭盔響起。「她不夠完美，沒有完全改造。」

男子朝她伸出戴著手套的手。「跟我們走。他們可以讓妳完美無缺。妳有沒有覺得自己心中有個空洞？少了什麼？那只是回音，虛幻的痛楚。我們可以解決這個問題。」

芮伊沒有動。「你們不可能存在。」她斷然否認，瞪大的眼睛裡失去焦點。「那個——那個實驗終止了。我是最後一個。」

「終止的是第一組實驗。」他糾正她。「因為技術尚未成熟。」

她呼吸急促，握槍的雙手微微顫抖。我第一次看到她即將失去控制。「我以為只有我一個人。」她低喃。

「妳不是一個人。」他凝視她的雙眼，深藍色眼中燒著冰冷的火焰。「妳不是真正想待在這裡，對吧？看看這些生物。」他輕蔑地看了我一眼。「他們受到盲目的生物恐懼與痛苦限制，受到本能的驅策。他們汲汲營營只為了逃避一切。只要刺激他們的杏仁核，他們就會變成無助發抖的小娃娃。可是我們——我們掙脫了枷鎖。」他上前一步，依舊朝芮伊伸手。「跟我們走。我們會殺光剩下的鼠輩，然後回家。妳會喜歡那裡的。他們會給妳一切妳需要的事物。」

她緩緩放下槍口。

我的臉頰緊貼堅硬冰冷的牆壁，無助地凝視恐懼的迷霧，無法動彈或是說話。**救我**，我心想。

她沒有看我，走向前，走向他們。

「沒錯。」男子柔聲說：「回家——」

她猛然舉起步槍，開始發射。滿天都是雷霆般的槍響。鮮血沾濕男子胸口，他眨眨眼，露出微微的訝異，往後倒下。其他人摸向他們的槍枝，可惜動作不夠快。血花濺了滿牆，另外兩名士兵倒地。一顆子彈擦過芮伊的手臂，但她沒有停止，甚至沒有放慢速度。

更多士兵冒出來，擠滿整條走廊。她向前衝刺，子彈飛射。一次、兩次，中彈的衝擊讓她身形一晃，然而她繼續前進。她是無人能擋的戰神。士兵源源不絕地湧現，又被她一一射死。

我周圍的時間拉得好長，她的身影以慢動作行進。步槍子彈空了，她丟下槍枝，從腰間抽出兩把鋸齒長刀，再次奔向第三波援軍。屍體如落葉般散了滿地。六個人、七個人、八個人、十二個人。她浴血而戰——旋轉、揮舞、踢踹、突刺。這是一場死亡之舞。

她真是不可思議。

等到混戰結束，只剩她一個人站著。走廊血流成河，沾染了地面，從牆上滴落。她垂肩吐氣，收起雙刀。雙腳一軟，跌坐在地。

我又麻痺了幾秒，奇蹟似地毫髮無傷，只是虛軟無力。她保護了我。溫暖的淚水流下，我的注意力放在面前毫無動靜的身軀上。

我爬了過去。「芮伊……」

沙啞溼潤的喘息在寂靜中迴盪，她對我眨眨眼。鮮血浸透了她的衣服和頭髮，染上她的皮膚。這麼多血。她的眼神開始朦朧，我知道——冰冷的下墜感——她已經回天乏術了。我握住她的手，手指溼溼滑滑，還有些溫暖。「撐住。」我悄聲說：「我——我去找人來幫忙。」

她輕輕搖頭。「沒事的。」笑意牽動她染血的唇角。「我不怕。」她的聲音越來越虛弱，但她依舊凝視著我。

淚水蒙住我的視線。我摸摸她沾滿鮮血的頭髮，撥開遮住臉龐的髮絲。我不知道還能做什麼。

她輕聲說了幾個字，小聲到我聽不出來。

「什麼？」我湊上前，耳朵貼在她唇邊。她的呼吸嘶啞虛弱，帶著水聲。

「活下去。妳一定要活下去。」她的聲音遠去。「妳……」她呼出輕嘆。

我挺起上身。「芮伊？」

她又眨了一次眼，那雙眼再也沒動過。

我總以為芮伊的眼睛一直都是空蕩蕩的。我錯了。看到它們真的失去光采，我才發現裡頭原本盛裝了多少，我錯過了多少。淚水從我的臉頰滴到她臉上。我坐在芮伊身旁，握著她的手。恐懼的烏雲籠罩頭頂，被熊熊怒火燒穿。

他們殺了她。IFEN殺了她。

垂死哀號在走廊間迴盪。還有其他士兵，以及嚇到癱瘓的黑風衣，無助得無法反擊。要是我不做些什麼，想辦法阻止這一切，他們都會被殺掉。

我想到IFEN總部，想到祕密地下室裡擺了滿牆的大型電腦。我知道該做什麼。

我用力呼吸，顫抖著撐地站起，想要隨便撿一把士兵的槍枝，可是太大太重，我幾乎抬不起來。我丟下衝鋒槍。先前那把刀還掉在地上，在我模糊的視線裡幻化出層層虛影，接著又縮回原樣。我抖著手撿起刀。至少有個武器在手。

我邁開腳步，費盡所有的力量，擠出剩餘的注意力。一隻腳放到另一隻腳前面。一波波恐懼擊中我，想把我打倒在地。痛苦掃過我的脊椎，切開我的背脊，我倒在地上，緊緊握住刀柄。**不是真的**。灼熱的痛楚將我剖開，膝蓋顫抖癱軟，我張口嘔吐，稀薄熾熱的膽汁灑了一地。

壓力揪住我的太陽穴，頭顱彷彿要像葡萄一般炸開，然而比劇痛還難受的是致命的恐懼，狠狠壓在我頭頂上，毫不退讓。我握著刀柄。

只要能抵抗恐懼……只要想辦法分心……

我慘叫一聲，舉刀劃開手掌。這股痛楚眩目而鮮明，無比真實。這一刀也像閃電般劃破周遭的黑霧。刀身落地，腦中的霧氣散去，我任由鮮血流淌，在地上積成一小灘血窪。

這一刀比我想像的還要深，不只是掌心，連手腕都傷到了，一片皮膚翻起，濃稠的深色血液從受傷的血管湧出。這幅景象令我暈眩幾秒，但我能夠專注在上頭。我握起血淋淋的拳頭，逼迫肌肉繼續活動。

斑馬書房下方的密室跟我的記憶沒有兩樣——一排排螢幕、燈光閃爍的面板、以及正中央的拉桿。被我自己割傷的手掌還在淌血，我衝上前想握住拉桿，卻在最後一刻僵住了，指尖在半空中顫抖。

只要拉下它，心靈風暴計畫將會毀滅，我們都能獲救。就是這麼簡單。我為什麼還要猶豫呢？

因為事情沒有這麼簡單。假如IFEN在一瞬間夷為平地，美利堅聯合共和國便會陷入無政府狀態。更多戰爭。更多死亡。更多恐懼與憎恨，這個循環不會停止。我將成為殺人兇手。我以一人之力摧毀了美利堅聯合共和國。

但如果不動手的話，史蒂芬會死，伊安會死。所有的黑風衣都會死，死得毫無價值。

我逼著僵硬的手指鬆開，緩緩握住塑膠握把。我努力思考，抵抗粉碎胸腔的壓力。

斑馬的聲音在我腦中迴盪：我們正在為比生命還重要的事物奮鬥。

那是什麼？

我們的靈魂。

耳朵嗡嗡作響。世界變得有點朦朧，我失去太多血液了，感覺自己順著陡坡滑向昏迷。在我虛弱到站不住之前，只有幾秒鐘的時間。此時此刻，我做出了決定。

我不是革命分子，也不是戰士，但我做得到這件事。我可以承擔這份罪孽。

我使勁一拉，拉桿紋風不動。我嘶啞地啜泣。我的力氣太小了。

這時，另一隻手包住我的手，我抬起頭，對上史蒂芬淺藍色的雙眼。他臉色蒼白，神情嚴峻，呼吸時快時慢，喉嚨裡咻咻作響，可是他還站著。他對我微笑，痛得肌肉緊繃。「我們一起來。」他的嗓音好溫柔，好沉穩。

我喉嚨腫得發不出聲音，只能迎上他的視線，輕輕點頭，好不容易才擠出低喃：「一起來。」

「數到三。」

手腕和頸部的脈搏咚咚響著。「一。」

他的手指緊緊握住我的手。「二。」

「三。」

我們一起出力，拉桿結束短暫的抵抗，往下滑到定位。房裡陷入寂靜，一切都停滯了。

接著，周圍響起嗡嗡機械聲，彷彿數十台機器同時啟動。空氣裡的低鳴越來越響亮，我望向螢幕上模糊的灰色影像，建築物一一爆炸，白色火花綻開，瓦礫四散飛射。窗戶碎裂，煙霧噴向天際。房裡的喇叭傳出悶悶的共振低吼。我腦中響起不屬於人間的尖叫，如同鐵絲般刺穿我的大腦。尖叫沉默。烏雲散去。

一瞬間，全部都結束了。

暈眩將我淹沒，一個個光點在我眼前追逐。我癱在控制面板上，用衣服按住受傷的掌心，試著止血，血跡不斷擴大，浸透了布料。

史蒂芬瞪大雙眼。「該死。」他脫下自己的上衣，包住我的手腕。「撐住。拜託撐下去。」

我張嘴想要回話，卻什麼都說不出來。*太累了*。我閉上眼睛。到處都是血。流了那麼多血，沒有人能夠存活。失去意識前，我聽見他在遠處呼喚我的名字，但我找不到回應的力氣。我已經滑入深淵，心裡只想著，謝謝，因為如果我註定要死，這裡就是我最渴望的歸屬之地——史蒂芬的身邊。

第三十七章

我睜開眼睛，發現自己還在人間，忍不住微微一驚。

我躺在小房間裡的狹窄病床上，角落裝設不鏽鋼水槽、一排櫃子，以及擺滿瓶罐與手術器材的桌子，也就是說我應該是在醫務室。我的左手陣陣抽痛，鮮紅的痛楚不斷傳來。我想起身，一陣暈眩又把我打回枕頭上。

「嗨。」熟悉的聲音響起。史蒂芬坐在床邊的椅子上。他對我疲憊地笑了笑。「別動得太厲害，妳還很虛弱。」

我舉起左手揉揉漲痛的腦袋。我隱約記得那場血戰，記得自己跌跌撞撞地趕到斑馬書房下的密室，引爆炸彈。但一切都太不真實了。要不是手掌還痛著，我可能會相信這是一場惡夢。

史蒂芬還活著，平安無事。我攀附著這個事實。

我不想問任何問題，因為答案令我畏懼。我只想躺在這裡，什麼都不想。但我知道等得越久就越難開口。「大家都還好嗎？」

「相對來說還可以。很多人深受創傷，一半的黑風衣目前施打了鎮靜劑，因為就算戰鬥結束了，他們依舊胡亂攻擊，少數幾個沒有完全發瘋的成員負責盯著大家。不知道為什麼我沒事。或許我太習慣那些創傷了，腦子裡早就長出繭來。」

疑問閃過腦海，我的心跳加速。「伊安——」

「他沒事。」

我鬆了口氣，但沒有持續多久。「芮伊呢？」儘管早就知道答案，我還是想問。

「她死了。」他的嗓音微微動搖。他清清喉嚨。「巴克也是。還有其他傷亡，我們還在清點剩下多少人。至少我們運氣夠好，還能待在這裡。」

「那些士兵呢？IFEN派來的人？」

「都死了。那個——那個東西一停，我們終於有辦法反擊。」他遲疑了下。「蓮恩……妳知道那是什麼嗎？」

我閉上眼睛。「他們說那叫心靈風暴。心靈風暴計畫。它是……IFEN創造的東西。我在總部的時候曾經看過。」我努力編織語句。「那是一台電腦，史汪醫師說它可以影響人類大腦，無論距離多遠。可是我不知道它有辦法做到……這樣。」

史蒂芬面色凝重。「IFEN一定是決定用這次機會來測試。」

我嘴裡滿是苦澀。史汪醫師說心靈風暴只會用在和平的目的上。為了阻止暴力，而不是引發犯罪。或許他是真心相信這一點。他應該要想得更遠。

看得出IFEN為什麼要隱藏這個武器。這樣的東西不該存在，然而我心底卻暗自佩服他們的巧妙策略。利用遠距離控制心靈的裝置，製造恐懼來癱瘓你的敵人，再派出對恐懼免疫的士兵大肆屠殺。跟化學武器或是傳統炸彈不同，可以輕易抑制損失，至少理論上是如此。他們可以靠這項武器掃蕩大批反抗勢力，不用冒任何風險，也不會危害平民的性命。

芮伊染血的臉龐閃過心頭，打偏我的思緒。一陣惡寒襲來，我對上史蒂芬的視線。他眼中閃著淚光，輕聲道：「我很遺憾。」

痛楚揪住我的胸口。芮伊。我伸出右手，想握住史蒂芬的手，這時我發現——我沒有右手了。只剩纏滿繃帶的殘肢。

史蒂芬垂眼。「我在妳手臂上綁了止血帶，雖然保住妳的命，可是血流完全截斷。他們救不了這隻手。」

我愣愣盯著空蕩蕩的手腕，彷彿右手隨時會憑空冒出來。

「沒事的。」他迅速補充。「加拿大有那些神奇的義肢技術，對吧？他們可以幫妳弄來新的手，跟舊的一樣好。」

我的手臂軟綿綿地垂落，右手灼熱漲痛。「我還感覺得到。」我的聲音聽起來好遙遠，好微弱。

我記得曾經聽士兵聊起幻肢痛。當然了。一個東西不在原處，並不代表它不會痛。

我閉上眼睛，想像把不存在的手握成拳頭。感覺如此真實，即便那只是我的記憶。他們一定是在我睡著的時候打了一堆藥，不然我相信不會只有這麼痛。

史蒂芬摸摸我的臉。我睜開眼睛。「我很遺憾。」他又說了一次。

我擠出虛弱的微笑。「不過是一隻手嘛。我還有另一隻手啊。你看。」我舉起左手。

我們凝視彼此好一會。他眼中閃著淚光，臉龐蒼白，頰上還沾著不知道哪來的血跡，頭髮亂成一團。我再次舉起右手，碰碰他的臉，包著繃帶的殘肢再次映入眼簾。我花了十秒鐘遺忘，這副景象再次令我訝異。我笑出聲來。就是忍不住。

他眨眨眼。「蓮恩？」

雙手垂到身側，我笑個不停，沒過多久，笑聲越來越像哭聲。我流了滿臉的淚。史蒂芬緊緊抱著我，我攀附在他身上。

他撫平我的頭髮，在我耳邊呢喃沒事了、一切都會好起來。我貼著他的胸口痛哭，淚水沾濕他的上衣，最後我吐出最後一聲啜泣，心裡只覺得空蕩蕩、輕飄飄，好像可以浮起來飛走。「你打算告訴他們嗎？」我悄聲問。

「什麼？」

「我們拉下拉桿的事情？」

他愣了一下。「妳要我告訴他們嗎？」

或許我們應該為自己做的事情感到光榮，畢竟我們救了黑風衣集團。可是想到那些爆炸的建築物，我覺得胸口一陣空虛。到頭來，我們終究是無法用話語或概念修補一切。唯一的選擇是連著屋裡的人們全部炸掉。我恨我們活在這個暴力如此有效的世界。「隨你。」我低喃。

他的嘴巴張開又閉上，輕輕點頭。

隔天早上，黑風衣集團的成員在集會廳集結。他們踏著小心翼翼的步伐，瞪大的眼中帶著驚惶。不少人不顧面子，摟抱著彼此，宛如在森林裡迷路的小孩。心靈風暴磨掉了他們的稜角，扯開他們的鎧甲，把他們變成一窩發抖的小貓。

殘存的人數不到一半，不過說不定有些人還躺在醫務室。我往人群裡尋找熟悉的面容，不知道有多少人活下來。我看到莎娜，諾艾兒不知去向。還有伊安，他渾身是傷，搖搖欲墜，看起來不太嚴重。我移到他身旁，緊緊握住他的手。我們沒有說話，就只是並肩站著，直視前方。此時此刻不需要言語。

史蒂芬站上講台，他板著臉，面如死灰，不過出奇冷靜，似乎想好了一切。「各位現在大概都知道發生了什麼事。這是來自IFEN的襲擊。他們利用某種新型祕密武器——心靈風暴——擾亂我們的大腦，再派出士兵掃蕩我們。」

我必須交給他來說——他更擅長說出重點。

「芮伊打倒了大部分的士兵，付出自己的性命。」他嗓子有點啞，清清喉嚨以後繼續道：「她替我們爭取反擊的時間。現在我們安全了。IFEN總部——以及心靈風暴武器——已經全部摧毀。以結果來看，IFEN攻擊我們的決定可說是大錯特錯。」

他從口袋裡掏出遙控器，按下按鈕。背後的螢幕亮起，映出多倫多混亂破敗的景象。街道上停滿廢棄車輛，商店遭人闖入洗劫，碎玻璃灑滿人行道。幾個人張著嘴巴四處遊蕩，好像不知道自己是誰、發生了什麼事。

「顯然這個武器不只影響了我們，還波及整座城市。」史蒂芬說：「數十名市民從橋上或是高樓躍下。不用我說，各位一定知道現在加拿大已經對IFEN毫無興趣。首相剛才公開宣佈美利堅聯合共和國違反了國際協約，使用戰爭武器，現在要把他們視為敵國。其他幾個國家也支持這項決定。」他停頓一下。「基本上，這代表IFEN——也就是美利堅聯合共和國的政府——成為聯合國的討伐對象。也就是說，現在全世界都站在我們這一邊。算是啦。他們不再稱呼我們為恐怖分子。現在我們是反抗勢力。」

黑風衣們慢慢吸收這些情報，房裡一片寂靜。

我盯著螢幕上的景象——救護車在街道間呼嘯而過，大批深受創傷的人們躺在病床上。IFEN的新主任決定用心靈風暴計畫對付我們的時候，他大概沒料到這個武器也會影響整個多倫多。或者他想到了，但他急著消滅我們，顧不了那麼多。無論如何，加拿大人會記仇好一陣子了。

要是我一發現拉桿就把它拉下，這些事情全都不會發生。芮伊還會活著。那些多倫多的無辜居民還會活著。我的遲疑害死了他們。

接下來的幾天，我待在集會廳看大螢幕上的混亂場面。現在國家倫理委員會已經解散，美利堅聯合共和國陷入狂亂。他們公開的影片——火焰、砸碎的窗戶、在街上掠奪暴動的人們——簡直就像是大戰初期的紀錄片。

自從上回的宣告之後，我一直沒有看到亞倫，真想知道他是否還活著。

美利堅聯合共和國境內的黑風衣勢力從暗處走出，湧入大街小巷。各處爆發幾場衝突——黑風衣和警方的槍戰，狙擊手從高處窗戶解決敵人。在五大城市之一的歐西亞納，黑風衣集團取得控制，趕走IFEN的支持者，自行建立陽春的政府，基本上由國民軍和普通法庭組成。媒體錄下他們以方陣行進的畫面，配上嚇人的音樂，生怕沒有人看得出這些人是危險分子。

同時，IFEN拚命重整旗鼓。電腦系統全沒了，項圈暫時失效，政府只能逮捕數千人，關在臨時搭建的拘留所，承諾將在危機解除後立即釋放他們。黑風衣集團馬上襲擊那些拘留所，解放囚犯，大部分的人都加入他們的陣營。

全面開戰。

史蒂芬再次宣告了新的提案：打包我們拿得動的補給品，偷來幾輛貨車，前往邊境，利用通道回到美利堅聯合共和國，加入歐西亞納的黑風衣集團，為他們助陣。這個提案獲得如雷掌聲。

氣氛變了。斑馬過世之後，要塞裡第一次充滿期盼與希望。但我們付出了慘痛的代價。

第三十八章

「妳在這裡摸什麼魚啊？」

一道聲音打斷我的沉思，我抬起頭，眨眨眼。我坐在走廊牆邊，雙腳抱到胸前。莎娜站在我面前，雙手叉腰。

「沒有啦。我只是……」我閉上嘴巴，不悅地望向她。「妳幹嘛管我？」

「因為今天是我們在要塞的最後一晚。其他人要在餐廳開派對，妳卻坐在這裡盯著斷手看，像白痴一樣的表情我看了就不爽。妳跟死魚有什麼兩樣？」

過去幾天，除了史蒂芬，我很少跟人說話，但現在我腦袋裡有什麼東西斷線了。「妳可能沒有注意到，死了那麼多人。我應該要開心嗎？」

她翻翻白眼。「妳可能忘了，這就是我們想要的結果。我們這一方終於有機會獲勝，所以，沒錯，妳應該要開心。妳應該要大跳康康舞。」

我難以置信地瞪著她。「妳沒在影片上看到美利堅聯合共和國現在的狀況嗎？那是地獄。」

她哼了聲。「那裡早就是地獄了。或許對你們這種人來說不是，可是我們已經等了好幾年才等到一絲希望。對，死了很多人，爛透了，不過世界上有那場戰爭不會害死無辜老百姓？我們有機會創造出真正值得生活的世界，不是爛到極點的地獄。妳還坐在這裡自怨自艾，到底是有什麼問題啊？」

我別開臉。當然了，她不知道炸彈是史蒂芬跟我引爆的。大部分的黑風衣都認為斑馬在死前設計了這場爆炸。

我突然想到，莎娜其實是在安慰我嗎？

「聽好，如果妳想在這裡生根，整天發脾氣，我才不想管呢。我只是說說。大家都在找妳。」停頓一下。「史蒂芬也是。還記得他嗎？妳的小親親？天知道他看上妳哪一點了。總之沒有妳陪著，他煩得要命。簡直就是一條得了相思病的憂鬱小狗。」

「是嗎？」

「妳不知道？天啊，妳比我想像的還要白痴。」

臉頰泛起暖意。史蒂芬過去幾天一直很安靜，即使是在我們獨處的時刻，我知道他受到的衝擊不下於我，但他還是去參加派對了。我最起碼可以待在他身邊。我緩緩起身。「好吧。我這就過去。」

「可別太興奮了。」

我跟著她走，思緒飄浮在身體之外。前方傳來笑鬧聲，有人高唱我只在歷史紀錄片裡聽過的老歌：「**從每一座山崗上，讓自由響徹雲霄！**」

有人大喊：「敬美國新革命！」

歡呼與掌聲。

「我才不會跟妳道謝呢。」莎娜開口。

「為了什麼？」

「那一次，我根本沒有要妳救我。如果妳在等我——」

「什麼，交換人質嗎？我本來就不是為了這個。」

她用力踱步，雙手差勁口袋。「妳這麼做大概是想在之後覺得自己高人一等、自命不凡吧。」是我在幻想嗎？還是說我們的相處模式變了？她的酸言酸語好像沒那麼酸了，比較像是自己人在開玩笑。「沒錯。」我裝出認真的語氣。「我是這麼想的。」她眨眨眼，沒料到我會這麼說。接著輕微的笑意扯動她的嘴角，雖然一閃而逝，但真的存在過。

「莎娜，我可以問個問題嗎？」

「最好不要是什麼自以為是的哲學屁話。」

「不是的。我想問妳的投影面具。那是什麼囓齒動物啊？」

她拋來深受侮辱的眼神。「我才不是囓齒動物。那是蜜獾。牠們是世界上最凶狠的動物。牠們可以打倒獅子，專吃毒蛇跟毒蜂。要是惹上牠們，牠們會啃掉妳的蠢臉。妳最好給我記住。」

我別過臉，隱藏笑意。「我不會忘記的。」

我們繼續前進。餐廳裡的黑風衣高唱〈星條旗〉，又是一首我從未在歷史課堂外聽過的歌。

「火箭烈焰沖天，炸彈轟隆作響……」關於戰爭的歌曲。或許這是它讓我有些悲傷的原因——但它依舊美麗。戰爭總是醜惡野蠻，然而總有值得奮戰犧牲的事物。值得我們拋棄生命。

IFEN總是教導我們人類歷史上無數的衝突，大多是心理疾病的產物。可是呢，說不定在他們眼中，人性的本質就是疾病。我下意識地接受這個觀點——一切的問題都能歸為各種症狀，用腦部掃描來診斷。

只是那算不上真正的理解。要理解一個人，我們必須拋下虛偽的客觀，與他的世界融合，透過他的眼睛往外看，想像披著他的皮過活，即使他的行為令我們害怕。這不是每個人都做得到的事情。我在黑風衣集團裡還是有點不安——並非一直都是如此——可是我感覺現在稍微了解他們一些了。

胸口的死結鬆開。自從拉下拉桿後，我第一次感覺自己或許沒有做錯。或許這會帶來更好的結果。

即便如此，心結依舊存在，我可能永遠無法填滿那個空洞。我做過的事情不可能一筆勾銷，我將一輩子背負著它。

抵達餐廳時，笑鬧聲將我包圍。三張長桌推到中央併起，桌面上排了一圈蠟燭，中間擺上三層高的大蛋糕，灑滿白色糖霜和鮮美的草莓。還有一盤閃電泡芙、一大碗擠上奶油泡沫的巧克力布丁。我們的食物供給有限，這個陣仗實在是格外豪華，不過我想這樣也不為過。伊安遞出一盤盤切好的蛋糕。他的笑容出乎我的意料。在心靈風暴攻擊之後，我偷偷懷疑這裡真的有人還笑得出來。

莎娜沒有理會我，逕自端起盤子，把蛋糕掃進嘴裡。我瞄到史蒂芬坐在桌子角落，所有的思緒全都消失了。他盯著半空中，一手端起裝了金黃色液體的塑膠杯，面前的蛋糕沒有動過。他頭髮亂了，臉頰紅了。我揮揮手。他對上我的視線。

我走了過去。幾個人拍拍我的背，跟我打招呼，但我無視他們，眼裡只有史蒂芬。燭光在他眼中、髮梢閃爍。「妳來了。」他有些害羞。

「當然了。我才不要錯過這麼好玩的事情呢。」

有人遞來半滿的杯子——聞起來像是威士忌。我打算禮貌地拒絕，又閉上嘴巴。喔，有何不可？我有多少機會慶祝新紀元的曙光呢？我仰頭喝了一大口，威士忌燒灼我的口腔，我咳了幾聲，用力吐氣。

史蒂芬挺直上身，臉上閃過驚慌。「蓮恩，妳——」

「沒事。」我喘個不停。真的有人喜歡這種東西嗎？我雙眼泛淚，卻還是高舉酒杯。「敬美國！」

「敬美國！」眾人齊聲響應，又唱了一段〈星條旗〉。看來只有一半的人知道歌詞，另一半只是假裝跟著唱，但沒有人在意。他們勾肩搭背，舉起酒杯，隨著旋律搖擺。

我坐在史蒂芬旁邊，又喝了一大口酒，這回做好了準備，沒有被嗆到咳嗽。味道還是很糟，不過我喜歡酒精流入胃裡的感覺，溫暖的刺激，彷彿肚子裡燒起一把火，讓我整個人發光發熱。

史蒂芬看著我，臉頰更紅了，他嘴裡喃喃念著：「妳好漂亮。」

「你醉了。」我輕聲回應。

他勾起嘴角笑了笑。「妳應該要趁機佔我便宜才對。」

我輕笑一聲。他這副模樣真的可愛極了，酒氣讓他臉色紅潤，雙眼發亮，眼皮微微垂下。我伸手捧起他的臉，從正面吻上他的唇。歡呼聲、口哨聲滿天飛，我沒有理會，緩慢而徹底地延長這個吻。退開時我有點喘不過氣，順手把他散落的頭髮勾回耳後。我的手撫過他的黑風衣，拉鍊開著，露出裡頭的T恤。我摸著他的胸膛，以掌心感受他的心跳。「我有沒有說過你穿這件風衣有多帥？」

他心跳加速，眼神有些迷濛。「是嗎？」

「超級可口。」我湊上前，啃了他的耳朵一口。威士忌幫我壯了膽，以後可能要小心一點。我們輪流叉起蛋糕餵對方吃，黏膩的甜味混雜著草莓奶油。史蒂芬鼻尖沾上一抹糖霜，我伸手抹掉，直接舔乾淨。

他轉頭，貼在我耳邊說：「離開這裡吧。」

我們溜出餐廳，一點都不難——大家的注意力早就離開我們，只有幾聲口哨跟在我們背後，惹得我滿臉通紅。在走廊上，史蒂芬腳步不穩，我一手環抱著他。他貼向我，腦袋垂在肩上，我們繼續向前走，他的雙腳往四面八方亂飄。「你真的很醉。」

「沒事。只腰——只要休息一下。」他癱在牆邊，打了個嗝，一手按住嘴巴。

「你應該要躺一下。」

我扶他回到房間，讓他躺上床鋪，幫他蓋被子，卻被他一把抓住手腕，把我的手拉到他嘴邊。他吻過我的每一根手指、掌心，最後像貓咪似地蹭著我的手。「待在我身邊。」他輕聲說。他雙臂圍上我的腰，那雙柔和飢渴的眼眸仰望著我。嘴唇還帶著威士忌以及親吻的濕氣，比平常還要紅潤。他看起來好美，同時也好失落。

我脫掉鞋子，躺在他身旁。「我會留下來。」

他放鬆下來，眼睛緩緩閉上，把我拉近一些，臉頰藏在我的頸窩。「一切都結束以後，會發生什麼事？」他低聲發問。含糊的語氣消失了，我納悶他是不是在裝醉。說不定他只是想找藉口離席。

「你是說戰爭？」

「一切。」

我吞吞口水，輕撫他柔軟溫暖的後頸，髮際線的髮絲稍微長了些，略略捲曲。「不知道。不過我們可以一起想想。」

「是啊，我們都走了這麼遠。」他按著我的後腰，轉著眼珠子一一打量我的五官，彷彿是想把我烙在他的心版上。

我靠上他的肩頭，吸入他的氣味。雨水和煙霧和海洋。史蒂芬。我怎麼會忘記這些呢？即使是現在，關於他的記憶還是一塊塊碎片，難以全部按照順序排好，但我記得的部分足以說服我他是我的一部分。永遠是如此。

我們癱在床上，環抱著彼此，身體緊緊相貼，近到他的一舉一動全都清清楚楚。他撫過我的頸窩，在昏暗的燈光下，我只能勉強看清他的臉龐。「還記得我們認識的第一天嗎？」他問。「在學校外的停車場。妳穿著白色大衣，頭髮綁成馬尾，還記得我心裡想著……天啊，真的假的？馬尾？」

「馬尾又怎樣？」

他哈哈大笑。「沒事。好得很。」他的臉頰貼上我的頭髮。「在我們周圍，雨下個不停，所有的東西看起來髒兮兮的，可是妳好乾淨，好像外界的一切都碰不到妳。讓我覺得……不知道。有點生氣吧。妳想讀哪間學校都可以，卻選擇待在那個爛地方。感覺像是來炫耀妳有多乾淨、多完美。不過等到我認真看著妳，看著妳的眼睛。我看到……」他嘆息。「抱歉，我不太會說這種話。」

我側臉枕在手上。「我覺得你說得很好啊。」

他垂眸微笑。

「繼續啊。」我說：「你看著我的眼睛，看到什麼？」

「我看到——不知道。沒有半點髒東西，嚇死人了。之類的。」

「真浪漫。」

他又輕笑一聲。「我的意思是妳的表情好開朗，眼睛好大，妳真的……很好。一點都不軟弱。妳要我振作起來，妳說話很犀利，對我施展神奇的力量。不只是因為妳是巡心者。因為妳就是妳。嚇死我了，但我絕對不會為了任何事物放棄妳。」

「真希望你早點告訴我這些事情。」

他收起笑容，視線一點一點掃過我的臉龐。「每次想說些什麼，我都想不出該如何表達。我不知道要怎麼把話說得……真誠。就算我每次說的都是真心話。我一直想跟妳說我沒有愛上芮伊，可是我不認為妳會相信我。」

是的——我想起來了。他跟她說了那麼多話，坐在她身旁。我好痛苦。「那為什麼……」

「因為她跟我很像。她就像以前的我。我是說認識妳之前的我。她封閉自己，不讓任何人接近。我想幫她。我以為——我以為我可以跟妳一樣。以為我可以救人。」

「可是你們看起來……」儘管努力克制，我的嗓音還是帶了點顫抖。「你們並肩戰鬥的時候，看起來好契合。不只是她。你很融入黑風衣集團。感覺你不再需要我了。或許我應該要高興，可是我做不到。」

他聳聳肩。「沒錯，我認同黑風衣集團的理念。可能太過頭了。一開始，遇上這麼多跟我一樣憎恨一切的人，相處起來很舒服，過了一陣子，我有點膩了。要是被那種憤怒吞噬，你很快就會燒乾。」他盯著天花板。「芮伊跟我，我們都需要——曾經需要——奮戰的理由。我們心裡都有空洞，無法填滿彼此。我想跟妳解釋，只是不知道要怎麼說。等到我有辦法說出口的時候，妳已經離開了。」

頸子的脈搏跳得好沉。「對你而言，我是什麼？」我低語。

「經過那麼多，妳真的想知道嗎？」

「告訴我。」

他沉默了好一會，喉結上下跳動。「妳失去記憶的時候，我知道把妳留在IFEN總部對妳來說比較好，只要妳什麼都不知道，就不會有危險。可是我做不到。我就是那麼自私。妳是我繼續呼吸的唯一理由，少了妳，整個世界只是一團廢物。」他迎上我的視線。「妳是一切。」

我的呼吸停滯了好幾秒。

他撥開我臉上的髮絲。「這樣對妳不公平。我知道。妳沒說過要把我心裡的碎片黏起來。」

他悶聲輕笑。「最好會有人想做這種事。」

「我想。」

他呼吸一窒，額頭靠上我的肩膀。「說不定只是因為妳被我傳染了。第一眼看到妳，我就知道會把妳弄髒。把妳變得跟我一樣病。」

「你沒有病。」

他笑了笑，眼中滿是傷痛。「妳真的相信嗎？」

我輕輕聳肩。「說不定我們病得一樣重。」

「沒有。」

思緒驟然跳到過去的某一刻，斑馬的手在我皮膚下移動，觸碰我的心臟。我的祕密。我喉嚨裡打了個死結。

斑馬死了，我再也沒有機會問他究竟看到什麼，然而或許我一直都知道，只是不想面對。經過那些風風雨雨——在我炸翻美利堅聯合共和國的政府之後——那件事感覺也沒什麼大不了了。

但是真正說出口還是要費上一番功夫。「我一直告訴自己成為巡心者是為了幫助別人。為了讓這個世界更美好。其實不是這樣的。」我無法直視他的雙眼。熱氣在胸口積蓄，一股壓力推擠著肺臟。

「什麼意思？」他的語氣中添了一絲不安。

「你曾經問我都吃什麼藥，我說就是這個。救人。」

「喔，對啦，妳確實有點救世主情結。所以呢？」

「沒有那麼高尚。」我的聲音好小，幾乎聽不見。「並不是因為我需要當英雄。跟自毀傾向也無關。我是個情緒吸血鬼。我靠著別人的創傷來填飽肚子。我不是在幫人，而是在利用他們。我吃掉他們的痛苦與黑暗，因為那是我需要的。」

房裡安靜了好久。我默默數著自己的心跳。

「該死。」他低咒。「我根本就是自怨自艾的地區冠軍。」燈光昏暗，我讀不出他的表情。

「誰讓妳相信自己是這樣的人？」

我別開臉。「我不是在尋求安慰，只是告訴你事實。我沒有你想的那麼好——」

「如果說妳還不夠好，那我也想不出來怎樣才算得上好人了。」他的語氣堅定。「妳不需要完美無缺。我也不是。」

我心跳加速。我閉上眼睛，感受他溫暖的吐息掃過我的皮膚。

「假如妳真得很困擾，我們可以多聊聊，只是現在我希望妳知道——無論妳有什麼祕密，無論妳覺得自己的內在有多醜陋、多奇怪，我都有辦法面對。天啊，再怎樣都比不上妳在我腦子裡看過的那些吧。」

「你確定嗎？」我輕聲問。

「對，百分之百確定。我想要全部的妳，不只是好應付的那一面。妳到底有沒有發現我是徹徹底底、無可救藥、神魂顛倒地愛著妳？」

我想吞下哽在喉嚨的硬塊。或許他是對的。我們都有一些不錯的本質。說不定這份罪惡感不過是我的巡心者訓練試圖以固執的聲音來摧毀我們的情感，把一切拆開來分析，套入不健康的依存狀態。有時候我對他的感受強烈到不太正常。可是有誰能決定界線在哪裡？我們就不能讓感情就是感情，不去分析它們從何而來、有什麼意義？光是愛著一個人還不夠嗎？還是說我依然想把一切合理化？

就算是，我也認了。

「我好想念你。」我小心翼翼地撫摸他的臉，彷彿他是玻璃或水晶打造而成，珍貴又精緻。

「我討厭那種跟你貌合神離的感覺。」

他眼中閃過痛楚。「對不起。我不該——」我按住他的唇，讓他安靜下來。

下一秒，他的唇壓上我的。

這個吻一開始帶著試探，我不斷改變角度，尋找最合適的落點。他嘗起來好乾淨，好溫暖，我漸漸失控，迷失在親吻之中，愉悅的暈眩席捲而來。感覺像是融合——溫暖的刺痛，從頭皮開始慢慢擴散到全身。每一根神經都醒過來了。等到他退開換氣，我已經滿臉通紅，喘不過氣，嘴脣舒服地腫脹。

他直視我的雙眼，帶繭的拇指撫過我的嘴角、下脣。他的指尖帶著電流，竄過我的身體。

「我還是不知道我為什麼如此幸運。」他低語。

他的拇指再次擦過我的下脣。他知不知道這樣多讓人分心嗎？我舔舔下脣，品嚐他指尖留下的一絲鹹味。我的雙眼已經適應昏暗的光線，看清他的側臉——臉頰的弧度，接近透明的睫毛尖，眼中的光芒。「你真的很美。」

「那是我的台詞。」

我按著他的臉頰，他的手掌滑過我的肩頭，一路劃過我的側腹來到臀部，像是在記憶我的形狀。我伸手插入他的髮際。「史蒂芬？」

「嗯？」

「我好怕。」

「我也是。」他低喃：「不過沒事的。這樣妳才知道自己還活著。」

說完，他的脣與我相貼，我們迷失在彼此之間，以謹慎的撫觸探索對方的身體。我感覺到我們之間的牽繫，像是有條繩索連接我們的胸口，緊緊纏繞我的心。手指在他柔軟的髮絲間遊蕩，感受他頭皮上熟悉的細小疤痕。他的嘴脣貼上我的頸子。「我好愛妳。妳知道嗎？」

在我——我們——做了那件事之後，我沒有快樂的權利。我很清楚，也感覺得到死亡的重量有如灌入骨髓的水泥。我會一輩子背負著這份罪孽。可是現在呢，沒有IFEN，沒有美利堅聯合共和國，沒有黑風衣集團。只有史蒂芬、我，我，我們。我輕聲回應：「我知道。」

第三十九章

我們在黃昏時分離開要塞，往南方挺進。

偷幾輛貨車不算太難，多倫多還沒從心靈風暴的影響恢復過來，警方拚命控制驚慌的民眾，根本沒有人阻止我們。我們只要跳過工廠的圍牆，開出六輛車子。

我坐在後車廂地上，擠在史蒂芬跟伊安中間，我們的呼吸在沉默中迴盪。車子開了一整夜，抵達邊境圍牆時，史蒂芬找到一條隧道，我們鑽了過去，從另一端的樹林裡冒出來。晨霧讓地平線泛著蒼白的光芒，一隻烏鴉扯著沙啞的嗓子叫了三聲。我們扛著塞得爆滿的背包，在林間跌跌撞撞。

看來這裡是紐約上州，離歐西亞納走路只要一天。到了傍晚，我們看見城市出現在遠方——一大片尖銳的黑色摩天大樓，在粉紅色的雲層下劃出俐落的輪廓。這座城市被高聳的水泥牆環繞。我們接近牆下，一扇柵門滑開，好幾輛風塵僕僕的卡車開向我們。車上載滿身穿迷彩背心和長褲的男男女女，他們手中拿著巨大的步槍。

我握住史蒂芬的手，心跳在指尖震盪。卡車停在三十呎外。黑風衣們——我們的黑風衣成員——緊緊圍成一圈。一名古銅色皮膚的高大女子跳下前排的卡車，大步走向我們。她頂著蓬亂短髮，雙眼是淺紫灰色。「誰是首領？」她以清楚的嗓音高呼。

出乎我的意料，伊安走上前。「抱歉，我們的領導人都死了。妳暫時只能跟我談。」她上下打量他，微微一笑，露出一口白牙以及風格不符的酒窩。她伸出一手。「我是北美盟軍的古特瑞將軍。這是我們目前的組織名稱。幸會。」

伊安猶豫半秒，跟她握了手。

「你們在這裡很安全。」她說：「來吧，看來你們需要好好休息。」

我們爬上他們的卡車。古特瑞高聲下令，車子掉頭回城。我猜我應該要覺得──鬆了一口氣？緊張？可是我太累了。坐在史蒂芬身旁，我靠著他的肩膀。他一手環上我腰間，我凝視遠處的摩天大樓，看它們漸漸放大、接近。很難集中注意力，疲憊令視線模糊。我隱約聽見伊安在卡車前方跟古特瑞談話，向她報告我們的處境。

「到那裡以後，你想我們要做什麼？」我低喃。

「不知道。說不定就在這裡待到戰爭結束。」他望向四周眼神空洞的黑風衣們。「我不認為他們想繼續戰鬥。」

要是他們開出條件，說想留下來就必須上戰場，那該怎麼辦？到時候我們再來面對吧，我想。「你呢？」我問。「你想繼續戰鬥嗎？」

他沉默一會，摸摸我的頭髮，手指溫暖又輕柔。「我不想再碰槍枝了。」他回道。

或許我該大吃一驚，可是想想一切，我一點都不訝異。

眼皮漸漸合上。我打起盹來，隆隆引擎和史蒂芬的心跳成了催眠曲。我不知道將會遇上什麼事，沒有人知道未來會帶來什麼。

我們還活著。我們在一起。還有一件事我可以確定——無論發生了什麼，我絕對不會再離開他。

尾聲

我睜開眼睛，看著自己的臥室。陽光透著粉紅色窗簾射入，照亮熟悉的牆壁、書桌、架上一排排填充動物。

有時候，在我曾經與父親共享的屋子裡，在自己以前的房間裡醒來，還是有點陌生。彷彿一切都沒有發生過。我很幸運，這個地方沒有遭到戰火波及。歐羅拉有許多地區得要重建。剛回來時，大部分的電器都被人偷走，儲藏室的食物也沒了，牆壁有點髒，多了幾塊塗鴉，除此之外，屋裡算是平安無事。我偶爾早上起床時會覺得那場大戰宛如夢境，不過如果需要戰爭發生過的證據，我只要低頭看看自己的右手就行了。

我緩緩伸展義肢的手指，這隻手的反應跟原本的手一模一樣。醫生說他們還可以做到外表也跟真手沒有兩樣——最頂級的產品幾可亂真，但我選擇純黑底色，搭配手指上的紅色線條。我不想假裝。

我看著空氣中的灰塵在陽光中打轉，過了幾分鐘，我開口呼喚：「克洛伊。」

一陣閃光亮起，她出現在我的床腳。「蓮恩，早安！要我幫妳做什麼嗎？」

她跟以前不太一樣，我不時注意到她的反應跟性格有些轉變——不過已經很像了。史汪醫師摧毀了原版的克洛伊，我請人重建她的程式。「現在幾點？」

「下午一點半。」

我臉一皺。真的應該要開始設鬧鐘了。「可以幫我傳訊息到史蒂芬的手機嗎？跟他說等他訓練結束，到水底咖啡找我。」

「沒問題。」

我慢吞吞地滑下床鋪，換好衣服。

史蒂芬跟我帶著其他黑風衣集團成員逃到歐西亞納是三年前的事情，戰爭在兩年前結束。從加拿大出力支持反抗軍的那一刻開始，情勢漸漸逆轉。加拿大政府提供加入軍隊的難民國籍，他們的軍力迅速壯大。衰弱又殘破的IFEN很快就無法招架，北美盟軍組成臨時政府。現在看來，一切彷彿都發生在好久以前。幾乎是上輩子的事情。

「別忘了妳的藥。」克洛伊輕快提醒。

我翻了個白眼。「我又沒有忘記過。」我鑽進浴室，打開藥櫃。琥珀色的藥瓶擺了整排，最左邊的是抗焦慮藥物、接著是抗憂鬱、第三個是穩定情緒用的、第四個……老實說我早就忘記它是什麼藥了。第五瓶是維他命D，因為我最近太陽曬得不夠多。我一一打開瓶子，倒出適當的劑量。

一回到美利堅聯合共和國，惡夢和恐慌症隨即襲來。藏在我心底的致命心結——自從我拉下炸掉IFEN的拉桿後便一直存在——漸漸長成巨大的空洞。腦中有個聲音不斷輕聲說：做了那些事以後，妳哪有快樂的權利？我知道這種想法沒有好處，努力與它對抗，專心想著我們成就的一切，黑暗卻爬了我滿身，毒害我的思緒。許多個夜晚，我哭著醒來，或是迷失在憂鬱帶來的麻木之中，最後，史蒂芬說服我尋求治療。

藥物的效果比不上調整，但我早已下定決心，有生之年絕對不會再次踏入調整病房。我已經認清事實，或許這輩子都擺脫不了這套雞尾酒療法。喔，隨便啦，世界上還有不少比每天吞幾顆藥還難熬的事情。

「今天妳應該出去走走！」房間裡的克洛伊興高采烈地呼喊。「這樣做，妳一定會很開心！」

我嘆了口氣。有時候我會後悔替她設定了那麼多提醒功能以及加油打氣的台詞。「早餐之後我會出門散步。」反正我也想去個地方。

我吃了一片先前剩下的披薩，套上黑色皮風衣——芮伊在要塞送給我、胸口有彈孔的那件——離開屋子。天氣晴朗，微風徐徐，溫暖純真的藍天點綴著幾片雲朵。鳥兒在樹上唱歌。晴天讓我很不爽；不知道為什麼，我覺得這種天氣好諷刺，像是在嘲笑我似的。我想要下雨。或者至少來幾片烏雲。

我雙手插在口袋裡，壓低視線。頭髮已經長長了，簾幕似地散在我臉頰兩側，為我遮住路人的眼光。雙腳帶著我來到單軌地鐵站，我搭上往市區的班次。

歐羅拉市區還是老樣子，至少表面上是如此。喔，確實還留著一些戰火痕跡，幾棟崩毀的建築，但是最慘的部分已經修復完畢。玻璃碎片和土石清理乾淨，血跡也刷掉了。廣告影片仍舊在摩天大樓牆上閃爍。不過不會再有索納多的廣告了。北美盟軍的宣傳處處可見，軍人在大街小巷巡邏的光景也是天天上演。儘管如此，日子基本上還過得去。

眼角餘光瞥見熟悉的臉龐，我停下腳步。亞倫·弗里德——史汪醫師過去的愛徒，我在要塞審訊過的青年——在動態海報上微笑，他身穿昂貴的西裝，打上領帶。從我上回見到他之後，他長了點肉。需要幫助嗎？你不孤單！費倫科技是私人心理健康服務站。我們提供免費的匿名療程，根據法規保證你的醫療資料將在治療後刪除。上網獲得更多資訊。一排網址橫過海報下緣。

真有意思，我從未想像過亞倫會自己創業，但他的事業相當順利。IFEN留下的醫療空缺現在由數十間小診所填補，提供藥物、認知治療、調整，甚至是巡心。缺點是它們缺乏規範，從極度專業、符合倫理（通常比較貴）到可疑的密醫（為絕望的患者提供便宜的劣質服務）都有。去年有個案例，患者在兩光的神經修正療程後大腦受損，那間公司很快就關門大吉，可是那名患者至今仍舊無法控制左半身。

我一路走到公園，在鋼筋水泥之間的綠地。低矮的石牆圍繞比足球場還大的長方形草坪。我有時依然難以相信這裡曾經是IFEN總部。構成歐羅拉天際線的醒目金字塔現在成了巨大的缺口。有人提過建造其他大樓來取代它，但新政府否決了這個提案。

前方有一片大理石石碑，上頭刻著伊莉莎白·布倫登記念公園——這個名字是來自史蒂芬的朋友莉西。公園名稱下列出每一個在聖瑪莉的實驗中喪命的孩子。再往下還有其他人。數百個小小的名字，有人活著，有人死了，他們都是遭受IFEN毒手的受害者，直到現在才正視他們的處境。芮伊的名字就在這裡，淹沒在其他人之間。

我面前修剪得整整齊齊的草坪中央，設置了一座抽象藝術作品——閃閃發亮的巨大銀色圓環，中間有個洞，看起來像是被人強迫劈開。仔細一看就會發現這個圓環由數千個廢棄的項圈構成。在陽光的照射下，它散發出燈塔般的光芒。圓環底部的銀色牌子上刻著一排字：你不該是受害者，你不該是施暴者。然而，你最不該是旁觀者。這是作古多年的歷史學家耶胡達・包爾的名言，紀念人類歷史上另一段黑暗時期。

我站在被陽光曬得暖洋洋的草地上，凝視這排字。

社會大眾還是不知道引爆炸彈、將IFEN夷為平地的人就是史蒂芬跟我。臆測與調查永無止盡，但這起事件成為未解的歷史謎團之一。記者曾經找過我——還有我的朋友——但我們拒絕提起在黑風衣集團裡的時光。我們都想靜靜過日子，自己療傷止痛，而不是成為媒體馬戲團的焦點。

我知道自己很虛偽。就是我揭露了聖瑪莉的真相，而現在面對公眾的檢視，我隱瞞了自己的罪行。不過要是我可以為自己說一句話，我會說——我不是旁觀者。當我擁有行動的選擇權，有機會對體系反擊，我行動了。無論付出多少代價，我都不後悔。但我也無法逃避罪惡感。

「嗨……妳是蓮恩・費雪嗎？」

我抬起頭。比我小幾歲的女孩子站在我面前，好奇地看著我。她身穿學校制服，頭髮跟以前的我一樣綁成馬尾。

我站起身，撥掉牛仔褲屁股上的草屑，回道：「我誰都不是。」她還來不及反應，我已經轉身離開公園，感覺她的視線戳著我的背，恐懼在胸中膨脹，擠壓我的肺臟。我沿著街道快步前進，直到離開她的視線範圍，這才靠上一片磚牆。我數著自己的呼吸，讓腦袋一片空白，環繞肺部的繩索終於鬆開。

我已經很擅長處理恐慌發作的症狀了。有時候我覺得這是過去三年來唯一獲得的成就。我再次邁開步伐，垂著腦袋，往路旁櫥窗瞄了一眼倒影。我的頭髮亂成一團，膚色太過蒼白，還出現紫色眼袋。我穿著破舊的牛仔褲跟衣襬有污點的褪色大尺寸T恤。那個女生竟然認得出我，實在是不簡單。

等時機成熟，我得要開始好好過日子，而不只是單純的活過每一天，如果二十四個小時沒有情緒崩潰就給自己畫一顆星星。或許我起碼要讀完高中，修幾門大學課程，好去找個普通的工作。我不想回去當巡心者了。我拒絕以這雙血淋淋的手觸碰任何人的記憶。我可以當牙醫之類的。大家一定會嚇一跳。蓮恩．費雪，揭露IFEN邪惡行徑之後逃到加拿大成為反抗分子的女生，竟然在幫人洗牙。

就算有工作好了，我相信那也只是某種例行公事。政府給了我大量賠償金，彌補我的損失——基本上是做給外人看的，但我依然感激不盡。其他的倖存者，包括伊安跟史蒂芬在內，也都獲得補償。我根本不需要工作。可是現在我只能拿漫無目的的散步跟畫圖來填滿時間。

我來到水底咖啡，找了個空包廂坐下，喝了一杯又一杯的印度奶茶，漫不經心地開手機收信。伊安寄了一封信：他抱著新養的小狗的照片，那隻柴犬有著好奇的棕色大眼睛。我覺得他很像妳，他說。

笑意扯動我的嘴角。看來伊安混的不錯。他在新政府裡頭找了個不怎麼重要的職位。戰爭期間，他站出來提供一些戰略建議，獲得高層人士的賞識。我們偶爾還是會一起吃午餐，不過現在我們之間多了點距離，沒有說出口，也沒有模糊的空間。他不知道我做了什麼。我永遠無法告訴他。

我往下捲動螢幕。稍早伊安傳來的另一則訊息：*妳什麼時候才要讓我看妳的畫啊？*

我回應：*超醜的。*

他幾乎是立刻回信：*我敢說妳比妳想像的還要厲害。*

我確實畫得不錯，但問題不是在技巧。那些畫作之所以醜陋是因為它們反應了我的心境——不規則的紅色灰色漩渦，構成尖叫的人臉，憤怒的黑色鋸齒線條瘋狂而混亂，建築物炸成橘色花朵。烈焰、死亡。我把作品鎖在之前存放巡心門的密室裡，現在那裡成了我的畫室。

戰爭結束後沒多久我就開始畫畫。憂鬱發作時，我看了精神科醫師，他建議我找個嗜好來發洩。起先我還不太情願，過了一陣子，我發現自己每天都在畫室待上好幾個小時，沉迷在厚重的顏料渦流中。

「我有沒有說過妳穿黑色很好看？」

我抬起頭，看到史蒂芬靠著包廂入口，雙手抱在胸前。我勾起嘴角。「我有沒有說過你穿白色很好看？」

他低頭看看自己。「我還是覺得這件白袍超奇怪。感覺像是在萬聖節打扮成修士之類的。」他扮了個鬼臉，扯扯自己的巡心者制服，坐到我對面。「要是制服再好看一點，我認為會有更多人加入這個計畫。」

我輕笑一聲。經歷那些事情之後，我很訝異自己還笑得出來。有時候我覺得自己還在呼吸簡直是奇蹟。「要是巡心者沒辦法面對不太時尚的制服，他們的心靈可能還不夠堅強。」

「真感人。」

我把手機塞進口袋。「好啦，你的訓練順利嗎？」

「還滿……難的。」他小心翼翼地嘆氣。「不過我掌握到訣竅了。」他唇邊勾起笑意。「面對惡劣記憶的練習我非常充足。」

我還是看得出訓練課程對他的影響，他眼角和嘴角的紋路。根據親身經歷，我知道融合療程有多麼粗暴。我還記得史蒂芬宣佈他想當巡心者時的震驚。IFEN帶給他那麼多恐懼，感覺這是他這輩子最不想碰的領域。

其實也沒有那麼出乎意料。畢竟在沒有人接納他的時候，有個巡心者出手相助。而且他不是為IFEN做事，那個組織已經不存在了。他現在加入名叫療癒之春的公司。絕對是比較好的機構。

要是在過去的體系，史蒂芬不可能走上這條路。光看他的精神類型就會被刷掉了。現在每個人都有新的開始，原本無法當醫生、律師、政治家的人突然間有機會追逐自己的夢想。IFEN的電腦炸掉以後，控制技術失效，大部分的人都除去了他們的項圈——現在只有犯下重罪的人才會套上項圈，在一定的年限後摘除，除非他們在這個期間再次犯案。沒有人想恢復以前的監獄體系，所以得出這個妥協方案。不算完美，但至少有進步。

「不知道芮伊會怎麼想。」我低喃。

史蒂芬按住我的手。

雖然義肢感應得到壓力和冷熱，還是跟以前有些差異。無論人造神經的程式寫得多精細，那些只是仿品。我能感覺他手指的形狀，卻與他的膚觸無緣。

我把堵住喉嚨的硬塊嚥下。「好奇怪喔。她還活著的時候，我跟她一點都不親近，除了最後一刻。我是說……她總是離我們好遠，好像不需要任何人的樣子。我想我是在嫉妒她，因為我覺得她比我強大。現在她走了……」不用說完，我知道史蒂芬一定有同感。我每天都想到她一兩次。

他握住我的手腕，把我的右手拉到他唇邊，親吻人造關節。感應器傳達了壓力與暖意。「我們還活著。」他說：「這很值得一提吧。」

「是啊，真的。」

無論承受過多少恐懼，只要有目標，人就可以活下去。這是我在黑風衣集團——從芮伊身上學到的。

現在我的目標是什麼？

「嘿。」史蒂芬說：「我快餓死了。要點些東西嗎？」

「來個鮪魚三明治吧。」

我決定此時此刻，我的目標是好好吃頓午餐，然後完成我昨天開工的畫作——血紅色的太陽從赤裸裸的白色樹林上升起。

活下去。繼續走向未來，一步又一步，朝著美好明日的模糊剪影前進。我們只能這麼做。

任何人都只能這麼做。

那天夜裡，我們一起躺在被窩裡。我們已經同居將近一年，不過他的行程一向很滿，我往往要整天獨自待在家裡。他溫暖赤裸的皮膚貼著我的背，一條腿勾上我的腰，呼吸輕輕吐向我的後頸。

「妳願意跟我結婚嗎？」他的嘴唇在我頰上游移。

我呼吸一窒。他不是第一次問了，但我一直無法回答，也不知道是什麼絆著我。沒錯，我們還很年輕，可是我們都學到人生是多麼的短暫脆弱。我無法想像跟史蒂芬以外的人共度一生。

我感覺到我的沉默讓他失望。

我環顧房間——既然他也睡在這裡，可以說是我們的房間。從我十三歲開始，這裡就沒有太大改變。從某些角度來看，儘管我經歷許多，卻還是覺得自己困在那個年紀。我永遠無法真正跨越父親的死。我的人造手掌握成拳頭。

我不時想請史蒂芬幫我消除一切。所有的掙扎，所有的痛苦。然而這代表我也要忘記他，這點我無法接受。

「我還沒好起來。」我上回也是這麼說的。「現在的我只是活著，不是在生活。你自己的問題也夠多了，我不想把負擔加到你身上。在我做出那種承諾之前，我想要完全痊癒。」

他輕嘆一聲。「蓮恩，沒有人能夠完全痊癒。妳認為**我**是嗎？」

「你比我好太多了。」這句話聽起來像是控訴。「我——」我吞下**不夠好**三個字。「我還沒準備好。我現在得要專心顧好自己，專心好起來。」

背後陷入漫長的沉默，最後他開口：「這是妳的選擇。」

不知道我要用同一句話回應他多少年。我知道這樣很蠢，畢竟我們都過著夫妻般的生活了。不過是多了張證書，但我就是跨不出那一步。我無法把他鎖在我身上。我可以遇見我們的未來。他將成為巡心者領域的中流砥柱，廣受尊敬，而我這個瘋瘋癲癲的妻子躲在地下室，畫一堆神經病的畫，跟她的立體投影電腦說話。我會成為派對上眾人耳語的話題，他們悲傷地搖頭。**真可惜……不過她運氣真好，有個人如此無私地照顧她。**我不希望我們變成那樣。

我突然想到，以前史蒂芬精神狀況不佳的時候，他是不是也有這種感覺？所以他才不斷推開我？因為他不想成為我的義務？

我們什麼時候才會學到教訓呢？

「史蒂芬……」我停下來深呼吸。「我願意。」

他肌肉緊繃，心跳加速。「妳是說……」

「我願意。管他那麼多。我們結婚吧。如果你決定下半輩子想跟國家認證的瘋子度過，那我有什麼餘地——」

他的脣堵住我的嘴，印下深吻，彷彿這是我們第一次親吻。我們分開來換氣，喘個不停，滿臉通紅，然後又交換了幾個吻。

之後，我們躺在一起，滿身熱汗漸漸冷卻，飄浮在甜美的微醺中。史蒂芬雙手撫過我的頭髮，我笑了。至少在這一刻，活著還挺不錯的。我想或許接下來我會願意讓別人看我的畫。至少給一兩個最要好的朋友看。

療癒就是這麼發生——一點一點，在如此微小平凡的片刻，在你幾乎不會注意到的瞬間，在你每天醒過來，決定多活一天的時候。

也許我們永遠不會好起來，無法完全恢復。但我們不斷進步。

Q小說 FY1034

巡心者II：風暴

MINDSTORMER

原著作者	A. J. 史泰格（A. J. Steiger）
譯者	楊佳蓉
責任編輯	廖培穎
行銷企畫	陳彩玉、朱紹瑄
業務	陳玫潾、林佩瑜、馮逸華
出版	臉譜出版
發行人	凃玉雲
總經理	陳逸瑛
編輯總監	劉麗真
	城邦文化事業股份有限公司 台北市民生東路二段141號5樓 電話：886-2-25007696　傳真：886-2-25001952
發行	英屬蓋曼群島商家庭傳媒股份有限公司城邦分公司 台北市中山區民生東路141號11樓 客服專線：02-25007718；25007719 24小時傳真專線：02-25001990；25001991 服務時間：週一至週五上午09:30-12:00；下午13:30-17:00 劃撥帳號：19863813　戶名：書虫股份有限公司 讀者服務信箱：service@readingclub.com.tw 城邦網址：http://www.cite.com.tw
香港發行所	城邦（香港）出版集團有限公司 香港灣仔駱克道193號東超商業中心1樓 電話：852-25086231或25086217　傳真：852-25789337 電子信箱：hkcite@biznetvigator.com
新馬發行所	城邦（新、馬）出版集團 Cite（M）Sdn. Bhd.（458372U） 41, Jalan Radin Anum, Bandar Baru Sri Petaling, 57000 Kuala Lumpur, Malaysia. 電話：603-90578822　傳真：603-90576622 電子信箱：cite@cite.com.my
一版一刷	2018年9月 版權所有，翻印必究（Printed in Taiwan）
ISBN	978-986-235-694-4 定價420元 （本書如有缺頁、破損、倒裝，請寄回本社更換）

城邦讀書花園
www.cite.com.tw

國家圖書館出版品預行編目資料

巡心者II：風暴／A. J. 史泰格（A. J. Steiger）著；楊佳蓉譯. -- 一版. -- 臺北市：臉譜出版：家庭傳媒城邦分公司發行, 2018.09
面；　公分. --（Q小說；FY1034）
譯自：Mindstormer
ISBN 978-986-235-694-4（平裝）
874.57　　107013737